利剑

张建芳 著

群众出版社·北京

图书在版编目（CIP）数据

利剑／张建芳著．—北京：群众出版社，2018.1
ISBN 978-7-5014-5767-0

Ⅰ．①利… Ⅱ．①张… Ⅲ．①长篇小说—中国—当代 Ⅳ．①I247.5
中国版本图书馆CIP数据核字（2017）第286771号

利　剑

张建芳　著

出版发行：群众出版社
地　　址：北京市丰台区方庄芳星园三区15号楼
邮政编码：100078
经　　销：新华书店
印　　刷：北京市泰锐印刷有限责任公司
版　　次：2018年1月第1版
印　　次：2018年7月第2次
印　　张：9.75
开　　本：880毫米×1230毫米　1/32
字　　数：262千字
书　　号：ISBN 978-7-5014-5767-0
定　　价：36.00元
网　　址：www.qzcbs.com
电子邮箱：qzcbs@sohu.com

营销中心电话：010-83903254
读者服务部电话（门市）：010-83903257
警官读者俱乐部电话（网购、邮购）：010-83903253
文艺分社电话：010-83901350

本社图书出现印装质量问题，由本社负责退换
版权所有　侵权必究

序

刘 晗

中国人年少时大多都有一个梦想，长大后当人民解放军或人民警察，以期实现保家卫国和除暴安良的英雄情结。张建芳是幸运的，他用自己的亲身经历和良好的职业操守完美演绎了真实版的"少年中国梦"。

和张建芳的认识有些偶然，在一次私人聚会中，人民日报社河南分社的赵治中先生向我介绍了他部队时的战友——人民警察张建芳。一身便装的他，淳朴和善，儒雅中透着精干。作为一位资深媒体人，在20多年的职业记者生涯中，我和形形色色的人民警察打过交道。他们或刚正不阿，或雷厉风行，或精明果敢，或无畏英勇，而眼前这位有着军人经历的警察却着实有些让人看不透，但随着接触的加深，通过其同事的述说和了解，一位真实版的人民警察形象慢慢丰满了起来。就是这样一位基层警察，敢于直面凶恶的歹徒，勇于面对突发的事件，善于调解人民内部矛盾……

今年3月，当张建芳把20多万字的《利剑》初稿放在我面前让我提些修改意见时，我真的有些忐忑了，直觉告诉我，这是一本人民警察写警察题材的作品。和职业作家的作品不同，这类作品写实性较强。果然，主人公廉忠诚和他的战友从时代生活中向我们慢慢走来。

廉忠诚脱下军装穿上警服，理想和现实有着巨大的反差。在变革的大潮中，他适应着这个变革的年代，冷静地观察和思考着人生，忠于党和人民、忠于公安事业、忠于自己的良知，长期默默无闻、辛勤耕耘、甘当无名英雄。

年轻的廉忠诚对警察工作充满了热情，对爱情生活充满了憧憬；面对犯罪分子的威胁利诱，他不为所动；单位领导的私下暗示，他表面服从，却依法办案，穿足了小鞋换个部门依然干得风生水起，建立了纯正的警民鱼水情。遗憾的是，理想中的爱情生活却和他开起了玩笑，他忍着心灵的伤痛又满腔热忱地投入到了工作中。

时代变革期泥沙俱下，公安队伍也难以免俗。冯靳集团的覆灭是现实生活中一些蛀虫企业真实的映照。廉忠诚曾经的好友、后来成为领导的赵石立禁不住上级的压力和利益的诱惑，置廉忠诚发自肺腑的忠告于不顾，最终越走越远。一系列涉案领导的被查处，昭示了党和政府反腐倡廉的信心和决心。

面对权和利的诱惑，廉忠诚不愿出卖自己的良知。看着身边人一个个走上领导岗位，甚至曾经跟着他干的人都成了他的上司，他心理上虽有些波动却不愿去做违背自己做人原则的事，只是调整心态更好地完成本职工作。这无疑是无数公安民警秉公执法、不计得失、忠于职守、默默付出的真实体现。

廉忠诚是一位新时期的基层民警，也是一位平凡的英雄人物。他接受过血与火的洗礼、生与死的考验，从小事做起却屡创佳绩，工作中兢兢业业、任劳任怨、无怨无悔。看到战友的牺牲，他热泪横流；目睹战友的堕落，他真心相劝；对待工作，他全身心投入，真正诠释了"金色盾牌，热血铸就"。通过工作上的不断努力，凭借自己的真才实干走上基层领导岗位后，他不忘初心，一心为民，这也是当代优秀民警的真实写照。

警察是正义的化身，人民的保护神。身为警察队伍中的一员，张建芳倾注感情，用心在写，写出了当代警察的真实心声，也让读者能真切地感受到当代警察的喜怒哀乐，满足了当代人们的心理安全需求。

《利剑》是张建芳的处女作，但却是一部成功的警察题材作品，积极传递当代公安民警正能量。它所涵盖的公安侦破、法制教育、惩恶扬善、伦理道德等，塑造出了既具个性神采又融合公安特色的经典警察形象——廉忠诚，将带给读者一种完全不同的感受——真实，会让更多的人在深深的感动中了解公安工作、理解公安民警。

中国社会法治建设不断前行，这对构建和谐社会无疑是利好。《利剑》塑造出真正"可以留下"的当代警察形象，这对建设平安中国、创造良好的社会环境和法治氛围将起到积极的作用。

《利剑》值得一读。

草于 2017 年 9 月 8 日

（刘晗，又名刘淑巍，南开大学中文系毕业。担任过中共中央党校《学习时报》驻河南记者站站长、《中国电力工运》执行主编、《中华》杂志总编辑。十七岁开始发表文章，有 300 万字以上作品见诸国内外报刊，出版有个人专著《青春妙龄》、《中国味精王》等）

目　录

第一章　入警培训显性情 …………………… 1

第二章　春光万丈驱寒意 …………………… 20

第三章　从警路上应清廉 …………………… 78

第四章　守住底线心自宽 …………………… 101

第五章　攻心智破诈骗案 …………………… 120

第六章　执法为民化真情 …………………… 179

第七章　风雨坎坷写忠诚 …………………… 210

第八章　英雄本色惊天地 …………………… 235

第九章　冯靳集团终覆灭 …………………… 266

第十章　利剑惊醒梦中人 …………………… 288

后　记 ……………………………………… 302

第一章　入警培训显性情

二十世纪最后一年的深秋,已近而立之年的廉忠诚从部队转业到龙海市,通过正规考试成为一名准民警,在警校军转干部培训班接受入警培训。

从人民解放军到人民公安,身份的转变让廉忠诚明显感到了责任的不同,他要在新的岗位上实现自己的理想和抱负,上好第一堂课就是第一步。

课堂上,校长陈法学担任主讲,他突然用神秘的语气向学员问道:"下面有纪委的没有?"同时,他以犀利的眼光扫视全场。同学们一头雾水,但异口同声地回答:"没有。"

陈法学继续说道:"那我就开始讲了,今天是入警培训的反腐教育课,我们先共同探讨一下法律的伸缩性,在这里讲一个真实案例。几年前,公安机关破获一起杀人碎尸案,已经到了法院审理阶段。案情是这样的:苏小花和孟男王同居了一年多,才发现孟男王有家室,觉得被骗就提出分手,孟男王坚决反对,并进行威胁、恐吓，声称如果分手就杀死小花。在忍无可忍的情况下，小花用安眠药将孟男王催眠杀害，因害怕事情败露，就将尸体碎尸抛入河里。事情败露后，小花很快被公安机关抓获，入狱待审。

"按照杀人偿命的惯例应该判处小花死刑，知道该事情的群众也同情受害者，院子里传得沸沸扬扬。孟男王父母强烈要求法院判决小花死刑并立即执行，以解心头之恨。

"小花父亲老苏也得到消息，对女儿的选择他爱恨交加，如今掌上明珠面临被枪毙的危险，想什么法子才能救她一命呢？他很悲伤，就哭着向负责案件的申律师请教。

"申律师听完哭诉，看着老苏镇定地说：'我从案卷中找到减轻小花罪刑的情节，就是小花在死者逼迫的情况下，不得已才用溶解多片安眠药的红茶把孟男王催眠，害怕他醒来杀害自己才实施犯罪，这是被迫的犯罪。但是想实现判处死刑缓期执行还需要一样东西。'"

说到这，陈法学压低声音举起右手，把大拇指放在无名指上从中指和食指指尖划过，做了一个利索的查钱动作。

"申律师问：'你有多少这个？'

"老苏似乎明白了申律师手势的含义，也举起右手伸出两个手指，低声反问道：'有二十万够吗？'

"'足够了，我有把握办成这件事。'申律师兴奋地说着，并向老苏指点着怎么配合。

"一审判决书下来了，小花被判处死刑缓期两年执行。第二天孟男王父母带着家人，手捧死者遗像，哭着喊着到中级人民法院门口，看到老苏领着十几个人在那里扯着条幅愤怒地和法院门卫吵架：'为什么不让我们进法院，我女儿判刑太重了，我不服要上诉，让我进去。'

"其他人也在帮腔起哄，门卫一脸不高兴，但还是客气地对闹哄哄的人群说：'等等吧！现在还没有到上班时间呢，先不

要急。'

"孟男王家人看到对方闹得这么凶,那种伤感、愤怒、复仇的心情一下子平静了许多。孟男王父亲无奈地对妻子说:'男王已经死了,况且儿子也有错,小花已经被判刑了,我们回去吧!别再落井下石了。'孟男王家人默默地走了。

"老苏按照申律师的安排,保住了小花的性命,可是仍然高兴不起来,还想听听申律师的高见,于是就面带难色地对申律师说:'非常感谢你的帮助,不是我要得寸进尺,当爹的心里难受!小花在监狱里啥时候是个头儿呀!'"

陈法学再次看看同学们,笑着问道:"真的没有纪委的人吗?"同学们响亮的回答在教室里再次响起:"没有。"

陈法学再一次举起右手向右一挥,做了一个干净利索的查钱动作,接着讲道:"申律师加重语气问老苏:'你还有这个吗?'老苏没有底气地说:'还有五万你看行吗?'

"'行,等等吧!想办法把小花刑期改判成无期徒刑,让她好好表现,老老实实改造,另外你去找牛法官,他是刑庭庭长,主管这个事,我看不难实现。'

"就这样,本应该被重判的苏小花得到轻判。后来,牛法官因办理此案被告发,经纪委审查把以前收受他人贿赂的案件也查实了,他因此被检察院批准逮捕,移送法院被判处有期徒刑。虽然现在已经期满释放,但是这次犯罪经历,使他深深地知道,人在做,天在看,想要人不知,除非己莫为。每个人在法律面前是平等的,没有高低贵贱之分,没有贫富之分,法官犯罪一样会受到法律的制裁。大家或许注意到'贪'字和'贫'字的区别:古人在造字时就把贪字用'今贝'来表示,字面的意思可以理解为今天的财富;'贫'字就是'分贝',可以理解为失去财富。那么今天有钱不等于明天富有,牛法官就是因贪财造成昨天拥有大量的不义之财,徇私枉法被判刑,被没收个人财产,今天真正返贫,失去了工作,名誉扫地,成为了人民的敌人。牛法官的行为给受害人家属带来极大的精神痛苦，一念之差也结束了自己的政治生涯，给自己和家庭带来了致命的打击，由于自己犯罪造成妻离子散，众叛亲离，得不偿失。

"大家应从牛法官的犯罪经历中吸取教训，在工作中坚持秉公执法，学习古人铁面无私的高尚品质，使人民相信法律、依靠法律。这就要求我们在执法中不能有半点儿的瑕疵。

"关于爱财古人也有说法：君子爱财，取之有道。在改革开放的今天，广大人民群众各显其能，多劳多得，在法律的范围内工作，为社会奉献的同时获取相应的劳动报酬。我们手中掌握着一定的权力，切不可见财忘义，取财枉法。法律的利剑高悬，正义的利剑会斩去众多的不公和不义。"

廉忠诚听得津津有味，在部队受过多年红色教育，如今面临社会阴暗面感觉落差太大了，心想社会是这样的吗？下课铃声打破了廉忠诚的思绪。

"老廉，学校通知班长以上干部开会。"王全友大队长看着廉忠诚喊道。廉忠诚急匆匆地去参加班长会议，学校要求挑选一批队列动作优秀的人员，到地方队进行队列培训，在会上宣布廉忠诚和几名转业干部到地方队担任队列教官。

廉忠诚非常愿意到地方队当教官。一来自己是郊区人，在市区认识人较少，借此机会能够接触更多新同志，多交几个朋友，为将来到基层工作多积累些人脉。二来也有一点儿私心，廉忠诚今年二十九岁了，还没有对象，地方队有那么多漂亮女孩儿，多好的机会呀！

廉忠诚被分到地方队三中队担任队列教官，三中队管辖七班、八班、九班三个班，每班十二个人，七班、八班为女生班，九班是男生班。

刘金贵在警校治安管理系读完大学，被分到龙海市公安局，现在是警校地方队九班的班长，见到廉忠诚有点儿不服气，心想队列训练有什么了不起，还派个转业干部来当队长，我们又不是没有训练过，从心里感到别扭，但是表面上还是说得过去。经过一段时间的接触，看到廉忠诚为人处世那么实在、真诚，队列动作干练、标准到位，态度也变得友善了，在队列训练上对廉忠诚给予了很大支持。一来二往，廉忠诚和刘金贵便成了无话不谈的好朋友。

经过三个月的队列训练，学员队列动作有了明显提高，警校决定进行队列会操比赛，要求每个中队挑选优秀队员组成一个十二人的参赛班。

廉忠诚有些紧张，这次比赛是回到地方参加的第一次比赛，决心一定要拿学员队第一名。廉忠诚挑选队员组织了赛前训练，纠正学员的不协调动作，当他看到队列中年轻漂亮的杨荷花时，眼光顿时一亮，心想：如此美女赏心悦目呀！但她的动作还是有点儿差距，便走上前去对杨荷花说："杨荷花，不要紧张，你的队列动作很标准，不过女同志步子小了点儿，有时候队列动作还慢半拍，一定要跟上大家的动作，抱着平常训练的心态参加比赛，把我们的训练成果拿出来让大家看看，我相信你能做好。"杨荷花爽快地答道："是。"

廉忠诚走到队列前端，用手拍了拍刘金贵的肩膀道："刘班长，你是基准兵，队列动作是我们班的标准，大家向你看齐呢！一定要稳住，不能抢口令，步子放小一点儿，照顾小个子的动作，比赛不是拼单个队列动作，而是讲究整齐划一，这次比赛你很关键，明白吗？"刘金贵立正后敬了一个标准军礼，大声回答："明白。"

廉忠诚迈着矫健的步伐回到队列前方指挥，用刚毅的目光扫视每个人，洪亮有力地大声说："同志们！刚才对两名关键人物的提醒，也是对大家的提醒，我们辛辛苦苦训练三个月，检验的时候到了，大家要有决心有勇气争第一拿冠军，打好入警比赛第一仗，大家有没有决心？"

"有。"学员们强有力地回答道。

廉忠诚听到大家自信的回答，信心十足。队列比赛开始了，比赛中大家发挥超常，迎来阵阵掌声，紧张的比赛终于到了尾声，评委将各班得分汇总到校长陈法学手中，陈法学郑重宣布："本次会操比赛地方队第一名是三中队代表队。"三个月的训练，取得了来之不易的成绩，三中队学员欢呼雀跃。

廉忠诚和获奖班领队在音乐和掌声中列队到主席台领取奖励证书。廉忠诚正对着陈法学立正站好，一脸严肃地向陈法学敬礼。陈法学还礼并凝视着廉忠诚，意味深长地说："你们是公安民警的希望，公安局的将来就靠你们了。"

廉忠诚接过奖励证书，向陈法学敬礼，然后转身双手把奖励证书打开放在胸前，"咔嗒、咔嗒"，照相的声音伴随着闪光灯的光亮，把这光荣时刻记载在相片里。

队伍解散了，三中队代表队学员还沉浸在胜利的欢乐中，相互拥抱着，欢呼着，互相赞赏着对方。

刘金贵突然提议说："老廉，我们拿了第一名有什么奖励呀？"廉忠诚高兴地说："晚上我请大家吃饭怎么样？"

"有酒吗？"杨荷花含蓄地问。

"有是有，但警校规定不让喝酒，出问题怎么办？"廉忠诚有点儿担心。

刘金贵很不在乎地说："我有办法，叫上八班长张宝民和我们共同庆祝怎么样？他叔是分局长，可以帮我们，晚上我经常和他到湖对岸喝酒聊天。我有饭店'船孩儿'的联系电话。"

杨荷花坏笑着插嘴道："就这么定了，耍赖是小狗。"廉忠诚点头答应着："要保密，等到晚上熄灯了，队里查过床铺再出发。"

刘金贵提前联系饭店服务员"船孩儿"约定时间。划船通过湖面，船体较小，一行十三人分两船划到对岸，嘻嘻哈哈地围坐在圆桌边。船孩儿很快上满了一桌子下酒菜，廉忠诚把酒分到每个人杯子里，大家在空旷的湖边表现得异常兴奋，酒过三巡，话也多了起来。

刘金贵提议说："我们认识这么长时间了，相互了解还很少，趁着酒劲说说知心话，讲讲自己的经历，好吗？"

"当然好了。"大家七嘴八舌回应着。

李秀丽起哄道："刘班长你先说吧！"

刘金贵端起酒杯向大家敬酒："大家共同喝了这杯庆功酒，我向大家交交底，希望我们成为好朋友。来，干杯！"说着大家共同举杯一饮而尽。廉忠诚为大家又倒上酒。

刘金贵用成功者的眼光看着大家，慢慢地说起自己的过去：

"我三年前警校毕业，被分配到龙海市公安局。当时家里穷，父亲去世早，母亲靠种地养家糊口，日子过得艰难。幸好改革开放后龙海市发展迅猛，俺村被市里列为开发对象，我通过在市里当人大代表的叔叔，在单位挂个名就下海经商了。

"我当时没有资金，想了很久终于想到了两个叔叔。大叔在村南经营物流中心，二叔在村北开了个建材市场，两个叔叔在附近算得上有钱人了，叔叔们也想帮助我，我就拿定了找叔叔帮忙的主意。

"先到物流中心对大叔说：'大叔，我想做生意，可是手里没有钱，想找大叔帮个忙，借十万元钱用用怎么样？'

"大叔很爽快地借了十万元给我，我谢了大叔后，拿上这十万元钱直奔二叔的建材市场。见到二叔就说：'二叔好！我有十万元钱想投资做点儿生意，不知投到哪儿好赚钱，您能否帮我想个办法？'

"二叔看我难为情的样子，很欣慰地对我说：'难得你有这样的想法，也该挣点儿钱孝敬你妈了。不用忙着去投资，建材市场正准备扩建，急需资金呢！你就把这十万元放在公司吧！'

"二叔让公司员工为我办理了入股手续。这样我就成了建材市场的小股东了。

"过了半年我觉得这样挣钱太慢,我就到二叔公司对二叔说:'我的生意遇到困难急需点儿钱周转,能否借点儿钱让我周转一下?'

"二叔也很想帮我的忙,一直夸我有经济头脑,二话没说就让会计取了十万元钱交给我,我拿上二叔给的十万元钱马不停蹄地到大叔那里。

"我对大叔说:'我借您的钱暂时还不上您了,不过我这里有十万元现金是别人暂存在我这里的,就先放在您的公司做投资吧!等我挣到钱了再还您行吗?'大叔真心帮我的忙,说道:'你这机灵鬼算计大叔呢!好吧,我让工作人员给你办理入股手续。'

"这样我又成了大叔公司的小股东。一年后,我得到了第一桶金,一年挣到二十万元我相当满意了。接着我考虑让这二十万元再发挥作用,我就用这二十万元做首付,贷款买了三辆后八轮汽车,专门承接工地土石运输。目前我的贷款已经还完了,已经拥有六辆后八轮汽车。经济状况还可以吧!这表面上是享了叔叔的福,其实都是老父亲在世时,对叔叔们辛勤付出的福报呀!"

刘金贵说到这,用手拉着廉忠诚的手义气地说:"老廉,今天你请客我付钱,不要和我抢着付钱呀。"

廉忠诚刚才还纳闷呢,我说呢!我去付钱时船孩儿说:"钱已经付过了,原来是你小子捣的鬼呀!这样不带劲啊!"

"咱兄弟客气什么,你又不做生意,每月就一千多元的工资,请吃饭生活就紧张了。"

这句话戳到了廉忠诚的痛处,廉忠诚的经济状况实在太差了,和刘金贵没法儿相提并论,简直是天壤之别呀!但廉忠诚仍坚持着说:"下次也给我个机会,让我表表心意行吗?"

张宝民半开玩笑地说:"等你发迹了不请我们还不行呢!"转身看着大家坏笑道,"别光顾着唠嗑了,欢迎老廉交交底好吗?"

廉忠诚只好站了起来,微笑道:"我先喝酒再说话。"他向大家晃晃杯中酒，示意看清楚了，把一杯白酒一饮而尽，然后放下杯子说，"我喝酒痛快吧？大家也得痛快点儿，每个人倒满酒，大家共同干杯好吗？"

"好！"廉忠诚再次举杯同大家一饮而尽。廉忠诚顿了顿有点儿发直的舌头慢慢地说："感谢大家的支持和帮助，现在我就向大家交交底，希望我们友谊天长地久。我是应届高中生，上学期间响应国家号召参军入伍，在部队考上军校，被龙海市军校录取，毕业分回原单位任基层连队军官，在指导员的职务上转业到龙海市，通过公务员考试进入龙海市公安局。"

廉忠诚喝了口水继续说："现在和大家在一起培训，我也没有特殊事情向大家汇报，在部队因抗洪时表现突出立过一次三等功，在军校两千多人五公里越野比赛中得过全校第二名，参加过两次炮兵实弹射击，手枪、步枪射击在全营得过第一名，其他方面，大家也看到了实实在在的我，走到哪儿都是真打实干。目前经济状况不是很好，在龙海市没有住房，靠工资勉强糊口。现在还是单身呢，希望兄弟姐妹们给我介绍个对象，我将感激不尽。"说着向大家拱拱手。

张宝民插嘴道："你看哪个好看，抱走一个就行了，还用介绍吗？"说着用手推推身边的杨荷花，大家把目光投向杨荷花。

杨荷花含羞道："廉忠诚还没有说完呢！插什么嘴。让廉队长接着说。"

廉忠诚看了一眼杨荷花对大家说："我的座右铭是平安是福，在我当兵时老父亲恋恋不舍地拉着我的手说：'孩子，平安是福呀！''平安是福'是指导我努力向前的动力，就说到这吧！献丑了。"

廉忠诚说着向大家拱拱手慢慢坐在凳子上，把目光投向张宝民："老弟你也说两句，让大家了解了解你的过去，再畅谈一下未来怎么样？"

张宝民醉眼蒙眬地看看周围黑乎乎的夜空，晃晃悠悠地站起来说:"廉哥,我也说说自己吧!我是刚从学校毕业应招入警的,年轻,没有社会阅历,不过我的社会关系还可以,需要协调点儿事情时您说话。"

"荷花醒醒!怎么睡着了?"李秀丽用手使劲晃着趴在桌子上的杨荷花,温柔地叫着。

"我喝多了酒,想吐,咱们回去吧!"杨荷花抬起头用迷茫的眼神看着廉忠诚有气无力地说着,并用手扶着桌子想站起来,廉忠诚和李秀丽急忙将杨荷花拉起来。

"船孩儿,我们该走了,快准备船去。"张宝民大声喊道。

船孩儿放下手中水壶应声道:"好嘞!"快步走向湖边,借着昏暗的灯光解开小船的绳索。

廉忠诚和李秀丽搀扶着杨荷花坐在船上,张宝民不满道:"这么小的船,还得再跑一趟,走吧,我们几个先过去。"船孩儿不吱声,划动小船向学校划去。廉忠诚借着酒劲问杨荷花:"你没事儿吧?"杨荷花有气无力地回应着:"嗯!没事儿!就是有点儿头晕。"

一阵秋风吹来,小船摇晃得更厉害了,杨荷花顺势趴在廉忠诚的肩头上,廉忠诚怕她掉下水去,用胳膊搂着她的腰。杨荷花在摇晃的小船上有了点儿依靠,心里热乎乎的,暖意顿时升起。小船到了岸边,大家下了船,船孩儿划向对岸接人。夜巡的付正直老师听到吵闹声走了过来,将他们逮个正着,通知了值班的王全友大队长。

张宝民见状赶紧上前讨好,给王全友和付正直递烟道:"领导抽根烟,我们今天庆祝比赛胜利喝了点儿酒,麻烦高抬贵手吧!"

付正直把张宝民递过来的烟推掉在地上说:"张宝民,你太不像话了,多次违反学校纪律,晚上到学校外面喝酒,你知道怎么处罚吧?"

张宝民看到付正直没有给面子的意思,有点儿恼羞成怒,借着酒胆用手指着付正直狠狠地说:"当个老师有得罪我们的必要吗?老子不吃这一套!"说着向大家摆摆手一起向宿舍走去。

付正直望着他们的背影怒目圆睁,两手拳头紧握,转身看着王全友怒道:"真想上去揍他一顿,这样的学生成何体统,我要求严肃处理他们。"

王全友一脸无奈道:"先回去吧,醉酒的人皇帝见了还避让呢!现在先不要计较,明天他们醒酒了,再研究处理意见,你看行吗?"付正直叹息道:"暂时这样吧!"

第二天上午,王全友通知相关人员到大队部了解情况,同时要求付正直上报处理意见。按照学校惯例,私自离校喝酒,学校可以延期毕业处理。

王全友正在汇总大家的意见,突然手机响了,看到电话是市公安局靳富来副局长打来的就赶紧接通电话:"喂!局长好!是……是……我们正在研究上报处理意见,原因是几个学员私自外出喝酒,有一个还顶撞管理老师……好的……明白……明白……领导放心!按您的意思办!好!再见!"

王全友用手擦了擦脑门上的汗珠,放松了紧张心情,思考着突如其来的电话:奇怪了,我还没有上报呢,领导怎么知道的?

廉忠诚没想到王全友会网开一面,只是让他们每个人写了一份保证书,保证以后不再犯类似错误。即便王全友是带自己的大队长,和自己有点儿交情,也不会这么草草了事。他对这件事处理得这么快这么轻感到意外。

"是谁有这么大能量改变大队研究的处理意见呢?"廉忠诚迷惑不解地问。

张宝民说道:"反正不是我做的好事,不能往自己身上揽,我也不明白是怎么回事,不过我们中队只有我、荷花和金贵三个人有手机,也没发现别人到大队部打过固定电话,领导这么快就知道此事了。"廉忠诚说:"金贵一直和我在一起,他没有同外界联系呀!"张宝民若有所思地说:"啊!我明白了!有可能是荷花。"廉忠诚不解地问："她有什么背景呢？"

张宝民向周围看看，就压低声音对廉忠诚说："你不知道吧？她是警用宾馆服务员，也不知是什么关系，听说只有初中文凭就入警了，我也觉得很神秘，我问过她，她只是笑而不答。"

杨荷花在廉忠诚心中又增加了一份神秘色彩。

"老廉、宝民，你俩在议论什么呢？今天是陈校长的课，我把你俩新发的教材带来了，快拿上书，该集合了。"杨荷花急匆匆的，一边说一边把教材塞给廉忠诚和张宝民。两人连忙向杨荷花道谢，廉忠诚集合队伍一起到教室上课。

陈法学站在讲台上一脸严肃地说："今天我们讲'黑白学'，然后参观公安烈士陵园和警示教育基地。

"首先讲讲黑白学说，'黑'指的是黑社会性质组织。《中华人民共和国刑法》第294条规定，我国黑社会性质组织是指以暴力、威胁或其他手段，有组织地进行违法犯罪活动，称霸一方、为非作恶，欺压、残害百姓，严重破坏经济、社会生活秩序的组织。在这里请允许我把黑社会性质组织简称为'黑'。

"现行的社会也叫'白社会'，就是统治阶级为了维护现行社会制度，形成有效管理和服务社会的组织，老百姓称作'官场'，主要成员组成是各级政府官员及服务管理机构的工作人员，请允许我把白社会简称为'白'。

"这样就出现了周易中的黑白图案，代表社会的两种现象，黑白两个社会相辅相成，从现行社会发展形势看，有些地方官员为了发展地方经济，将用法律、法规、道德规范、村规民约解决不了的问题，利用暗箱操作，用违法犯罪的方法来解决，久而久之形成黑恶势力。用黑恶势力来解决官场解决不了的问题，形成官商勾结，使既得利益者不愿意放弃利益，把经济利益分流到不法分子手里，使这些不法商人和不法分子在不法官员照顾下，发展壮大起来，形成盘根错节的黑恶势力。

"现在为了让大家更好理解和记忆这种现象，不妨引进一种自然现象，叫'灯边绿'，分析对比看看是否形象。

"黑恶势力、不法商人和不法官员就像城市道路两边的行道树一样。深秋初冬时节，你会惊奇地发现路灯边的大叶杨树依然翠绿生长旺盛，而正常生长的树叶已经枯黄随风而去。灯边绿着的树叶和正常枯黄的树叶形成了鲜明对比，就像正常的人们和官商勾结的人们一样，多接受照顾的人升官就能够更快，获得更多的经济利益，这样就产生了腐败，助长不公平，形成合法与非法的斗争，在现行社会里就产生了黑吃黑、白吃白、白吃黑、黑吃白的丑恶现象。

"在强有力的法律利剑面前，那些违法者纷纷被依法严惩。我们的队伍里出现了许多英雄模范和壮烈牺牲的烈士，同时也出现了一些害群之马。前者永远活在我们心中，后者永远被钉在历史耻辱柱上。

"关于黑白学说今天在这里就不展开讲了，留给大家在今后的实际生活和工作中体会。

"下面组织大家到烈士陵园参观，学习烈士的先进事迹。之后到反腐教育基地参加警示教育，看看队伍中违法乱纪的害群之马，希望大家引以为戒，用别人的教训来警醒自己遵纪守法。

"通过正反两方面的学习和教育，要求我们在工作和生活中正确用权，全心全意服务人民，远离黄赌毒，远离权钱交易、权色交易、权权交易，忠于中国共产党、忠于祖国、忠于人民、忠于法律、忠于社会主义，牢记入警誓言……希望你们在不久的将来走向公安战线时，能成为一名人民的忠诚卫士。

"廉忠诚，今天是你值班吗？按要求依次到烈士陵园和警示教育基地，参观学习，接受警示教育。"陈法学用期待的眼光看着廉忠诚说。

"是。"廉忠诚坚定地回答，并对大家喊口令道，"全体起立，按中队顺序到教室门前广场集合，依次参观学习。"廉忠诚和同学们看着烈士的墓碑，缅怀烈士先进事迹，心中肃然起敬，为烈士捍卫法律的尊严、献出年轻宝贵的生命感到自豪和骄傲,同时也为他们的牺牲而惋惜。

离开烈士陵园走进反腐教育警示基地,映入眼帘的是一个个图文并茂鲜活的案例,有滥用公共权力违法犯罪锒铛入狱的,有因感情变故杀害情敌故意犯罪的,有为黄赌毒充当保护伞的,有买官卖官行贿受贿以权谋私走上犯罪道路的……

廉忠诚离开反腐教育警示基地,回到宿舍后心情极为沉重,一脸真诚地看着张宝民叹道:"以史为镜可以知兴替,以人为镜可以明得失。宜将平安遵法度,不可猖狂学故人。"

"老廉,你想当诗人吗?你是老实人,吃不开的,烈士和被警示的是少数人,不要叹息,我们还要过我们的生活,我最喜欢的是红顶商人胡雪岩。"刘金贵坐在床上不以为然地说。

张宝民插话说:"我想当英雄,不想当烈士。人往高处走,水往低处流。当官多好呀!咱们比比看谁干得最出色,进步最快!"

廉忠诚拿起杯子一边倒水一边回答:"嗯,想当英雄就要练好本领,遇到紧急危险情况才能保全自己消灭敌人,完成上级交给的任务,你觉得自己掌握的本领可以吗?"

"想当官也要看个人的综合情况和家庭背景,否则困难重重。"刘金贵接过廉忠诚递过来的水杯附和着。

廉忠诚用手拍了拍张宝民的肩膀若有所思地说:"兄弟渴了吧,喝点儿水。我们快毕业了,你俩的成绩怎么样?"

张宝民接过廉忠诚递过来的水喝了一口微笑着说:"成绩还行,我的理论课平均在九十分以上,警用技能差了些,实弹射击时过于紧张,经常出现子弹脱靶的失误,不过经过补考总算及格了。"

"老廉,很羡慕你啊!射击成绩那么好,有部队的底子垫着,把经验传授给我们好吗?"刘金贵站起来,一脸虚心的样子。

廉忠诚难以抑制内心的兴奋,用手捋一捋短发,把大脑门全部露出来道:"人的天赋都差不多,像卖油翁一样手熟罢了,成绩是子弹喂出来的,动作要领和老师讲的一样'三点一线',有意瞄准无意击发,打得多了命中率就会升高,打枪就像吃饭一样兴奋自然,根本不会紧张。"

张宝民笑道:"看来我要珍惜每次射击的机会了,再不能因害怕出问题让同学代替射击了。"

刘金贵调侃道:"看你那熊样还谦虚起来了,赶明儿个找个嫂子可别害怕!让同学替你……"

张宝民愠怒道:"装孬吧!看我咋收拾你!"还想继续说下去,门外传来值班员李秀丽甜美的声音:"刘班长,有人来看你了,快出来迎接一下。"

刘金贵应声走出宿舍楼,与迎面走来的冯聚财边握手边笑着说:"冯老板,我知道你一定会来看我的,真的来了,也不事先打个招呼,怎么从校门进来的?"

"在公安系统我认识的可不止你一个人!"冯聚财风趣地说。

"那是那是,你是谁呀,神通广大!"刘金贵奉承道。

"不敢这么说!今天专程来看你,带了点儿土特产尝尝鲜,也好给新产品提提意见。"冯聚财一边说着话一边顺手打开崭新的桑塔纳轿车后备厢。

"拿这么多呀!"刘金贵笑道。

"三种产品,每种一小箱样品,乡巴佬鸡蛋,乡巴佬鸡腿、鸡翅,还有烧鸡和水果。"冯聚财不以为然地说。

"谢谢了!屋里坐坐喝杯水!"刘金贵邀请道。

"勇辉把东西搬到屋里来。"冯聚财回头对刚下车的胖子司机说。孙勇辉搬起东西跟着刘金贵和冯聚财来到宿舍,用讨好的语气问:"把东西放哪?"

"放在地上吧,请坐!"刘金贵笑着用手指着靠桌子旁边的床对他俩说。

"好嘞!"两人坐在床上笑着说。

廉忠诚打开一包信阳毛尖给冯聚财和孙勇辉泡上茶水递过去，看着刘金贵一脸疑惑地问："这两位是……"

"冯老板是我的生意伙伴，在龙海市生意做得挺大，很有名气，慢慢你就了解了，我跟着他赚点儿小钱。"刘金贵说着朝廉忠诚看了一眼介绍道，"这位是我的同学廉忠诚。"又向张宝民努努嘴道，"那位是张宝民同学，都是自己人，有啥尽管说吧！"

"在电话里说不清楚，我就带着外甥孙勇辉来看看你，有些事当面向你讲明白。工地土石方工程快结束了，你有何打算？不能让车队闲着。"冯聚财担心地说。

"放心，我已经联系好另一个工地的土石方运输，活儿有的是，咱们一起干吧！"刘金贵信心十足地说。

"这就好！金贵，学习生意两不误，前途无量呀！另外我看龙海市的娱乐市场前景广阔，想把原来的生意扩大点儿范围，你看怎么样？"

刘金贵说："当然好了！我相信冯老板的眼光，有好的投资项目可不要忘了我呀！让老弟也跟着你发点儿小财。"

冯聚财说："我选好了地点再和你商量具体的投资方法，日后也不会少麻烦你。就这样吧，今天看看你就放心了！我们还有事先走了，毕业了我给你接风。"

"好吧，后会有期。"刘金贵与冯聚财握手道。

廉忠诚、张宝民、刘金贵看着远去的桑塔纳，心生羡慕。尽管和冯聚财见面只有短短十几分钟，廉忠诚还是隐隐约约觉得冯聚财来头不小，否则显示不出这种无所畏惧的气质来。

廉忠诚伸了个懒腰朝他俩笑笑说："我该归队了，临走前向大家告别，今晚我在宿舍请好朋友喝酒吧！把船孩儿电话给我，让他把菜送到宿舍来，这样就不用外出了。"

刘金贵把电话号码给了廉忠诚。

张宝民笑着摇摇头担心道："上次的教训，我还心有余悸呢！不会有事吧？"

刘金贵平静地说:"放心吧,马上就毕业了,学校在纪律方面管得也松了些,熄灯后在宿舍喝酒没有人会发现的。"

廉忠诚微笑道:"叫着荷花、秀丽一起吧!"

刘金贵不怀好意地哈哈大笑道:"好的,我负责通知她们,老廉醉翁之意不在酒吧!"

熄灯号终于响了,宿舍里的灯光齐刷刷地熄灭了。杨荷花、李秀丽穿着睡衣悄悄来到刘金贵的宿舍,廉忠诚借着烛光看着坐在桌子旁的杨荷花,她那美丽的鹅蛋脸既白净又水嫩,一双大眼睛扑闪扑闪的,还有那宽大睡衣下微微凸起的胸部,宛如出水芙蓉动人心扉。廉忠诚真想对她表达自己的爱慕之情,但看看周围其他几个同学,话到嘴边又咽了回去。廉忠诚在杨荷花身旁坐下,端起斟满酒的杯子,小声说:"我们朝夕相处将近四个月了,我很快就要回到军转干部培训队了,今晚就算喝辞行酒了。感谢弟弟妹妹的支持,来日有用到哥的地方多联系。这杯酒给这段友谊画了圆满的句号,也标志着我们的新生活即将开始,我们几个都有了,一起干杯!"碰杯声音很微弱,几乎听不到,有一种敬畏感在心里,大家都不敢高声说话,谁也不想在这个时候再出问题。

李秀丽长得小巧玲珑、眉清目秀、五官端正,飘逸的长发散发着淡淡清香。她紧挨刘金贵坐着,在和刘金贵说着悄悄话,眉目传情。

张宝民也看出来了他俩的关系,在这里没有他的戏,他有点儿尴尬,成了名副其实的电灯泡,不过正因为有他的存在,才使得这堆干柴不至于燃烧起来。

第二天早上,杨荷花一觉醒来看到自己床前的乡巴佬食品,才想起昨晚回来时刘金贵给每人分了一兜零食,就给寝室同学分了一些。同学程燕燕诙谐地说:"以后少喝点儿酒,你吐了一地,满屋的酒气。和男朋友喝酒了吧?要不怎么喝这么多!看在这些零食的分儿上就不告发你了。"

"少贫嘴！先谢谢你的帮忙，后打你的贫嘴。"杨荷花说着就做出要打的姿势，吓得程燕燕笑着向门外躲闪，和正要进门的廉忠诚撞了个满怀。程燕燕故意装作震怒道："你俩真坏，合伙欺负我。"

廉忠诚一脸正色道："我是来通知你们今天上心理课，河边发现一具男尸，学校安排我们到案发现场学习，磨砺同学们的心智，让你们早点儿做好心理准备，不要害怕。"程燕燕有点儿歉意地说："我不跟你们闹着玩了，谢谢你的提醒。"

上午十点，心理学老师付正直和同学们已经站在河岸边，等待着专家到来后再进入现场。

经过刑侦专家勘查现场初步断定，该人是溺水身亡的，从随身携带的身份证上看年龄才十七岁，已经通知家人认领尸体。

付正直温和地说："同学们都过来，我用剪刀将尸体衣服剪开，大家进行观摩。"

杨荷花站在前排无所畏惧地观看老师的动作，李秀丽和程燕燕躲在后排用双手捂住眼睛不敢直视。老师用剪刀剪开了尸体的衣服，一具裸体男尸呈现在眼前。程燕燕把双手食指和中指分开，露出两只眼睛偷窥尸体，初次看到尸体惊恐不已，感到肚子里的东西直往上顶，差点儿吐出来使自己难堪。她强忍着不良反应仔细地看着尸体，当看到尸体安详的面孔像睡着了一样时，又胆大了许多，慢慢适应着现场的环境，配合老师的教学。

阳光照耀着岸边，亮堂堂的。众目睽睽之下，同学们依次从尸体前经过看个仔细，这就是心理培训的过程。

杨荷花对李秀丽和程燕燕安慰道："没什么可怕的，你俩胆子要大一些。"

廉忠诚凝视着杨荷花她们，放低声音说："害怕的还在后面呢！付老师安排今天晚上在学校训练，两个学员为一组，把这具尸体从训练场抬到解剖室，再抬回训练场，轮番作业，你们害怕吗？"

程燕燕、李秀丽深深地感到恐惧，李秀丽胆怯地问道："当然害怕了！有鬼怎么办？"

廉忠诚坚定地说："世界上哪有鬼呀！如果每个人死后都变成鬼，那么地球早就盛不下了，不要自己吓唬自己了，当警察就应该是绝对的唯物主义者，只要心中没鬼一切照旧，放心吧！"

太阳收起了光芒，夜幕悄悄地降临了。天空也突然变得阴沉起来，淅淅沥沥地下起了小雨，道路上湿漉漉的，气温也下降了许多。两位女生浑身顿时起满了鸡皮疙瘩，而学校却特意关闭了路灯，四周一片漆黑，伸手不见五指。微风吹得树叶嗖嗖作响，路边行道树影在手电的照耀下晃动起来，训练场周围黑洞洞的，阴森恐怖，树林中不时传来野鸟惊恐的叫声，使人更加心神不宁。程燕燕和李秀丽心里忑忑不安，觉得老师很可恶，怎么会安排在这样的鬼天气训练。她俩从来没有对训练场这样恐惧过，生怕突然从黑影中蹿出一个鬼来把她俩抓走。她俩硬着头皮抬起担架，打着手电胆战心惊地出发了，两腿颤悠悠地向解剖室走去。

第二章　春光万丈驱寒意

春天来了，温暖的阳光一扫冬日的凛冽，洒照在大地上，像母亲温暖的怀抱。阳光照耀着行道树，慢慢地把冬雪融化。

夕阳西下，初春的天暗了下来，路灯初上，接替阳光照射着灯边的大叶杨树。受到路灯光和热的作用，灯旁边的树枝已开始率先萌发出新鲜芽包，与其他树枝相比这里有了一些春的气息，慢慢先绿了起来。

廉忠诚无意间发现了路灯边先绿的芽苞，不自觉地喊道："快看杨树发芽了！"廉忠诚像哥伦布发现新大陆一样，兴奋地用手指给梁正兴所长看。

梁正兴不以为然地说："杨树发出花絮了，这是人工和自然的完美结合，不过只是一种现象罢了，没有什么新鲜，年年如此。"廉忠诚沐浴在春风里，看着树下背阴处没有融化的积雪喃喃自语道："春光万丈驱寒意，残雪未尽灯边绿。枝条抽叶各不同，试问灯照何时均？"

"小廉，嘀咕什么呢？过来把警官证给你！"梁正兴从上衣兜里掏出廉忠诚的警官证递过去。廉忠诚跑过来微笑着伸出双手接过警官证说："新办的，挺快呀！"

"是啊！警官证挺重要的，没有它就没法儿证明你的民警身份，记着随身携带呀！"梁正兴语重心长地说。

廉忠诚随手一个标准的敬礼："好的，所长，我记住了。"

"有重要任务交给你去完成，经纬路十一号院有一个死刑犯，叫任涛，今天在河滩执行死刑，昨天他母亲扬言要到刑场见孩子最后一面，情绪失控，激动得哭了一夜。你去安慰她的情绪，不能让她去现场，否则会出乱子的，明白吧？"

廉忠诚道："明白，梁所长，坚决完成任务！"领完任务，廉忠诚却有些为难，这是他分配到派出所后第一次单独执行任务，但无论怎样也要做好。

廉忠诚先到水产市场用自己的钱买了两条两斤多重的新鲜鲤鱼，用塑料袋装好。他提着鱼敲开了任涛的家门，一个体态臃肿的中年妇女应声站在门口，用手捋捋凌乱的头发，憔悴的脸上布满了泪痕，面无表情地问："你找谁？"

"您好，大姐！我是新上任的民警廉忠诚，今天是我第一天下社区，专门来看看您，给您带了两条新鲜的活鲤鱼。"廉忠诚说着一手递过塑料袋，一手从警服兜里掏出警官证让中年妇女看。

"知道了，进来吧！"中年妇女极不情愿地说着，伸手接过塑料袋，示意廉忠诚坐在凳子上。

鱼在塑料袋中抖动着身体，不时弄出哗啦哗啦的声响。廉忠诚看着闷不吱声的中年妇女，向前欠欠身子说："大姐，有水吗？这鱼还是活的呢，放水里吧。"中年妇女两眼直往下淌泪，向卫生间大塑料盆努努嘴没吱声。

廉忠诚道："大姐，您坐着歇会儿，我去放鱼。"

中年妇女用衣袖擦擦眼泪，带着哭腔说："廉警官，你来俺家干啥？我儿子任涛今天就……"说着已经泣不成声，哭得死去活来。

"我知道了，今天就是为这事来看看大姐，大姐节哀顺变保重身体要紧。"廉忠诚说着从兜里掏出餐巾纸递过去。

"我再也见不到儿子了，他好冤枉啊！他从小就是个听话的好孩子，犯了一次法，就犯了个死罪，都怨我没有看好他，让他交了一个叫徐俊涛的小混混。出事的前几天，他和两个朋友一直在我家打地铺住着，我管他们吃，管他们住，孩子也不好好学习了，白天睡觉晚上不知道出去干了些什么，我看着生气就把他们撵走了。我这不争气的儿子也跟着跑了，怎么也找不到他们，后来才听说他们三个和一个收购旧摩托车的徐新强被公安机关抓走了。"

"因为偷东西吗？"廉忠诚明知故问道。

"是的，刚开始是这么说的，后来才知道是杀人案，我的孩子也参与了。"中年妇女面带难色地说。

"能不能说说经过让我也听听？"廉忠诚试探着问，"没关系的，现在已经定案了，说说也没事儿。"

"去年秋天的一个晚上，我儿子和他朋友徐俊涛、张毅商量好，到事先踩好点儿的家属院偷摩托车。按照徐俊涛的分工，由他去把摩托车撬开，我儿子负责把车骑到徐新强的摩托车收购点，张毅在外面放风，发现有人来时就通知我儿子和徐俊涛离开。当徐俊涛把摩托车撬开后，儿子走到车前时，车主从楼洞里出来正好看到这一幕，就大声喊抓贼呀，并抓住徐俊涛的肩膀，一个左摔把他按在地上。我儿子看到车主力气这么大，赶紧过来帮忙救徐俊涛，上前用胳膊从后边抱住车主的双臂向后一拉，徐俊涛从地上爬起来想逃走，车主用手抱住徐俊涛的腿就是不松手。徐俊涛害怕车主的喊声会招来更多的群众，急得眼也红了，顺手从腰里掏出匕首对车主身上捅了一刀，我儿子也松开手用脚对着车主身上乱踢，车主仍不松手。徐俊涛又捅了几刀，两人合力把车主打得松了手，我儿子一脚把车主蹬倒在地上，他们三人就逃跑了。"

中年妇女擦擦眼泪，按捺悲伤的心情继续说："事情还没有结束。张毅胆子比较小，看到车主流了那么多血，就劝我儿子和徐俊涛到公安局投案自首。双方意见不合，徐俊涛就对张毅起了杀心，说是请我儿子和张毅到河边吃饭，把张毅骗到僻静处，趁其不注意，一脚把张毅踢到河里，尸体在下游被公安局打捞上来。听说公安局是从张毅日记中发现徐俊涛和我儿子的身份信息，才把他们抓住的。儿子有罪，但不该死呀！以后我怎么办呢？"

廉忠诚反客为主把桌子上的水递给中年妇女道："大姐有啥委屈对我说说，心里会好受些，以后家里有啥困难多联系我，好吗？"他看看客厅角落里闷不吱声的任涛父亲。

中年妇女长出了一口气道："嗯！"

廉忠诚试探着问："您知道徐新强的情况吗？"

中年妇女紧绷的神经也放了下来，小声道："知道点儿，他是收购旧摩托车的，翻新后出售赚钱。他明知道是偷来的车也收购，便宜呀，改头换面后赚得也多，听法院人说他是因为购赃被判刑的。我儿子的三个朋友，死了一个，今天他俩也完了，徐新强在监狱里也不好过。我的儿呀！你真冤枉啊！交友不慎害了自己的性命呀！"

中年妇女说话声音越来越小，说完话好像轻松了许多，自从接到儿子被判死刑的通知后，她就没吃过一顿像样儿的饭菜，没睡过一个安稳觉。

此时尘埃落定，她心里的一块石头终于落地了，伤心和疲惫使她有点儿虚脱，趴在桌子上睡着了。

一直坐在客厅角落里的任涛父亲，狠狠地吸完最后一口烟，用力把烟屁股摁灭在烟灰缸里，铁青着脸痛苦万分地对廉忠诚说："廉警官你好！我是她爱人，别再打扰她了，这些天太难为她了,让她睡一会儿吧!"

廉忠诚满脸同情:"我有个想法,不知当讲不当讲?"

"你说吧,廉警官,不碍事的,我能挺得住。"

"这个时候说有点儿不好开口呀!"

"说吧!说半截话才让人难受呢。"

"嗯!好吧!那我说啦!"

"我想用这件事教育其他孩子慎交朋友,在报纸上刊登一篇小文章,您看好吗?"

"好是好,但是不要写我儿子的真实姓名。我们都是做父母的,希望孩子们学好,你也是做好事,我怎么能反对呢!放心做吧!我相信你会做得很好!"

廉忠诚离开那个充满悲伤的家时,天已近中午时分,廉忠诚构思着文章的框架,顺手写好草稿,向梁正兴请教。

"梁所长,您好!我想给《大江报》投一篇稿件,您看看是否合适。"廉忠诚诚恳地说。

"小廉,你的主动性很强嘛!可以,到内勤处盖个章就可以投稿了。"梁正兴很欣赏地说。

"谢谢所长支持!"廉忠诚兴奋不已地回话道。

"老廉,你还好这一口呀!"刘金贵从办公室出来调侃道。

"以前在部队写过几篇报道,看到好孩子交友不慎丢了性命,真可惜呀!警醒世人教育好自己的孩子吧,免得孩子犯罪时后悔。"廉忠诚不紧不慢地说道。

"刚才《大江报》记者采访王惠民老师,问起这个由盗窃案演变成的系列杀人案。在学校时我们到河边勘查的男性尸体,就是这案件中的张毅,把稿子给记者带回去方便些,省得你跑腿儿了。"

"好的,谢啦!"

廉忠诚送走《大江报》记者后,考虑着张毅和盗窃案的联系,想起在学校时程燕燕、李秀丽那天晚上抬尸体时的窘态,想着心理老师用模特冒充尸体锻炼学员的教学方法，感到付老师的良苦用心，通过训练胆小的程燕燕、李秀丽应该会克服恐惧尸体的心理障碍了。接下来他想得更多的是杨荷花，分配到派出所几个月了，也没有见到杨荷花，真有点儿想得慌。他决定下午到金桥派出所户籍室看看她，想晚上约她吃个饭聊聊天，向她表达爱慕之情，自己已是大龄青年了，再不主动进攻恐怕就来不及了。

廉忠诚走进路边花店买了一支玫瑰花用纸包好，藏在外罩大衣里边，在左右大衣袖子里分别装了一个苹果，来到户籍室门口静静地等待下班时间到来。别看等待时间只有一个多小时，廉忠诚心里还是很着急，在户籍室不远处踱来踱去，那种等待的烦躁被迫切见到杨荷花的甜蜜赶走了，他甚至感觉不到初春还有点儿刺骨的凉意了。

"忠诚，你怎么来了？"刚刚赶回所里的杨荷花看到廉忠诚站在那里，急匆匆地把自行车停好，有些歉意地说道。

"荷花！我是专程来看你的，没想到你出去办事了，我还以为你在户籍室呢！"廉忠诚腼腆地笑道。

"嗯！刚才到市局取点儿材料。"杨荷花伸出纤细的小手拉住廉忠诚伸过来的大手，握了两下想把手放开，廉忠诚却紧紧地握着荷花的手摇晃着不放，微笑着邀请道："晚上有空儿吧，荷花！我们一起吃个饭好吗？"

"好呀！现在该下班了！等着我去换一下衣服。"

"好的，你去吧！"廉忠诚望着杨荷花苗条的背影，浮想联翩。

"你今天真漂亮！"廉忠诚望着走过来的杨荷花夸赞道。

"奉承人吧！"

"真的！发自内心的赞美，信吧！"

"信！当然信了！你说话我能不信吗？"杨荷花一副玩世不恭的样子回敬道。

转过一个小巷，户籍室已经被甩在身后，廉忠诚迫不及待地对杨荷花说:"我送你个东西希望你喜欢。"说着像变魔术似的左手向上一抬,又向下一甩,空空的左手上出现了一个红色的苹果。杨荷花正在惊讶时,廉忠诚的右手做了同样的动作,右手上也出现了一个苹果,诙谐地说:"来,我们一人一个平安果。"说着递给杨荷花一个苹果,杨荷花接过苹果咬了一口,风趣地说:"真不赖,还会变魔术!"

"雕虫小技而已,只不过是把苹果事先藏在袖子里,你看穿了吧!"

"你还会变啥让我看看?"

"这不难,看好了!"廉忠诚说着两手向空中一挥,左手向左猛然在空中划了一个弧线,吓了杨荷花一跳赶紧躲闪,廉忠诚正好顺手从怀里把准备好的玫瑰花拿出来,呈现在她面前,笑着说,"送你一朵美丽的花,喜欢吗?"

杨荷花被这突如其来的玫瑰花惊得不知所措,惊讶之余满脸羞涩。她知道这支玫瑰花的含义,她也知道自己目前的处境。

"脸怎么红了?脸怎么红了?……怎么又黄了?天冷涂的蜡。"

廉忠诚背诵着台词自问自答,为杨荷花的窘态掩饰着,用手拉住杨荷花的手把玫瑰花递过去说:"这是我想了很久才决定要做的事,这支玫瑰只有你才值得拥有。请你接着好吗?"

"嗯!我接着,我会珍惜的。"杨荷花低着头回避着廉忠诚的目光。

廉忠诚趁机把杨荷花拉过来,两个人拥抱在一起。廉忠诚把嘴里剩下的苹果咽下,向杨荷花的脸上亲了一下,杨荷花顺势把玫瑰花斜插在廉忠诚的棉衣领子和外套之间,用手把廉忠诚推开坏笑着向前边小吃店跑去。

廉忠诚兴奋得像孩子一样屁颠屁颠地跟了过去。小吃店的人很多,他们找个空位坐下来点菜,周围人用异样的目光看着廉忠诚。廉忠诚觉得莫名其妙,问杨荷花:"他们怎么这样看着我?"

杨荷花咬了一口苹果,把另一只手在廉忠诚面前晃了晃,顽皮地笑着说:"我也会变魔术,把花变没了,你再送我一支怎么样?"

"谁家的小姑娘学坏了吧?"廉忠诚深情地看过去,与杨荷花含情脉脉的目光相遇,两人会心一笑。杨荷花诡辩道:"现学现卖,也用得上,跟你学的呗!"

廉忠诚这才明白过来,玫瑰花消失了,在杨荷花身上轻轻地摸了摸,不见玫瑰花的踪影,坐在杨荷花身旁凳子上,猛然向后一仰,后脑碰到凉凉的玫瑰花,才知杨荷花在捉弄他。

廉忠诚把玫瑰花从衣领处拔出来双手递给杨荷花,把嘴贴在她的耳朵上小声说:"嫁给我吧!小姑娘。"

"去去去!羞不羞这么多人!别让人看见了。"杨荷花接过玫瑰花放在桌子上,用筷子夹了一块热气腾腾的羊肉放在廉忠诚嘴里,"饿了吧,多吃点儿,把嘴堵住。"

"今天是个特别的日子,我们两个喝点儿白酒庆祝一下好吗?"

"有什么特别?"

"我送花的日子呀!也是你接花的日子呀!还不值得庆祝吗?"

"值得庆祝,正合我意呢!来瓶白的吧!但是不准欺负我!"

"好的,服务员来瓶白酒吧!"

酒足饭饱后,两人醉眼蒙眬的,杨荷花提议轧马路散散步,也好欣赏城市的夜景。他们走在城市的马路上,路灯的光线从郁郁葱葱的树叶间洒落下来,形成斑斑点点的阴影,酷似斑马的斑纹,美丽而不夸张。春风不经意吹得树叶来回摇曳着,使阴影在地面上不停地晃动。路边的行人川流不息,今晚的中华街热闹喧哗。两人走在嘈杂的人群中幸福感满满的,廉忠诚一手搭在杨荷花的肩上,看着路灯和霓虹灯相互辉映下杨荷花含羞的美丽面孔,心中想着如何在这个浪漫的夜晚收获爱情。或许,爱情的春天就要来临了。廉忠诚想到这就试探着邀请道:"荷花,到我的住处坐坐吧,喝点儿茶,怎么样?"

"你租的房子呀?"杨荷花笑着问。

"也算是吧。"廉忠诚含糊其辞地答道。

"什么叫也算是!"杨荷花有点儿打破砂锅问到底的劲头。

"我们边走边聊吧。"廉忠诚说。

"好的。"杨荷花答应道。

"其实,我刚分到社区时,钢厂领导正在为小区频繁丢自行车发愁呢。正好我穿着警服来熟悉辖区群众,领导问起我工作和生活情况,知道我没有住处,就把单位一个单间宿舍分给我住,按职工待遇每月交房租。一来解决我这个外来户的住宿问题,二来也可以工作方便减少辖区发案。"廉忠诚漫不经心地说出了原委。

"好事让你赶上了。"杨荷花笑道。

"那当然,来得早不如来得巧,正好让我这一任民警赶上好事了。"

"请进吧,参观参观我的蜗居。"廉忠诚邀请道。

"嗯!当过兵就是不一样,干净整洁,连被子都是豆腐块一样整齐,就是面积有点儿小了。"

"在大城市里有这么个小屋就真不错了,屋子小好取暖。"说着廉忠诚拿起煤火上的烧水壶,给放好茶叶的杯子里倒了多半杯开水,让杨荷花尝尝自己从部队带回来的茶叶,慢慢细品回味无穷的清香。

其实,酒喝到这份儿上,再好的香味也品不出来了。但杨荷花接过茶杯暖暖手后仍放到鼻子下面闻了闻,高兴地说:"嗯,挺香的,啥茶叶?"

"一级的茉莉花茶。"

"自己买的吗?"

"是的!"廉忠诚老实地回答道。

"本来想给领导送点儿茶叶,怕安排不到公安局,没想到如今政策好，国家招收公务员实行文化考试，鄙人考上了，这茶叶就用不上了，咱们尝尝鲜也算是有口福了。"

说着他把另一个杯子倒上开水，放下水壶坐在床上，拉着杨荷花的手示意她也坐在床上。杨荷花像触了电一样，美好的感觉从手一直传遍全身，幸福感油然而生，本来对廉忠诚的好感一下子升华到了极点。

她矜持的少女之心一下激动了，难道这就是爱情吗？杨荷花觉得自己一下掉入爱情旋涡难以自拔了，真是踏破铁鞋无觅处，得来全不费工夫。上天太眷顾自己了，难得廉忠诚对自己那么好，心里欢喜极了。

但是杨荷花嘴里还是嗲声嗲气地说："干吗呢，不要这样好吗？"

她半推半就顺势坐在廉忠诚的大腿上，廉忠诚抱着杨荷花慢慢体味着每寸肌肤的温暖。猛然间廉忠诚翻身把杨荷花压在床上，把舌头伸进她的嘴里，细品着她口液的清香。杨荷花含糊不清地说："别别……"她便躺在床上闭着眼睛，等待那幸福的时刻，脑海里却不停地闪现着以前那肮脏交易的一幕。

杨荷花想起那肮脏的"成人礼"，要不是那肮脏的"成人礼"，就不会遇到眼前的白马王子，想到这心里有一些愧疚，不过她还是坚定信心要瞒过这个傻大兵，珍惜这来之不易的爱情。

激情过后，廉忠诚拿来卫生纸，好像在寻找着什么。杨荷花知道他在找什么，他一定很失望，床上依然是一片白色。

杨荷花温柔地问："你在找什么？"

"没事儿！我把床上东西擦干净。把被子盖好不要感冒了，快躺下吧！"

廉忠诚美梦成真，幸福地将杨荷花揽入怀中，很快进入了梦乡。没有看到那鲜艳的一朵红，廉忠诚知道杨荷花已经不是自己心里的灰姑娘了，左思右想一万个舍不得放弃，思想斗争的结果是依然站在爱情这一边。事到如今就不要想得太多了，自己也曾经在部队驻地和小学老师谈了四年恋爱，钱没少花，最后连边也没有沾着。小学老师的父母嫌女儿年龄有点儿小，结婚太早不好，人家是独生女，想留在父母身边，临转业了不愿意跟着来家乡，只好分手了。只要以后杨荷花能够一心一意过日子就行了，不要管以前的事。廉忠诚在矛盾中睡着了。

早上醒来，廉忠诚没有看到杨荷花的身影，迅速起床，发现桌子上留下的一张纸条，上面是杨荷花娟秀的字体：

亲爱的，我先上班了，我也很爱你！但是或许你我走到一起并不合适，昨日冒昧打扰，请你见谅。

廉忠诚丈二和尚摸不着头脑，幸福和烦恼并存在脑海里，让他陷入迷茫之中。廉忠诚边想边向单位走去，刚到门口，李秀丽从值班室出来，调皮地说道："老廉，告诉你一个好消息，也告诉你一个坏消息。"

"小李，赶快说吧，还打哑谜不成？"廉忠诚调侃道。

"给，这报纸有你的文章，看看吧！我值班时邮递员送过来的。"李秀丽说着把报纸递过来，廉忠诚接过报纸翻看着那篇像小豆腐块的稿件《好孩子交友不慎丢性命》的铅字报道，心中很高兴，便笑着对李秀丽说："谢谢你，听说所里还有奖金呢！"

"梁所长说过，把报纸复印件交到内勤就可以领奖金了，不过……别忘了请大家吃饭！"李秀丽顽皮地笑道。

"那当然，肯定请，不只一顿饭，要请就请三顿饭，并且要天天请，只不过饭店的名字叫经纬饭店。"廉忠诚狡诈地笑了笑。

"单位食堂呀！真小气，坏消息不告诉你了！"说着李秀丽噘起了小嘴。

"别啊，别这样！我请吃饭不就行了吗？"廉忠诚讨饶道。

"这还差不多，看在一顿饭的分儿上，我就告诉你吧！"李秀丽笑了笑接着说。

"昨天你辖区两辆自行车被盗,一辆永久牌的,还是新的,失主刚骑一天就被盗了,真可惜。"

"什么时间?地点在哪里?"

"两辆自行车都是中午十二点左右,在地震局对面办公楼道内被盗的。梁所长让我配合你把偷车贼抓住。我看有点儿悬,不好抓呀!"

"小李,你了解情况吗?"

"什么情况?"

"自行车被盗失主的态度,自行车的价值,贼的作案特点,是否发现嫌疑人,现场情况你知道多少就说多少。"

"老廉,我也说不清楚,咱们到现场把失主叫来,让他们讲讲情况好吗?"

"当然好了!一会儿该点名了,咱们点名后再去吧。"

"梁所长让我通知你,不抓住小偷就别来点名了,给咱俩特批的时间,我现在通知失主吧。我想他们也该上班到单位了,正好见见他们。"

"好的,真是好主意,我去把自行车推过来,你怎么去?"

"我也骑车去。"

"你看这样行吗?你去把接处警本上两个失主的名字和单位抄下来,负责联系失主,一个小时后我们在现场见面。我去找钢厂的郭厂长,让厂里保卫科出点儿人一起抓贼,上次他们院里也被盗了好几辆自行车,这个工作我来做。"

"行呀!分头行动不耽误事!一看就是当过兵的人,干脆利索。"李秀丽说道。

廉忠诚猛蹬自行车飞快地赶到郭厂长家里,厂长没在家,幸好家里有固定电话,嫂夫人拨通了厂长电话,递给廉忠诚说:"你讲吧。"廉忠诚接过电话,里边传来郭厂长拖着长音的问候:"小廉你好呀!有事吗?"

"郭厂长您好!我们辖区自行车被盗的事,一星期丢了十多辆自行车，所里很重视，所长指示我和小李负责破案，麻烦您出几个人帮帮忙！拜托您老人家了。"

"小廉太客气了！保一方平安是我们大家的责任，你说的发案现场保卫处已经向我汇报了，我让他们派几个人过去帮忙，我把王处长的电话给你，以后需要帮忙直接找王处长就行了。"

"好的，郭厂长，谢谢领导支持。"

"呵呵，小廉，还这么客气，去吧，祝你成功！"

廉忠诚挂了电话，直奔被盗现场。李秀丽、失主文律师和王山妞、王处长，还有五个身强力壮的保安，大家都穿着便衣在那里等着。

廉忠诚把大家叫到门洞里讲道："今天麻烦大家，是为了抓获在咱们辖区作案多起的盗窃团伙，大家是否知道案情？"

王处长兴奋地说："我们知道了，你说怎么干就行了，案情我们也分析了。"

"好吧，两位失主今天能否配合我们抓贼？"廉忠诚看着失主说道。

王山妞很不耐烦地说："我已经丢了三辆车子，没有看到你们公安局追回一辆车，哎哟！现在还让我为你们抓贼，想得真美。我又买了一辆新的永久车，不敢往门洞里放了。"

"大姐你放心，不会耽搁你太多时间。和你商量个事，把你新买的自行车像平常一样放在门洞里，我们好抓贼。"

"丢了你负责！我不相信你能看住车子不丢。"

"好了，交给我，丢了我负责，不过几百元嘛，相信我有这个赔偿能力，好吗？"

"好吧！就听你一回。"

"一会儿我们布置完抓捕现场，你骑车到外面转转，回来时把自行车放在门洞里就可以放心上班了。"

"好吧！"王山妞极不情愿地回答。

"王处长和文律师加一个保安在现场文艺路东北角方向，这也是小偷得逞后逃跑的主要方向,能否抓住小偷,你们很关键,明白吗?"廉忠诚开始分配任务。

"嗯,明白。"三个人爽快地回答。

"小李领两个保安在现场文艺路东南方向,是次要方向,但是小偷也有逆行逃窜的可能,切勿掉以轻心。"

接着廉忠诚看着另外两名保安轻声说道:"你俩和我在马路对面,一个在南一个在北负责观察,防止小偷跨越隔离护栏从马路西边逃跑,我在马路对面地震局门卫处负责观察,大家听我的消息开展抓捕。"

"王处长带的三部电台,你留一部,给小李一部,我一部。把频率调到同一频道,暂时听我指挥一回,好吧?"

"好的!"大家答道,都认同廉忠诚的安排。

很快人员就到位了,王山妞也把车子放在门洞里,到单位上班了。

廉忠诚坐在地震局门卫值班室,把对面门洞看得清清楚楚,整整一个上午只有几个到楼上单位办事的人过来过去,也没有发现一个嫌疑人。

王山妞下班骑上新买的自行车回家了,电台里传来王处长的声音:"小廉,刚开春,还挺冷的,中午让大家休息一会儿,到我们单位吃工作餐吧?"

"谢了王处长,门洞里还有几辆自行车没有骑走,我们不能都撤走。这样吧,人员减半轮流吃饭,到地震局会议室来,我们准备的有方便面火腿肠,将就将就吧,委屈您了!"

"好的,我通知他们几个人,明白。"

下午一点,一个二十多岁的男青年出现了。他中等个儿,穿黑色上衣,从文艺路南边向北行走,不时地东张西望,好像在寻找什么,到了门洞里面向停车的地方看看,转身就离开了,顺着文艺路向北走了。

这一小小的发现,让廉忠诚像钓鱼人发现鱼漂在动一样兴奋,心想鱼儿快上钩了。他把这一发现告诉抓捕小组的每一个人,大家顿时来了精神,都回到自己的位置上严阵以待。

整整一个下午没有出现可疑情况,文律师冻得直跺脚,来到廉忠诚面前:"这鬼天气,气温忽冷忽热的,我冻得受不了了。廉警官,这样行吗?现在还没有效果,请允许我先回去,明天我多穿点儿衣服,不抓住小偷咱们不收兵。"

"行,文律师先回吧!辛苦你了,明天见。"

太阳快要落山了,余晖照耀在路两边的行道树上,初春竞相发芽的小树叶,到四月份已长大了不少。尽管门洞里的声控灯时亮时灭,廉忠诚还能隐隐约约地看到有几辆自行车在那里静静地停放着。

廉忠诚果断地拿起电台喊道:"我是廉忠诚,今天暂时撤离,明天不用点名继续蹲点儿,大家辛苦了!"

第二天上午,抓捕组成员如约而至,廉忠诚简单通报了昨天的情况,强调今天那名可疑男子可能会采取行动,吩咐大家各就各位,小心应对。

"小李,你可要努力呀!嫌疑人从你眼前经过,可要隐蔽好。"廉忠诚诙谐地说道。

"在马路上去哪儿隐蔽?"李秀丽有些无奈。

"你看保安多么帅气,你俩假扮谈恋爱多好,在这明媚的春天,一对恋人漫步在春日的阳光下,是多么美好的事情,多么浪漫和惬意。"

"老廉,你就会逗人,行,就依你的吧!别的方法缺陷太多了。"

期待了一个上午,一切照旧平静如水,一点儿波浪也没有。抓捕组在焦急中等待,守株待兔这种笨办法,急人。中午时分,两名嫌疑男子从李秀丽眼前经过,她一时没有反应过来,和嫌疑人打了个照面,谁也没有注意对方。嫌疑人从门洞前从容经过,用眼睛向门洞里的自行车停放处望了望,看到的是一些旧车,就离开了。

下午王山妞停好自行车,伴随着高跟鞋咔嗒咔嗒的声音消失在办公楼里。一个嫌疑男子出现在门洞里,东张西望看看四周有没有人,心想车主也不会这么快下来骑车,他感觉机会来了。廉忠诚又一次发现了嫌疑人,心里直痒痒,替贼着急,怎么还不下手。嘿,弯腰了,看样子该下手了。他拿起电台小声说道:"各组注意,老鼠出现。准备抓捕,听到回话。"电台里传来回声:"王听到。""李听到。"

这时嫌疑人把手从兜里拿出来,用三角改锥对准王山妞的自行车锁,利索地插进去用力一扭,比车主开锁的速度还要快得多,在廉忠诚看来贼只是弯了一下腰锁就开了,贼骑上自行车出了门洞顺着自行车流向北逃窜。

"向北逃,抓捕!"

廉忠诚一边在电台里喊话,一边急忙冲出门卫室向保安招手道:"快追!"

廉忠诚利索地躲闪着川流不息的汽车,跃过马路中间隔离带向北追去,边追边大声喊:"抓小偷呀!"

早已埋伏在路东边的文律师一个箭步横扑上去,将嫌疑男子和自行车扑倒在地,揽住嫌疑男子的脖子,同王处长和保安将其抓住。李秀丽跑到跟前气喘吁吁地拿出手铐将嫌疑人双手铐上。

廉忠诚一手拿着警官证在偷车男子眼前晃了晃,用另一只手拍拍偷车男子肩膀神气地说:"警察,想死你了!我们已在此恭候你多时,跟我们到派出所走一趟吧。"

偷车男子一副宁死不屈的样子:"警察怎么了,凭什么抓我?"

"这自行车是谁的?"

"我骑我朋友的车不行啊?"

"哪个朋友的?"

"这个……"

"怎么语塞了?"

偷车男子答不上来了,低下高昂着的头。

"根据《中华人民共和国治安管理处罚条例》第23条规定,你涉嫌偷窃他人财物,现口头传唤你到公安机关接受调查。"

"嗯,我知道了。"

王山妞听到吵闹声从楼上跑下来,像母狮子一般愤怒地冲过去,嘴里骂道:"你妈的!叫你偷老娘的车。"冷不防把廉忠诚挤到一边,抬起右脚对着偷车男子的屁股就是一脚。

"哎哟妈呀!疼死我了,警察打人了,我要告你们。"偷车男子扭过脸痛苦地用言语反击着。

"老娘不是警察,是失主,你把老娘的车偷哪去了?老娘高跟鞋也不是吃素的,叫你偷,踢死你个鳖孙。"

廉忠诚赶紧把她拉开道:"大姐,小偷也是人,违法了我们依法处罚他,别打他了。"

王山妞气晕了,不听劝阻,用手去抓偷车男子的头发。廉忠诚用手挡住,一脸严肃地说:"好了大姐,这不是说话的地方,到派出所再说也不迟。"

廉忠诚又回头对王处长说:"王处长,辛苦你把他的手铐用衣服包好,免得群众围观带来不必要的麻烦。"

"好的,没问题。"王处长兴奋地说。

廉忠诚向抓捕组的人摆摆手道:"两个失主、王处长和我们到派出所配合处理案件,其他保安可以回去了,辛苦大家了!改天再谢你们。"王处长和廉忠诚每人挎着小偷的一只胳膊,李秀丽推着自行车和王山妞、文律师向经纬派出所走去,刚到所门口就看见正要外出的梁正兴。

廉忠诚眉飞色舞地讲述了抓捕经过,最后有点儿惋惜地对梁正兴说:"梁所长,我们把偷车男子抓住了,现场还发现了他的同伙,不过很可惜让他跑了没抓住。"

"小廉,抓紧突审,把情况搞清楚后到他的住处搜查,记得办搜查证。我要去开会,有事向陈所请教。"

"好的,梁所。"

"小李你办搜查证,我带人突审偷车男子。"廉忠诚有点儿急切地安排道。

办案子还是头一回,拿来老民警的笔录对照着问题和答案来问,但照葫芦画瓢有点儿难问。

这也没有难倒廉忠诚和李秀丽,问完所有笔录已经是第二天上午点名时分了。廉忠诚拿着笔录让梁正兴审阅。

刚到梁正兴办公室门口,还没有等廉忠诚开口,梁正兴就问:"小廉,一夜没睡吧!材料问得怎么样?"

"材料问完了,所里也审批过了,只是深挖方面不太理想。盗窃现行承认得很痛快,但这家伙就是不承认以前的盗窃案件。我想带人到他住处搜查,看看是否会发现新线索和赃物。"廉忠诚带着一脸倦意地回答着。

"多带些人,防范措施不能省呀!注意安全啊,你是当兵出身,应该懂得安全的重要性。"

"知道了,梁所。"廉忠诚说完回头看着李秀丽,"小李,饭后带上搜查证马上出发,搜查偷车男子冉鹏在红旗路九号院的住处。"

李秀丽对廉忠诚点着头,又给冉鹏递过馒头和咸菜关心地说:"冉鹏,你也吃点儿,别饿着了。要配合呀,你明白坦白从宽抗拒从严的道理吧!"

"明白明白!"冉鹏接过馒头说。

"王处长、文律师,你俩能撑得住吗?"廉忠诚关切地问。

"没问题,为了找回车子,这点儿苦算不了什么。"文律师抢着说。

"好吧!你俩就再和我们辛苦一趟吧!我向梁所长要了一辆办案用的面包车,司机在门口车上等我们呢。你俩先上车,我和小李把冉鹏带过来,让他带路。"廉忠诚说道。

司机郑师傅高大的身躯坐在狭小的面包车驾驶室里,显得很挤,用洪钟一般的声音问道:"老廉去哪?"

"红旗路九号院,搜查冉鹏住处。"

在冉鹏带领下,一行人来到九号院的筒子楼一楼。王处长、文律师看着冉鹏小心翼翼地用钥匙打开住处的房门,廉忠诚和李秀丽一推门冲进屋里,把听见开门声正要起床的孙勇辉按在床上。"不许动,我们是警察!"廉忠诚说着把警官证让孙勇辉看了看,拿出搜查证让孙勇辉在上面签字后收回,开始对住处搜查。

"廉警官,这是我的捷安特自行车,太棒了,找到了。"文律师惊呼道。

"这几辆应该是钢厂院里丢的车子。嘿!永久牌是王山妞的吧!我以前见过这辆车子。"王处长高兴地合不拢嘴,这几天总算没有白熬,向郭厂长和失主也有一个交代了。

"证据在你面前摆着,还有什么要说的吗?"廉忠诚看着孙勇辉质问道。

"我在歌厅上夜班,白天困了,只是在朋友这儿睡一觉,真倒霉让你们撞着了,不知道谁的车子放在这里,不信你问问冉鹏。"孙勇辉一边说一边向冉鹏眨眨眼示意附和他的说法,冉鹏回避孙勇辉的眼神,点着头表示赞同。

"别狡辩了,这是我的警官证,好好看看,现在口头传唤你,跟我们到公安局走一趟,你会有收获的。"

"去就去,谁怕你呀!"

"慢着,让他在扣押清单上也签个字吧!"李秀丽拿着扣押清单笑盈盈地走过来,边说边把清单递给孙勇辉。

孙勇辉看了一眼扣押清单,委屈地说:"我不签,这东西又不是我的。"

"你急什么?你知道在哪儿签字吗?我让你签在见证人一栏里,明白吗?"李秀丽立马收起了笑脸瞪着杏仁眼严肃地说。

孙勇辉接过清单，苦笑道："好吧，这个我签，何必那么凶。"孙勇辉在见证人一栏里签上名字和日期，很不耐烦地把清单还给李秀丽。

李秀丽接过清单，将它装在办公包里，对廉忠诚说："老廉，我给赃物和现场拍过照了，已经把证据固定下来，冉鹏承认这六辆自行车是他和同伙徐新强偷的，回去再做现场勘验笔录吧。不过怎么把车子弄回所里还是个问题呢。"

"不要紧，这样吧，你在车上把冉鹏扣在铁环上，郑师傅回所路上开慢点儿，我们几个和孙勇辉每人骑一辆自行车跟在后面回所，还多一辆自行车少一个人骑，得想想办法。"廉忠诚若有所思地说。

"交给我了，这里有一根细绳，我把自行车前轮绑在另一辆自行车后货架上就可以骑回去了。"王处长拿着绳子去推车子。

孙勇辉看了一眼廉忠诚抗议道："为什么让我骑车和你们去所里？我去不了。"

"你不想证明自己清白吗？你符合传唤条件，现场发现赃物的，你明白吗？"廉忠诚吼道。

廉忠诚在小屋里转了几圈，找到几根细铁丝递给文律师交代道："麻烦你了，咱们把六辆自行车分成三组，像王处长那样把车绑起来，骑回去。"文律师接过铁丝说道："中，哥，我和王处长去绑车。"

廉忠诚从桌子底下捡起一个塑料袋，扭头对孙勇辉说："你过来看看这是啥东西？"

"散花烟盒子里的锡纸呗。"孙勇辉答道。

"上面还有烧煳的痕迹呢，干啥用的你知道吗？"

"我不知道干啥用的。"

"这个卷成圆筒形状的纸筒有啥用？"

"你问我，我问谁去，真是的。"孙勇辉很不耐烦地回答。

"好吧，你不说是吧，把这袋垃圾放到车上回去再琢磨吧！"

"小廉,绑好车子了,我们回去吧!"王处长在门外大声喊道。

"好的,先把孙勇辉送到汽车上,让他和李秀丽一起回所里。"廉忠诚扭头对郑师傅说,"拜托了。"

"没问题,放心吧!扣着一个呢!安全得很,孙勇辉是证人,不要紧的。"郑师傅故意大声回答道。

王处长骑着车子跟着汽车回到所里,可难为廉忠诚和文律师了,怎么也不能像正常骑自行车一样骑着回去,只好用手推着三个轮子的自行车招摇过市。回到所里两个人已累得满头大汗,放置好自行车,把钥匙交到内勤处保管,直奔办案区。

"小廉回来了,小李和郑师傅在里面看着人呢,案件办得怎么样了?"民警王惠民兴奋地问道。

"王老师,您可回来了,我第一次办案,没有老师教真难呀!像无头苍蝇似的乱窜,您回来我们组就有主心骨了。"

"我刚从外地回来,接回来几个嫌疑人,梁所长让我给他们训诫后,再参加我们组的案件处理,很快的,你们先进行吧,我两个小时就会完成。"

"好的,王老师,您先忙。"

廉忠诚推门进到办案区,李秀丽正拿着笔在给孙勇辉做笔录。

"孙勇辉,你叫什么名字?"

"你叫着我的名字还问我干吗?明知故问。"

"少废话!回答我的问题,明白吗?"

"不明白!"

"小李,你记录我问他。"看着狡猾的孙勇辉,廉忠诚沉下脸,顺手拉过旁边的凳子坐下来,用严厉而低沉的声音问,"你有前科吗?也就是以前被处理过吗?"廉忠诚手里拿着一张纸在空中挥了挥。

"我没有被处理过!少拿这吓唬我。"

"咋的！你的过去还想让我替你说吗？"

"我不是那意思，提醒一下呗。"孙勇辉用哀求的眼光看着廉忠诚。

"行！我告诉你关键字可以吧！"

"当然可以了！"

"轻……伤。"廉忠诚故意拉长了"轻"的长度，加重了"伤"的音调。

"啊！想起来了，你说打架的事啊！有啊！我去年在我舅的歌厅里，把一个醉鬼的鼻子打歪了，鉴定成轻伤了，他家关系比较硬，坚决不调解，强烈要求民警依法处理我，但咱也有关系，一个月就出来了，没咋地。我舅给跑的，到法院多赔对方点儿钱就行了，已经结案了，还提这干吗？"

"你老实点儿，不要我提醒了，好吗？我给你机会，看你的态度怎么样，好好配合落个好态度，明白吗？"

"明白明白！"孙勇辉连连点头，收起玩世不恭的态度，慢慢叙述着他在冉鹏住处睡觉的经过。

笔录很快就记完了。李秀丽抬起头，如释重负地望着廉忠诚说："你看看写得行吗？"

廉忠诚看看笔录，用肯定的语气说："如果把较长的两句话变成一句，既表达了他的意思，又很简练，这份笔录就是锦上添花了。你写得字迹流畅，用词恰当，不拖泥带水，不愧是科班出身呀！"

"老廉同志真会夸人，我觉着他还没有把知道的事情说完，老是藏着掖着，避重就轻。"李秀丽说着拿出印泥对孙勇辉命令道，"过来看看笔录是否有误，签字按手印。"

孙勇辉客气地说："您做的笔录肯定没问题。"他从凳子上站起来走到桌子前，接过李秀丽递过来的笔录，认真地从头看到尾，并指着笔录说："我从歌厅下班到冉鹏住处大概是凌晨两点多，我刚才说的一点多不准确，徐新强回来取东西应该是三点多。别的都对,我签字按手印。"

李秀丽把有疑问的地方改过来,对孙勇辉交代道:"把改动的地方也按上手印。"

"明白了!我上次打架时按过手印,我会按到正经地方的,放心吧。"

这时,王惠民在外面喊道:"小廉出来一下。"

廉忠诚急忙从询问室出来问道:"有事吗,王老师?"

王惠民将廉忠诚拉到一边小声道:"我已找局长把冉鹏的材料审批过了,对冉鹏拘留十四日。"

"为啥不顶格处理呢?为啥是十四日呢?他参与偷了六辆车子!"廉忠诚有点儿疑惑地问王惠民。

"你是新民警,不知道其中含义。拘留十四日是公安机关常年形成的不成文习惯,到拘留所关人的时候,看到拘留十四日的违法人员,就会在快到期时提前通知你改变措施,一般情况下拘留十四日违法人员都有前科,按照规定下一步要劳动教养。冉鹏在三个月前因盗窃被南开派出所拘留十日,符合劳动教养条件,这个案件我们可以'一虾两吃',明白吗?既拘留又劳教,一举两得。"

"下一步需要做些啥工作呀?"廉忠诚虚心请教道。

"你需要准备赃物照片和估价单,到市物价局价格认证中心进行估价,把估价表填好,等到估完价格,办理劳动教养法律手续,到时候我教你。"

"另外,冉鹏同伙徐新强要追查到底,这个案件看上去已结案,其实才刚刚开始。你和小李辛苦了,再外出侦查时叫着我一块儿去。"

"中,王老师多多指教,我是有年龄没经验,论实际经验我是一片空白,部队那一套在这儿不管用,只好重打锣鼓另开张了,从头儿学习,拜托了。"廉忠诚真诚地说道。

"眼前就有一件事向您请教:今天带回来的孙勇辉很狡猾,

曾被处理过，防范心理强，在他和冉鹏住处的垃圾袋里发现了奇怪的东西，您看看对案件是否有用。"廉忠诚说着把王老师让进询问室，打开垃圾袋，用手指着说，"就是这个东西。"

王惠民不紧不慢地接过垃圾袋，拿出锡纸说："这个是用来吸食毒品的，上边烧煳的黑色东西是吸食黄皮毒品留下的痕迹，这个像吸管的纸筒，是用来吸食毒品烟雾的工具。"

"好小子，你吸食毒品，还不如实招来。"廉忠诚走进讯问室有点儿不耐烦地对孙勇辉说。

"就凭这你说我吸食毒品，太武断了吧！民警要都像你这样岂不把人冤枉死了？"孙勇辉不忿地还嘴道。

"王老师，吸毒人应该和正常人有不一样的表现，比如犯瘾时流眼泪打哈欠，据说骨头里像蚂蚁在啃，痒得难受，孙勇辉好像没有这个症状。不过在学校培训时见到过尿检板，您有没有这东西？今天让我见识见识。"廉忠诚向王惠民求救道。

"有，尿检板在楼上办公室，我去拿一个，你先找个一次性杯子取他的尿样，我马上下来检验他的尿液。"

过了一会儿，王惠民拿着尿检板下来，廉忠诚带着孙勇辉已经在楼道里等候了。王惠民拿出吸管用手把空气挤出去，将有吸口的一头放在尿液里松开手指，尿液就被吸到管子里，再把管子里的尿液挤到尿检板上，等了一会儿尿检板上显示一道红线。王惠民对廉忠诚说："尿液呈阴性，他很正常，没有吸毒。吸过毒的是两道红线，这是专门检测吸食黄皮毒品用的尿检板，很准确。"

看起来孙勇辉是清白的，真搞不明白，他为什么会出现在冉鹏的住处？廉忠诚若有所思。

"王老师，我要查清楚这件事，一定还有其他原因。我和小李先去把冉鹏送到拘留所，再回来审问孙勇辉，行吗？"

王惠民答道："好吧，我先讯问孙勇辉，给他批过延长手续了。另外告诉你一声，文律师和王处长先走了，我让他们通知失主,明天下午带上自行车证件或者发票领取自行车。"

"谢谢王老师!"

"不客气,小廉,我们在一起工作,互相照应是应该的,以后就别客气了,也别叫我王老师了,叫我王哥多好听。"

"是,王哥。我现在就出发去拘留所送人。"

"郑师傅知道拘留所的地方,我已经让他把汽车开到所门口等你们了。"王惠民说。

李秀丽把冉鹏带到门口郑师傅的车上,廉忠诚把拘留用的手续检查了一遍,心想第一次拘留人忘带手续就麻烦了。

"放心吧!老廉同志,这是治安拘留裁决书、审批表、回执、自残告知书,这就齐了。把人看好,回来时一定要在拘留回执上盖拘留所接收章。明白吧?"郑师傅用手指着手续对廉忠诚说。

"明白!明白!"

汽车行驶在柏油路上,半个小时光景就到拘留所了,廉忠诚匆忙地从车上下来,一手提着档案袋一手敲响了拘留所大门。咚、咚、咚,里面立即传来了几条大狗的汪汪吼声,伴随着狗叫声,一个粗壮有力的男声问道:"谁呀!干什么的?"

"您好!我是廉忠诚,来送人的,麻烦您把门打开。"拘留所大门上方观察窗口打开了,在拇指般粗细竖立着的钢筋护栏后面,有一张严肃的瘦长脸。长脸民警关切地问:"哪个单位的?在吃晚饭时送人。"

"啊!老师好!我是经纬派出所新入警的民警廉忠诚。"说着从档案袋里把拘留手续和警官证交给长脸民警验证。

"人带来没有?进来说吧!"说着打开小门,李秀丽和郑师傅押着冉鹏从车上下来,一起进到拘留所里面。一只藏獒见到生人进来,噌地从地上蹿起来汪汪叫着冲过来,把狗链子拉得哗哗作响,张着大口流着哈喇子,露出一脸凶相。"别叫了,自己人。"长脸民警命令道,大狗立即停止吼叫,退回原处安详地卧下,露出圆鼓鼓的乳房任由一群可爱的小狗吸食奶汁。

"小廉同志，前面亮灯的是值班室，里边有民警值班，你去那里办手续吧！然后去二道门把手续交给民警，就可以把人关进拘留所了。"长脸民警交代道。

"好的，老师，谢谢了！"

一个头发花白的老民警看见廉忠诚走进值班室，兴奋地问："同志，关几个人？"然后向里屋喊道，"老吕、小仲，有生意了。"

"关一个人，老师。"廉忠诚看着陌生环境微笑着应道。

"过来把手续给我，我先填写相关内容，小姑娘把人带过来，让老吕检查身体。"

小仲拿着虎头钳子应声走过来说："老吕还忙着给上一个人体检呢，我先来吧。"小仲走到冉鹏面前问，"你叫冉鹏吗？跟我来。"

冉鹏点点头说："是我。"

"过来，把身上的东西全部掏出来放在地上，快点儿，别磨蹭。把手举起来趴在墙上，依法对你搜身进行安全检查。"冉鹏被动地配合着小仲的口令。"转过来。"小仲伸手从桌子上拿起安检器在冉鹏身上慢慢搜索着，冉鹏身上不时发出嘟嘟嘟的响声，"这是金属制品，需要去掉，不准带到拘留所里。"小仲边说边用钳子把衣服上的金属扣子拽掉，也不管冉鹏同意不同意。"把腰带抽出来放在地上，把鞋子脱掉换上拖鞋，快点儿！想啥呢！"小仲大声说道。

冉鹏真想哭，眼泪在眼眶里转来转去，心里想着第二次来到拘留所会是啥结果。

小仲放下钳子让冉鹏站在身高计量器墙边，熟练地拿起相机给冉鹏照了正面、左侧面、右侧面三张照片，填好入所笔录，把冉鹏领到警医老吕办公桌前说："我已经做好安全检查，可以体检了。"老吕边整理着体检档案边问："你叫冉鹏，以前有过病没，身上是否有伤疤、胎记？"一边问询一边打开血压计给冉鹏测量血压，检查心跳是否正常。冉鹏紧张地回答："我没病，只是有点儿害怕。"

"害怕啥？害怕就别做坏事，我看你有点儿眼熟，你是不是来过一次？"

"是，上回也是你给我体检的。"

"年轻人呀，干点儿啥不好，非要去偷东西。"冉鹏低头不语，体检完跟着小仲、廉忠诚、李秀丽来拿入所手续。

小仲一行人来到二道门口，小仲利索地打开二道门，里边传来狗低沉有力的嗷嗷叫声，着实把廉忠诚和李秀丽吓了一跳，大铁笼子里一只硕大的藏獒怒视着进来的生人，发出急促的警告声。小仲说："别靠近笼子，这狗可凶了，一口能把人咬死，把它圈起来安全些。"他对藏獒吼道，"别叫了！没看到穿着警服吗？"藏獒好像听懂了主人的话，在笼子里迈着安稳的步子来回走着。

第一次到拘留所，廉忠诚也有些好奇，环视四周发现，所谓拘留所的关押场所，其实就是四周安装了大拇指粗细的钢筋网大院，院内每间房子都有大铁门并且上着铁锁，大铁门中间有一个和犯人沟通、送饭的小窗口，铁门对面有个通风用的小窗户，上面有同样的钢筋防护网。这看上去就是大铁笼子里的小铁笼子，违法人员就是小铁笼子里的小鸟，想飞也无从飞起，何况门口那两只凶猛的藏獒把守，一有动静藏獒就会向值班民警报警，这里坚固得像铜墙铁壁，给人一种压抑感。

小仲问："冉鹏有同案犯吗？"

"有，还没有到案。"李秀丽回答道。

"明白了，进到十四号吧。"

廉忠诚明白把冉鹏关进十四号的含义，猜想这个号子里应该是有进一步处理可能的人员。

小仲从二道门出来，笑嘻嘻地对廉忠诚说："关十四日有说法吧！记住提前来提人，否则成绩就流失了。"

"我知道了，谢谢提醒。再见！"廉忠诚感激地回答。

刚到门口，长脸民警提着装了几个热乎乎的白馒头的塑料袋，递给廉忠诚说："老弟，辛苦呀！现在回单位已经过饭点了，你们先垫垫肚子，尝尝拘留所手工馒头好吃不。新民警呀，不差这一会儿，以后关人看好时间再来，对自己好点儿，要是病倒了谁也替不了你，以后日子还长着哩。"

廉忠诚心里一阵热乎乎的，感到这个长脸民警的特别和无奈。

在车上，李秀丽吃着馒头不停地夸奖馒头劲道、好吃、有嚼头，边吃边问道："郑师傅，这个民警叫啥，好像有点儿特别。"郑师傅边开车边说："他叫周忠，马烈士是他同事，抓捕犯罪嫌疑人李武时牺牲了，我们所里胡烈士也是五二六案件牺牲的。马烈士牺牲后，周警官感到自己身体不舒服，到医院检查发现，他已经是胃癌晚期，医生告诉他是经常熬夜不按时吃饭造成的。过度疲劳呀！事业未成人先衰，出师未捷身先死，长使英雄泪满襟。或许看到你的拼劲像他刚入警时一样，深有感触吧！"

"工作要干好，还要劳逸结合才行。这样才能长久，干更多的工作。"廉忠诚说。

"说得好听！每个案件都有时间限制，真到案件中就身不由己了，你很快就能深有体会了。"

回到派出所，饭堂黑洞洞的，楼上还有值班民警办公室亮着灯。王惠民在值班室门口看见廉忠诚和李秀丽从门口进来，关切地问："没吃饭吧，我请你们吃烩面怎么样？"

"不了哥，一会儿回家吃吧，我们已经两天没回家休息了。孙勇辉的情况怎么样？"廉忠诚看着王惠民问道。

"还是没有进展，不过刚才刘金贵来过，说孙勇辉是他朋友冯聚财的外甥，想把孙勇辉担保走，审查时间快到了，我等你回来再说。"

"我说孙勇辉有点儿眼熟，好像在哪儿见过，想起来了，他和冯聚财到警校看过刘金贵。现在没有证据证明孙勇辉有违法犯罪行为，也不能留置时间太长，就让他担保走吧，咱们有充足时间调查他。还要抓捕冉鹏的同案犯徐新强。这样也好，让孙勇辉先回去，保证随叫随到。"

"我们派人暗中盯着孙勇辉，他可能和徐新强有来往。"

"你们先走吧，我已经吃过饭了，我来办吧。"

"好的，哥，辛苦你了！"

廉忠诚拖着疲惫的身子回到家里，打开火做了一碗鸡蛋西红柿面，美美地吃着，想着几天来的成果，心里有一种成就感。他看着空荡荡的屋子，刚吃完饭困意来袭，就上床睡去了，脑海里不时出现杨荷花的身影和那缠绵的场面，在幸福中廉忠诚昏昏地睡熟了。

第二天上午，廉忠诚拿着估价单，带上估价需用的照片，骑上自行车向西郊市价格认证中心奔去。认证中心门庭若市，三个估价用的办公桌前人满为患，一个男估价员很不耐烦地说："把你们的估价表放在这里排好队就行了，人可以先回去，等一个星期再来取结果。"

廉忠诚第一次来估价，不甘心就这么白白耽误时间，等到大部分人离去，看到男估价员空闲下来就上前问道："你好老师！我着急用估价结果，麻烦你尽快估价好吗？"

"同志，你没有看到这么多人在排队吗？一个星期以后再来取结果吧！"男估价员说完只顾埋头工作，不再搭理廉忠诚的其他问话。

廉忠诚发现有人在领取估价结果，上前小声问："兄弟，你叫啥名呀？是哪个单位的？你的估价表是什么时候报过来的？上面写着今天的日期，是怎么回事？能告诉我吗？"

"兄弟，小点儿声，到外面说。"一边用手拉着廉忠诚的手到办公室外面，很神秘地说，"我叫刘宝，是希望派出所的民警，前些天有一个估价的人把估价所给告了，说他们违反规定乱收费，还徇私舞弊，这些天估价所的人都很小心，估价就慢了许多。原来估价交二十元钱就能当天出结果，一次就办好了，现在需要等一个星期才能出结果。如果是着急的案件等结果出来，黄瓜菜也凉了。不过还好，以前我经常来估价，有熟人，交二十元钱就可以先出估价结果，就当是来回的车费吧，少跑一趟。"

"有人告他们，怎么回事？"廉忠诚好奇地问。

"还不是小三惹的祸！小三的汽车被砸，这年月汽车多贵呀！夫妻闹离婚，丈夫用十万元钱给小三买了一辆汽车，被原配发现了就气不打一处来，用钢管把汽车玻璃和大灯全部砸坏了。民警调解多次无效，小三强烈要求民警依法处理原配，估价结果是案件性质的主要依据。估价所没有到市场进行充分调查，轻信汽修所脱离实际的报价，按照报价得出的估价结果明显高于市场价格，正好是六千八百元，在五千元这个刑事案件和治安案件的关键分界点上。

"原配面临被刑拘的危险，心中十分害怕，就到市场上调查论证估价结果，证明了估价结果偏高，脱离实际价格，申请估价所重新作出认定。没有被批准，原配就到上级部门把市价格认证中心给告了。上级部门很重视此事，就停止了估价收费的规定，这样当日出结果也变成现在的一周了。你要着急就走快速通道吧，我帮你说说，打个招呼。"

"行啊，刘宝同志！麻烦了，我是经纬所的民警，叫廉忠诚，以后多联系，今天我估的是一案七辆自行车。"廉忠诚急切地说。

刘宝到刚才离开的一号桌前，和估价员说了几句悄悄话，转身对廉忠诚说："去吧，廉忠诚同志！我先走了，后会有期。"

廉忠诚按照刘宝的意思交了二十元钱，当日就拿到估价结果返回派出所。

李秀丽把自行车已经发还给失主，正在室内和王惠民给失主做笔录，一见到廉忠诚风尘仆仆地从外面进来，就立即放下手中的笔向外走。

"老廉，你回来了，一共估了多少钱？"李秀丽关切地问。

"一千五百元。"廉忠诚兴奋地回答道。

王惠民也走了过来："一千五百元,够刑事拘留了,八百元就可以转刑拘了,八百元以下转劳教,可以呀!这两个得分都一样,刑拘更省事。"

"这几天我先把失主笔录做好,并把各方面证据取到手,社区工作我也耽误了,赶紧补上来,明天又该我们值班,这样下来一星期时间就安排满了。不过我们有充足的时间把冉鹏从拘留所里提出来指认现场,制作新笔录,然后把冉鹏转到刑事拘留所,再把案卷送到检察院,我们的工作就告一段落了。"王惠民漫不经心地说着。

"王哥,现在分局'两严一创'考核的是起诉数还是刑拘数?"廉忠诚请教道。

"考核起诉数,下一步检察院起诉科把案件起诉到法院,我们就可以算成绩了。"王惠民说道。

"好像我们无法掌控起诉的标准,也无能力办理起诉内容,不是我们的职责所在,考核刑拘数多好呀!谁定的规矩?"李秀丽不满地问道。

"咱也不知道谁这么定的,大家都在一条起跑线上,可能是为了提高起诉率才出台这样的规定,一个标准,管它呢!等结果吧!这个案件起诉没问题,数量价格都没有争议。"王惠民胸有成竹地说。

时间过得飞快,太阳快落山了,廉忠诚忙完手头儿工作,真想立刻飞到杨荷花身边。他拿起值班室固定电话拨打杨荷花的手机,里边传来了嘟嘟的忙音。

廉忠诚心一下子沉了下去,杨荷花手机为什么打不通?是自己这些天忙于工作冷落她了,还是她的手机没电了。廉忠诚在想着各种理由为杨荷花开脱。廉忠诚还是放心不下,骑上自行车赶到杨荷花所在的户籍室。走到户籍室门口,一个女警官正在锁门,微笑着问道："你好同志,需要办理什么?明天再来吧,现在下班了。"

"我不是来办事的,我是经纬路的廉忠诚,想问问杨荷花去哪了。"

"荷花呀,她去南方出差了,过几天才能回来。"

"谢谢了!她回来了麻烦你告诉她给我回传呼。"

廉忠诚心里有一种莫名其妙的失落感,陷入了深深的思念之中。

廉忠诚吃过晚饭觉得无聊,想起所长传达的分局严打精神,要打防结合,严打中穿插了打击吸贩毒专项行动,社区民警添加了降发案任务。廉忠诚想着降发案的有效方法,可依靠的单位保卫科、门卫室已经宣传到位了,但是有的小区无人看管,吃晚饭后巡逻队有空隙,这个时间段还有案件发生,何不把离退休职工积极分子组织起来进行巡逻呢!想到这廉忠诚发挥了住在辖区的优势,来到居委会主任王大妈家中。廉忠诚说明来意,王大妈关心地问:"小廉,这么晚了还没有休息,别累坏身体了。你的想法我都赞同,不过巡逻需要红袖标,所里能制作吗?"

"红袖标所里制作,梁所长在会上讲过,对治安防范有作用,所里全力支持,这个事您老人家放心吧!我来完成。"廉忠诚肯定地回答。

"不过,小廉,考虑过没有,老年巡逻队以前从来没有过,能行吗?"王大妈疑惑重重地问。

"就凭您在辖区的威信还不是一呼百应吗?肯定能行,以前没有的事情,现在有不就行了吗?我想在工作上有所创新,让大爷大妈们吃过晚饭带上红袖标,在十八点到二十点这个时间段,像散步一样到小区周围转转就行了,既锻炼身体又震慑违法犯罪,一举两得。"廉忠诚回答道。

"退休人员那么大年龄了,即使发现坏人,能抓住吗?"王大妈接着说。

"这支老年巡逻队有两个作用,一是震慑违法犯罪,二是通过巡逻发现收集违法犯罪线索。其他的事我们专业人员负责,不能超能力发挥,那样会出问题的。"廉忠诚强调道。

"恐怕有人积极性不高,怎么办?"

"好办!我家在郊区,离这儿有三十多公里,那里的青菜二十元能装一面包车,到时候我给大家分点儿菜鼓鼓劲。您看行吗?"

"当然行了,看上去你很直爽,没想到还知道变通,想得很周到,我看这样能做好。"

三天后,廉忠诚辖区里出现了一支老年巡逻队,五人一组,对十五个家属院和单位轮流巡逻,每组每月巡逻两次,效果还真不错,案件降下来了。

其他社区民警看到效果,纷纷效仿,可没过几天,新来的民警赵石立辖区巡逻队员老吕头儿,在追小偷时把脚扭伤了。赵石立对廉忠诚抱怨道:"老廉,你想的损招,这回我摊上事儿了。"

"不能这样说,你没有取到真经呀!你那是照猫画虎,有其形而无其魂呀!"廉忠诚风趣地还击道。

"玩文的是吧!魂在哪里说说看。"

"大龄队员起到发现问题的作用,当个眼线还行,不能去追坏人,更不能参与抓捕,你把大爷大妈当成战士用,不出问题才怪呢!那不是以我们的弱势对坏人的强势吗?"

"说得好听,你辖区巡逻队发现啥线索了?讲给我听听,也好向你学习,取取真经。"赵石立没好气地说。

"这个问题只可意会不可言传,保密,过几天你就会看到成果了。小赵,你比我入警还晚吧,新民警呀,看着啊!有消息我让你也尝尝鲜。"廉忠诚毫不客气地看着赵石立邀请道。

其实廉忠诚已经从义务巡逻队得到消息,辖区里有一个出租屋比较可疑,巡逻队员发现有人经常到小区小卖部买带锡纸的香烟,这些人昼伏夜出,很少与外人接触,形迹可疑。

廉忠诚在出租屋周围转了转，发现丁字路口处的小卖部正好可以看到出租屋里的情况。廉忠诚来到小卖部外边，发现这是一家新开张的小卖部，与其说是小卖部，还不如说是售货窗口，在临街路面窗户上开了一个窗门，客人从窗口买各种生活用品。

廉忠诚走到窗口前，听到里边传来一个女的吵骂声："你个死鬼，大男人家的，下岗了也不知道找点儿事做，开个小卖部就进这么点儿货，你也想个法子呀！借点儿钱也行，我们把生意做起来，你看这生意半死不活的，只够我们的生活钱，想发展是不可能了。"一个男的结结巴巴叹气道："谁让咱遇到下岗了呢？"

廉忠诚敲了一下窗户礼貌地问："大姐，有面条吗？来两包。"

"要宽的要细的？"

"要宽的一斤装的吧！"

买过面条，廉忠诚亮明了警察身份："大哥大姐你们不用急，我有五百元现金先借给你们用着，等你们有钱了再还我，不过我有事需要你们帮忙。"

廉忠诚用手一指前面五楼亮灯的房子小声说："你们如果发现那家来人多的时候，通知我一声，如果我运气好抓住了坏人，能处理成功，这五百元就是你们的奖金了。"

"这合适吗？"大哥有点儿难为情地问。

"合适，大哥大姐放心吧！这事只有我们三个人知道，我会替你们保密的，保证你们的人身安全。这是传呼机号码，有情况给我打传呼，拜托了！"廉忠诚说着递过一张纸条和五百元现金。

大姐笑着对廉忠诚说："你这个人怎么这样？这种为大家好的事我们能帮忙肯定帮，不能要你的钱，钱你拿着！"然后大姐把传呼号留下，认真地把钱递出来。

"嗯！大姐别争了，拿着吧！"廉忠诚又把大姐的手推了回去，微笑道，"刚才您和大哥说话我都听见了，拿着好吧！"

"恭敬不如从命，谢谢你解了我们燃眉之急，我们一定盯好出租屋。"大姐感激地说道。

一天，两天，半个月过去了，廉忠诚已经把冉鹏卷宗交到检察院起诉科了，还不见小卖部一点儿信息。郑师傅走过来看着发呆的廉忠诚逗道："老廉想媳妇了吧？发什么呆？我告诉你个信息，我最近发现孙勇辉去过两趟你辖区的小卖部，在那一片活动过。"

"真的，太好了！我到辖区看看情况，有情况通知你，感谢郑师傅帮忙。"廉忠诚抬头看着郑师傅说道，心里却想着原因，可能大哥大姐心里有顾虑，不想管这种闲事。于是他换上便服又一次拜访小卖部。

大哥结结巴巴地说："前些天一直没有动静，也不见他们到我这买烟和吃的，我想是不是被他们发现了。昨天他们家又来人了，到凌晨三点才熄灯。"

"你口吃，别说了，结结巴巴耽误事，民警同志听我说，我估计这几天会有更多人来他们家。上午一个比较瘦的男孩儿和一个女孩儿在我这儿买了许多吃的，估计会来更多人，要不他们买那么多吃的干吗？你们派人守着就更好了。"大姐抢过大哥话头儿兴奋地说。

"好吧，今天不行了，有其他任务必须完成，明天我带人来，在这儿等你消息，有消息给我发传呼，发个数字代表几个人就行了。"廉忠诚笑笑道。

第二天，廉忠诚和王惠民特意向领导请示，每人领了一把五四式手枪、子弹、电台和手铐等装备，由郑师傅开着地方牌面包车到辖区守候。

廉忠诚与小卖部大哥沟通后，在隐蔽的面包车上等候消息。从上午到下午，到晚上八时许竟没有人出入出租屋，廉忠诚和王惠民有点儿按捺不住，正在商议撤退时，廉忠诚的传呼机响了起来，大家像打了兴奋剂一样情绪立即高涨起来。廉忠诚笑眯眯地把传呼机递过去让王惠民看，王惠民利索地伸出左手中间的三根指头:"好的,鱼儿终于出现了,先不急,再等等。"

凌晨一时许,传呼机又响起了清脆的声音,上面显示数字"2"。廉忠诚腾地一下站了起来,伸出两个手指,看着王惠民说:"王哥,该收网了,我先到出租屋门口守着,听听里边的动静,估摸估摸这网有多少鱼,回去也好做笔录。"

"现在我们就三个人,屋里人多抓捕有困难呀!一般情况下我们是一加一抓捕原则,目前这样去抓捕,我们与嫌疑人数量相差悬殊,民警的危险系数增高,太危险了。"

"没事儿,哥,半夜了也不好叫人,我们有装备,又是正义之师,有备而来,他们在明处我们在暗处,攻其不备,以少胜多有把握。"

"老弟,你这是初生牛犊不怕虎呀!不打无把握之仗,胡烈士的经验教训我们要吸取,我们只有抓捕五个人的装备,其他人员还没有到位,我们三个侦查员成主力了。不过你的说法也可以,我最起码先向梁所长汇报一下情况,让值班组知道我们的行动,随时能增援我们,减少我们抓捕的危险。"王惠民郑重其事道。

廉忠诚、郑师傅和王惠民互相嘀咕了几句。廉忠诚带着电台小心地向出租屋靠近。他来到五楼,出租屋房门关得很严,一点儿光也不透,走廊的声控灯,有声音就亮了起来,无声音时一片漆黑。廉忠诚用耳朵贴近房门缝隙,听到里边似乎有人在走动,还不时传来打火机打火时发出的咔嗒咔嗒的声音。

王惠民走了过来,把嘴附在廉忠诚的另一个耳朵上说:"这是正在吸黄皮呢!这熟悉的声音我听过多少次了。"

廉忠诚用手轻轻拍拍王惠民肩膀,表示明白,心里别提多高兴了,就像渔民收网时听到鱼儿拍打船舱的喜悦心情。

廉忠诚拉着王惠民,左手伸出"6"的手势,并询问怎么办。

等待时机,王惠民用手示意。

王惠民和廉忠诚下了一层楼和郑师傅会合，廉忠诚小声说："我知道你的意思，不能强攻，否则会前功尽弃，里边的人在我们进去之前，会把证据全部销毁掉，这样会给后续处理带来麻烦，所以等他们开门时冲进去是最好的时机。"

王惠民说："这样有一个缺点，就是我们增援人员不能及时赶到。目前我们只能这样了，我们不仅要斗勇还要斗智，才能以少胜多实施抓捕。"

"看我的吧！"廉忠诚信心十足地说。

"廉老弟，如果有人出来你负责控制这个人，我冲进去控制里边的人。我们有枪和手铐，人少也有把握控制他们。郑师傅在门外守着，防止出现其他嫌疑人。"王惠民吩咐道。

兴奋中的等待，一直到天亮，眼看到上午八点了，屋里一点儿动静也没有，好像人还没有睡醒一样。

"有动静，王哥准备，有人要出来。"廉忠诚打着手势并小声说着，一边把耳朵从门缝上移开，身子向旁边退了一步隐蔽在墙边。

门打开了，一个中等身材的男子手里拿着钢制的空锅，看样子想去外面买吃的。廉忠诚一个箭步上前，趁其不备用右胳膊掐住男子的脖子，迅速向后撤步将男子拉到胸前，左手上前抓住男子左手向其身后一背，再向上一提，顺势将其按趴在地上，一连串的动作，男子疼得直叫唤。廉忠诚大声严厉地命令道："趴在地上别动。"右腿跪在男子背上，右手撤回来，顺手从腰里掏出手铐，将男子双手打成背铐从地上拉起来，命令道，"进屋。"

与此同时，王惠民还没等屋门关上，右手提着枪噌地蹿进屋里，左右手配合子弹上膛，顺手打开屋里的电灯，大喊一声："不许动，警察，把双手放在头上，低头蹲下，否则就开枪了。"屋里七个人被突如其来的警察吓得不知所措，这时廉忠诚押着男子从外面进屋，回头对外面大声喊道："郑所长，让同志们在外面守着，屋里地方小，别进来了。"

郑师傅在外面喊道:"知道了,别进去,在外面等着,说你呢。"走廊里传来杂乱的脚步声。

廉忠诚对着电台喊道:"李所、李所,把车开过来,让那十个人在外面待命。"电台里立即传来一个沉稳的声音:"明白,明白,马上到。"

廉忠诚从容不迫地走过去,命令男子面对墙角低头蹲下,用手指着一个大胖子说:"嘿,你不是孙勇辉吗?双手抱头站起来趴在墙上接受检查。"廉忠诚说着从腰里掏出一副手铐,命令孙勇辉把左手从头上慢慢背在身后边,戴上手铐后,再把右手背过来,廉忠诚把孙勇辉的双手铐上,命令道,"走到墙角低头背对警察蹲下。"

廉忠诚对一个大个子命令道:"大个子双手抱头趴在墙上,接受检查。"大个子在王惠民枪口下,瞄了一眼王惠民,战战兢兢地被戴上手铐。

"去墙角,背对着警察低头蹲下,老实点儿,不要乱看,否则收拾你。"

"王哥,把你的两副手铐扔过来。"

"好的,接好了。"王惠民说着从腰间拔出手铐向廉忠诚扔了过去。

廉忠诚老练地接过手铐,把小瘦子双手铐在前面说:"你身上没东西吧?我查查看。"

"没有东西。"小瘦子斜视了廉忠诚一下。

"把鞋带解下来。"廉忠诚命令道。

"解鞋带干吗?"小瘦子不服地问道。

"让你解你就解,别那么多废话。"廉忠诚呵斥道。

小瘦子解下鞋带交给廉忠诚,廉忠诚用鞋带把小瘦子的大拇指绑了"猪蹄扣",把双手腕也绑好,打开手铐,吩咐道:"照他们的样子蹲那儿。"

郑师傅喊道:"老廉呀!让我过过瘾,给他们上铐吧!"

"还是我来吧！你歇一会儿，一会儿还得辛苦你。"廉忠诚回敬道。

"鸭蛋脸站起来，把手背到后面。"廉忠诚命令道，并把手铐戴上去，把手铐另一端从其后腰带中穿过，红上衣站起来背对着她，把右手背在后边戴上手铐。

"至于吗？我又没犯法，铐我干吗？"

"闭嘴！有你说话的时候，现在保持沉默，明白吗？"

"这两个女的还算老实，把她俩左右手铐在一起就行了。"王惠民交代道。

李秀丽和赵石立带着几个协警赶了过来，李秀丽一边拍照固定现场物品一边说："这么多吸毒用的工具，这回我可开眼界长见识了。"

"分别把他们带到刚才他们待的地方拍照，检查随身携带的物品，登记好，再带走，明白吧，要仔细些。"王惠民收了枪，一边关保险一边交代道。

廉忠诚高兴地对李秀丽、赵石立吩咐道："将他们带上车送回派出所。"又回头对王惠民说，"王哥，这地方不会有更多人来了，咱们先处理这个案件，再深挖吧！"

"好吧，把证据带走，门锁好了，撤！"王惠民果断地命令道。

廉忠诚和大家这次出击大获全胜，一次抓获了八个嫌疑人，分别把他们放在办案区看管起来。

"咱们开个碰头会，研究一下审讯方案，互相交流掌握的信息。让小李和郑师傅落实八个人的身份信息吧。"廉忠诚对王惠民说。

"一起把尿检也先做了！我们在这边开会，他们那边工作不停，看嫌疑人尿液是否呈阳性。"王惠民说道。

很快李秀丽拿着八个人的身份信息走到办公室，廉忠诚接过信息表看着说："这个孙勇辉我认识，打过两次交道了，这次难逃法网了。徐新强这个名字好熟悉，是不是和冉鹏一起偷车的同伙呀！好像是他，看看是否能串并案，如果是冉鹏的同案犯就好办了，以徐新强为突破口好问一些。"

"小廉，这是冉鹏盗窃案件留下的资料，上次徐新强的身份没有落实清楚，只知道他的名字和体貌特征，就从这儿开始问吧！大家对其他人也分析一下。"王惠民说道。

"徐新强、孙勇辉、高个子、先开门的那个黄毛，这四个人，我和赵石立问，其余的王哥带带小李吧，让她学习您的询问技巧。"廉忠诚建议道。

"王惠民老师本身就不爱多说话，在询问技巧上却经验丰富。我向王哥学习，听王哥的安排。"李秀丽赞同地说。

询问室里，廉忠诚板着脸坐在凳子上，赵石立把询问时用的笔、纸张和印泥重重地放在桌子上，生硬地说："徐新强，蹲下。"他用严厉的目光注视着徐新强。

徐新强吓了一跳，被这雷鸣般的吼声镇住了，赶忙蹲在墙角，抬头无助地看着两位民警喃喃自语道："我又没违法，干吗这样对我？"

"徐新强，别扯没用的，讲一下为什么到那个出租屋，在那里干什么？"廉忠诚严厉地呵斥道。

"我去找孙勇辉玩，我什么也没干。"

"什么也没干？你坐的凳子边上，吸大烟用的工具是怎么回事？"廉忠诚说着从一个贴着徐新强名字的塑料袋中，把烟枪、烟板和打火机一股脑儿倒在桌子上，严肃地看着徐新强。

徐新强的脸上有些慌乱，但很快又恢复了平静，有些怯懦地回答："不是我的，我也不知道是谁的。"

"徐新强，老实点儿，你以为不承认就意味着自己没有违法了，这么多人，你不说有人会说，自己说落个好态度，坦白从宽明白吧！"

"你也别套我的话，我没有违法，凭什么把我关在这里？"

"住嘴,在证据面前还不老实,好吧,先把这事放一放。看看这个人你认识吗?"廉忠诚把冉鹏的照片拿过来让徐新强看,徐新强先是吃了一惊,犹豫了一下说:"我不认识这个人。"

"仔细看看,真的不认识吗?是不是想让我给你'抛砖引玉'呀?你们在一起住过,冉鹏已经被公安机关处理了,他把你们如何作案的经过说得很清楚,你还想抵赖吗?"

"我……我……"

廉忠诚又加重语气说:"这些照片上的自行车和床铺衣物你认识吗?看仔细了,不要说不认识,主动承认比被动招供处理起来轻得多,你的历史我们已经查清楚了,摆在你面前的选择题自己看着办。"

"干部,能否给我一支烟吸吸?"

"只要你如实交代,没问题。"

赵石立从兜里掏出烟给徐新强点上,自己也点燃一根烟抽着,眯着眼笑着说:"说吧!"

徐新强深深地吸了一口烟咽下去,脸上一副特别享受的样子,又慢慢地把烟从嘴里吐出来,说:"好吧!你们既然知道了,还问我干吗?"

"好小子,你敢耍我们!老油子了!事到如今还敢嘴硬,这照片上的东西怎么回事?"廉忠诚突然拍案而起,用手指着徐新强的脸,愤怒地吼道,"说你呢!"

徐新强看到廉忠诚真的急了,收起那副满不在乎的样子,怯懦地说:"我说不就是了吗?这些衣物和床铺是我和冉鹏合租时用的,这些自行车是我和冉鹏共同偷的,本来偷一辆自行车当天就卖了,没想到那几天收车人没来,我们就把自行车暂放在出租屋里等收车人来了再卖给他,没想到你们这么快就来了。"

廉忠诚小声道:"这还差不多。"又转身问赵石立,"小赵,先记录上次徐新强和冉鹏偷车的事,然后再记录吸毒的事,你看怎么样?"

"好的！你问我写，问得稍慢点儿，我记录。"赵石立兴奋地说。

"说吧！还等什么呢？"廉忠诚催促地说道。

徐新强慢慢地说："我和冉鹏一起偷自行车的事，我也不瞒你们了。我上次因为收赃被判刑后，当时那两个伙计被枪毙了，我胆子也吓破了，可是还得生活。我做的修车生意来钱太慢，过惯了高消费的生活一时间也降不下来。在监狱里学会了偷车技巧，出狱后认识了老乡冉鹏，我俩就合伙偷自行车维持生活。"

"你们为什么老在这个地方偷呢？兔子还不吃窝边草呢！"赵石立笑道。

"这里的人防范意识差些，出入方便，路上时间也少，成功的概率大。"

"你详细按照时间顺序，把那天和冉鹏在地震局对面门洞里偷自行车的经过讲一遍，要讲事实。"廉忠诚命令道。

"嗯，我讲。"

"在偷车之前我俩已经在那里踩过点儿，偷车那天中午我负责望风，冉鹏负责偷车。我远远看着也没发现你们在蹲守，后来冉鹏偷车出来时被你们抓住了。我看见你们那么多人，也不敢上前救冉鹏，就赶紧跑了。想回出租屋拿点儿东西，但看见小院里人来人往，也没敢回去拿东西。到了夜深人静时，大概凌晨三点多，我回去拿了点儿生活用品，同孙勇辉说了一会儿话就走了。"

"不对呀！我在搜查出租屋时发现了烟枪烟板，怎么回事？"

"反正是这样了，我就告诉你们吧，那是我吸黄皮毒品用的工具。"

"毒品哪里来的？"

"这个嘛……"徐新强停顿了一下，看了看外面，压低了声音说，"干部，你们可要给我保密呀，否则我就很难在这一片混下去了。"

"放心吧！这事只有我们知道！不会告诉别人的。"

"是孙勇辉卖给我的黄皮，他挺黑的，五十元一克，还掺了很多假底子以次充好，这次也是他卖给大家的黄皮。"

"好了！偷车的事告一段落了。"赵石立把笔录整理一下让他签字。

"我找王哥交流信息，核对询问情况。"

"嗯，你去吧。"赵石立说道。

"小廉，我正要找你呢，问得怎么样？"王惠民从另一间询问室走出来，伸了伸腰。

"王哥，我们问过徐新强偷车的事了，正在整理笔录让他签字呢，我想和你交流掌握的信息。徐新强承认是孙勇辉卖给这些人的黄皮毒品，你那里啥情况？"廉忠诚急切地问道。

"我俩刚把红上衣谢红霞的笔录做完，谢红霞也是这么说的，不过谢红霞是新增吸毒人员。这些人都是孙勇辉的朋友，是孙勇辉租的房子，也是孙勇辉组织这些人来这里吸毒的。这几个女的还算老实，没遇到抵抗，徐新强还可以吧？"

"还可以，总算招了，在大量证据面前不招能行吗？"廉忠诚自夸道。

"小廉，你还真有两把刷子，中，以后你就跟我一组吧，咱们抓紧时间把材料完成，我好到领导那里报批案件。我大体上审了这个案子，徐新强和孙勇辉刑拘没问题，一个盗窃加吸毒，一个贩毒加容留吸毒。谢红霞和李艳婷是新增人员，治安拘留，其余的马媛、大个子桑宏伟、黄毛、牛晨晨报强制戒毒，这一网捞的鱼可不少呀，还有两条大的呢，蛮让人欢喜的。我们分头行动吧！"王惠民意犹未尽地说。

廉忠诚回到询问室，赵石立拿着做好的笔录交给廉忠诚说："老廉同志把把关。"

廉忠诚看过笔录，表扬道："小赵同志特长挺多的，这个材料法制室肯定喜欢，字迹工整，句子流畅，事实清楚。只要事实与同案犯口供对得上，就不用修改了。开始做他们今天吸毒的笔录吧！"

"我已经问了个大概,老规矩,我记你问,好吧?这样重点突出些。"赵石立谦虚地说。

廉忠诚点头表示赞同,扭头看着徐新强柔和地说:"你很配合,讲讲这次吸毒经过吧。要如实说,不要要花招。"

"干部,我不要花招,我知道交代经过后,就会被关起来了。我有事求你们,通知我的家人,不要让他们担心我,行吗?"

"可以。"

"今天是孙勇辉叫我来吸毒的,孙勇辉在这里租的房子,上次我和冉鹏的出租屋被查以后,我就经常到孙勇辉这儿来,一般是来吸黄皮的。那几个小女孩儿谢红霞、李艳婷、马媛我认识,那个大个子我不太熟悉,应该是孙勇辉的朋友,其他的几个人可能是孙勇辉歌厅里上班的人,也来这里吸过毒。"

做好徐新强笔录已经是晚饭时间了,廉忠诚向食堂走去,今天晚上有执勤任务,大家在食堂里欢声笑语边吃边聊:"梁所长真幽默,把我们派出所变成动物园了,朱马牛羊毛侯郎,还有不是动物姓的民警分别起代号叫什么来着?你不是叫丹顶鹤吗?她叫白天鹅,长得不白吧非得叫白天鹅。你看这么多羊怎么分?梁所长真有办法,根据每个人的性格爱好分别叫山羊、绵羊、寒羊、大尾巴羊。老虎、熊猫、凤凰、袋鼠都用上了,有人反对也没用,过了些天都各自领了自己的封号,笑个不停。梁所长个头儿大,自作聪明给自己封了个大象的称号,不过所里没有大象的天敌。"

"算了吧猩猩,你说的是狮子吧,这个真没有。"大尾巴羊嘲笑道。

"老廉,梁所长给你起了个狼羊的外号,你觉得怎么样?唯一的双动物。"牛清华笑道。

廉忠诚笑笑道:"牛牛呀,你们看着办,反正谁也跑不了,就这么叫着吧!"

"你分析一下,你来到这里有半年了吧,你的风格我们都知道:对辖区群众和同志那么温柔可爱,甘愿吃亏奉献;对违法分子像恶狼一样奋不顾身向前冲,想方设法克服困难将其绳之以法。你说是不是这个理?"

"猩猩,你是表扬忠诚呢,还是逗他呢?我是新来的也起外号呀!你们不是有一个猩猩了吗?我就算了吧。"

廉忠诚插嘴道:"哎哟,你看你们,人家新来的照顾一下嘛,怎么能叫猩猩呢?叫名字多好听。"

小猩猩说:"还是忠诚哥好!"

袋鼠说:"老廉又想当好人,那么兄弟就不合群了,我看今天就让老廉说了算吧。"

"哎呀!吃个饭也得罪人,好了。"廉忠诚站了起来,郑重其事地说,"怎么能叫猩猩呢!这不是欺负人吗?得有个区分不是吗?从今天起你个子大就叫大猩猩,"又把眼光转向小个子,"你个子小叫小猩猩。我起得名副其实吧。"两猩猩脸更红了:"哎哟!老廉,你更坏。"食堂里哄堂大笑,梁正兴听见笑声满面春风地走进来:"笑啥呢?士气蛮高的嘛。"

"梁所长,他们欺负我。"小猩猩不服地诉苦道。

"我都听见了,我叫大象,在非正规场合你们可以这么叫我,我会欣然接受的。在生活中我们就是兄弟姐妹亲如一家人,平等对待,没有职务高低,没有贫富之分,互相尊重爱护。在工作中我们要各尽职责,干好本职工作,完成上级交给的各项任务。小兄弟能理解吧?"

"能理解,所长。"

梁正兴来到廉忠诚面前关切地问:"时间够用吧?用不用再派几个人帮忙?"

廉忠诚受宠若惊地说:"放心吧,所长,一定完成任务,这几个人就够了。"

梁正兴很高兴,不客气地说:"吃完了吧?走,我也看看你审案子，听王惠民说你遇到了个硬骨头，有办法对付他吗？"

"我已经想好了对付他的办法，不知管不管用，试试就知道了。"

廉忠诚走进带套间的询问室，安排好审问的步骤和人员，对赵石立说："把孙勇辉带过来，开始审问。"

"好的，明白了。"赵石立答道。

赵石立带着孙勇辉走进询问室，看到廉忠诚和梁正兴坐在那里，孙勇辉一眼就认出廉忠诚，对廉忠诚不急不慢地说："廉警官，咱们都认识这么久了，你就把我放了吧！我什么也不知道，也没有违法犯罪，干吗老与我过不去？"

"别废话，问你了吗？"

"你就行行好吧！就把我当成屁放了吧！"孙勇辉用哀求并带着几分嘲弄的语气说。

"放屁呢你？把你放走了，警察不就进去了吗？"郑师傅从外面进来走到廉忠诚面前说道，并看着梁正兴递过去一张纸说，"所长好！这是孙勇辉的尿检报告，"他用手指着尿检结果，"你看看，奇怪吧，是阴性。"

"知道了，意料之中的事，你先去忙吧。"梁正兴笑着对郑师傅说。

廉忠诚严肃地说："孙勇辉，你坐在对面的凳子上，我问你，你为什么被带到派出所？"

"我不知道，我又没吸毒，只是叫了几个朋友来家里玩。"

"他们吸毒你知道吗？"

"我知道他们几个吸毒，这和我有什么关系？"孙勇辉反问道。

"在你的出租屋里吸毒，和你没有关系吗？你容留他们吸毒。"廉忠诚自问自答道。

"这个我承认，房子是我租的，都是我的朋友来这里玩，我也不好阻止。"

"毒品哪里来的？是谁提供的？"

廉忠诚顺手从包里掏出十多包小塑料袋放在桌子上，塑料袋里是一克装的黄皮毒品，看着孙勇辉说："这是从你的床头柜里搜出来的，你也在场，还想抵赖吗？"

"去了那么多人，我也不知道是谁放在那里的。"

"好吧，你既然不想承认，就是对抗法律，害怕法律制裁你，对吗？如果你这样下去会让你更难受，我们没有充足把握不会问你的。"廉忠诚强调道，"小赵，实施第二套方案，换人吧！我把孙勇辉带到里屋，你把徐新强带过来坐在孙勇辉的位子上。"

"孙勇辉，现在为了证明你的清白，希望你配合我们的工作，让我们把你的嘴用毛巾勒住，你不能发出任何声音，只能在里屋听我们的询问，一会儿你就知道我们掌握的情况了，现在你如实交代就不用麻烦了。"廉忠诚对孙勇辉说。

"我不知道你在说什么。"

"小赵，我们已经做好了，把人带进来。"

赵石立把徐新强带进询问室，看到里屋的门开着，知道廉忠诚和孙勇辉在里边，就问徐新强："刚才问你，你只承认吸毒的事情，有人反映你贩毒，还不如实招来？"

"我真的没有贩毒呀！毒品是孙勇辉提供给我们的，昨天上午是他打传呼说新到了一批货，质量非常好，让我来尝尝鲜，我就去了。不信你看传呼上边的内容。"

"什么货？"

"就是黄皮呗！人都是孙勇辉组织的，真和我没有关系，我可没有贩毒，那是犯罪，我哪有那么大的胆，是孙勇辉，不是我，请你们相信我吧。"

孙勇辉在里屋听得清清楚楚，急得乱晃脑袋，嘴里发出呜呜的声音，示意让民警把嘴上毛巾解开。

"小赵，你可以把徐新强带走了。"廉忠诚说着把孙勇辉嘴上的毛巾解开，"怎么样，信了吧？"

"你这是诱供！贩毒是吧？那些毒品是我给他们的，但不是我叫他们来的，是他们犯毒瘾了要求我给他们买的。"

"懂得挺多的？这叫诱供吗？这叫引鸡下蛋工作法，少扯淡，说你自己的事，你贩毒的事我们已经掌握清楚了，一会儿做笔录时你详细说就行了，我最关心的是你在哪里购买的毒品。"

"这个嘛……一句话也说不清楚，他们经常神出鬼没的，也没有固定住处。"

"他们叫什么名字？"

"他们从来不说自己的真名字，我只知道一个男子外号叫'晕子'，其他的我一概不知。"

"你们是怎么接头的？"

"打传呼联系，然后再见面，一手给钱一手交货，他们可狡猾了，很难抓的。如果抓住他们，会对我从轻处理吗？"

"会的，只要有立功表现，向公安机关提供没有掌握的线索破案，就是立功表现，按照法律规定，可以从轻或减轻处罚。"

"明白了，我把知道的情况全部说出来，争取立功减轻处罚。"

廉忠诚用一次性杯子倒上开水递给孙勇辉说："渴了吧，喝点儿水。"

孙勇辉接过杯子喝了一口水说："我会把这次吸毒的经过一五一十说清楚。"

孙勇辉慢慢地把组织吸毒的经过详细叙述了一遍，和其他人供述的情况基本吻合。

"孙勇辉，你很配合我们的工作，有立功的可能，其余就看你的运气了。"

廉忠诚和王惠民亲力亲为，一刻也不离开嫌疑人，第二天凌晨把所有手续审批完毕。他们分别把这些人送到治安拘留所、刑事拘留所和戒毒所，廉忠诚到家时已经天黑了。

廉忠诚虽然疲惫不堪，但是心里有成功的喜悦，也有如释重负的感觉，好像完成了一项艰巨的任务，感到轻松快乐，心里筹划着下一个抓捕计划。他带着疲倦，夹杂着兴奋和对杨荷花的思念，进入了梦乡。连日来的废寝忘食使廉忠诚沉睡到了次日中午。一串传呼声惊醒了廉忠诚的美梦，廉忠诚睁开蒙眬的眼睛，懒洋洋地拿过传呼机，看到屏幕上显示杨荷花的手机号码和"速回电"三个字。他迅速从床上弹起来，穿好衣服，洗了把脸冲下楼去，在公用电话亭里拨通了杨荷花的电话，电话里传来杨荷花温柔的声音："是忠诚吗？这些天我出差了，你那里忙吗？也把你冷落了，想我吗？"廉忠诚激动地说："非常想，咋能不想你这个大美女呢？"然后转变态度风趣地说，"朝思暮想，想得我快想不起来你是谁了，我急死了，去你单位找你，同事说你出差了，你也不用电话通知我一声。"

"我的手机坏了，没来得及修，没有及时通知你，别介意呀！"

"没事儿，我才不计较呢。这些天忙案件忙得天昏地暗，哪有时间去记恨你呢？我抓了一窝八个嫌疑人，昨天已经处理完毕了，成绩不错，所长特意放了我两天假。"

"你办案很辛苦，成功了，又很快乐，对吗？"

"那当然了，这叫痛苦并快乐着。其实也是一种享受嘛！晚上一起吃饭吧？"廉忠诚试探着问。

"很抱歉，我晚上已经有安排了，改天吧。"

廉忠诚隐隐约约感觉到杨荷花的变化和疏远，也就不再强求，顺水推舟地说："好吧，改天再联系。"

当廉忠诚走进单位时，王惠民已经把徐新强和孙勇辉的逮捕证办好了。

"嘿嘿！小廉休息过来了吧，今天是第四天了，咱俩去一趟看守所，向徐新强和孙勇辉宣布逮捕吧，顺便了解一下'晕子'的实际情况，好开展下一步抓捕工作。"

这次宣捕，徐新强没有多大变化，孙勇辉有点儿良心发现，也许是看到了立功减刑的希望，表现很积极，主动交给廉忠诚一张纸条，交代道："干部，我把'晕子'的地址给你们写清楚了，你们尽快调查吧。"

廉忠诚如获至宝，与王惠民商量抓捕"晕子"的对策：先派人盯着"晕子"的行动，观察他的交往人员，摸清楚"晕子"的具体情况再做决定，做到知己知彼，方能百战百胜。

经过对"晕子"的侦查，发现"晕子"已经是肺癌晚期，行动不便，其他兄弟单位已经抓捕过"晕子"，但是看守所拒绝收押这样的犯人。

王惠民惊喜地说："这样也好，抓不住大鱼就搂草打兔子，没有白忙活。我们发现鱼窝子了。"

赵石立不解地问："没听明白啥意思，什么是鱼窝子？"

廉忠诚笑道："王哥的意思是说，我们可以在这里慢慢地钓鱼了，就像钓鱼的人一样，先把鱼食撒在水里，让野鱼群尽情地吃食，等到鱼群尝到了甜头儿时，就会认为这里的环境是安全的，鱼群就会放松警惕蜂拥而上抢食鱼饵，这时钓鱼的人把带钩鱼饵放进鱼窝子里，鱼儿不知有诈就会纷纷上钩，渔翁得利哟！"

"明白了！我们连鱼饵也省了，只是费点儿工夫而已，只要有耐心等待机会就够了，慢慢地，一条一条悄悄地抓回去，高，高，实在是高！"赵石立夸奖道。

接下来的日子里，廉忠诚和王惠民四人小组，神不知鬼不觉蹲守在鱼窝子旁边，分工明确，劳逸结合，源源不断地抓获前来购买毒品的吸毒人员。

经过几个月的蹲守，"晕子"下线被抓了十几个人，分别被强制戒毒或治安拘留，毒贩也发现"晕子"被公安机关盯梢的问题，停止了对"晕子"的供货。通过对"晕子"下线的抓捕和侦查，廉忠诚和王惠民掌握了一些"晕子"上线的线索。

谢红霞戒毒后生活困难，经不住吸毒的诱惑，在没有经济来源的情况下,不得已到经纬洗浴中心卖淫挣钱,维持吸毒所需要的经济来源。洗浴中心专门在三楼划分了一个"红灯区",有一个叫赖头的中年男子负责管理小姐。赖头对新来的谢红霞以谈恋爱为名进行了奸淫,并掌管谢红霞的经济收入。谢红霞对赖头的控制产生了强烈不满,趁外出购物时逃离了洗浴中心,向公安机关投案自首,揭发赖头的种种恶行。

廉忠诚对案件进行了分析,并向梁正兴汇报,得到梁正兴大力支持。梁正兴明确表示:"谁的线索谁办理,宁可得罪人也不能放过赖头这样的坏人。尽管放心大胆办案,再大的后台也不用怕,有我呢!"

廉忠诚回到办公室关上门对王惠民说:"梁所长同意我们组办理赖头案件。"

"你准备怎么下手?"王惠民故意问道。

"也容易办理,现在我们在暗处,赖头他们在明处,根据实地侦查和谢红霞反映的现场情况,我想这次咱们给他'下药',怎么样?"廉忠诚说着从兜里掏出一张手画的"鸡窝草图",用手指着说,"这是现场详细结构图,大门是坚固的防盗门,楼下还有一个放哨的人,里边有八间'炮房'。我们只要及时把楼下放哨的人控制住,不让他通风报信,就可以直接上楼抓捕嫌疑人。谢红霞就是我们下的药,做我们的内应。我约定好时间给谢红霞发传呼,她会及时打开防盗门,我们一拥而上,四个民警和五个实习生分别控制小姐房和炮房,炮房一般不会满员,空闲的人员和小赵一起拍照固定证据。我们去两辆车足够用了,如果人多,车可以跑两趟拉人。两个民警分成一组,材料由发现嫌疑人的民警负责。你看怎么样?"

王惠民笑了笑说:"好,计划不错,让同志们注意自己的安全,也要注意嫌疑人的安全。今天是星期六,晚上去洗浴中心的人多,好机会呀!"

廉忠诚抢过话头儿说:"我看十点钟准时开始行动怎样?"

"哈哈！英雄所见略同，我也是这么想的。"王惠民道。

谢红霞发来传呼显示："已经按约定时间到达指定位置，现在屋里等待时机呢！"

廉忠诚带领十几个人在夜幕掩护下，把两辆地方牌照的面包车，悄悄停放在经纬洗浴停车场里。廉忠诚和赵石立下了车，不慌不忙向正在东张西望的年轻男子走去。男子好像发现了危险，迅速从兜里掏出手机，边拨打电话边向一边躲闪。廉忠诚和赵石立一个箭步上前夺过手机，将其控制带到车上，亮明身份并用手铐铐住其双手。

廉忠诚向谢红霞传呼机发出信息："我们已到位。"

廉忠诚命令道："留两个人看住他，其他人跟我上三楼。"

民警们冲到三楼，被防盗门拦住去路，廉忠诚用手背在门上轻轻地敲了三下，谢红霞在里边听到"咚、咚、咚"的暗号声，赶紧打开防盗门闪到一边，民警鱼贯而入，分别到达各自预定的位置。廉忠诚冲在最前面，迅速到达使用率最高的房间门口，听到房间里发出哼唧哼唧的叫床声。廉忠诚用手轻轻地一推房门，房门竟然没有上锁，门无声无息地开了，里边一对赤身裸体的男女正在兴奋中。廉忠诚手持警官证放到男子眼前："嘿，嘿，警察，停下来别做了。"昏暗的霓虹灯下，嫖客没有看清，很惊讶地问："你怎么进来的？"看样子没有停下来的意思，廉忠诚迅速按下墙壁上的白炽灯开关，赤男裸女暴露在白炽灯下，一下子从激情中回到现实，惊恐之余，羞愧难当，赶紧用手抓住自己的衣服往身上胡乱套。

廉忠诚大声喝问："别动，知道害羞了吗？"

赵石立出现在门口，拿起相机咔嗒咔嗒拍了几张照片，把证据固定下来，并对这对男女扬了一下头，命令道："可以穿衣服了。"

"小赵，这几个屋都拍照了吗？"廉忠诚问道。

"嗯！都拍了！共四对现行违法人员，赖头和六个小姐都在小姐房内。大丰收呀！"赵石立答道。

"别高兴得太早了，小心点儿，按计划行事，明白吗？"

"明白，我已经安排人去洗浴中心大门口拍照了，把涉案物品和吧台登记本提取了。可以把人带走了吧？"

"好的，小李已经把人员名字登记好了，把嫌疑人分别押上车带回所里看管，再回来一趟把小姐房的人全部带回所里询问。"

廉忠诚和王惠民正在研究对案件的处理方法，赵石立兴冲冲地进来说："又一件大喜事呀！你们知道吗？咱们所的刘金贵今年提拔为园区派出所的副所长了，就干了一年民警能提拔为副所长，真的了不起呀，他叔是郊区村里的书记呢，与局长关系好着呢。"

"嗯！是好消息！别眼气呀！功到自然成，人家干得也不错嘛！"

"杨荷花你们认识吗？她也被提起来了，到园区派出所任户籍副所长，张局长的弟弟张宝民也被提起来了，还有某市长侄子到市局任副科长……"

王惠民说："这么保密的事情你怎么知道的？"

"我参加了所里干部考核，听说这几天就会公布结果了。"赵石立肯定地说。

"这个很正常，我们干好自己本职工作就行了，不要议论对咱们没有意义的事。"

案件很顺利地进行着，这次把赖头犯罪团伙一网打尽，赖头和两名打工仔因组织、介绍卖淫被刑事拘留，其他八人被治安拘留。洗浴中心老板把红灯区单独承包给赖头经营，民警没有掌握洗浴中心老板的犯罪证据。

洗浴中心受到了严重打击，没有了特殊服务，生意一落千丈，到了关门的境地。

在冯聚财的协调下，孙勇辉已经从监狱里释放出来。冯聚财让其在经纬洗浴中心当经理，因为效益不好，孙勇辉在冯聚财的授意下找到廉忠诚帮忙。

孙勇辉对廉忠诚说:"我舅准备在洗浴中心的地下室开一个电子游戏厅,这生意非常挣钱,如果你能够提供一些相关的信息,利润给你一成,如果……"

"别说了。"廉忠诚不以为然轻声道。

"你看改建成一条龙服务场所肯定挣钱更多,你有了钱,就不用发愁提职的事了,到时候我舅会帮……"

"别说了,没听见。"廉忠诚厉声吼道。

廉忠诚断然拒绝了孙勇辉的劝说,高声说:"我是有底线的人,违法的事再挣钱也不干,平安是福呀!转告你舅,希望你们也别干违法的事,你也看到赖头的结果了。"

孙勇辉无趣地说:"那是那是,没有您同意,我们哪敢那样做呢!麻烦您帮忙的时候还多着呢,请多多关照呀!"

孙勇辉想办的事没有办成,就想到刘金贵办公室碰碰运气,看到刘金贵正拿着签字笔在手上转着,好像在思考什么问题。

上前说道:"你好领导!我舅让我来找你说点儿事。"

"啥事?说吧。"刘金贵爽快问道并示意孙勇辉坐在对面椅子上。

"我舅准备在洗浴中心地下室开个电子游戏厅,分局市局已经打过招呼了,所里还没有可靠的人,我舅知道你们两个关系好,就让我来找你,希望你能照顾照顾。小本生意不容易,趁这个机会把洗浴中心改造一下,也好挣点儿钱,舅承诺给你提成两个点,你看怎么样?"

刘金贵若有所思地说:"你回去吧,我知道了。"

廉忠诚整理好案卷,终于把这个案子办结了。他想到杨荷花升职的消息,很想趁此机会向杨荷花表示祝贺,确定两人的关系。

廉忠诚拿出新买的西门子手机拨通了杨荷花的电话:"喂,荷花你好!今天下班有时间见面吗?"

"有时间。"

"我接你吧！"

"好的好的，我还忙着呢！下班单位门口见。"杨荷花说着挂断了电话。

廉忠诚听着电话里嘀嘀嘀的忙音，心里突然涌出一种不祥的预感。

廉忠诚骑着二手摩托车带着杨荷花，两人买了点儿小吃，来到人民公园僻静的假山石桌边，在石凳上坐下。廉忠诚把小吃放在桌子上，两人边吃边聊。廉忠诚深情地望着杨荷花说："这段时间我特别想你，是思念，是牵挂，是幸福，还是寂寞，我也说不清楚，斩不断理还乱的感觉，睁眼闭眼都是你的音容笑貌。"

杨荷花淡淡一笑说："思念是幸福中的痛苦，是一种深入骨髓的寂寞。"

廉忠诚伸出手想拥抱杨荷花却被轻轻推开。"这么多人，万一被熟人看见了，多难为情呀！"杨荷花温柔地说道。

廉忠诚柔情似水道："我很寂寞，也很想你。不是寂寞的时候才想你，而是想你的时候才寂寞。我不想寂寞下去了。我觉着咱们已是大龄青年了，咱们结婚好吗？我在商场里看到一对漂亮的金戒指，明天咱们去选选吧！这段时间我领了不少奖金，只要你看上的东西我就买给你。"

"我现在还不想结婚！我想干事业，功成名就再结婚。"杨荷花反对道。

廉忠诚有点儿不耐烦地说："外面疯传有关你的桃色新闻，我不相信是真的，也许有人嫉妒你才这样宣传的。我们感情一点一滴建立起来不容易，但是一旦被破坏是一会儿的事，真心希望我们能走到一起。"

杨荷花把脸一拉收起笑容低下头说："你猜疑我？"她带点儿哭腔继续说，"我也感觉很痛苦。"

廉忠诚轻声安慰道："别哭，猜疑你，我会更痛苦，我真心想和你结婚,让你幸福一辈子,我们结婚吧!尽快把以前的信任重新建立起来!再说了,我相信你不是坏人。"

杨荷花委屈地说:"你听到了哪些风言风语?看把你急成什么样子了。"

廉忠诚郑重其事地说:"嗯,有传言对你非常不利,我也不想对你说,我相信你的为人,不可能做那些事。"

杨荷花抬头看着廉忠诚,面无表情地说:"你听说什么了,这么生气面带难色?"

廉忠诚气愤地说:"有人说你工作时间不长就被提升,是因为上边有人,一个身为领导干部的男人给你献殷勤,真是胡说八道。"

杨荷花诚实地说:"无风不起浪,不过我不一定接受他的好处。"

廉忠诚用讽刺的口气说:"男人无事献殷勤非奸即盗,女人无故接受好处不是爱就是欺呀!小心为上呢!"

杨荷花无奈地说:"我也很难抉择。这个时候我真不想让你伤心难过,我的外表看起来确实让很多男人心动,我也不想这样,可是我一个农村女孩儿,家里没有可依靠的人,没有人能帮我,现在你能吗?你也不能,我只有寻求靠山了,或许会考虑接受人家的好处,其实我没有你想象的那么好。"

廉忠诚诚心诚意地说:"我对你是真心的,也向家里父母说过我想和你结婚的想法,不知你是否愿意。用不了多久,我们村就会被市里开发成住宅小区,到那时咱们就有很多钱了,过我们的小日子多好啊!"

杨荷花眼睛放出光芒,看着远方充满希望地说:"我的目标是这样的,我要在短时间内步入单位中层,然后走出去,光宗耀祖,我要摆脱贫困,让那些在我小时候瞧不起我们家的小人们看看,我比他们强多了。"

廉忠诚无奈地说:"你的目标定得太高了,不切合实际,走捷径成功的概率很高，但是会付出很大的代价，会吃亏的，你明白吗？"

杨荷花难过地擦着泪说："我从小就过惯了穷日子，也过怕了，爹妈给了我这么好的容颜和身材，为什么不用呢？我对不起你这么长时间对我的关照，我们不是同一种人，志不同，道不合，更走不到一起了，分手吧！"

廉忠诚伤心地流下了眼泪，看着杨荷花既熟悉又陌生的面孔用手擦着泪说："不要这样好吗？我已经离不开你了，有没有挽回的余地？"

杨荷花苦着脸用略带几分坚定的语气说："忠诚，放手吧！放手也是一种爱。现在我们分手，这事向外人说，对你我都有好处，看透别说透还是好朋友，要不然我们会形同陌路互不相识，连个朋友都做不成，那该多难过。"

廉忠诚沉默不语，陷入深深的煎熬之中，心里叹息道："荷花，从此将与自己擦肩而过，有缘无分了！"

杨荷花默默地流着眼泪，想着自己的心事，为了实现目标，放弃自己的真爱，违心应付那份不该有的感情，为此她也征求过父亲的意见。母亲早年去世，父亲一人拉扯弟弟妹妹三人，在温饱线上挣扎着，那年月生活太难了，就那么几块钱的学费也没有着落！那真是平常人家的一块钱，只是一块钱而已，而贫穷人家的一块钱就是一个月的油盐钱呀！

高中一年级时，家里实在供不起三个学生上学，父亲拖着带病的身子到外面做小生意贴补家用，后来在一个远房亲戚的帮助下，把她送到了省城警用宾馆做服务员，挣点儿工资供弟弟妹妹上学。幸好时来运转，杨荷花俊俏的模样被一个领导记在心里，从此离开家乡随领导落户到龙海市，暂时被安排在警用宾馆从事服务工作。自从杨荷花到宾馆以后，这位领导出现在宾馆的次数增多了。经过多次接触，杨荷花也不敢越雷池半步，生怕人生中最宝贵的东西被人掠走。她也疑惑过、动摇过，问过父亲，父亲临终关切的话语里透着无奈:"孩子,如果他能帮你,帮你实现愿望,女人嘛,这辈子跟谁过日子都一样,只要对你升迁有帮助,为何不利用自身条件呢?爹老了,也无法帮你了,自己的事自己把握吧!"

杨荷花想着爹的话,感觉苦涩中还带着幸福,做了几年小生意的爹想开了,杨荷花也想开了。

两人相对无语,各自想着自己的心事,一对恋人相对而泣。

廉忠诚一手把纸巾递给杨荷花,一手拿纸巾擦着自己的眼泪,打破沉默嫉妒地说:"听说这次你提拔是他帮的忙?"

杨荷花犹豫了一下说:"是的,要不然会轮到我?保密呀!还没有宣布结果呢,别让我前功尽弃啊。"

廉忠诚点点头岔开话题说:"你俩会有结果吗?"

杨荷花面无表情地说:"我明知道不会有结果,但又能怎样呢?"

廉忠诚忍痛地说:"我明白其中道理,不付出怎么能有收获,我只有忍痛割爱了,我们还会是朋友吧!"

杨荷花默默点着头,和廉忠诚从假山上下来向公园门口走去。

杨荷花和廉忠诚离开了那伤心的公园。杨荷花向着她的仕途目标不顾一切地走了。廉忠诚无奈,只能恋恋不舍地目送杨荷花离去的背影,无精打采地回到冰冷的家里,心情一落千丈。

经过痛苦的思索后,他决定把全部精力放在工作上,干出一番事业来。他默默地想:只有拼命工作才能让时间过得快点儿,忘掉失去杨荷花带来的伤痛,早日抚平心灵的创伤,从失恋的旋涡中走出来。

第三章 从警路上应清廉

刘金贵穷尽心机,甚至不该走的路都走了,满以为胜券在握,但为刘金贵办事的人传来消息,干部提升名单中最终没出现刘金贵的名字。刘金贵虽然做了许多工作,但仍然没有如愿以偿,有点儿懊恼。恰好刘金贵接到了冯聚财的邀请,想请廉忠诚、王惠民、赵石立一起吃饭,缓和一下目前的窘境。

廉忠诚和王惠民借故没有参加聚会,刘金贵和赵石立按时赴约,参加了冯聚财的饭局。刘金贵走进饭店包间,冯聚财已经在那里恭候多时了。看到刘金贵走进包间,他赶紧走过去拉住刘金贵伸过来的手弯腰握手,满脸堆笑地说:"您来了,请上座。"

刘金贵正要客气几句,冯聚财左手扶着刘金贵的肩膀,伸出右手做了个请的姿势,把刘金贵让在中间位置上,赵石立随后在刘金贵旁边坐下。

冯聚财给刘金贵和赵石立每人递上一支中华烟点着,自己也点上一支吸了一口,悠闲地吐起了烟圈,慢慢地说:"那两个兄弟怎么没有一起来呀?"

刘金贵答道:"廉忠诚、王惠民办案走不开,不能来了,你请的人都到了吗?"

冯聚财看看满桌子的高档菜兴奋地说:"今天聚餐就我们几个人,菜也上齐了,我们开始吧?"

平时相聚都是冯聚财坐在中间位置上,自从刘金贵调到经纬派出所上班以后,每次聚会冯聚财总是让刘金贵坐头把交椅。刚开始刘金贵有点儿不自在,时间久了慢慢地就习惯了。今天刘金贵显得很自然,端起倒满酒的杯子站起来说:"本来这是大哥的位子,非得让我坐在这里,既然大哥这样安排,那恭敬不如从命,我就领几个酒吧!承蒙哥哥抬爱,为我们友谊先干第一杯,我先喝为敬,依次往下喝酒,可以吧!"说着一扬脖把杯中酒一饮而尽,然后将杯子平拿在手里让大家看到杯底。

冯聚财微笑着说:"感谢您的关心和帮助。"说着把杯中酒一口喝了。

赵石立见状没有底气地说:"我不太会喝酒,能不能不喝酒?"冯聚财笑了笑说:"赵老弟,喝酒都有头一回,喝了就知道酒的好处,你试试感觉一下怎样?"赵石立抿抿酒咂咂嘴道:"有点儿辣,回味还有点儿香。"

冯聚财笑道:"一口喝了,回味更香,味道更美,干杯吧!我们等你继续进行呢!"赵石立心一横,把酒杯举起来,将杯中酒干了个底朝天,咳了两声喝口水说:"还能享得住。"其实赵石立除了不会喝酒外,还有个原因使他非常尴尬,孙勇辉在身边坐着,他知道孙勇辉是犯罪分子,与其为伍凶多吉少,不可不防呀!酒过三巡猜拳行令,轮番敬酒,赵石立也参加其中。

冯聚财自豪地说:"我透露个小道消息,这次公安局干部调整,我知道点儿内幕,你们所猴子去金桥所任副所长,袋鼠到希望所任副所长。"

"他俩有啥关系,上得这么快?"赵石立问道。

"猴子大哥是你们分局乔阳副局长,赵领导有点儿官僚了,这不是新闻,大家都知道。"冯聚财说道。

"袋鼠工作干得出色,严打成绩全所第一,社区工作也名列前茅。人家是干出来的,不服不行呀!"刘金贵对大家说。

接着刘金贵有点儿担心地问冯聚财:"我的情况你知道吗?"

"听说你入围了,但最后没有听说你的名字。"冯聚财有点儿惋惜地回答道。

刘金贵说:"能不能帮我打听一下情况?"

冯聚财说:"明天上午宣布结果,已经来不及了,这小道消息是否准确,明天就见分晓。"

刘金贵忐忑不安地说:"好吧,我只能耐心等待结果了。"

"如果这次能提起来最好,如果不能如愿,我能助你一臂之力,我认识你们市局靳富来副局长,好事多磨嘛!"冯聚财神秘地说。

两个小时后,宴席将散。冯聚财示意孙勇辉从车上拿来两个塑料袋,分别递给刘金贵和赵石立说:"一点儿小意思,不成敬意,尝尝中华烟的味道吧。"

刘金贵很自然地接过两条香烟夹在腋下,赵石立有点儿不好意思,再三推托,不肯收下香烟,嘴里说着:"无功不受禄。"

冯聚财拉着赵石立的手讨好地说:"老弟,看在哥的面子上把烟留下吧!不就两条烟嘛!何必那么认真呢?以后我们共事的机会多着呢。"

赵石立看看刘金贵,刘金贵却故意转过身去装作没看见。赵石立只好勉强收下香烟,然后大家各自离去。

第二天早点名人员来得格外整齐,经纬派出所新调来的一位副所长在主席台就座,梁正兴用手指着王所长向大家介绍道:"同志们,这位是分局新任命的王副所长,主管基础工作,大家欢迎。"

掌声过后梁正兴接着说:"我们主管基础工作的周所长调到

前进所任指导员，猴子调到金桥所任副所长，袋鼠调到希望所任副所长。另外，我们所有几个优秀民警，成绩突出，这次因为名额有限没有提拔重用，要继续努力啊。"

刘金贵思绪万千，不知问题出在哪里，心里有一种说不出的烦恼。

廉忠诚心里坦然，这次干部变动也激起了他上进的信心。

廉忠诚带着伤痛的心工作着，难免把心情挂在脸上。廉忠诚看到刘金贵挺热的天还穿着棉衣，不停地咳着吐痰，知道其中缘由，同是天涯沦落人啊！他们相互安慰着对方，都想把精力放在工作上，努力取得好成绩。廉忠诚把时间安排得满满的，想让繁忙把失恋的痛苦冲淡，让伤口愈合更快些。他不知疲倦地整理以前的案件和线索，准备在近期做出成绩来。

丁零零……廉忠诚手机响了，他慌忙接通电话，里边传来内勤的声音："老廉，晚上六点梁所长在赵秀酒店为王所长接风，要求小组长以上干部参加，你通知王惠民一起参加聚会。"

"好的，明白了。"廉忠诚答道。

廉忠诚如约来到赵秀酒店包间，刘金贵、王惠民、大尾巴羊、凤凰、朱铜、马名已经到了，有几个人在包间内打牌，王惠民正在指导大尾巴羊为凤凰画带着翅膀的老鳖，几个人笑得前仰后合，大尾巴羊一边画一边插着话题："这次干部调整，还有真能干的干部，据说这个王所长是分局严打第一名呢！"

马名接道："是的，他这么有名我也听说过，去年成绩也不错，可惜没提上来。"正说着梁正兴和王副所长、陈副所长、李副所长、祁指导员说笑着走进包间，梁正兴笑着说："不好意思，来晚了，刚才参加市局严打会议，等急了吧！大家请坐！王所长，你是主角，坐主位吧！让大家好好认识你！"

"这不妥吧，我怎能越位抢了您的位置？部下怎能与上司争锋呢！还是请领导上座为好。"王副所长说着恭敬地做了一个请的姿势。

祁指导员用手拉着梁正兴的左手乐呵呵地说:"论职务您是一所之长,论年龄您最大,您不坐还有谁敢坐呢!"

梁正兴回敬道:"今天比较特别嘛!我们班子增添了新鲜血液,还不改变一下座次,突出重点吗?"

陈副所长郑重其事地伸出手,做了一个请的姿势,风趣地说:"您是动物王国的领袖,您是尊贵的大象,请上座。"

大家哄堂大笑,祁指导员、陈副所长拉着梁正兴在主位上坐下。

李副所长道:"这就对了嘛!对王所长要手下留情,我知道您的意思,您不管坐哪儿都是中心。王所长,这是喝多酒的征兆呀,这样我们也好入座。"

大家你一言我一语按照职务在自己的位置坐下。

"服务员!凉菜上齐没有?热菜一起上!"梁正兴说着把酒倒在分酒器里,转动桌子转盘,每人自觉拿一个分酒器把酒杯倒满。

梁正兴倒满酒杯站起来微笑着说:"今天是王所长上任第一天,经纬路派出所骨干分子特意在此设宴为王所长接风。王所长也是业务骨干,是严打第一名,他身上有很多优点,能够提升为副所长是理所当然的。在此我们共同喝了第一杯,对王所长的到来表示欢迎和祝贺,希望大家多多支持王所长的工作,预祝我们合作愉快!来,干杯!"

所有人都举起杯一饮而尽。刘金贵、廉忠诚、王惠民相邻坐着,刘金贵心中有种难以言表的苦衷,提职的事今年错过了,心中不悦,小声对廉忠诚说:"廉哥,酒后咱们和王哥单独聊聊天吧!"廉忠诚点头表示赞同。

梁正兴向大家敬过酒,对刘金贵、廉忠诚说:"你们两个平时警务工作表现突出,打击违法犯罪成绩显著,只是资历有点儿浅,努力吧!机会多的是。"

"谢谢梁所长关心!"

王副所长站起来敬酒道:"这年月往上走,不仅要德才兼备,还要伯乐欣赏,纵然你是千里马,没有伯乐的慧眼,日行千里又如何……一点儿小体会吧!来,兄弟们!我也领一杯酒,大家一起干了杯中酒。"

祁指导员端起酒杯笑道:"是金子总会发光的,是疖子总会出头的,总有一天大家会找齐的,就像廉忠诚常讲的行道树一样,植物也有自动找齐的习性,你只要好好干,想干就有机会,来干了这一杯酒,祝愿大家心想事成,工作顺利!"

宴席在欢乐的气氛中结束了,刘金贵、廉忠诚和王惠民来到一家茶社,每人要了一杯醒酒茶。

王惠民坏笑着问:"今天你俩看起来不在状态,心事重重的样子,有事说出来心里痛快些!刘金贵先说吧,老实交代,让我俩也替你分担一些忧愁。"

"是因为提职的事,我满怀信心认为工作干好了,就可以提升职务,可是到头儿来跟我没任何关系。"刘金贵不满地说道。

"你找人帮忙才行,并且要盯紧才能奏效,仅靠你叔打招呼不能打破常规提拔,你才干了一年就想提拔,以前的时间只有警龄没有成绩,不能按照入警时间计算实际工作时间,没有过硬关系,难呀!难比上青天,其中道理你懂得,你又不缺这个。"王惠民风趣地说着,用手在空中做了个查钱动作。

"我没有可靠的人呐!只有靠我叔了,我叔能力很有限。"刘金贵顺口道。

"冯聚财老板和你关系多好呀!生意伙伴,他可以帮你从毛毛虫变成蝴蝶呀,何不试试看呢?"廉忠诚说。

刘金贵忧心忡忡地说:"我不想接受冯老板的帮忙,以前我们合作的项目只做正常生意,现在这货胃口可大了,他名义上经营游戏厅,实际里面有赌博机,害人不浅呀!这叫挂羊头卖狗肉,有些人在他的场子里赌博,输得倾家荡产妻离子散,我不想与他同流合污,这是犯罪呀!"

"孙勇辉也来找过我,让我参加冯老板场子的经营,这种事宁可不干也不能没有底线。"廉忠诚认真地说。

"你俩心里都有事呀!哥没看错吧!小廉,你看上去有点儿蔫呀?没有以前精神了。"

"失恋了呗!王哥给俺介绍一个对象吧!"廉忠诚有点儿灰心地说。

"这是可遇不可求的事,不能着急,随缘吧!我会尽力而为的,让你嫂子帮帮忙吧。她五妹小你六岁,不知是否有意愿,回去问问再说吧。廉忠诚也真奇怪,没见你谈恋爱就失恋了,是不是暗恋人家呀?"王惠民风趣地说。

"哥别取笑我了。"廉忠诚笑笑道。

夜深了,三人酒也醒了,正要离去。刘金贵手机嘀嘀响了起来。

刘金贵把手机从腰间的套中取出来查看信息,上面写着:"明天有空见面详谈,冯。"

"谁的信息?"廉忠诚问道。

"冯老板的信息,约我明天见面详谈。"刘金贵道。

第二天,刘金贵如约而至,冯聚财神秘地对刘金贵说:"你知道今天为什么找你吗?"

"我哪能知道你想说啥?"刘金贵笑笑道。

"有一个好消息,长春派出所一个副所长调走了,有空缺,我是从市局靳局长那里得到的消息,我想推荐你去,他说可以,先代理副所长。这几天组织部门会来考察你,要有心理准备。"

"真的吗?谢谢了!"刘金贵兴奋了起来。

"你总是那么客气,兄弟之间,相互帮忙举手之劳,不客气好吗?另外,场子的事,你如果走了,我心里就没底了,让小赵帮忙照顾吧!"

"嗯,可以的!"刘金贵喝了一口茶坦然道。

"我在长春所那边也有一个场子,到时候我给你接风,帮你认识几个新朋友。你很快就走马上任了,开始你的官道征程,来,咱们以茶代酒碰一下干了吧!预祝老弟马到成功!你就等好消息吧!"刘金贵举起杯与冯聚财边碰杯边说:"那我就恭候佳音了,喝了这杯茶我们今天就此告别。"

第三天,刘金贵果然如愿以偿到长春派出所任副所长,同样受到领导班子接风洗尘。宴席上遇见警校同学程燕燕,程燕燕见到刘金贵成了自己的领导,心里有点儿不适应,学校那种友情好像不翼而飞了。她思来想去,及时把思想和位置调整过来,正视现实。

刘金贵向程燕燕了解长春派出所的情况,程燕燕也做了详细介绍。

刘金贵初来乍到,对所里的一把手忠义所长性格不太了解,恰逢分局下达了新一年的工作任务,今年依然以"两严一创"为中心工作,严厉打击违法犯罪是重中之重,忠义所长把任务下达给每个严打小组,刘金贵带领其中一个小组。

刘金贵在经纬所养了一批线人,这次他来长春所当副所长,这些线人也相约而来。

大部分场所看到主管所长到位了,急忙到所里联络感情,唯有一家大型电子游戏厅老板没有来所里报到。刘金贵通过明察暗访,得知这家电子游戏厅地下室里暗藏赌博机,经常有人举报该赌场的种种恶行,有一位举报人在一个晚上就把自己一生的积蓄全部输光了,有的人把看病的救命钱也输得精光,家破人亡的现象时有发生。顺应群众的呼声,刘金贵下定决心,坚决打击地下赌场的嚣张气焰。他组织民警摸清了赌场的内部情况后,一举将其打掉,把违法人员和电子赌博机扣押在所里,等待分局处理。

这是龙海市电子游戏机生产厂家卢老板开的电玩厅,全市电子游戏机都是该老板生产的,这下可捅了马蜂窝。

刘金贵电话响了,是冯聚财打来的:"这家电玩厅你也敢动?就连你们的忠所长也不敢动他呀!卢老板是省里某位领导的亲戚，我听说你这次闹得动静很大，小心呀！"

冯聚财挂了电话，电话铃声又响了起来，电话里传来了忠所长急促的声音："刘所长干得不错，你把辖区最大的赌博电玩厅端了，抓紧处理违法人员，慢了就会流产，这家电玩厅的后台太大，明白吗？"

刘金贵回答道："明白！我尽快处理。"

刘金贵先关掉自己的手机，明确人员分工，把嫌疑人的通信工具全部控制起来，防止与外界联系妨碍办案，抓紧时间进行询问和取证，审批案件，加快了办理案件的进程。

十几个小时过去了，违法人员被送到治安拘留所，刘金贵才放心地打开自己的手机，里面有许多信息和未接电话。

忠所长见到刘金贵满意地笑了笑说："人关了吗？告诉民警请示分局将机器销毁，否则自己就顶不住来自外界的压力了。"

还没等到分局回话，乔阳副局长就来到刘金贵办公室门口，问道："怎么搞的？新官上任三把火呀！想烧谁就烧谁呢！也不看看对象是谁，竟然精明地把手机也关机了，怎么也打不通电话，目前案件处理得怎么样了？"

"报告乔局长，已经按照法律规定将参与赌博的人员治安拘留，值班的郝局长已经审批完毕了，嫌疑人已被送到拘留所执行拘留了。"刘金贵小心翼翼地说。

"机器呢？准备怎么处理？"乔阳不耐烦地问道。

"在仓库里，等待您的指示。"刘金贵报告道。

"发还吧！告诉他们不允许开业了，明白吗？"乔阳命令道。

"乔局长，我……"刘金贵小声道。

"你怎么了！有难处吗？"乔阳没好气地说。

"没有没有！"刘金贵毕恭毕敬地说。

"我走了，落实好后续的处理！忠所长怎么没在所里？办完后让他给我回电话。"乔阳气呼呼地说。

"好的好的！"刘金贵应声道。

刘金贵拨通忠所长的电话，汇报了乔阳提出的要求。

"这个乔局长胡来，经常插手案件办理，让民警没法儿办理下去，明天再议吧！"忠所长不服地说道。

第二天，卢老板要求发还赌博机，刘金贵没有及时发还，卢老板向乔阳做了电话汇报："你的兵根本就不听你指挥。"

乔阳挂了卢老板的电话，拨通忠所长的电话发了一顿牢骚，命令道："忠义！现在发还卢老板的扣押物品，并要求刘金贵写出书面检讨，说明为什么没有按时发还。"

忠义顶不住乔局长的强大压力，只好通知刘金贵发还赌博机，给乔阳留了足够的面子。

事后，乔阳回想着案件的来龙去脉，觉得是忠义所长在中间作梗，心里对忠义一直以来的不满终于爆发出来了，恰逢市保安公司干部调整，就建议将忠义调到保安公司担任副经理。

忠义接到调往保安公司的通知，一时间不知怎么办好，他心里极度委屈，难道公正执法还要付出个人转换工作的代价吗？忠义来到金卜换局长的办公室，请求金卜换给一个公道的说法，没想到金卜换难为情地说："忠义！调你去保安公司不是分局的意思，你也看到了，保安公司也不归分局管理，这是上面的调令，我也无能为力，帮不上忙呀！"忠义看到事情背后的巨大经济利益，想着自己为了公正执法竟然被人咬了一口，最不可思议的是自己的领导，竟然没有挽留自己的意思，继续留下来工作也没有前途可言，走也许是一件好事，离开这个是非之地。

听说忠义所长被调走的事，刘金贵心里难过极了，所里民警都为分局这样的决定义愤填膺，争先恐后地要求一起到分局为忠义所长请愿，请求金卜换局长将忠义所长留下，最终被忠义劝阻没有前往分局请愿。忠义表示："宁可自己受点儿委屈也不愿落个兵谏的名声，更不愿意让大家为自己的一点儿小事给辖区治安添乱，给领导增加麻烦。为人民群众做点儿应该做的事，牺牲个人利益也值得。"

民警们被忠义老所长忧国忧民的大义所感动，放弃了向分局讨要说法的行动。民警们自发凑钱喝酒为忠义送行。

祁指导员端起酒杯慢慢地喝完一大杯白酒，边拿起酒瓶向杯中倒酒边说："我和金贵刚调过来不久你就被调走了，伤心难过呀！"刘金贵劝道："天下没有不散的宴席，离别伤感时，借酒消愁愁更愁，少喝为佳。"

忠义所长拿起杜康酒瓶悲痛地说："你看古有曹操名言在此：'何以解忧，唯有杜康。'今天把这些杜康酒全部喝完，我们不醉不归。"

司桂副所长接过话茬道："弟兄们共同举杯，为我们的忠所长送行，干杯！"一阵碰杯的声音，大家闷闷地喝了一大杯白酒。酒喝完了，人也离开了，一个敢于依法办案的所长就这样被调走了。

这件事对刘金贵也有很大影响，干了一年副所长也没有按期转正，思想受到了极大的冲击。

廉忠诚与刘金贵交流着长春所一把手的变迁，知道了官场的冷暖，为忠所长的离去感到担忧，如此有正义感的所长竟然被别有用心的人利用更高一级的权力解除了武装，这不只是执法与违法的斗争，进而演化成了内部的斗争，让人看不懂。

廉忠诚更为忧心的是自己对杨荷花的恋恋不舍，明明杨荷花是爱自己的，却被那些荣誉、地位、金钱所迷惑。这样的真挚感情却被别人用等价交换夺走了，他心里十分不甘。

有什么办法能够挽回这场爱情呢？廉忠诚思考了一番，他决定在杨荷花下班的必经之路上等着她的出现，幻想着在下班路上偶遇到杨荷花，重温甜蜜的爱情。

功夫不负有心人，他终于等到了。这天晚上，杨荷花下班后穿着红色连衣裙，骑着自行车从小巷里出来，突然一辆摩托车慢慢接近杨荷花身后，车后座的男子突然伸出一只手，抓住她挎在肩上的坤包。摩托车加速前进向前逃窜，坤包被抢走了，杨荷花在巨大的拉力带动下，连人带车摔倒在地上。廉忠诚发现这一切时为时已晚，他不顾一切地冲过去，看到那辆摩托车一溜烟似的飞奔而去。他追赶了一阵，摩托车把他远远地甩在后边。廉忠诚无心追赶嫌疑人，他十分担心杨荷花的伤势，只好快速返回杨荷花摔倒的地方。此时好心的大妈已经把杨荷花扶到路边，自行车也推了过来，廉忠诚关心地问："荷花，伤着没有？没事吧？"

杨荷花痛苦地说："左手腕肿胀，疼得不能动了，好像骨折了。腿也摔流血了。"廉忠诚急忙拨打了120和110电话，然后把杨荷花送到医院治疗。

在医院，杨荷花接受了派出所民警的询问，杨荷花的领导和同事也相继来医院看望她。廉忠诚认为这样的事情不应该发生，可是既然出现了，为何不抓住机会接近杨荷花呢？他精心照顾杨荷花的生活，期待她会回心转意重温旧梦。然而杨荷花却委婉地拒绝了廉忠诚的好意，廉忠诚毫不在意，一如既往地看望杨荷花。

杨荷花一天天地好了起来。一天上午，廉忠诚像往常一样，去给杨荷花病房送羊肉汤，在病房门口听到里边有一个熟悉的男声与杨荷花亲昵交谈。廉忠诚妒火燃起，真想冲进去把他揍一顿，可是转念一想，不可冲动，说不定做不好会弄巧成拙，把好事变成坏事，还是理智点儿吧！

廉忠诚躲到一边，等那个男人离去后才提着饭盒走进病房，若无其事地说："荷花，该吃饭了，我只是把你当朋友，问你个事好吧？别介意，希望你像对待朋友一样对待我的提问。"

杨荷花笑道："吃醋了吧！当真是朋友？你问吧。"廉忠诚直截了当地问道："刚才那个人是谁？"杨荷花苦笑道："现在告诉你也无妨，刚才来的是靳富来，他给了我太多的恩惠，我无以回报。"

廉忠诚酸酸地问："别无选择吗？"杨荷花道："我和他提到

过你,他也知道我们分手了,现在你也常来找我。他表示,只要你能退出,别再来纠缠我,他会帮你走上领导岗位,你认为怎么样?"

廉忠诚听后苦笑道:"天底下还有这样的事吗?我用真情收获的爱情,别人用权力夺走我的爱情,这叫什么事呀?难道你们女人就这样屈身权贵、爱慕虚荣、小视爱情,难道权力可以换来一切吗?如果是这样,我就会成为一个笑话。"

杨荷花正色道:"你想过没有,我已经不爱你了,我从你那里得不到我需要的东西,靳富来可以给我这一切,他对我来说只不过是一个跳板而已,你明白这个世界上没有纯粹的爱情,更没有永远的友谊,只有相互的利用,你理解这个道理吧!"

廉忠诚说:"我们相爱过,但你舍得放弃爱情去追求你的理想,你的观点太现实了,人各有志,强扭的瓜不甜,我也只好祝你幸福了!"

杨荷花说:"你退出吧!不要再来找我了,否则会坏了我的大事的,我的心里永远有你,成全了我和靳局长,这样对你我他都有好处,实现了我的目标,你也能提升职务,三全其美。"

廉忠诚说:"我宁可当我的民警,也不愿意屈辱地活在放弃爱情换来的官位里。那样我将是一个吃软饭的懦夫,生不如死,还不如你是你,我是我,各不相干,也好活得清净。"

杨荷花看到廉忠诚不愿意接受好处,更加敬佩廉忠诚的为人,痛苦地说道:"人要有来生该有多好!"话未说完就控制不住自己的泪水,失声痛哭起来。

廉忠诚试探道:"有个事情请你给我拿个主意,王惠民老师有个妻妹想介绍给我,我俩见过面,感觉也算不错,虽然比不上你这么美貌、优秀,但是也能说得过去,你看怎么样?"杨荷花一仰头把头发甩到一边道:"自己拿主意吧!何必问我!"

廉忠诚知道杨荷花真心绝情,脸皮再厚,用尽真情也无济于事,只好告别了荷花,心里明白其中的道理,杨荷花想利用这层关系，作为向更高阶层进发的跳板，靳富来借此占有杨荷花，各取所需，自古以来并不新鲜，何况现在人们受西方自由思想的影响，更加开放了。

王惠民的妻妹见到廉忠诚十分喜欢，廉忠诚也对杨荷花死心了，二人之间的恋爱没有障碍，两人很快进入了热恋期。三十岁的人了，谈起恋爱没有那么大的激情，便闪电般地结婚了。

杨荷花听到廉忠诚结婚的消息，心如刀割，但总不能吃着碗里瞧着锅里吧。下班后，她整理了廉忠诚给她的所有书信，决定送过去。

新婚之夜，廉忠诚突然接到杨荷花的电话，他起身在楼下与杨荷花见面。杨荷花把书信递过去面无表情地说："把这些属于你的回忆还给你吧，祝你幸福！"

廉忠诚接过杨荷花递过来的书信很是无语，只是喃喃地说："从此我俩各不相干，分道扬镳，也祝你幸福！"随手把书信撕得粉碎扔在泥水里，态度坚定地说，"谢谢你给我送过来的回忆。我送你到门口吧！"

杨荷花木木地转过身苦笑着说："好吧，我该走了。"廉忠诚在门口看着杨荷花远去的背影思绪万千。

所里给廉忠诚一个月的婚假，他准备和妻子外出旅游度蜜月。正准备出发，梁所长打来电话："忠诚，近期我们辖区飞车抢夺案件高发，所里抽调精干力量进行打击，想让你参加，征求你的意见。"廉忠诚道："单位需要我参加，我义不容辞，我放弃休假。"梁所长表扬道："觉悟蛮高的，明天归队。"廉忠诚道："是，所长。"

廉忠诚回到派出所接受任务，梁所长要求廉忠诚和李秀丽成立专案组，对辖区的抢劫、盗窃案件进行打击。廉忠诚和李秀丽带领着巡防队员着便装在辖区易发案地段巡逻，也包括杨荷花被抢夺的地段。他们发现大街上出现了许多棒子队员，手拿着棒子在大街上巡逻防范。不久廉忠诚接到梁所长的电话，说抢夺嫌疑人已被兄弟单位抓获，可以把重点工作放在把口盘查上。

廉忠诚和李秀丽穿警服携带装备正在执勤，突然一男子从身后将廉忠诚连大臂抱住。廉忠诚被突如其来的威胁吓了一跳，心想有人袭警，双臂被控制情况紧急，随即向前勾头猛然向后磕在男子的嘴上，男子向后一仰脸，双手抱得更紧了。廉忠诚感觉遇到了对手，迅速抬脚狠狠地踩在男子的脚尖上，男子"呀"的一声松开双手，廉忠诚趁机向左侧一步转身用右臂卡住男子的脖子，左手抓住男子的左手向后一背，男子疼得大声叫唤："哥呀！轻点儿，我是小四川，跟您闹着玩呢。"

廉忠诚听到小四川熟悉的叫声松开手笑了笑道："跟哥闹着玩也不看个时候，别不小心枪走了火，你小子可就一命呜呼了。"小四川道："哥，我再也不敢了，我是来给您报信的，刚才看到一个有前科的小偷在前面踩点儿呢！我先去看看，您带人在我的身后，看我的手势抓人。"廉忠诚对李秀丽说："秀丽，你和一个队员守在这里，我带一个队员去抓贼。"

正在此时，一个中年妇女匆忙地跑过来说："民警快追！有人偷了我的挎包。"廉忠诚道："人在哪里？"女子用手一指："那儿，向东跑了。"

廉忠诚和小四川向东看去，嫌疑男子正向前跑着，眼看就要消失在人群当中了。小四川边追边喊道："廉哥快追！就是这个男的。"

廉忠诚以百米的速度超过小四川向男子追去，嫌疑男子跑累了拐到一个拐弯处，看看后边熙熙攘攘的人群，觉得没有人注意他，就打开挎包翻看物品。廉忠诚趁其不备冲了过来，从背后用右臂卡住男子的脖子，用力向后一拉，嫌疑男子仰面倒在地上，扔下挎包想爬起来逃跑，廉忠诚从腰间掏出手铐，抓住嫌疑男子的左手，男子用右手撑地起身挣扎着想逃走，二人撕扯起来。廉忠诚遇到了比自己高一头的嫌疑人，有点儿力不从心，这时小四川和两个民工赶到，民工看到民警抓人警帽也掉落在地上，急忙上前按住男子的两条腿，小四川抓住男子的头发按在地上。廉忠诚顺利地给男子戴上手铐，把男子从地上拉起来，对赶到的巡防队员和小四川说："看好他！别让他跑了，这小子劲真大，我累得手都快抬不起来了。"顺手接过民工递过来的警帽，"谢谢兄弟帮忙抓人，请问你们两个在哪个工地上班，现在还戴着安全帽，留个电话好吗？"

民工兄弟憨厚地笑笑道："我们就是普通的老百姓，帮助民警抓坏人是应该的。"说着拍拍自己身上的土离开了。

廉忠诚傻笑起来，看着民工高大朴素的身躯消失在人群中，感叹道："世上还是好人多！"

平凡中的伟大在人们日常生活中是多么常见，多么微不足道，甚至在民工兄弟心中觉得做一件好事是多么不值一提。廉忠诚心里却激起了千层浪花，广大人民群众正是像这两位民工兄弟一样，默默无闻地支持公安工作，民警们才能够如鱼得水，成功地破获一个个大案要案。

廉忠诚和小四川带着嫌疑人回到执勤点与李秀丽会合，收拾好把口用的工具，回到派出所将各种材料顺利完成，把嫌疑男子高桥治安拘留十四日。

廉忠诚又查询了高桥的违法前科，高桥符合劳动教养的条件。廉忠诚把高桥盗窃的物品估价后，法制部门审批了劳动教养手续，李秀丽兴奋地说："这个才叫'一虾两吃'，我们去把高桥送到劳教所执行劳教。"

廉忠诚和李秀丽把高桥送到医院检查身体，医生说："高桥身体很棒，只是肝部有肝炎痊愈后形成的钙化点，但不会有传染的危险。"廉忠诚和李秀丽带着高桥来到龙海劳教所送人，一个大姐接待了高桥案件，按照正常程序办理了入所手续。大姐向当天带班的大队长司桂汇报了情况，司桂大队长说："我们要创收，让他缴纳五百元费用，以防犯病使用，否则我们不要也可以。"

大姐把领导的意思传达给廉忠诚。廉忠诚感到如今的劳教所成了创收所,并且还是针对自己人白吃白,打起了自己人的主意搞创收,真是可恶至极。

李秀丽说:"我们不收别人的钱,怎么给你们送钱,总不能拿工资给你们吧!这个有点儿不像话了!都是自己人。"

大姐两头为难地说:"司桂大队长是从长春派出所调过来的,公认的创收高手,不过劳教人员已经收了,手续也办了,你们走吧!有什么事我来给你们摆平吧!"

没过几天,龙海劳教所的司桂大队长带着高桥来到廉忠诚的办公室,把高桥领进来道:"这个人我们不能收,因为我们的医生检查到了高桥有传染病,可能有传染他人的情况发生,今天把高桥还给你们。"还没等廉忠诚说话,司桂大队长就重重地将门一摔,开车走了。

廉忠诚被这样的做法弄懵了,不知如何是好!于是拨通了劳教所大姐的电话:"劳教所把人已经收了,人又被送了回来,这是怎么回事?"大姐说:"你没有交五百元的赞助费用,司桂大队长很生气,就用这种惯用的方法把人给你送回去了。"

廉忠诚有一肚子的委屈,向梁所长汇报说:"劳教所是单列的单位,我没法儿协调,现如今有些个别干部利欲熏心,已经丧失了原则,用单位的公权为自己捞取金钱和地位,我们下一步只好给高桥办理担保手续,所外执行劳教了。"

廉忠诚看到高桥找不到担保人,也没有担保金,只好自己拿钱做了担保,这才使高桥案件落地。廉忠诚和李秀丽心里十分恼火。为什么一个正常的案件会出现这么多问题,艰难到如此地步?分析原因,还是没有按照龙海劳教所的潜规则办事,心里越想越不平衡。李秀丽道:"我已经向市劳教委反映了劳教所违规收取费用的问题,他们很快就会查处这些害群之马。"

司桂大队长接到了查处乱收费的批件,心中没有一丝害怕,他有自己应对的办法。他从单位小金库中取出两万元去劳教委协调这件事,问题迎刃而解。李秀丽得到的回复是:经查高桥被退回是因为其本人患有肺结核病,易复发易传染,不符合劳动教养条件。

廉忠诚拿着劳教所的手续说:"秀丽呀,算了吧!司桂大队长是什么样的人你知道吗?因为小金库里有不少钱,每年给单位的民警发奖金,谁不说他好。他用这样的办法打通上下级关系,一路顺利提拔到现在的位置。我们无意中破了他的规矩,挡了他来钱的渠道,他能不急吗?人家就是利用这样可收可不收的劳教人员,来收取办案单位的费用!这样的干部,为官不清廉,迟早要出事的。"

一年一度的警衔晋升培训开始了,全市派出所符合条件的民警分批到警校参加培训。

廉忠诚在警校报到处看到程燕燕的名字,喜从心来,没有想到三年来没见过程燕燕,今天在警校故地重游时见到程燕燕。

程燕燕在长春所是生产赌博机工厂的片区民警,和卢老板交往久了,经受不住物质诱惑,索性嫁给大她十多岁的卢老板,一转身成了龙海市大企业的老板娘。今天以希望派出所副所长身份参加学习,可想而知下一步前途无量呢!

廉忠诚得到消息,心里惆怅起来,失落感更大了。自从他成了王惠民妹夫以来,杨荷花带来的伤害减少了许多。廉忠诚一心为家着想,也想着能够通过自己的努力提个一官半职,尽管自己工作在局里相当出色,但是没有人为他说话提名,至今仍然是一个民警。

"燕燕,你成贵夫人了?"廉忠诚看着走过来的程燕燕风趣地说。

"老廉别笑我了,我很现实的。你也当爹了吧?"程燕燕笑着问。

"那当然了,还是个带把儿的。"廉忠诚昂着头有点儿自豪地说。

"你怎么样了,燕燕?还好吧!"廉忠诚说。

"嫁给大款,钱是够用了,我和老公年龄差异较大,有代沟呀!穷有穷的烦恼,富有富的不足,家家有本难念的经,不过总体上还算幸福,老头子挺会关心人的。要啥给啥,只要能满足的,就会不惜一切代价为我办到,尽量让我高兴。我能当上副所长,大部分还是他的功劳,你知道我是干啥啥不行的主儿。"程燕燕自嘲道。

"开玩笑吧!你老公帮忙我相信,说干啥啥不行,太谦虚了吧!我听说你是'快枪手',拘留人有一整套人马,特别快。三个小时就把嫌疑人送到拘留所了。是真的吗?"廉忠诚奉承道。

程燕燕听到感兴趣的地方,也来了精神,回答道:"那当然是真的了!不信你犯个错,看看我多长时间把你送走!"

"你饶了我吧,我可不敢犯到你手里,你下手这么狠。不过牡丹花下死做鬼也风流。"廉忠诚笑道。

"去去去!越来越不像话了!我成为办案能手,怎能和你过不去呢!我们是好朋友,友谊第一。"程燕燕瞥了廉忠诚一眼笑道。

"听说刘金贵也来晋升二级警司了。"廉忠诚问道。

"嗯,他也来了,和咱一个队,住在一零八室,我们去找他吧。"程燕燕边说边向一零八室走去。

"他从你们所调到长春所当副所长了,与荷花指导员搭班合作很默契。"程燕燕又道。

"别说杨荷花了,我们还是去找刘金贵吧。"廉忠诚边说边推开一零八室的房门。

"刘所长你好啊!又快一年没有见面了,我们都想你了。"廉忠诚走进房间对正在整理被子的刘金贵说。

"老廉哥,你也来培训了,晋三级警司吗?"刘金贵说着拿出两瓶饮料分别递给程燕燕和廉忠诚,"来,每人一瓶饮料解解渴。"顺手自己也打开一瓶饮料喝着坐下来。

"你俩年轻有为呀!被重用快一年了吧!"廉忠诚有些羡慕

地说。

"燕燕应该有一年了,我代理副所长一年多了,中间出了点儿事。忠所长因为依法办案,得罪了场所老板,被调到保安公司当经理去了。我也受到了牵连,没有按期转正,今年也该转正了,我也得到消息了。"刘金贵兴奋地说。

"你俩都是干部培养的后备军,公开选拔任用的。聪明又能干,大家认可。"廉忠诚称赞道。

"你太天真了!酸甜苦辣尽在不言中,只有经过了才知道其中的道理。"程燕燕不满地说。

"燕燕呀!你那么年轻漂亮,却嫁给一个糟老头子,值得吗?是因为这不满意吧!"廉忠诚笑道。

"这年月,现实点儿好!否则我这个外来户要奋斗多少年,才能够过上现在的富裕日子。女孩子通过嫁人改变现状,才有现在的待遇,我嫁给他图的就是这个,否则我会这么傻吗?当然他也看上了我的身份,我能为他的企业提供帮助,我们两个也是各有所图吧!他看上我的不仅仅是美貌,他身边年轻漂亮的女孩儿多的是。"程燕燕失落地说着。

"燕燕别伤感,得到就有付出,甘蔗没有两头甜,这是成正比的,鞋穿在谁脚上谁知道是否合脚。"廉忠诚劝道。

"老廉,听说这次培训,公安部来人检查我省公安工作,龙海市是重点检查对象,选中了龙海市公安局,让我们代表全省公安民警参加考核。市局非常重视这次考核,要求学校认真组织迎接考核,各分局还专门派来一名副局长,亲自到学校督促指导呢!"

"金局长在所长以上干部会上明确强调,这次参加公安部考核全项优秀的人员,选前三名提拔重用,我看你的机会来了。"刘金贵高兴地对廉忠诚说。

"我看了考核项目,正好是我的强项,机会来了,常言道,'机会是给有准备的人预备的',真是天助我也。射击没问题,五公里越野是我长项，法律知识和计算机考核还需要加强训练，警务技能在部队训练过，也是小菜一碟，真是人算不如天算呢！"廉忠诚眉飞色舞地说道。

"刘金贵还有啥好吃的拿出来让大家分享！"程燕燕主动地翻着刘金贵的包。"有苹果、橘子，每人分点儿，反正我也吃不完，留着也是放坏了，还不如让你这个馋嘴猫拿走算了，我来时辖区场所送的。"刘金贵说着顺手把包里的水果拿出来，又拿出来一大摞一次性裤头递给廉忠诚，"老廉，用着方便些，不用洗内衣了。"

"啥东西？为啥不给我分点儿，好偏心哪！"程燕燕不满地说道。

廉忠诚打开包装让程燕燕看个明白，说："男人内裤，你用不着。"

程燕燕有点儿不好意思："玩笑开大了，男人用品不要算了。咱们在学校训练一个月呢，有好吃的给我分点儿，不要吃独食呀，听见没你俩！"程燕燕顽皮地看着刘金贵和廉忠诚。

"哪来那么多一次性裤头呀？"廉忠诚问道。

"真不知道啊还是假不知道，这两年大街小巷按摩如雨后春笋一般长出来，里边有的是，这也没有用过吗？"刘金贵笑着说。

"洗澡时用过这样的裤头，平时谁穿它呀，是纸做的吧？"廉忠诚问道。

"是的，不耐用，所以叫一次性裤头呢。"程燕燕用手摸了摸裤头笑道。

王全友大队长从门口经过，听到他们谈话的声音问道："小廉，你也来晋司培训了？"说着走进室内分别与三位握手问好。

"王大队好！几年没有见面，你还好吧！看上去样子没有变化，保养得很好呀！"廉忠诚奉承道。

"还可以！室内工作多，经常不见太阳，比起老农看上去年轻些罢了，实际还没有人家年轻。"王全友风趣地说。

"五十多岁的人看上去不过四十岁,够可以的了。"刘金贵笑着说。

"这次培训学员代表全省民警参加公安部考核,本来想让你担任中队干部,可是市局很重视学员的管理,专门派局长来学校参加训练,你们分局派郝局长来参训。"王全友看着廉忠诚说。

"训练科目和时间安排都在门口通知栏里贴着,看看吧,别错过了!"王全友语重心长地说。

训练如期进行,不知不觉间就到了最后一次训练。郝局长在操场上集合队伍后,向值班员报告完毕回到队列中。

王全友讲道:"今天是考核前最后一次训练,明天公安部将对我们考核验收,分局长到会议室参加陈校长主持的迎接考核预备会议,各大队自行安排训练。"

郝局长把队伍带到指定位置,对大家说:"我们中间有转业干部没有?临时指挥一下训练。"连续问了两遍见没有人站出来,廉忠诚举起手说:"报告局长,我是转业干部。"

"你上来接替我的指挥,组织大家训练。"郝局长看了一眼廉忠诚命令道。

"是,一定完成任务。"廉忠诚说着从队伍里走到指挥位置。

郝局长开完会议走进操场,看到廉忠诚组织训练井井有条,一种信任感油然而生,心想:这个小伙子不错,可以培养一下,日后或许能够成为左膀右臂呢!

公安部考核组认真简洁,考核项目顺利进行着。

廉忠诚在射击、法律知识、计算机、五公里越野、警务技能考核中全项优秀。

郝局长高兴得合不拢嘴,在总结大会上讲道:"这次我们代表全省民警参加公安部考核,已经圆满结束。全市局一共有两个全项优秀的民警,他们都是我们分局的民警,他们分别是廉忠诚和郎优良。"

大家鼓掌祝贺,顿时掌声响遍教室的每个角落。

郝局长举起双手示意停止鼓掌，接着说："我会把大家努力拼搏的精神和优异的成绩向分局汇报，给大家兑现承诺。"

培训结束了，廉忠诚回到单位期待着喜讯到来。半年的光景，分局宣布三名同志被提拔为副所级领导，赵石立到金桥派出所任副所长，廉忠诚被分到希望派出所接替程燕燕的职务，程燕燕调到刑侦大队任中队指导员。

送行时，廉忠诚和赵石立等相关人员都到齐了。

"小赵，你可以呀！这次到金桥所任副所长，不简单。经纬派出所真是干部的摇篮，你和廉忠诚都是黑马呀！"朱铜边往车上装行李边说。

"我只是搭个顺风车，廉忠诚才是真正的全项优秀，感谢领导栽培。"赵石立说道。

"小赵，你能否告诉哥怎么做才能进步快些？"朱铜请教道。

"就要看你怎么用手中的权力了，这不用解释您应该懂得。"赵石立得意地传授经验。

"权力寻租？难道没有人管吗？"朱铜惊讶道。

"我们手中有一定权力，但我们不能滥用权力，否则会自吞苦果。作为执法者，权力如利剑一般，我们应将手中利剑斩向违法者，同时还要注意头上法律利剑高悬，必须时刻自省自律。小朱，别那么灰心丧气，风气正面的还是占多数！努力工作，且行且珍惜吧！小心为上，平安是福呀！"廉忠诚严肃地说。

廉忠诚和赵石立分别到新的单位走马上任，等待他们的将是新一轮的竞争。

第四章　守住底线心自宽

　　刘金贵干了一年代理副所长,就盯着指导员的位置,此时杨荷花已经成为派出所的指导员。又过了一年,杨荷花调任分局纪委副书记。刘金贵就接替了杨荷花的指导员位置,真是欣喜若狂。他很感恩冯聚财和靳富来的帮助,庆幸路线选择正确,取得了意想不到的成果。刘金贵在背地里把靳富来称为"靳老板"。

　　刘金贵任指导员后,工作繁忙,严打成绩开始落后了。竞争日益激烈,单位精英们不受靳富来的控制,抓到能够计算分数的违法人员,不管谁说情也不给面子,坚决依法处理,分数自然上升很快,朱铜在分局尤其领先。

　　冯聚财和靳富来接到刘金贵的请求,商议为刘金贵提供帮助。在本市异地用警,把其他辖区不听话的电子游戏赌博窝点提供给刘金贵,并由市局指定管辖,刘金贵组织线人侦查破案,动用全所人员参与这次行动,一次刑事拘留了三十八名嫌疑人,成绩记在刘金贵的名下,刘金贵在市局考核最后一天成绩冲到第一的位置。刘金贵的成绩像坐直升机一样直线提升，其他竞争者没有机会追赶。就这样，刘金贵在上班的五年时间里，平步青云，从民警、副所长、指导员上升到希望派出所的所长位置。如今，刘金贵已经在所长位置上干了两年。

刘金贵在成长过程中，身后跟随了一批民警和线人，朱铜、马名表现尤为突出。

朱铜也因为刘金贵的推荐被选拔为预提对象调到希望派出所。

赵石立也被提拔为希望派出所指导员，成了廉忠诚的主管领导。冯聚财和靳富来利益集团日益壮大，甚至于龙海市开办场所的老板，必须和冯聚财协商，冯聚财在龙海市已经成为娱乐业的龙头老大，显赫一时。赵石立已经成为冯靳集团的一员，经常为他们服务，从中获取相应的报酬。

一天，廉忠诚找到赵石立问道："赵指导忙啥呢？"

赵石立有意加重语气说："我在替你着想，原来的老局长到市局任副局长了，新到任的金卜换局长大刀阔斧地动干部，一年中分局内部人事发生很大变化。金局长是个红顶商人，家里开办了矿山厂、煤厂、砖厂，在他的关照下，其家族企业兴旺发达，金局长在会上明确讲自己不缺钱。咱们得想想办法，你也找人弄个指导员干干。"赵石立劝说道，"老廉同志要有点儿想法才对，原来你是我的领导，现在我成了你的领导。论工作能力你比我强，论经济能力和协调能力你还有点儿欠缺。听我说，该抓经济了，先富起来再说；老老实实的，只能是老绵羊一个，任人宰割。你没有听说过吗？狼行千里吃肉，羊行千里吃草，你甘心当一辈子绵羊吗？我的哥。"

"我也想当大官，想得到领导的认可，更想得到同志们的肯定，任何有个人目的的帮助，无论给多大官、给多少钱我也不要，宁可当绿叶，也不愿为当红花牺牲自己的尊严。"廉忠诚真诚地说道。

赵石立没好气地说:"你的狼性哪里去了?你的'宁可人负我,不可我负人'的处世哲学行不通了,成绩让人家平白无故地抢走了,你也不好意思要回来,人家认为你是傻子,绝不会认为你仁慈,是雷锋。你善良的举动是好的,但看把善良给谁了,给了不知道好歹的人,他不会领情的。久而久之只有落个好人的名字,不能当饭吃,也不能当钱花,更不能当官用,好好想想吧!"

廉忠诚说:"赵指导!你以前是我的兵,说的话都是为我好,很感激你说的知心话。你是从我身边走过的人,你是知道的。你提拔为指导员时,金卜换局长讲的那段话,我已经听他讲过多次了。"

廉忠诚接着说:"金局长的名言是:'我都提拔那些能干的人我坐不住,我都提拔那些平庸的人我坐不长。'这个话我已经听了好多遍了,感觉当个局长也不容易!"

廉忠诚为此心里自然也有些不痛快,可他并没有表露出来。但刘金贵所长和金卜换局长还是担心廉忠诚有撂挑子的想法,专门找廉忠诚进行了一次谈话,毕竟,好多活儿还需要老实能干的他去做。

金卜换局长惋惜地对廉忠诚说:"刘金贵是因为工作出色,严打成绩在市局名列前茅,提升是理所当然的。小赵他们是自己找人安排的结果,与分局没有一点儿关系。我也想帮你,但你不属于这两种情况,我也爱莫能助了。"

严打成绩好坏也有很大区分。刘金贵一直从事严打工作,是专职严打人员。廉忠诚从事社区管理工作,严打是副业,当然不能相提并论了。廉忠诚分管的基础工作在全市排第一名,个人严打成绩是分局第十名,工作量总和远远超过刘金贵和赵石立,这些成绩没有人给予肯定。

"金局长这样任用干部,就真正出现'逆淘汰'现象了。"廉忠诚有些感慨地说。

赵石立道:"啥是'逆淘汰'现象呀?"

廉忠诚说道:"所谓'逆淘汰'现象就是劣质淘汰优质,小人淘汰君子,平庸淘汰杰出,总之与社会发展相违背。坏的淘汰好的就是'逆淘汰'现象,这就要求生存者必须采取非常规手段,好的也要适应现状才能生存。"

"这个我知道一些,有的咱用的也好。"赵石立夸赞道。

廉忠诚正色道:"我在为人处世上坚持的原则是:不与上级争锋,不与同级争宠,不与下级争功,不与群众争利。走着瞧吧!我这是吃小亏不吃大亏。"

赵石立惋惜地说:"老前辈的光荣传统已经丢完了,你还拿部队的那一套不管用了。"

廉忠诚气愤道:"目前看你站的队正确,得到现在的一切,不过你付出的代价会更大。"

两人正说得起劲,跟随廉忠诚一起来到希望派出所工作的郑师傅来找廉忠诚。

廉忠诚笑着说:"郑师傅,你找我有什么事?"郑师傅说:"所长让我通知你:因市区发生了抢劫银行案件,要求你到市局专案组报到,协助侦查破案。"

廉忠诚有点儿为难地对赵石立交代道:"赵指导!我们班里还有几个案件线索没有落实,正在关键时期,我到专案组需要一段时间才能回来,有个吸毒线索该收网了,你辛苦一下吧!"

赵石立满不在乎地说:"总是客气,没事的,向你学习盯紧看牢不就行了。"

廉忠诚嘱咐道:"吸毒的人心眼多、难对付,决不可掉以轻心,他们最可能伤害自己或伤害别人,交代同志们内紧外松提高警惕呀!"

赵石立自信道:"好的,放心去吧!"

廉忠诚告别了同志们,收拾行装到专案组报到开展排查工作。半个月过去了,也没有发现有价值的线索,廉忠诚有点儿着急了，加紧排查之余，寻思着：既然犯罪分子能够成功抢劫银行，就说明他们有计划有预谋准备充分，有可能抢劫第二次、第三次。他觉得有必要写一篇防范抢劫银行的报道了，提醒所有银行提高防抢措施，减少或杜绝类似案件发生。

廉忠诚用一个通宵写了名为《人防胜于物防》的稿件，用传真发往《龙海商报》。

商报编辑打来电话说："文章内容很好，但是抢银行案件不能当作案例出现在报纸上，全省的报纸影响力很大，会造成恐慌的，你换一个案例吧！明天就见报了。"

廉忠诚急切地说："好的，我有现成的案例，马上把新稿件发传真给您。"

第二天，廉忠诚拿着报纸欣赏着自己的杰作，想让自己辖区的银行加强防范，不知他们是否看到这篇报道，正想给所里打个电话了解一下情况，电话铃声响了。接通电话后，传来朱铜急促的声音："老廉，赶快回来吧！所里出事了，赵指导被关禁闭了，郝局长通知你回来带班。"

廉忠诚关切地问道："我知道了，怎么回事？"

朱铜着急地说："一言难尽，回来面谈吧！"

廉忠诚风风火火地赶到所里，见到朱铜急忙问："赵指导到底怎么了？"

朱铜叹了口气说："昨天省厅的人到戒毒所检查工作，在戒毒所过道里，听到一个女子大喊：'有民警强奸我了！'这还了得！省厅的人把女子提出来进行落实，原来是咱所办理的吸毒案件，这个女子被看守她的治安员强奸了，省厅的民警审问治安员，他全承认了。刘金贵所长和您都在专案组，赵指导一人在家值班，追究领导责任，就被关禁闭了。"

廉忠诚拍拍朱铜的肩膀放慢语速平静地说："朱铜不急，坐下来慢慢地把详细经过讲一下吧！"

朱铜伤心地说："嗯，事情是这样的：你去专案组没几天，线人反映发现有人聚众吸毒,我就通知了赵指导一起抓捕嫌疑人。赵指导组织民警将吸毒人员李艳婷等人带回所里询问,李艳婷在事实面前坚决不承认吸毒,很害怕再次将其关进戒毒所,就对赵指导恳求地说:'你是领导吧?对你说句心里话,你们已经抓我一次了,我不想进戒毒所,把我放了吧!我可以提供更多线索帮你们完成任务,两全其美。'赵指导当然没有答应她的无理要求。

"李艳婷就用威胁的口气说:'如果非要处理我,你会后悔的,不信你就瞧瞧吧!'

"赵指导听到这样的话心里有点儿焦虑,亲自参加审讯,但李艳婷就是不配合工作。时间过得很快,到凌晨两点李艳婷还没有招供。审批案件需要进一步查证,夜已经深了,只好先看管起来,天亮了再取证。赵指导对李艳婷案件放心不下,就安排最能干的治安员森林看管,并千叮咛万嘱托。凌晨三时许,李艳婷大声喊着肚子不舒服要上厕所,森林看她难受的样子,赶紧打开铁门让她去厕所方便。派出所楼道内空无一人,四周静悄悄的,只有李艳婷和森林两个人的脚步声。

"李艳婷走到厕所门口,伸出双手要求森林打开手铐,森林出于安全考虑命令道,就这样上厕所吧!

"李艳婷走进厕所把电灯打开,门也没有关就脱裤子蹲在茅坑上,这也是让森林更好地监视她,减少嫌疑人上厕所时发生意外的可能。厕所里传来哗哗啦啦的声音,一会儿李艳婷问:'有卫生纸没有?'

"森林不耐烦地回答:'有卫生纸,给你用吧!'

"李艳婷暧昧地微笑着说:'我戴着手铐呢,怎么擦屁股?'

"森林骂道:'她妈的,撒个尿还那么讲究,快穿上衣服出来。'

"李艳婷温柔地说:'我闹肚子了,这样很脏的,戴着手铐够不着怎么擦屁股,这样会弄脏裤子的,我受不了,要不你帮我擦擦也行。"

"森林坚定地说:'不行,男女授受不亲,怎么能这样!'

"说着森林不由自主地向厕所里看了一眼……

"李艳婷看到森林脸红到了脖子,知道他已经掉进自己的桃色陷阱里了,于是向森林抛了个媚眼。未婚的森林再也按捺不住自己的欲望,欲望的猛虎冲破了理智的牢笼,忘记了自己的职责和领导的交代,像猛兽一样不顾一切地冲上去……李艳婷高兴坏了,办完事把裤子提起来,用威胁的语气对森林说:'你把我放了,咱俩就算没事了。'

"森林后悔地说:'我不敢放你,没这个权力呀。'

"李艳婷就再没有说什么了。

"天亮后证据取齐了,李艳婷的笔录也顺利记录完毕,李艳婷被送到戒毒所。恰巧当天省厅纪委检查戒毒所工作,李艳婷听到检查组过来,就在戒毒所里大喊冤枉。检查组的主任就把李艳婷叫到办公室询问情况,没想到她说有民警强奸她,其实森林只是个治安员嘛。经查情况属实,法治室民警认定:在派出所内和嫌疑人发生性关系,符合违背妇女意志的条件,属于强奸。森林被刑拘了,赵指导也因此受到牵连,被分局关在拘留所禁闭室里,等待领导处理。"

朱铜如释重负地说:"老廉,你回来了,领导让你代理指导员工作,我们可以放心了。"

廉忠诚说:"我们先去看看赵指导吧!"

朱铜说:"我才去拘留所禁闭室看过赵指导,他现在情绪很低落,需要安慰,一起去吧!"

廉忠诚驾车和朱铜来到禁闭室,赵石立无精打采地躺在禁闭室脏兮兮的床上,看到廉忠诚从外面进来急忙坐起来,拉住廉忠诚伸过来的手无言以对。

廉忠诚恼怒地说:"赵指导!遇到这种倒霉的事,是森林惹的祸吗?"

赵石立懊恼地说:"这个治安员平时表现挺好的,谁知会发生这样的事情,运气不好呀!"

廉忠诚安慰道:"把心放宽了,你承担的是领导责任,没事儿,处理不会太严重。相比和你一起提起来的猴子,你幸运多了。"

赵石立立刻瞪大了眼睛问:"猴子怎么了?"

朱铜叹息了一声道:"被抓起来了!"

赵石立又问道:"因为啥?"

廉忠诚无奈地说:"受贿呗!猴子是个不甘落后的人,这些年身边各方面不如他的人,通过各种渠道走上领导岗位,心里很不是滋味,你知道他会怎样做吗?"

赵石立豁然开朗道:"想办法弄钱呗!"

廉忠诚用蔑视的眼光看着窗外,又有点儿伤感道:"是的,他哥是副局长,和金局长关系好,他被金局长认可了,很快就在金桥所当指导员了。当时用金钱开路,花费了不少钱财,当官就想把钱挣回来,刚上任不久遇到一个刑事犯罪人员,其家属求猴子为其减轻罪行,他被糖衣裹着的炮弹击中了,这种犯罪才叫真正的主观故意呢!"

赵石立有些宽慰地说:"他和我比起来是两个概念:他是主观上有问题,尽管他哥乔阳鼎力相救也无能为力;我是管理没跟上,出了问题,拔出萝卜带出泥。我还可以东山再起,猴子的政治生命到此却彻底完了。"

赵石立心里放松了许多,直到分局宣布他被免职。从禁闭室出来他没有急着回家,直接到金卜换局长办公室汇报思想,借此加深和局长的感情,减少对自己的不利影响。

赵石立在金卜换办公室门口大声喊道:"报告。"

屋内传来金卜换粗重的声音:"进来。"

赵石立推开屋门向前一步对着金卜换立正站好,敬了个礼道:"局长好!给您添麻烦了!"

坐在桌子后面的金卜换一脸严肃，慢条斯理地说："回来了就好！有什么想法？"

赵石立疑惑地问道："我现在应该怎么工作？向领导请示。"

金卜换笑道："你名义上被免职，实际上像以前一样去上班，不履行指导员职务，免职期间表现良好，期满给你官复原职，否则就不好说了。"

赵石立苦笑着说："是，我一定好好表现，把工作干好，请领导放心。"

没过一年时间，赵石立恢复了指导员工作。廉忠诚仍然像先前一样努力拼搏着，在赵石立的领导下，工作成绩经常由赵石立来汇报，按照带班成绩，赵石立的小组成绩领先，赵石立也想着消除以前的负面影响，干出成绩在年底竞争所长位置时，对自己有所帮助。

经过一年的努力，赵石立的班组年终评比时严打成绩突出。一个月后，干部调整结果终于揭晓了，刘金贵由于工作需要调任分局副局长，赵石立顺利地当上了本所的所长。

一天晚上，廉忠诚与赵石立喝酒。廉忠诚对赵石立说："你还真行，不知不觉就当上所长了。"

赵石立大大咧咧地说："一方面，咱工作不错；另一方面，咱也走了点儿偏道。"

赵石立看到廉忠诚认真听讲的样子，继续道："你这个人真有点儿倔，向局长低个头就那么难。我们两个去见局长时，我向局长敬礼问好，可是你不敬礼，为什么呢？这样你会被任用吗？"

廉忠诚说："我知道向领导敬礼是礼节，是警察遇到上级应该做的，但是他在我心目中已经不是局长了，我用不着向他敬礼，他的用人方法广大民警并不认可。"

赵石立转移话题道："我们在这方面有分歧，在工作方法上也有分歧……"

廉忠诚笑道："权再大，大不过法；谋再深，深不过海。你的观点适合一时之用，长期下去必受其累呀！"

赵石立仰天长叹道："受其累，走一步说一步吧！"

廉忠诚说道："平安是福吧！我也觉得自己太过于保守了，只会工作，不会讨好上司，总是在上司面前得不到认可，认为吃亏是福！不管别人怎么说我傻，就这样了，从小养成刚直不阿的性格难改呀！人常说，江山易改，禀性难移呀！"

时间过得真快，年底分局长级别人员开始调动了。金卜换在位的几年里，他提起来的干部事故频发，上级针对他的工作情况，要对其进行岗位调整。金卜换有些担心，就找到自己的恩师靳富来商量对策。三十六计走为上策，与其被调走，不如主动协调到地方政府工作，一走了之，就再也无人过问那些不为人知的事情。

金卜换调走了，民警们欢天喜地，终于送走了瘟神，期待着开明局长上任。

赵石立春风得意。还有冯靳集团罩着，在辖区内实行老一套的工作方法，辖区场所的人逢年过节到所里交份子钱，没有一个老板会放弃这个拉关系的大好机会。

这样一来，辖区警情居高不下，引起了上级部门的高度重视。

赵石立听到小道消息，纪委要到所里查账，内勤已经被传到分局纪委询问。赵石立急中生智，一脚把内勤的门踹开，把真正的账本拿过来查看。这时分局纪委副书记杨荷花已经来到所里，赵石立走出屋子正好与杨荷花打个照面，吓得赵石立夺门而走围着院内空地边跑边把账本撕掉，打着火机点燃账本边走边烧，杨荷花紧追其后，早有准备的赵石立已经把账本烧毁了。

看上去无据可查，这次只是查账而已，没有过多的处理。因此在没有掌握证据之前，杨荷花和工作人员表面上就先把这件事情放过去了。实际上,纪委仍然在马不停蹄地调查该案件。

不久,金卜换在龙海区副区长的位置上,调任龙海市公安局副局长。龙海分局新来的郑常有局长上任了,他是从外地调过来的,上级让他到这个全省第一局工作,意在整顿前局长留下的烂摊子。初来乍到工作相当出色,据说郑常有相当富裕,爱人开了一个大公司,专门经营高档汽车,经济条件优越,他本人对金钱一点儿也不感兴趣,用他的话说当官就是为了有点儿事做。

郑常有对辖区进行了调查,发现很多场所有人保护,要想整顿秩序,必须不顾任何人的情面,坚决打击。

冯聚财和靳富来集团开办的企业,受到了前所未有的重创,关门停业的场子十有八九,使他们的收入大大降低。冯靳集团了解了郑常有局长的背景和个人爱好,没有发现其突出的弱点。冯聚财和靳富来只好商谈对策。

"靳局长,我详细查看了郑局长的经历和个人爱好,他是个工作狂,没有找到他的软肋,想为我所用有点儿难呀!必须投其所好。不喜欢金钱的人在荣誉、升职、美色方面也许会有意想不到的收获。"冯聚财担心地说,"不过我们不能等机会,要主动出击尽早挽回损失。前两项不好把握,后一项还可以利用,让他在美色面前动心,最直观有效。"

靳富来点了点头。

很快,尚丹丹按照冯聚财的指示,拿着开办特业申请书,身着工装,穿着朴素大方,出现在郑常有的办公室。她白嫩的皮肤在黑色工作服衬托下,对比鲜明,显得更加青春靓丽。椭圆形脸蛋上五官长得恰到好处,确实让人想多看几眼。

尚丹丹来到郑常有的办公室微笑地说:"郑局长,您好!我是尚丹丹,靳富来局长让我来找您帮个忙。您刚上任不久,我就来打扰您,不介意吧?"

郑常有听到柔美的女声抬头看了一眼:"有什么事吗?"

尚丹丹走到办公桌前道:"我想在您辖区开一个酒吧,劳驾您光临指导，这个是申请书。"

郑常有放下手中文件接过申请书看了一会儿，打量着突如其来的美女，心里有一种排斥的感觉，但从这种装束来看，又有了一丝好感，毕竟开场所的女人中，又有几个这样保守的呢！想到这，他用手一指沙发对尚丹丹道："请坐下说吧！"

尚丹丹笑容可掬地说："下面还有公司投资计划书，您看看可以吗？"

郑常有连连摇头道："你没有看到吗？现在我们正在打击黄赌毒，你的场子这么大面积，里面如果没有黄赌毒的东西存在，能盈利吗？干点儿别的吧！这个行业不好干，是违法犯罪藏污纳垢的地方。"

尚丹丹用请求的语气说："郑局长，您看能否帮帮忙，关于具体的经营董事会会研究的，一定遵纪守法，不会给您找麻烦。"

郑常有看了一眼尚丹丹递过的材料说："把材料交给治安科审定吧！"

尚丹丹站起身接过材料弯腰致谢道："好的，好的！谢谢局长关照。"

尚丹丹告别了郑常有，把材料交到治安科审定，赶回公司向冯聚财作了汇报。冯聚财想着对策，突然说："有了！郑局长家属在外地，一星期才能回一次家，他尽管不缺钱，但是缺感情，你说是吗？"

尚丹丹嬉皮笑脸地说："还是领导聪明，您想让我公关，我可不想干这事，再说我还没有对象，万一真的出现后果，我以后可怎么办哪？"

冯聚财色眯眯地看着尚丹丹说："英雄难过美人关，别想着郑局长过去的英雄事迹，你不要把他当成局长，要当成朋友相处，这样就好接近了，明白了吗？办成之后我不会亏待你的。"说着抬起右手在空中做了一个查钱的动作。

尚丹丹微微一笑，露出雪白整齐的牙齿说："自古英雄都一样,爱江山更爱美人。我想通了,有信心办好这件事情。"

冯聚财又补充说:"靳局长已经约郑局长在本周六晚上吃饭,地点在国宴酒店四个八房间。如果方便的话你也参加,我们这边就你和我两个人参加晚宴,郑局长那边有几个人参加还不清楚,到时候介绍你认识一下。"

尚丹丹满口答应道:"好的,我正想多认识几个朋友呢!如果没别的事我就先走了,等你好消息。"

周六晚上,郑常有应靳富来邀请到了国宴酒店。郑常有走进包间,靳富来和冯聚财、尚丹丹、刘金贵从凳子上站了起来迎接他,双方寒暄几句握手问好,分宾主落座。尚丹丹坐在郑常有身边,在灯光照耀下,穿着黑色长裙的尚丹丹显得更加白净,领口松垮地低垂着,连那雪白的乳沟也恰到好处地呈现在眼前,看上去妖而不艳,成为人们目光的焦点。

酒局在欢乐气氛中结束了,郑常有的司机小王在楼下开车带着郑常有返回单位。在汽车行驶途中,迎面一辆摩托车飞奔而来,司机发现情况紧急刹车,摩托车为了躲避对面汽车,摔倒在郑常有的车前。昏暗的路灯下一个女子倒在地上,虽然摩托车已经减速,女子还是被甩出两米多远。司机和郑常有急忙下车,发现女子满身酒气,嘴里不停地说:"救我,好疼呀!"郑常有上前慢慢去掉摩托车司机的头盔,看到女子脸部鲜血直往下淌,借着斑斓的路灯光亮仔细查看伤情,才看清了摩托车司机的面孔,轻声说道:"你不是尚丹丹吗?哪里受伤了?"回头对司机说:"赶快扶她起来,送她到医院治疗。"

尚丹丹痛苦地说:"我的左腿很疼,不过还能动。"

郑常有关心地说:"动一动,试试骨头疼吗?"

尚丹丹动动腿说:"骨头没事,腿流血了。"

郑常有看到尚丹丹左腿鲜血染红了裙子,就和司机小王小心翼翼地把尚丹丹慢慢扶起来,坐在小车上,司机急忙开车向医院驶去。经过医生检查,发现尚丹丹左腿被划了一道三厘米长的伤口,头部也有轻微的磕伤,伤口缝了十几针,其他的地方没有受伤,真是万幸。

郑常有交付了医疗费用并留下电话号码,告别了尚丹丹离开医院。

第二天冯聚财到医院看望尚丹丹的伤情,温和地问:"怎么这么不小心,说好的只是演戏,做个样子就行了,何必摔成这个样子呢?"

尚丹丹说:"我已经全副武装了,没想到昨天晚上我们相遇时,正好一辆汽车要超车,我只好紧急刹车,没有防备就摔成这个样子了,幸好头部保护得好没受伤,皮肤伤不碍事的,摩托车保险杠真管用,否则腿就没有了。"

冯聚财心疼地说:"痛吧!多休息几天,安心养伤,公司对你的待遇不变,费用全报销。"

尚丹丹感激地说:"谢了老板!不过这样也好,假戏真做,他才会更相信,否则久经考验的郑局长怎么会轻易就范呢?你说是吧?"

冯聚财满怀关爱地说:"道理是对的,不过干什么事都要安全第一,工作第二嘛!多保重呀!太危险了。"

在医生的精心治疗下,尚丹丹的伤口愈合了,郑常有已经把住院费用全部结清,并让司机把慰问金和后期医疗费用交给尚丹丹。

冯聚财也同样拿出了足够的钱交给尚丹丹使用,让尚丹丹把郑局长的钱送回去。

尚丹丹来到郑常有的办公室,郑常有正在考虑下一步抓捕涉黑人员的人选,尚丹丹的到来打断了他的思路。

尚丹丹很礼貌地说:"郑局长您好,我出院了,特来感谢您的关怀照顾。"

郑常有关心地说:"为什么不多养几天再出院呢?你的腿痊愈了吗?"

尚丹丹顺手撩起长裙露出大腿上的伤疤说:"您看,全好了,不用住院了,放心吧!"

郑常有赞道:"嗯!看起来恢复得还不错,皮肤修复能力真强大啊!"

尚丹丹内疚地说:"伤是我自己摔的,跟您没有关系,感谢您的关心,还预交了医药费用,我真是过意不去。"

郑常有说:"应该的,我们也有责任,如果不是我的车挡了去路,你也不会摔伤,别过于自责了。"

尚丹丹从包里掏出一个信封放在桌子上说:"这个医药费我不能要,还给您,谢谢了!"

尚丹丹说着起身往外走。郑常有急忙从桌子后面走出来,一手拿起信封,一手拉住尚丹丹纤细的手,义正词严地说:"这样不可以,请你拿着信封再走。"

尚丹丹有意不接信封,扯着身子向外走,郑常有拉着尚丹丹的手往里拉。尚丹丹向外用力挣脱,拗不过拉力身子就突然返回,正好扑在郑常有怀里,轻声喊道:"哎哟!我的腿!"

郑常有吓了一跳,赶紧推开尚丹丹,用双手扶着尚丹丹肩膀关切地问:"怎么样了?我叫司机送你去医院!"

尚丹丹说:"不用了,腿有点儿闪着了,歇一会儿就好。"说着坐在沙发上,用手指着地上的信封接着说,"您拿着吧!"

郑常有拗不过尚丹丹,就把地上的信封捡起来,装在尚丹丹坤包里说:"还是你拿着吧!要不下次你请客吃饭怎么样?"

尚丹丹喜出望外地说:"那好吧!别到时候你不参加,请不动怎么办?"

郑常有说:"说到做到,怎么会呢?我让司机送你回去吧!"

尚丹丹微笑着说:"好像腿不怎么疼了,再见郑局长。"

郑常有望着尚丹丹的背影,心里有种美好的感觉。尚丹丹是练舞蹈出身的,走起路来昂首挺胸,有不同于常人的气质。郑常有边想着边走到办公桌前拿起电话拨通了廉忠诚的手机:"廉忠诚，现在带上三个民警和装备到我办公室来，由你办理的涉黑案件当事人一会儿过来，需要抓捕，明白吗？"

廉忠诚回答："明白，十分钟到达。"

廉忠诚以最快的速度赶到办公室，见到郑常有敬礼道："我们四人向您报到，请局长布置任务。"

郑常有说："你们在对面办公室等着，等我打电话通知再过来抓人，这个人是你们处理案件中的黑老歪，今天来我办公室谈判，我们正到处找他呢！他可好，主动要找我谈谈，一会儿就来了。"

廉忠诚和朱铜、马名、林建成立正答道："是，坚决完成任务。"他们立即到对面屋里待命。半个时辰后，郑常有电话来了，廉忠诚没有接听电话，打开门带着民警冲进郑常有办公室，用手指着沙发上中年男子说："郑局长，是他吗？"

郑常有点点头说："是，他就是黑老歪！"他对着黑老歪继续说，"邪不压正，还敢堂而皇之地到公安局谈判，胆大妄为，无论谁犯罪都要受到法律制裁，这是人民赋予警察的神圣职责。"黑老歪默不作声。

郑常有又回头对廉忠诚说："交给你了，廉忠诚，带走吧！"

廉忠诚说："放心吧！他们一个也跑不了，这叫踏破铁鞋无觅处，得来全不费工夫。走吧，黑老歪！"

廉忠诚边说边把黑老歪戴上手铐说："带走。"

朱铜、马名押着黑老歪往外走，黑老歪回过头来怒视着郑常有道："郑局长，走着瞧吧！你真不够意思。"

廉忠诚吼道："走，啰唆啥！"

廉忠诚和朱铜忙了一天，终于把黑老歪送到看守所。廉忠诚给郑常有发了完成任务的信息："郑局长，黑老歪已被刑事拘留，证据充分，三日内向检察院报捕，应该能和其他同案犯一起起诉到法院，谢谢局长帮忙。"

郑常有回复："大家辛苦了，注意劳逸结合！"

黑老歪被判刑的消息传到冯聚财耳朵里，他找到靳富来商量对策。

冯聚财说:"郑局长为人正直,从来没见过局长把人约到办公室里抓捕归案的,两国交兵还不斩来使呢!何况一个小案件,这么干就是不让咱们生存了,干脆想法儿搞臭他或直接来个事故把他干掉算了,免得以后经常和我们作对。"

靳富来小心道:"不可鲁莽,我们按照第一方案行动,对我们有利无害。尚丹丹计划进行得怎么样了?"

冯聚财说:"还没有到实质阶段,需要努力才行。"

靳富来道:"机会来了,郑局长的爱人每年去国外看望孩子,据说去三个月呢!这些天她已经办理了出国手续,准备出发了,可要抓紧进攻了。"

冯聚财说:"机不可失,失不再来,成败在此一举。"

靳富来说:"周六我约他在国宴酒店吃饭,你带上尚丹丹一起参加,郑局长会对尚丹丹更有好感,应该会有进展。"

周六晚上宾主如期而至,郑常有喝得酩酊大醉,靳富来安排郑常有的司机回家,明天再来接郑常有上班,把司机支走了。

靳富来扶着郑常有去宾馆房间,边走边道:"郑老弟,弟妹出国这么长时间,你又喝成这样,就在宾馆里住下吧,明天再去上班多好。"

尚丹丹也上前扶住郑常有的肩膀,两人把郑常有送到房间。靳富来安排服务员和尚丹丹照顾好郑常有,就独自离开宾馆。

服务员放下开水礼貌地问:"还需要什么东西请打服务台电话。"说着关上门走了。

郑常有摇晃着到厕所小便,尚丹丹害怕他摔倒赶紧上前扶住他肩膀。郑常有办完事慢慢坐在沙发上,接住尚丹丹递过来的开水喝了一口,看到尚丹丹无微不至的关心,好像眼前出现了久违的妻子。他再也无法控制那种痛苦的折磨,一种原始的冲动无法抗拒,抱起身边的尚丹丹放在床上……

清晨,郑常有醒来发现身边躺着尚丹丹,惊讶之余想起昨晚的事情来，觉得难为情起来，用手推推尚丹丹说："你怎么会在这里？"尚丹丹醒来赶紧用手拉紧被子盖住身体，带着哭腔反问道："怎么会这样？我还是黄花大闺女呢！以后让我怎么嫁人呢？"

郑常有无奈地长叹道："我昨晚没有喝多少酒，竟然喝成这样。丹丹，别哭，我会补偿你的，让你满意好吗？"

尚丹丹破涕为笑道："事到如今，俺已经是你的人了，你看着办吧！我绝不会坏您的事，时间不早了，赶紧上班去吧！"

郑常有走到楼下，司机已经把车门打开等他上车。郑常有坐上车对司机小王说："去单位。"接着又问小王，"你昨晚去哪儿了？为什么没有来接我？"

小王道："靳局长让我回家待命，说有事情研究，明天再来接您，我向您请示，您也点头同意让我回家休息。"

郑常有不安地问："你还看到别的人没有？"

小王说："我一直在饭店门口，其他的我什么也不知道。"

郑常有放心地闭目养神起来，很快就到了单位，开始了新一天的工作。

廉忠诚拿着案卷向郑常有汇报进展情况："还有几个嫌疑人没有到案，我已经查明他们的下落，出差把他们抓回来吧！"

郑常有说："这些坏蛋，必须肃清，你准备什么时候去？"

廉忠诚说："我安排一下，带几个人明天就出发！请领导等好消息吧！"

郑常有点头表示赞同："好的！这事就辛苦你和同志们了。"

廉忠诚带着朱铜和马名前往南方城市，抓捕黑老歪案件的其他犯罪嫌疑人，在当地公安民警的配合下，将黑老歪的同伙抓获归案返回龙海市，受到了郑常有局长的热烈欢迎，表扬打黑组战绩卓著。

黑老歪一伙被抓获归案的消息不胫而走，郑常有突然接到尚丹丹的电话："黑老歪是我表哥，刚才在南方市的表姐打来电话告诉我消息，求您从轻处理他的同伙。"

郑常有难为情道："这怎么行，看看情况再说吧！"

郑常有挂了电话，懊恼自己不该喝那么多酒，造成今天难以收拾的局面，骑虎难下呀！这个黑老歪在涉黑团伙中的作用不言而喻，虽说不是重要人物，但也有一些犯罪事实，否则也不会到外地去抓捕他的同伙。不过他觉得也好办，廉忠诚面临提职的机会，和他谈谈心，廉忠诚也许会心领神会从轻发落黑老歪的同伙，既有面子，又不违反法律，两全其美。

郑常有通知廉忠诚到办公室，研究黑老歪涉黑案件。廉忠诚据理力争，要严厉打击黑老歪的犯罪行为。通过这件事，郑常有也改变了对廉忠诚的看法，认为这个廉忠诚不好控制，难以驾驭，不可重用，否则会给自己留下后患。

廉忠诚也通过这件事发现郑常有对黑老歪案件态度的变化，决不同意从轻处理黑老歪团伙成员的要求，于是郑常有来了个迂回战术，想把廉忠诚调到反诈骗严打组，把这个案件交给赵石立来处理。

廉忠诚感觉到郑常有的变化，感觉有危险向他袭来，不想做他的牺牲品，开始疏远郑常有。这种变化有一定原因，但是廉忠诚不得而知。廉忠诚心里明白法律底线，决不能因领导的好恶、自己职务升迁与否而放弃底线。如果没有了底线，就会成为别人的帮凶，进而违法犯罪，即便是职务晋升再高又有何用，也会掉下来，官升得越高就摔得越狠。廉忠诚也从心里决定不和郑常有走得那么近了，使自己和局长之间拉开距离，保证自己安全地工作。

廉忠诚调整心态，服从郑常有的安排，移交了手里的案件，暂时离开了这个充满矛盾的单位，到反诈骗工作组走马上任，开始了新一轮的工作。他极力克制自己的负面情绪，告诫自己忘掉以前的不愉快，尽快适应新的工作环境，思考着采用什么样的办法，才能有效打击日益猖獗的诈骗犯罪，减少人民群众的损失，提高人民群众的安全感和满意度。

第五章　攻心智破诈骗案

廉忠诚接到上级指示借调到分局反诈骗工作组，任副组长。对于这样的安排，廉忠诚虽然不太情愿，但他还是服从了。组长正是在警校的同学张宝民，来之前他曾当过经纬所的所长，因在严打中对诈骗案件侦破有较大贡献，分局把张宝民调到反诈骗工作组任组长，意在领导分局的精英们，把潜伏在本辖区的诈骗分子揪出来，破获连日来高发的诈骗案件，提高群众安全感。

廉忠诚走进办公室，张宝民笑呵呵地快步走过来握着廉忠诚的手说："廉哥，分局把您也调过来了，您的到来我们组就是如虎添翼了。"

廉忠诚说："我们是兄弟，还认得老哥，换了别人就没有这份交情了，称呼就变成老廉了。"

张宝民说："哥说哪里了！无论当多大的官，你永远是哥，这是不变的事实。"

廉忠诚道："谢谢老弟了！说说工作上的事吧。"

张宝民说:"您来得正好,我准备到外面巡逻呢,要不咱们边巡逻边聊好吗?"

廉忠诚说;"好的,我们出发吧。"

廉忠诚和张宝民驾车在文艺路上巡逻,电台里突然传来110指挥中心的通知:"巡逻十六号,请你们马上赶到东风科技大厦,一女子因被骗十五万元,现在科技大厦二十七楼阳台上欲跳楼轻生。"

时值冬季,寒风凛冽。廉忠诚和张宝民驱车急速赶到现场,看到一女子站在科技大厦二十七楼阳台上手扶栏杆,一只脚在栏杆里面,一只脚在栏杆外面晃悠,寒风把乌黑的长发吹得凌乱无章,头发肆意地在脸上抖动着。她两眼呆呆地望着远方,好像已生无可恋,准备向世界告别。

廉忠诚关掉警笛,把警车停放在警戒线以外,急切地对现场消防队员说:"救生设备打开了没有?"

消防队员说:"已经打开了,只是这个女孩儿什么也不说,也不准别人靠近,无法沟通,看样子一心求死呢!谁和她说话她都不搭理,我们和民警都劝不动她。"

廉忠诚说:"你们辛苦了!我先上去和她谈谈,问一下具体情况,或许会有效果。"

说着,廉忠诚和张宝民向电梯口走去,路上向先期出警的郎优良副所长了解女子自杀的原因。

廉忠诚问道:"女子为什么要自杀?"

郎优良道:"我听群众反映,该女子是个体商户,做些小生意,人长得标致,这些年经营小家电产品,挣了不少钱,想在城里买房子,房款已经交了一部分,今天去交尾款的路上,经过这里突然想上厕所,就从随身携带的包里拿了些卫生纸,把拉锁拉上背着挎包去厕所,回头对身边的男友说:'等我一会儿,上完厕所咱们去交钱。'

"男友拉住她的手说:'你挎着包去厕所多不方便,把包给

我吧！咱们一起去厕所，我在厕所门口等着你，帮你保管着好吗？'

"看到男友一脸真诚的样子，女子就把包递给男友道：'这包里有十五万元现金呢！你可要看好了，这是我来龙海市做生意多年的积蓄，还有许多是借来的钱，看好呀！'

"男友拍着胸脯说：'放心吧！咱们认识一个多月了，你还不了解我。'说着接过女子递过来的包斜挎在肩上，跟着女子到厕所门口等着。

"女子飞快地到厕所方便，当她走出厕所时，没有看到男友，以为男友上厕所了，等了一会儿还没有看到男友出来，就对着男厕所喊了几声男友的名字，也没有人答应。于是她就让其他上厕所的男子到厕所找人，也没有见到男友。女子心里有点儿疑惑，急忙拨打男友电话，里边传来电话已关机的语音提示。女子这下可急了，在现场到处寻找男友，也没有结果。她就把男友的好友电话全部调出来，一个一个地联系，对方回答均没有见到男友，连男友公司的人也不知道他在哪里。当问起男友的情况时，公司的人竟然不知道男友家在哪里，连身份证号也没有留下！

"这下女子急了，找不到男友，最后一根救命稻草也消失了，从甜蜜爱情中回到冷酷的现实，脆弱的心像掉进万丈深渊的冰窟中。她觉得自己很傻，没有选择报警，一时想不开就上了二十七楼阳台准备跳楼，群众劝不住就报警了，情况就是这样。"

廉忠诚和郎优良沟通着情况，电梯已经到二十七楼。廉忠诚走下电梯，看到有几个民警和消防队员正在向阳台边缘的女子喊话。

消防队员耐心地对女子说："姑娘，你冷吗？我给你送一件大衣穿怎么样？或者你下来暖和一会儿吧！为一个无情无义的负心汉自己遭罪多不值得。"

说着消防队员拿着大衣向女子比画着，侧面的消防队员和民警悄悄地向女子靠近，想一边谈话分散女子的注意力，一边强行救下女子。

女子甩了一下头发,看到向她靠近的民警和消防队员,惊恐地大声喊道:"别过来,再过来我就跳下去,死给你们看。"说着身子猛地向栏杆外面倾斜着,做出要跳下去的动作。

廉忠诚很担心女子的安危,心里想着对策,这冰天雪地的,我们还冻得受不了呢,何况她在风口上已经有些时候了,肯定也冷得不行了,万一手脚不听使唤松动了,就可能酿成悲剧,于是向消防队员和民警喊道:"你们先撤下来,让我和妹子沟通一下。"他向后挥了挥手,大家领会意图马上撤了下来。

廉忠诚站在原地向女子说道:"大妹子你好!我是龙海市公安局反诈骗支队的民警,我叫廉忠诚,上级专门派我来负责追回你被骗的现金,你的男友是我们的侦查对象。我们是抓捕诈骗分子的专业队伍,需要你的配合,争取早日把你的钱追回来。"

女子没有一点儿反应,仍然呆呆地站在阳台边缘,任由寒风吹打着她的身体。

廉忠诚笑着说:"妹子不相信我们的能力吗?你这个案子算什么,放心吧!我们有能力把他抓获归案,把你的钱追回来。"

女子听了这些话,仍然没有吱声,但是身子向栏杆里面移动了一点儿,用眼向廉忠诚斜视了一下,还是没有吱声。

廉忠诚发现了女子细微的变化,觉得喊话对女子有作用,她还有希望,就继续轻声地说:"妹子,你如果相信我的真诚,就请用你的眼睛看着我的眼睛,你会感到温暖,你会拥有更大的力量。"

女子听到廉忠诚话语中的善意,将头仰了仰让风把脸上的头发向后吹开,扭头看过来,与廉忠诚期待已久的目光相遇。女子看到廉忠诚眼中的那份善良和真诚,好像看到了一线希望,张开嘴露出整齐雪白的牙齿,不相信地说:"你骗人,这个世界上男人没有一个好人,包括你们!"

廉忠诚听到女子说话,心里更有底气,便耐心地说:"妹子,实话告诉你，我昨天刚抓了一个骗子，骗钱又骗婚，这个人今天被送到了拘留所，不信你看这个。"说着从上衣兜里掏出一张叠成长方形的拘留证文书，慢慢打开，用双手抓住拘留证上下两端，尽量让拘留证展开，把盖有红章的地方对着女子。

女子身子向里又挪动了一些，努力看着被风刮得哗啦作响的拘留证。距离有点儿远，她只能看到拘留证，那上边具体写着什么、公章是哪儿的，她一点儿也看不清楚，她真想搞明白这张拘留证是否是真的，极力地用眼睛向这边看着。

廉忠诚抓住时机安慰道："妹子放心吧！这就是坏蛋的下场，被关进拘留所，他家里人正想办法把他骗的钱送还给受害人呢！你也一样，想看清楚弄明白的话，请允许我向前一点儿，你会看到上面写的是什么。"说着廉忠诚身体向前一倾斜，做出想要走出第一步的动作。

女子见状沙哑地喊道："不要过来，再过来我就跳下去了。"

廉忠诚收回抬起的脚站在原地轻松地说："妹子，你用眼睛看着我的眼睛好吗？我是警察，认真地听我说，我只是向前一点点，让你看清楚这张拘留证是否是真的，看看我是不是骗子，这身警服你应该相信吧！这帽子上的国徽你应该相信吧！如果相信是真的你就从上面走下来，和我们一起把那个没有良心的负心汉抓获归案，追回你的血汗钱，将其绳之以法，你看可以吗？"

女子好像有点儿犹豫了，身子靠在栏杆上哭着说："你能行吗？这么大的中国抓他像大海捞针一样，再说了我的房款怎么办？今天就是交款的最后一天了，我好不容易凑够的房款没有了，房子也就没有了，男朋友也走了，剩下我一个人，活着有啥意思呢！"

廉忠诚看到女子哭得那么可怜，说得那么伤心，就安慰道："妹子，你的眼光不要离开我的眼睛，房款可以晚交，这事我去做工作，没有问题的，生命比房款重要得多。看着我的眼睛，我会给你力量的，如果你不介意，我以后就是你的哥哥了，你就是我的妹妹，我来保护你行吗？"

女子沉默不语，看着廉忠诚的眼睛，有了一丝感动，苦笑着将信将疑地对廉忠诚说："警察大哥，你真的能帮我把钱找回来吗？"

廉忠诚坚定地说："真的，我会全身心投入到案件侦破工作中，一定把他抓获归案，因为现在抓捕诈骗嫌疑人是我的中心工作，这是我的工作证。"说着从兜里掏出工作证在女子视线前方晃了晃，打开工作证让女子看个明白，女子还是在原地不愿意挪动地方，并用言语阻止廉忠诚再次向前。

廉忠诚停止前进，看到时机快要成熟了，女子好像打消了自杀的念头，就更加小心地问："妹子，你家里有几口人？"

女子答道："有爸妈，还有一个弟弟。"

廉忠诚又问道："他们在龙海市吗？"

女子答道："没在龙海市里，我爸妈都是老老实实的农民！被骗这么多钱，我们全家十年也还不清呀！"

廉忠诚说："你的家人肯定很想你，你想他们吗？"

女子点点头说："想。"

廉忠诚趁热打铁："想就好，应该为他们想想，爸妈把你养这么大容易吗？你现在可以挣钱养活家人了，却被坏人骗了钱财，把别人的错误强加在自己身上，用别人的错误来惩罚自己，用自己的生命为骗子殉情，当一个警示世人的被骗女子，真不值得。你还不如勇敢地走下来，积极参加侦破行动，将坏人抓获归案，当个女英雄怎么样？"

女子害怕地说："我不敢，这样他会报复我的，我一个弱女子，怎么能斗过他呢？"

廉忠诚鼓励地说："不要怕，有警察呢！我们都是你的亲人，你不是一个人在战斗，你看这么多战友，多好呀！你要勇敢地同坏人作斗争！再说了，敢于站在这里，连死都不怕的人，你还怕他报复，这不是笑话吗？"

女子脸带笑容道:"是呀!连死都不怕还怕什么呀!我相信你是好人,不过说话要算数啊!求你了。"

廉忠诚试探道:"请允许我过去把你扶过来好吗?"

女子有气无力地说:"好的,我的手脚已经冻得不听使唤了,这天真冷。"女子说着身子瘫软,开始向下蹲去。这一刻廉忠诚的心悬得高高的,女子太危险了,身边是将近百米的高楼,一不小心就会掉下去。虽然下面有已经准备好的气垫,但是从二十七层楼摔下去,有许多的电线和凸出物,万一撞到上面就会一命呜呼。廉忠诚和张宝民不顾自己的安危,以最快的速度冲到阳台,来到女子身边。两人共同架起女子的胳膊,把女子从阳台栏杆处救下来,搀扶到二十七楼房间内放在沙发上。

女子浑身冻得瑟瑟发抖,嘴唇发紫,手也麻木得失去了知觉。廉忠诚赶紧拿来茶杯倒上热茶端过来放在茶几上,对女子说:"用茶杯暖暖手吧,别做傻事了!"

女子痛苦地用两只手握住茶杯,过了一会儿手暖过来了。女子端起茶杯喝了一口水,慢慢地站起来说:"谢谢你们的救命之恩。"说着两腿一屈跪倒在地上。

张宝民扶起女子坐在沙发上说:"别这样妹子,这是我们应该做的,你放心,我们会兑现诺言的。你先歇一会儿,把你爸妈的电话告诉我,让他们照顾你的生活,帮助你渡过难关,好吗?"

女子感谢地说:"我爸妈没有电话,邻居家有固定电话,让他们叫一下吧。"

廉忠诚联系了女子的爸妈,让他们现在出发到龙海市来帮助女儿。张宝民起来把自己的大衣脱下来披在女子身上问:"好点儿了吗?"

女子哭着说:"好多了,身上暖暖的,手也缓过来了,心里更暖啊!我真的没想到还有这么多好人,对我这么关心,你们放心吧!我再也不做傻事了,我和你们一起去公安局报案,把前男友的情况都告诉你们,要找到他追回我的房款,我要你们惩罚他。"

廉忠诚认真地听着女子的哭诉,目光和善地看着她的眼睛。女子眉清目秀,聪明伶俐,怎么会被骗呢?看来还是"情"字惹的祸啊!

廉忠诚和张宝民等到女子恢复了体力,一起乘车到反诈骗办公室了解案件的情况,开始进一步的侦查工作。

廉忠诚让妹子坐下,倒了一杯白开水递过去,抱歉地说:"妹子,我们说了这么长时间的话,我还不知你的尊姓大名呢,讲讲你的名字和基本情况吧,让我们的同志做个笔录,便于以后破案。"

女子感激地答道:"好的,我全力配合,我叫小兰,今年二十五岁,家住新蔡县,家中四口人,爸妈在家务农,弟弟上学……"

廉忠诚又进一步问道:"你是怎么认识这个男朋友的?"

小兰含恨地回忆道:"一个月前,我闺蜜请我到饭店吃饭时在饭桌上认识的。当时,男友给闺蜜公司联系了一批医疗仪器,为公司创收十多万元的利润,公司为了感谢男友帮忙,就请大家吃饭,我作为闺蜜的好友也参加了宴请。男友能说会道,人长得也很英俊,深受大家喜爱,我当时也对他产生了好感,这样我们就认识了。随着接触次数增多,双方也有了感情。有一次他打电话让我到公司找他,我见到他从经理办公室出来,经理非常热情地把他送到门外,我想他应该是公司的员工了,就打消了对他的防范心理,和他明确了恋爱关系,我俩经常出入闺蜜的公司。"

廉忠诚继续说道:"你把今天发生案件的经过详细说一遍。"

小兰陷入了痛苦的回忆,她慢慢叙述道:"今天上午我和男朋友去交房款,我说转账方便些,男友说:'以前很少使用这种方法,转账害怕转错了,不保险。'我就把十五万元现金取了出来放在包里,我拎着包和男友走到东风科技大厦时,突然想上厕所,他帮我背着拎包在厕所门口等我。我从厕所出来,他就不见了,我用了各种方法也没有找到他,才知道我的钱被骗走了。我一时想不开,就上了二十七楼寻短见,让你们见笑了。"

廉忠诚同情地说:"十五万,几年才能赚回来,太可惜了。我们想了解你男友的基本情况,你告诉我们好吗?"

小兰生气地答道:"这个挨千刀的真是人面兽心,他今年二十七岁了,身高一米七左右,中等身材,瓜子脸,皮肤较白,中长发,当时穿着灰色棉衣、牛仔裤、运动鞋。"

廉忠诚问道:"你知道他的其他情况吗?比如家住哪里、身份证号、交往人员等情况。"

小兰道:"我们刚认识时我曾经问过他家在哪里,他说家是河北的,知道他叫赵老二,不知道他的具体地址和身份证号。出了这样的事,我打电话找闺蜜和公司的同事,他们都不知道赵老二的具体情况。他不是公司的正式员工,是临时工,公司没有登记他的详细身份信息,只是大概知道他的情况,询问了公司其他员工,也没人知道他的详细地址。闺蜜和同事到他的暂住地找他,人已经逃走了,房东和邻居也不知道他的具体情况,只知道他姓什么,房东也没有留下他的身份信息。"

廉忠诚继续问道:"你再试一试他的电话能否打通,他还有其他联系方式吗?"

小兰拨打了男友的电话道:"他的电话已经关机了,其他的信息我还没有想起来。"

廉忠诚打开电脑,输入查询条件,电脑上很快出现了符合条件的八个"赵老二"的名字。

廉忠诚回头对小兰说:"我们可以利用现代科技查询他的信息,小兰过来靠近点儿,看看哪个是你男友的照片。"

小兰站起来向前移了移身子,弯腰认真地看着电脑屏幕上的照片,嘴里不停地说着:"不是,不是,不是,嘿!慢点儿,这个有点儿像,让我再看看。"

廉忠诚把相片放大到最大,让小兰看仔细。小兰惊喜地说:"就是这个坏蛋,看看他的具体地址吧!"

廉忠诚高兴地说："好的，只要能确认，这个坏蛋就是我们的网中之鱼了。"

小兰道："靠这点儿信息，你们怎么抓他呀？"

廉忠诚说："以前他在暗处我们在明处，现在他在明处我们在暗处，主动权在我们手里，相对好抓一些。"

小兰说："讲讲你的高见。"

廉忠诚说："高见不敢说，张宝民组长把案件交给我负责，我就有专门的时间破案。我想我们应该明修栈道，暗度陈仓，外松内紧，让他放松警惕，再找他的漏洞就能抓捕他。"

小兰感兴趣地说："具体一些好吗？"

廉忠诚说："刚才我查了一下他的家庭情况，他已经结婚了，但还没有孩子，利用这一点儿或许会把他揪出来。"

小兰道："我应该怎么做，你安排吧！"

廉忠诚把嘴靠近小兰耳边说了些悄悄话，小兰会意地笑了笑，有点儿难为情地说："这个办法很好，我俩虽然在一起生活不到一个月，却有夫妻之实，我听你的，死马当活马医吧！"

小兰在公安局办完手续，满怀希望地回到暂住地，与进城的父母见面。小兰的母亲看见小兰哭着把借来的六万元递过去，说："孩子，吓死妈了，你要有个三长两短，可叫妈怎么活呀！"小兰叫了一声"妈"，便扑到母亲怀里伤心地哭了起来。小兰的父亲打断了母女的哭声说道："还差的一些钱怎么办呢？"

小兰道："放心吧！廉警官已经和开发商联系过了，向他们说明我的情况，老板把我的事情作为一个特例对待，放宽了交款时间，也可以按揭贷款。"

父亲说："怎么谢谢人家廉警官？"

小兰道："廉警官说了，这是人家分内的事，不要挂在心上。爸妈行了，我要按照廉警官商量的计划进行，先给这个没有良心的发个信息。"

母亲说："发啥信息，他差点儿把你害死，还理他干吗？"

小兰说:"我有分寸,廉警官让我忘掉不愉快的事情,像平常一样去上班,给他发个信息表达我对他的爱没有变,因为我已经怀上了他的孩子。"

母亲愤怒地说:"啥!你这孩子真不要脸。"抬手就给小兰一巴掌,小兰躲闪着赶紧捂住被打的脸。父亲上前拉住母亲的手说:"等孩子把话说完。"

小兰说:"幸好我躲得快,就这也打得好疼。其实我没有怀孕,只是想把这个坏蛋揪出来,试试看管用不。明白吗?一定要保密呀!"

母亲说:"这还差不多,刚才妈有点儿冲动,别介意呀孩子!以后千万要擦亮眼睛,辨清好歹之人,咱们女人在男欢女爱中受害者居多,一定要找一个真心对你好的男人再嫁,好好地过一辈子。"

小兰一边上前用手给母亲擦掉泪水,一边说:"妈,我知道了,我都放下了,您老人家不要再伤心了。"

小兰给这个已经关机的手机发了信息,期待奇迹般的回音。日子一天一天地过去了,廉忠诚和同事们对小兰周围的信息仔细过滤了一遍,没有发现有价值的信息。廉忠诚想:年轻的骗子这么小心不露马脚,应该是个情场老手了。对小兰他取得了钱色双收的好结果,现在肯定正在高兴呢!他拿着小兰的钱不知在哪里享受高档消费呢!

廉忠诚想着这起案件的细节和其他诈骗案件是否有共同点,想从中发现并案、串案的线索。案件的线索一个一个地被否掉,专案组进入了盲区。

廉忠诚召集小组民警研讨分析案件,让大家畅所欲言,发挥自己的特长,提供破案线索。

廉忠诚的工作小组有六个民警,廉忠诚把他们分成三个小队:一队由姚新建队长负责,对赵老二生活区进行调查;二队由杨朴实队长负责,对赵老二的工作区进行调查;三队由李卫国队长负责,对赵老二的户籍地进行调查。每队由一个民警和三个协警辅助工作。经过调查得到了一些新的线索,廉忠诚把大家召集到一起信息共享,为侦破该案件出谋划策。

廉忠诚看到大家到齐了,就对大家说:"同志们,这些天辛苦了,连日奋战也没有一个结果,我知道大家心里憋着一股气。诈骗案件是侵财案件中智力较高的一种,我们要斗智斗勇,有耐心才能抓住犯罪分子。下面三个队长按顺序汇报这些天对案件的调查情况,希望能把各种线索串到一起,争取早日破案。姚队长,从你开始吧!"

姚新建打开笔记本说:"这些天我和同志们对赵老二在龙海市的生活区进行调查,发现赵老二和一个叫小神医的公司员工来往密切,赵老二联系的医疗设备也是通过小神医卖出去的,他们两个不仅交往密切、电话联系多而且还是同乡。对小神医询问时,小神医称是老乡介绍认识的赵老二,其他情况不是很清楚,谈到赵老二时总是遮遮掩掩的,我觉得他和赵老二关系非同一般。至于赵老二生活的地方,从物品和人员交往方面没有发现重大线索。我说完了。"

廉忠诚肯定地说:"这个线索和我的判断有相似之处,可以从这入手深挖下去。二队长讲讲吧!"

杨朴实笑了笑说:"我们对赵老二售货的医院进行了调查。这家医院确实从小神医所在的医疗设备公司购买了一批设备,不过小神医以前在这家医院当过临时工,后来因为诈骗患者钱财被医院开除了,才到现在的医疗设备公司当销售员,这个案件和小神医应该有牵连。其他的正在调查。"

廉忠诚满意地说:"这条线索很珍贵,两个线索同时指向小神医,他应该有问题,嫌疑很大,继续查,他现在应该也在观察我们呢!"

李卫国看到廉忠诚停顿了一下,就主动地站起来说:"我们到赵老二户籍地调查情况。他已经很长时间没有回家了,当地民警反映，他结婚后不久，就和妻子生气外出至今未归，也很少和家里人联系，他妈每隔一段时间才能接到他的汇款，连过年他也不回家，这些天他家里购买了电视机、洗衣机，还安装了电话，花钱很大方。"

廉忠诚风趣地说："钱骗到手了，花别人的钱不心疼，来得容易去得也容易。钱从哪里寄过去的？"

李卫国道："是从龙海市银行寄出的，看样子赵老二还没有离开龙海市，我们再查查吧！"

廉忠诚问道："赵老二有孩子没有？"

李卫国道："他没有孩子，和网上查的一样。"

廉忠诚称赞道："高科技还是很准确的！"廉忠诚说着把眼光转向姚新建，"小神医由一队负责监控，不要正面接触惊动他。现在他是案件的关键人物，如果他逃走了，案件要延期才能侦破。另外小兰打电话过来说，她这个月没有来月经，到医院检查结果是怀孕了，想要这个孩子，按照医院要求保胎，姚队长你可要留心呀！要掌握情况，关心她的安全。"

姚新建道："她是个女的，有点儿不方便，我不愿意做这婆婆妈妈的工作，能不能换一个人来做？"

杨朴实幸灾乐祸地说："嘿！你小子多有艳福，男女搭配干活儿不累，接招吧你。"

廉忠诚笑道："姚队长工作需要，把杨队长的美女民警王红和李秀丽交换一下不就齐了。王红与小兰相对熟悉些，再说了，王红有怀孕的经验，是过来人，可以指导小兰。"

杨朴实道："我坚决支持工作，完成任务后再调换回来。"

姚新建道："这还差不多，就这么定了。"

廉忠诚道："杨队长和李队长你们两个有新任务，我这几天翻阅了龙海市今年的诈骗案件，把有代表性的七起案件档案拿了过来，你们看看。"两人一听新任务连忙围过来看案件名称和内容。

廉忠诚把手中的档案打开说："杨队长，这是分给你的案件：一是女子骗婚案件，二是电话中奖小汽车先交税金诈骗案件，三是冒充人民日报记者敲诈勒索案件，四是丢钱包见面分钱设圈套诈骗案件。"

杨朴实为难地说："这么多案件怎么侦破呀？真是有点儿难哪！"

廉忠诚态度坚决地说："看上去很难的事，如果你能深入进去，就会找到解决它的好办法，像一堆乱毛线一样，找准一个线头就会把毛线整理有序。"

杨朴实道："你说得有道理，我看看卷宗再发表见解吧！"

廉忠诚转过身把另一摞材料交给李卫国道："这些案件交给你了，给大家说说诈骗名称和简要内容，好让大家明白侦查方向。"

李卫国接过案卷道："装学生卖牛黄骗退休老教授的，装公安骗老人银行存款的，装神医看病消灾骗老人现金首饰的，假招工、假工程、假合同诈骗预付款的。"

李卫国说完皱了皱眉头道："这些案件都是基层已经侦查无果的案件，真是有点儿难呀！"

廉忠诚接过话说："正是因为难，分局才把我们抽调出来成立专案组，配合市局下大力气侦破这类案件。"

李卫国为难道："说着容易做着难呀！到具体案件上就难上加难了！"

廉忠诚解释道："有点儿畏难情绪值得理解，不过你知道战国时期庖丁解牛的故事吗？牛虽大且凶猛，但是庖丁知下刀之处，得解牛之法，牛就变成人们餐桌上的美味佳肴了，连梁惠王也谦虚地说，学到了养生之道呀！可见熟能生巧，难题就自然迎刃而解了，多办案就会发现办理案件的技巧。"

李卫国拿起卷宗在手里掂量着说："案件多，杂乱无章，涉案金额巨大，难题很多。"廉忠诚笑道："李队长这样的办案老手也有畏难情绪吗？三国时期曹冲称象的典故想必大家都听说过。古代没有能够称象的工具，难倒了很多王公贵族，可是曹冲做到了，他想办法把大象赶上船，在船上刻出大象下沉的刻度，再把大象赶下来，在船上装石头达到相应的刻度，再给这些石头称重就简单了，不就知道大象的重量了吗？我们像曹冲和庖丁一样以智解智，方得其解。"

杨朴实高兴地说："听着好像你已经胸有成竹了。"

廉忠诚满意地笑道："过奖了，我只是抛砖引玉而已。大家看看案件内容，不要放过每一个细节。对照小兰案件发现线索，我们重点分析，注重破获小兰案件的同时串并案件，争取带破其他案件。从一些作案手法和嫌疑人特征上并案，千万不要胡子眉毛一把抓，选出重点案件进行突破，争取抓团伙降发案。"

"好的，廉组长。"大家信心十足地回答道。

廉忠诚问道："王红、李秀丽、贾志超你们三个有什么高见？"

三个民警笑着说："我们听领导指挥，指哪儿打哪儿，看了案件才敢发言呢！以后再说吧！"

廉忠诚说："有情况联系我，解散。"

廉忠诚走出会议室伸了个懒腰，拨通了小兰的电话说："小兰，今天有消息吗？"

小兰回答道："我已经按照你的安排和闺蜜到医院做了检查，我怀孕的结果闺蜜深信不疑。"

廉忠诚称赞道："你可以呀，怎么做到的？"

小兰欢喜地说："我表姐怀孕了，让她先在医院卫生间里把尿准备好，我把表姐的尿液拿过来交给医生化验，就顺理成章地怀孕了。闺蜜当时没看到这些情况，但是她亲眼目睹了我孕检的其他过程。"

廉忠诚询问道："你闺蜜平时喜欢传递小道消息吗？"

小兰扑闪着大眼睛说："这个人话多，虽然不是把快乐建立在他人痛苦之上的人，但是也会把这件事当成以怨报德的佳话传送出去。我和她说了，我经历过生死考验，也不在乎脸面了，男朋友为了钱离开我，或许是有难言之隐，我相信他会回来找我的，我怀了他的孩子，孩子没有罪呀！我决定把孩子生下来作为我们爱情的见证，如果他爸能回来一起过日子该多好呀！"

廉忠诚说："你把这愿望说给闺蜜听，闺蜜会当成茶余饭后的谈资传出去，小神医也很想知道你最近的表现呢，看看他的反应再说吧！你一定要注意安全。"

小兰说："我会安排好的，把孕妇该做的事做好，让这个没良心的人相信这一切是真的。"

廉忠诚道："越是处事不惊，按部就班地生活、工作，他就越相信你怀孕了，你要向妈妈和王红请教怀孕的知识、应该怎么做更像孕妇，你还要逐步加大肚子的容量，看上去和你表姐的外观不要有太大的区别，走路姿势动作都要随着时间的推移有所变化，这样小神医就会把这里的情况传递给赵老二，他也许会动恻隐之心，突然出现在你眼前来看你和孩子，那么我们就成功了。"

小兰道："放心！为了抓住赵老二，再苦再累也值得，再丢人现眼也认了，无论这半年干什么工作也挣不到十五万元，就当搞演出拿工资吧！这样想我心理平衡了许多，没别的事就挂电话了。"

廉忠诚挂了电话后考虑着赵老二和小神医之间的联系，考虑着那么多骗子之间的相同之处，从哪里下手呢？把这些案子串并到一起，现在已经有赵老二和小神医的照片，让受害人辨认一次，或许能够辨认出来这两个嫌疑人。

廉忠诚想到这，拿出手机编了一条信息发给三个队长："同志们辛苦了，工作中注意发现相关线索，把赵老二和小神医的照片让受害人辨认，从中找到并案的依据。"

廉忠诚很快收到三个队长的回信："明白。"

经过辨认，几位老人也不能够辨认清楚，照片和本人有一定的区别，受害人也不能肯定是他们。

廉忠诚正在期待赵老二的回音时，手机响了，是小兰的短信："廉警官你好！我每天给赵老二发信息感化他，他今天终于回信息了，我转发给你欣赏欣赏吧！"

"亲爱的小兰，我也很想你，不过这结果准确吗？你真的怀了我的孩子吗？"

廉忠诚看了信息马上拨通了小兰的电话："小兰，你方便吗？我和姚队长想现在去找你。"

小兰见到廉忠诚激动地说："廉警官，你的判断是对的，人都有弱点，赵老二对我虚情假意，但是看到我怀了他孩子的信息，还是有点儿信了，能给我回信息就证明了这一点。"

廉忠诚兴奋地说："这是表面现象，他还有其他顾虑，不然的话，就会迫不及待地来见你。他看到信息再通过其他渠道验证你怀孕的真实性，也许会向你忏悔呢！"

小兰愤怒地说："谁稀罕！希望他回心转意来看我，抓住他报我被骗之仇。"

姚新建道："情况很复杂，赵老二在医疗设备公司有眼线，就是小神医，你明白吗？你的情况通过闺蜜传到小神医耳朵里，小神医再通过电话告诉赵老二，赵老二在你那里得到信息，从小神医那里得到证实就放心了，按常理他应该出现了，为什么没有行动呢？只打雷不下雨，他可能还有文章要做。"

廉忠诚说："或许他的后边还有人指挥呢！看样子应该是一个团伙，李队长和杨队长发现小神医和赵老二他们经常出现在孙勇辉开的夜总会里，在那里挥金如土，吃喝嫖赌抽样样都干，一晚上消费一万多元，凭他的月薪，一次也不够花的，钱来路不明。"

姚新建道："小神医和孙勇辉经常联系，把案件搞得更复杂了，下一步该怎么办？"

廉忠诚说："小兰，继续你的生活和工作，孕妇演得越像，我们就越有机会抓获赵老二，使他早日浮出水面。"

小兰说："我会的，一定做到。"

廉忠诚转脸看着姚新建道："辛苦了，这个信息又要增加破案的难度和广度，这一网或许能捞几条大鱼呢！"

姚新建不解地问："你指的是孙勇辉他们吗？目前没有他们参加诈骗的证据。"

廉忠诚说："慢慢地挖掘，先把眼前的案件侦破了。清代陈澹然在《寤言二迁都建藩议》中说的好：'不谋全局者，不足谋一域。'我们要大面积撒网重点捕捞，把小神医接触的人查清楚，就该收网了。"

小兰诡笑道："我明修栈道，你暗度陈仓，完美结合，我也当一回骗子，感觉心里特美好。"

廉忠诚、姚新建、小兰都笑了，大家仿佛看到了胜利的曙光。小兰依然像往常一样去上班，肚子也一天一天地大了起来，走路也小心了许多，单位领导也减轻了小兰的工作负荷。转眼小兰又到了医生约定检查的时间，他再次给赵老二发信息："老二，咱们的孩子很健康！我明天去医院做围保检查，真想见到你，好有个依靠的肩膀，你能来吗？我相信你有难言之隐，才不辞而别，看在孩子的分儿上我们见上一面吧，我不想孩子一出生就没有爸爸！"

小兰没有收到回音，这次她特别小心，和女侦查员小王一起在医院门口等待检查身体，廉忠诚和姚新建在暗地里悄悄观察着小兰周围人的一举一动。

小兰快要检查结束时手机响了，显示一条信息："小兰，我也很想你和孩子。我已经在远处看到你了，你身边的那个女孩儿是谁？腿还有点儿瘸，看上去有点儿搞笑呢！她不会是来抓我的吧！"

小兰回信息道："放心吧！这个人是我表姐，她从小就有点儿瘸腿，让你见笑了，过来吧！"

赵老二回信息道："我还是有点儿不放心，这样吧，把你的孕检报告放在前边石凳子旁边，我去拿，好吗？再说了，你即便是怀孕了，怎么证明是我的孩子呢？"

小兰生气地回信："你这个没良心的人，钱拿走就算了，把我抛弃也算了，你怎么还侮辱我的人格呢！真是岂有此理，你算算时间就知道了！笨蛋，这点儿常识也不知道吗？"

赵老二看过信息后真的动心了，不过他回想小神医的叮嘱："得手后不要留恋美色，干我们这一行的，要狠心，不能讲感情。"

赵老二想到这，为刚才自己的冲动捏了一把汗，心想警察是不是在暗地里看着我呢！要不让她把孕检报告换一个远的地方，如果有警察的话也得跟过去，我在暗地里也好发现他们，再决定是否去见小兰，于是就给小兰发了一条信息："小兰，如果你真的爱我，就把孕检报告放在医疗设备公司门口的IC卡电话旁边，我去那里取，你看好吗？"

小兰看后回信："老二呀老二！你不为我着想就算了，那么远的距离如果摔倒了，可就苦了我们的孩子。你看着办吧！见不见是你的事，我是不去那里。"

赵老二看到小兰的信息，感到小兰还和以前一样耍小性子，挺可爱的，但是为了安全起见不能亲自去做这个尝试，太危险了，万一小兰设的是陷阱，就彻底毁了。刚好是学校放学时间，小学生和家长人来人往，赵老二灵机一动，叫住一个戴红领巾的小学生，拿出十元钱给小学生微笑着说："小同学，帮叔叔去医院门口凳子上把那个塑料袋拿过来，这十元钱就是你的了。"

小学生高兴地说："好的，叔叔。"随后蹦蹦跳跳地去医院门口凳子边把塑料袋拿过来，放在指定位置，又蹦蹦跳跳地走了。

廉忠诚和姚新建看到小学生拿着袋子走了，姚新建立马站了起来，想冲上去抓住那个小孩儿，顺藤摸瓜抓获赵老二，廉忠诚急忙把他拉住说："敌在暗我在明，这是火力侦察，少安毋躁，否则就前功尽弃了。"

姚新建重新坐下来静观其变，小王一瘸一拐地扶着小兰从急诊楼出来，感觉有人在不远处跟着她们，就把事先准备的信息发给廉忠诚："身后有老鼠，待机抓捕。"

廉忠诚看到信息没来得及回信，就站起身来同姚新建向早已锁定的目标冲了过去。赵老二鬼鬼祟祟跟在小兰她们身后，发现有人向他冲过来，就向前朝小兰的方向跑过来。看到小兰和小王怒目而视，他感觉到空前的恐慌，从腰间拔出早就准备好的匕首，向小兰捅来，想向小兰发泄骗他进入陷阱的怨恨。小王抬起右脚把赵老二的匕首踢掉在地上，赵老二疼得直甩手，拔腿就跑，把小王甩在后边。

廉忠诚突然从右边冲出来大声喊道："警察，别动。"一边从侧后方伸出右臂卡住赵老二的脖子，利用惯性把赵老二扑倒在地，左手抓住他的左手向后一拉再向上一提，赵老二疼得直叫唤："轻点儿，疼死我了，我投降。"姚新建冲过来拿着手铐把赵老二双手铐上。廉忠诚拿出警官证让赵老二看了看："我们是警察，现在传唤你到公安局配合调查小兰被骗一案。"

赵老二点点头表示明白，小兰和小王也赶了过来，小兰气冲冲地把衣服里的小枕头掏出来扔在赵老二头上，气喘吁吁地嘴里骂着："你个没良心的白眼狼，差点儿害死我呀！"说着抬起脚对准赵老二大腿就是两脚，大家都在喘大气，没有一个人顾得上拦着小兰，赵老二喊道："警察，她踢我，你们也不管吗？"

小王大喘着气道："我怎么没有看见呢！廉组长、姚队长，你们看到没有？"

姚新建学着小王的样子笑笑说："我怎么没有看见呢！廉组长，你看到没有？"

廉忠诚笑得前仰后合："真没有想到，新建娘起来比娘娘还娘。把他带回去审问。"

姚新建收起笑脸严肃地说："赵老二，跟我们上车到单位再问你。"

赵老二眼睛转来转去想着对策，跟着民警来到专案组。

廉忠诚拿起手机通知杨朴实和李卫国对小神医实施抓捕审问，并对其住处进行搜查，交往人员中有嫌疑的一并传唤到专案组接受调查。

小神医万万没有想到，警察如从天而降一般来到自己面前，自己在公司上班，警察怎么会发现违法行为呢？他心里慌了一会儿，很快又平静下来，想着对付警察的办法，还是结结巴巴地问警察："我是合法公民，你们来这么多警察干什么？没有理由抓我呀！"

李卫国戏谑地说："小神医，别演戏，该谢幕了！你的同伙已经被我们抓住了，看看，这是我的工作证，老实点儿，跟我们走吧！落个好态度，接受调查！"

小神医无奈地说："我是无辜的，走一趟怕啥，一会儿回来你们可得把我送回来，我还约了客户呢！耽误了算谁的责任？"

杨朴实上前检查小神医随身携带的物品，对小神医办公用品也检查了一遍，严厉地说："少贫嘴，小李、小贾，把他带走！"

很快，李卫国出现在小兰的闺蜜面前，客气地说："我们是警察，麻烦你跟我们去一趟公安局，需要向你了解一些情况，请你理解。"

一行人走进反诈骗专案组办案区，按原定计划进行审问。审问前廉忠诚召开预审会，与三个队长在办公室商量审问对策。

姚新建道："这个赵老二很不配合工作，回答问题避重就轻，只承认和小兰的恋爱关系，也承认把钱拿走了，只不过不承认是骗钱，是迫不得已而为之，父母有病，急需用钱才出此下策。没有想把这笔钱占为己有，想暂时借用，这不听说小兰怀孕了就赶紧到医院看望小兰，想把钱还给她。当我问到他钱在什么地方的时候，他说正在让家人把花的钱找回来。他对诈骗的事一点儿也不承认。"

廉忠诚点点头看着李卫国说："小神医情况怎么样？"

李卫国说:"小神医才鬼呢!怎么问也不说话,问别的还可以,提及案件就装迷糊,要么就不回答问题,极不老实。"

姚新建道:"小神医是诈骗案件的骨干分子,想撬开他的嘴,需要证据,这样审问达不到预期效果。"

廉忠诚道:"姚队长,你有什么证据?和大家分享一下。"

姚新建道:"我看了分给我的卷宗,有几个案件里的医生,从体貌特征、语言行为都有点儿像小神医。我让几个受害人对小神医照片进行辨认,因发案时间久了没有人能辨认出来,想让他承认案件的事实,让受害人到现场辨认小神医本人效果会更好些。这样可以揭开小神医的神秘面纱。"

廉忠诚说:"这几个受害人在龙海市吗?什么时间能过来辨认小神医?"

姚新建道:"我的案件中受害人是三个老人,跟随子女在外地生活,不在龙海市居住,最快也得一天以后才能做辨认。"

李卫国道:"从时间上看是来不及了,我们要想办法把他俩先处理了,再做进一步打算,想办法让他们承认犯罪事实,一案一结,再深挖,我们重证据也要重口供。"

廉忠诚道:"还得从长计议,小兰案件我们要侦破,也要连带侦破其他案件,扩大战果。"

廉忠诚向大家挥挥手示意靠近点儿说:"我想这样……你们看行吗?"三个队长会意地笑了。

姚新建调侃道:"按廉组长的想法办吧!或许这个大能人会被我们这些小骗子骗了。"

杨朴实说:"这叫以毒攻毒,明白吗?走,马上行动。"

反诈骗组的办公地点设在一个废弃的看守所里,经过改造的审讯室非常正规。办案区依次排开的几间房,分别标着"候问室""留置室""辨认室一""辨认室二""讯问室"等。

杨朴实把赵老二押到辨认室嫌疑人房间内。李卫国和小贾把小神医带到辨认室辨认人房间内。看到两个房间中间隔着落地大玻璃墙，赵老二觉得心里有点儿发慌。

李卫国对小贾道："别小看这个玻璃墙，从辨认室可以看到嫌疑人房间里，看得一清二楚，而对方却不能看到辨认室的情况。辨认室里玻璃墙上有个大布帘子，拉上帘子就可以成为一个单独的小空间了。两间房子的隔音效果特别好。"

小贾翘了翘大拇指："这条件比派出所好多了！"

李卫国用手指着审讯椅："小神医，请坐吧！"

小神医极不情愿地坐在审讯椅上没有说话，用眼睛环视着周围的环境。他看到两个民警坐在桌子后边的凳子上，问道："为什么让我坐在这个椅子上？"

小贾道："你涉嫌诈骗明白吗？我正在给你开具书面传唤证呢！耐心等待吧！"

李卫国道："我知道你的智商非常高，但是你应该知道，你被带到这里已经有一会儿了，我们为什么没有问你案件的情况呢？"

小神医摇了摇头。李卫国道："我们已经把赵老二作案的过程调查清楚了，他已经承认了诈骗的事实。"

小神医仍然不开口说话，小贾走到小神医面前，用手拍拍小神医肩膀道："别怕，这个案件不算什么，你看看我们的人正在审问赵老二呢！"

说着玻璃墙边的布帘被拉开，一面透明的玻璃墙呈现在小神医眼前。他看到赵老二正在对面房间内接受审问，和自己一样坐在审讯椅上，虽然听不到声音，但是可以看得清清楚楚。

李卫国道："小神医，过来看个清楚，没事的，他们看不见咱们。"说着用手拉了一把小神医的衣服，小神医到玻璃墙边，看见一个民警用手指着赵老二，嘴里不知说了些什么，另一只手拿着赵老二的照片让他看，赵老二不停地点头，并回答着民警的问题，民警每次张嘴问话，赵老二都老老实实点头表示赞同。半个小时过去了，民警好像问完了，小神医看了全部过程一句话也不说。这时对面的民警让赵老二到玻璃墙前面站得很直,过来两个民警,好像在给赵老二量身高,一个民警笑着拿着笔录走过来让赵老二签字,又从桌子上的一摞材料中拿出几份让赵老二垫着趴在玻璃墙上签字。

小神医在房间内看得清楚,对面玻璃上有一份笔录可以清晰地看到上面的部分字迹。小神医就趁民警不注意,用眼睛使劲地看个详细。他清楚地看到上面写着"小兰案件小神医是主谋"的字样,顿时火冒三丈,再也沉不住气了,说:"民警、民警,不是这样的,我不是主谋,我说,我说,我不是主谋。"

李卫国道:"小神医,说啥呢?你又没违法犯罪,自己扛着,等着被处理吧!"

小神医道:"这不公平,你们还没有问我呢,就认为我有罪,我要辩解。"

李卫国道:"给你机会要把握好,按时间顺序如实说。明白吗?"

小神医说:"我明白!事情是这样的:2008年11月,我和赵老二一起吃饭时,无意间说起小兰这几年在龙海市做生意发了点儿小财,挣了不少钱,还准备在龙海市买房子呢!赵老二有点儿眼红,合计着把小兰的钱骗过来。他想了好多办法,我们两个都觉得不保险,于是赵老二就问:'小兰还单着吗?'我说:'不知道小兰的情况。'后来得知小兰这些年忙着做生意,还没有谈对象,赵老二就想用美男计引诱小兰,骗取小兰信任,找机会下手骗钱,真没想到赵老二艳福不浅,钱色双收。"

李卫国问:"你俩什么关系?"

小神医道:"老乡关系。"

廉忠诚从外面进来把几份笔录递给李卫国道:"你看看赵老二的笔录,小神医笔录问得怎么样了?"

李卫国道:"刚开始,还算老实吧!我继续问他,你也听听他说的是不是实话。"

廉忠诚道:"你问吧,我旁听。"

廉忠诚悄悄地打开墙上的喊话开关,让赵老二房间听到对小神医的审问,对李卫国说:"姚队长已经把小兰请过来了,如果需要就把她请过来帮忙。"

李卫国道:"小神医很老实,现在不需要小兰帮忙。"

廉忠诚来到隔壁房间赵老二面前,扬声器里传来李卫国的问话声:"这次诈骗小兰多少钱?你分了多少钱?"

小神医道:"赵老二从小兰处骗取十五万元,分给我的只有三万元。"

李卫国道:"其余的钱呢?"

小神医的眼睛眨了几下道:"赵老二清楚。"

廉忠诚听到这里,向隔壁李卫国伸出右手食指顶住左手心示意关掉扬声器。扬声器的声音停了,布帘子重新拉了起来。

廉忠诚看着赵老二的反应,赵老二被小神医这突如其来的回答弄得不知所措,低下头沉默了许久,还想听隔壁的回答声。

廉忠诚用锐利的目光紧逼着赵老二道:"你还有什么要说的吗?还不如实招来,你主观上是怎么想的?从你们预谋开始,重新做笔录!你要记住坦白从宽抗拒从严的政策,说吧!"

赵老二像泄了气的皮球一样,彻底蔫了,如同竹筒倒豆子一样,把和小神医合谋骗取小兰现金的经过交代了一遍,交代的经过和小兰、小神医交代的基本吻合。

廉忠诚做过赵老二的笔录,兴奋地和李卫国交流,关切地问:"小神医材料记得怎么样了?"

李卫国道:"已经问过了,就差签字按手印了。"

廉忠诚走到小神医的身边拍着肩膀说:"小神医名不虚传呀!"这时姚新建拿着一大摞材料走进来,大声地说:"报告廉组长,这是你要的受害人材料,他们都在隔壁候问室等着呢!"

廉忠诚道:"你们辛苦了,先问着,我一会儿就过去。"

姚新建走到门口回头指着小神医道:"有几个当事人吵吵着

要过来与你算账呢!"

廉忠诚道:"安慰安慰他们,倒点儿水让他们休息一会儿,你先过去。"小神医看着姚新建的背影心里忐忑不安,不知哪一件事被公安掌握了,为了掩饰惊慌赶忙把笔录签好递给廉忠诚,"我签好了,你看看吧!"

廉忠诚接过笔录认真看了一遍,用手再次拍拍小神医的肩膀:"值得表扬,我会向上级请示,酌情减轻你的罪行。"然后顿了一下,平静地继续说,"小神医,讲一下这事之前的事吧!"

小神医吓了一跳:"哪个事!没有了呀!"

廉忠诚把桌子上的一摞材料拿起来在空中晃了晃说:"这些呀!看你的态度了。"

小神医有点儿疑惑地问:"是什么,能提醒一点儿吗?"

廉忠诚平静地说:"自己做的事,还用提醒吗?老实交代,别想让我落个诱供的名声,你也落个抗拒法律的罪名,说吧,从宽处理。"

小神医没有套出话来,心里没底,做了那么多骗人的勾当,他们掌握了哪一起呢?小神医又沉默起来。外面的民警走来走去,一片繁忙的景象,小王走进来道:"廉组长,有几个受骗老人很生气,想要见你,怎么办?"

廉忠诚更加平静地回答道:"让他们再等等,需要时再通知你好吗?"

小王一边走一边为难地说:"我快劝不住了?"

小神医道:"我主动说了你们会从宽处理吗?"

廉忠诚坚定地说:"当然了,法律是公正的,对坦白者从宽处理,不要看我们掌握了这么多材料,只要你主动交代,都按照自首从轻处理。如果被动的话,你可以想象结果如何!"

小神医不放心地说:"你们怎样减轻对我的处罚?"

廉忠诚道:"嘿!你真能!在抓获经过中注明你主动交代公安机关未掌握的违法行为,符合从轻处罚的情节。这就可以了。"

小神医放心道:"既然你们已经知道了,我交代。

"2007年10月,我在金水河堤看到一群老年人在玩麻将,姓岳的老头儿和一个老太太谈论自己儿女不孝,还是自己存点儿钱放心,打个麻将也不会有多大损失,只是身体一年不如一年了,心脏老是生病。另一个大妈说:'你呀应该信点儿啥,否则精神上没有寄托,当然不是这不舒服,就是那不舒服。'老岳头儿也觉得是这个理儿,信则有不信则无,还不如信神好,心里也有个寄托,有神的保护,自己也会心理健康。我当时听了他们的对话,就觉得这个老岳头儿正好是受骗对象,就悄悄跟到老岳头儿家门口,然后回去和赵老二商量对策。赵老二找到以前在医院的女病友魏丽霞一起骗老岳头儿,我们预谋第二天对老岳头儿开始诈骗。首先在老岳头儿经过的地方,假装和老岳头儿偶遇,经过一阵攀谈,赵老二取得了老岳头儿的好感,就开始第二步行动,他话锋一转说道:'你看上去气色不是很好,有心脏病吧?这些天有灾呀!'

"老岳头儿惊恐道:'你怎么知道的?怪不得我这几天右眼老是跳动,他们说右眼跳灾呀!'

"赵老二认真地说:'你的身体有问题,不过我认识一个老中医,别人都叫他神医,给好多人看过病,很灵的,一看就好了,既可以治病又可以消灾,你可以试试。'

"老岳头儿信以为真:'宁可信其有不可信其无,万一有个好歹,不就无医可救了,神医在哪里?领我去见见。'

"赵老二就把老岳头儿领到中医院门口,我接到赵老二的信息通知,早就在那里等着他们的出现。看到他们来了,我从医院大门往外走,正好撞见他们进来,我没有理会老岳头儿。

"赵老二连忙说:'神医,保佑我们的朋友吧!向您求救呢!帮帮忙吧!'

"我当时装作很忙的样子,说:'我要出诊看个女病人,等我一会儿回来再说。'

"过了一会儿,我从赵老二那里得知老岳头儿没有病,只是心理出了点儿问题,就对老岳头儿说:'不必担心,也不用吃药打针,你这些天撞了邪气,魔鬼缠身,需要求神才能化解你的灾难。'

"老岳头儿虔诚地问:'怎样做才能消除灾难?'

"我故弄玄虚地说:'求神消灾需要心诚,才能感动神灵帮助消除灾难。你回去把家里的钱和值钱的东西都拿出来,用红布包上,我们找一个僻静的地方,给你做法事,向神灵祈祷为你消灾祈福。'

"赵老二提议说:'金水河堤很理想,安静人少,不会亵渎神灵,不过天机不可泄露,这件事要保密,否则就不灵了。'

"老岳头儿听说要拿钱,心里咯噔一下,脸上马上露出不悦的表情,警惕地看着赵老二说:'儿子告诉我不要轻信别人的花言巧语,你们怎么还要拿钱出来做祈祷?'

"我说:'老人家没有诚心,神灵是不会保佑你的,随缘吧!'说着向赵老二挤挤眼示意让魏丽霞过来。

"我就和老岳头儿唠家常故意拖延时间,过了一会儿魏丽霞来到河堤上,快步走过来双手合十扑通一声跪在我面前就拜,说:'您真是活菩萨呀!你前些天给我消灾了,现在病也好了,给我带来了好运,感谢神灵保佑!'说着又磕了三个响头。

"老岳头儿被这个女病人的行为弄懵了,问道:'你怎么了?'

"魏丽霞道:'我前些天有灾难了,浑身上下都不舒服,到医院看病吃了好多药也没有好转,就是这位神医给破的灾难。只要把现金和值钱的东西拿过来,表示对神灵的诚意,让神医做法事就会消除病患和灾难,然后就会把钱和东西还给你,去哪儿找这样的好事。'

"老岳头儿被眼前的一幕迷惑了,相信了我们精心为他设计的圈套。他消除了顾虑,去银行从多个存折里取出十二万元现金,把收藏多年的银元也拿出来一并包在红布里,再次到金水河堤见我。

"我接过红布包盘腿坐在禅布上郑重其事地说：'善有善报，心诚则灵，天上神灵会保佑你的，天灵灵地灵灵，鬼神靠边福到病除，消灾解难保平安。'

"赵老二说：'老人家，神医做法事你不能看着，你把身子转过去闭上眼睛，心里默默从一数到一百再转身。神医把法事做好了会把钱还给您，就可以实现您的心愿了。'

"老岳头儿闭上眼睛转过身背对着我和赵老二，心里默默地数数。

"我们三个趁老岳头儿专心数数时，就悄悄地拿着他的红布包跑了。后来老岳头儿怎么样了，我们也不清楚。"

李卫国放下手中的笔说："算你还老实，和我们掌握的出入不大，休息一会儿，饿了吧？"

廉忠诚道："给他弄点儿吃的来，一会儿再审。我们也该吃饭了。"

换班的民警把饭菜拿来给小神医吃着，廉忠诚和李卫国走进食堂。李卫国道："小神医不会交代假案件吧！主动交代与事实相符吗？还需要其他的证据印证。"

廉忠诚道："咱们有一起这样的案件，把两份笔录对一下，看看是否一致。小神医能得很，交代咱们辖区的案件，每一起都要落实受害人的，不会有错。我们做民警的不放过一个坏人，也不冤枉一个好人，这就要求我们既要收集有罪的证据，也要核实无罪的证据，工作严谨，防止出现冤假错案。另外，还要让老岳头儿尽快到单位面对面进行辨认，把这个案件确认下来。"

李卫国道："我已经安排人去接那个受骗的老大爷了。下午能到这里。"

李卫国很快吃完饭，就离开了食堂。

廉忠诚一边吃着饭一边思考着案情。另一张桌上，张宝民和一组长刘宝、二组长牛清华正在谈论廉忠诚，看到他独自一人，几个人凑了过来。

刘宝羡慕道:"姜还是老的辣,廉老兄捞到大鱼了,等到结案了可要请客庆贺一下,否则那么多的奖金都跑了,要知道分享成果啊!"

廉忠诚笑道:"当然,当然,你们两个也不甘落后,破案数也很靠前,向你们学习!"

刘宝奉承道:"哪敢跟你老兄比呀!那是鲁班门前弄大斧,关公面前耍大刀!"

牛清华也谦虚道:"我们两个虽说和忠诚老兄平起平坐,可是这点儿武艺还是从老兄那里学来的,莫要夸奖。"

廉忠诚笑道:"青出于蓝而胜于蓝,你们两个年轻有为,前途无量呀!好好干,现在和我平起平坐,不久的将来你们会超过我的,这叫熟能生巧,巧能生精,加上朝中有人好做官,成绩不会埋没。"

刘宝道:"什么前途无量!那叫脑门倍儿亮,阳光一照就发亮的电灯泡。"说着自嘲地摸摸自己的秃顶脑门,大家哈哈地笑了起来。

张宝民风趣地说:"廉老兄这次网里的鱼不少,要消化一段时间。如果顺利的话,把这个案件侦破后,让大家调休几天,缓缓劲再干,否则同志们累坏了,就没有人干活儿了。"

廉忠诚谦虚道:"那是,劳逸结合,不会造成不必要的非战斗减员。实际上关心民警,就是关心自己,民警的身体好了心情也就好了,成绩自然就上去了,这是成正比的,理解万岁。"

廉忠诚吃过饭走到办公室,三个队长正在研究下一步工作。姚新建道:"这回小神医真的栽跟头了,不过他还想尽可能地少供述犯罪事实,他知道供述越多判刑就越重,他还对廉组长从轻处理的话很担心。如果工作到位的话,他有可能会提供更多的线索,将功赎罪呢!"

廉忠诚说:"小神医的防线已经被突破,目前还算老实,他身上有很多案子需要深挖。"

姚新建道："想办法让他说出来。"

廉忠诚道："我们掌握的线索不能告诉他，要让他知道我们已经掌握了他的全部犯罪事实。"

李卫国道："材料拿了一大摞放在桌子上，外面的民警忙碌地走来走去不停地工作，受害人也来到单位了，小神医和赵老二两个人通过门口向外看到的景象，心里应该有所感悟吧！"

杨朴实把材料递给廉忠诚："赵老二在我们强大的心理攻势和证据面前已经承认犯罪事实，如实供述了骗取小兰的主观动机、实施方法和赃物分成，你看看笔录。"

廉忠诚翻看着笔录问："赵老二是这个案件的主要成员，我们要想方设法深挖余罪，把他的银行存款和账目往来查清楚，固定好其他的证据，把他的事挖干净，时间很紧迫，争取破一个大的串案，大家明白吧！"

李卫国说："我的工作已告一段落了，我想调查魏丽霞。刚才我对小兰闺蜜进行了询问，没有发现她和该案件有关系，当时只是处于好心才让小兰联系赵老二，没有参与这件事，让她回去吧？"

廉忠诚答道："既然查清楚了，谢谢人家配合，回去吧！其他可以离开的人及时离开。另外，先把眼前的工作完成，再处理魏丽霞的线索。"

李卫国道："我去继续询问赵老二。"

廉忠诚看了一眼李卫国，又对杨朴实道："好吧卫国，辛苦你了！杨朴实让民警把受害人辨认笔录做好，逐一进行比对，不可向嫌疑人和受害人透露案情，防止编造案件出现错案。如果没有别的就分头行动吧！"

杨朴实道："好的，材料基本上收集齐了，下一步怎么进行？"

廉忠诚笑道："成功在望了，发挥你的长项，把材料准备齐，办好审批手续，先把他俩刑拘了再说。"

杨朴实道："这起案件看上去复杂，其实案情简单、事实清楚、证据确凿，我想审批后还应该延长侦查时间，把其他的相关案件查出来。"

廉忠诚道："交给你了，我去接着深挖小神医。"

廉忠诚转身来到关押小神医的房间："小神医，还好吧！饭也吃了，水也喝了，还有案件没有交代，现在有力气交代吧！"

小神医心虚地看了一眼廉忠诚："干部，我真的没有了，就这两起案件。"

廉忠诚突然严肃地说道："人人都有畏罪心理，你也不例外，你不说，赵老二在那里等着立功呢！你好好想想吧！"

小神医低下头沉默一会儿道："干部，我真的就这两起案件，不信你去问赵老二。"

廉忠诚大声呵斥道："好你个小神医，装疯卖傻，赵老二早就招供了，我们这么多民警呢！他和你一样没闲着，也在接受讯问，明白吗？"

小神医道："既然你们都知道了还问我干啥？"

廉忠诚愤怒地走到小神医面前，用手拍拍其肩膀怒视着小神医："你以为你不说，我们就没办法处理你吗？你没有作案，现场为什么会有你的足迹？为什么会有你的指纹？为什么会有你的头发？为什么会有人揭发你？为什么会有人指认你？还不老实，等着自己一个人扛吧！只要你扛得动。"

小神医被这雷声般的训斥镇住了，心想这下完了，赵老二呀，你怎么就招供了呀！既然是这样我扛着还有什么意义呢？主动招供算了，省得受这份罪。想到这，小神医胆怯地说："我说，我说，我用这个方法和魏丽霞、赵老二一起在龙海市还骗了两个老太太，一个骗了六万元还有银首饰，一个骗了八万元还有金项链、金耳环，钱我们三个分了。"

姚新建笑道："这还差不多，表扬一次。"

廉忠诚也笑了，随即又收起笑脸，看着小神医勉强挤出的笑容坚定地问:"还有呢?说完,别挤牙膏,要像竹筒倒豆子一样痛快,一个案件和多个案件都是犯罪,最好有个好态度,争取从轻处理。"

小神医的心理防线彻底崩溃了,泄气地说:"我全说好吧!除了这些还有用丢钱包的方式骗过两个年轻女子,一个三千元,一个五千元,还有一部手机。另外我还装老公安骗取了一个老人银行卡中的存款十六万元,卖假牛黄骗了老教授十五万元。"

廉忠诚道:"还有呢!接着讲。"

小神医道:"我再想想,嗯,想起来了,去年在健康路上以卖牛黄为名骗取教育学院老教授十五万元,这回真的没有了,请相信我。"

廉忠诚道:"怎么重复同一起案件,暂时相信你一回,想起来再说也可以。"

小神医道:"干部,真的没有了。"

姚新建道:"好吧!你按照类别把每个案件的经过叙述一遍,已经讲过作案手法类似的,一会儿做笔录时再讲。"

小神医道:"好的,先讲骗老教授的经过吧?"

姚新建道:"讲吧!"

小神医开始讲述:"2005年的冬天,我和赵老二、魏丽霞的钱花完了,就想着再搞点儿钱花。我走到健康路市场时,发现一个七十岁左右的老人正在和一个三十岁左右的人谈话。从谈话中我了解到,老者是教育学院的退休老教授,和他谈话的是他的学生,现在已经是某单位的领导了,老教授的学生比较多,也没有认出来这个学生是谁,经过学生再三提醒,老教授好像才对学生有点儿印象。我想这就是我们诈骗的理想对象,有积蓄、年老、行动不便、辨别能力差、成功率高、危险少。于是我回去和赵老二、魏丽霞商量骗取老教授的方法,由赵老二扮演老教授的学生,魏丽霞扮演收购牛黄的用户,我扮演医学专家,名字还叫小神医。我以旁观者的身份把我们骗人的经过讲给你们听。

"第二天在健康路上又见到老教授,赵老二就拿着人工牛黄迎着教授走过去,进入教授的视线后两人互相看了看,赵老二就亲人似的拉住老教授的手说:'李教授,我是您的学生小刘呀!不认识我了?'

"李教授有点儿惊讶地说:'你是哪个班的?'

"赵老二说:'我是教育学院零一届学生小鑫的同学。'

"李教授回忆说:'啊!我想起来了,昨天我还见到小鑫了,他现在干得不错,还是个小领导呢!'

"赵老二羡慕道:'人家干得不错,我不能和人家相比呀!'

"李教授笑道:'你在哪里高就呀?'

"赵老二笑道:'我现在做生意,专门买卖天然牛黄,这东西可贵了,价格是黄金的N倍。'

"李教授不感兴趣地说:'牛黄很普遍,也不是很贵,只是一般的药材而已,没有什么稀罕的。'

"赵老二神秘地从怀里掏出来一个小袋子,打开一点儿缝隙让李教授看了看:'这可是天然牛黄,内地根本就没有,这是我从蒙古草原用重金买来的。'

"李教授稀罕地问道:'多少钱买的?'

"赵老二小声道:'十万多元。'

"李教授震惊道:'不会吧!这么贵。'

"赵老二满脸堆笑:'投入大,收益也大,一转手就能赚个十多万,我还有生意要做,先走了,李教授。'

"李教授摇摇头自嘲道:'学生都发财了,我老了,跟不上时代了。'

"赵老二走远了,魏丽霞在李教授前进的方向设了个摊位,正在对周围商户宣传,讲解天然牛黄的药用价值,还表现出求购天然牛黄的迫切心情,说家里有危重病人急需牛黄救命,愿意出高价购买,声称不差钱。

"这条街上根本就没有卖牛黄的摊贩,但是人们在口头相传有高价收购牛黄的人。魏丽霞为了达到预期效果，就把高价收购牛黄的布牌子摆放在空地上，并在地上放了一个装有两条大蛇的笼子，吸引了不少看客。这时李教授经过此地，看到这么多人围着看热闹就挤进去问：'牛黄怎么收？'

"魏丽霞见到李教授，知道鱼儿上钩了，心花怒放，但还是一本正经地说：'老先生，你有牛黄吗？见货才能定价呢！'

"李教授有点儿兴奋地说：'我没有，我朋友有天然牛黄，收购价多少钱？'

"魏丽霞反问道：'有多少克？'

"李教授估摸着用手比画道：'大约有像桃子一样的大小，估摸着有几十克重。'

"魏丽霞用手伸出食指在嘴边一吹发出'嘘嘘'的声响，示意李教授别说话，又向后摆了摆手让李教授过来，小声对教授道：'宝贝呀！这么大能值三十多万，不过鉴定一下才能收购。'

"李教授问道：'怎么鉴定？'

"魏丽霞道：'也简单，让专家看看不就知道了，也不用鉴定证书，家里有病人自己用的，我也害怕看走眼了，收个假牛黄耽误了病情。'

"李教授道：'我去找朋友把牛黄拿过来，你鉴定一下。'

"魏丽霞看着李教授离去的背影道：'您老抬举我了，我哪有这样的本事？'

"见李教授走远了，魏丽霞背过身去用电话通知小神医和赵老二，二人就在李教授经过的路上等着他。

"李教授继续往前走，走了一段路突然看到'小刘'和小神医正在谈着什么，就走过去问道：'小刘，真巧又见面了，这个人是谁？介绍认识一下。'

"'小刘'用手指着小神医道：'他是我的高中同学，现在市药监局工作，是药材鉴定专家。'

"小神医笑着说：'夸奖了，老先生是……'

"赵老二抢过话头儿：'这位是我大学老师李教授。'

"小神医赶紧热情地与李教授握手：'久仰久仰，常听小刘提起您老。不过今天我俩谈点儿事，如果没有重要的事，您先走吧！'

"李教授听小神医这么说就问：'啥事这么神秘，我听听不行吗？'

"'小刘'扭头对小神医说：'我的恩师，听听没啥！你看看这牛黄质量怎么样？'说着赵老二从怀里掏出一个小袋子，装模作样打开让小神医看，'老同学看看是不是真的天然牛黄，估个价看看值多少钱。'

"小神医把牛黄拿出来认真地看了看：'嗯！是纯天然的牛黄，我从来没有见到这么大这么高质量的牛黄，价值在三十万左右，我熟悉的一家公司也收购，不过公司除了压价不说，关键是等到卖出去以后才能给现金，公司收购大概二十五万左右吧！上乘的牛黄呀！'

"赵老二道：'你算了吧！我等着用钱呢！哪能等得起。老同学帮帮忙吧！'

"小神医道：'小刘，你除非遇到直接消费者，急着用牛黄下药救命的人，病人就不会讲究价钱高低了，也会直接给现金购买牛黄。'

"赵老二道：'这样吧！你给我二十万，在公司挣的钱是你的，我不要了。'

"小神医道：'小刘，看在同学的分儿上，总价十五万元，不过我只有五万元，剩下的十万元等公司付钱后再给你，行吗？'

"赵老二道：'老同学真抠门，咱也不是第一回做生意了，这次真是有急事用钱，否则钱还是老规矩，你就没有那么大的利润空间了。'

"小神医说着从挎包里掏出一摞钱，故意把工作证带出来掉在地上。老教授一直在旁津津有味地听双方对话，看到小神医的

东西掉到地上赶紧捡起来看了看，递过来讨好地说：'你的工作证让我看见了，不介意吧？'

"小神医若无其事地说：'不介意，谢谢你帮我捡起来。'扭头对赵老二说，'小刘！这是一万元，你先用着，我现在去给你取剩下的四万元。'

"赵老二一听就有点儿恼火：'算了，咱谈不成。'

"赵老二说着就往回走，李教授拉住他：'小刘，我想帮你的忙，十五万给我怎么样？'

"赵老二急赤白脸似的说道：'那怎么行呢！让老教授帮助我，传出去多不好听，还让我在同学圈里怎么混。'

"李教授道：'没关系，我们三个不说谁知道，再说了，公平交易，你现在挣点儿钱，我将来也能挣点儿钱花，两全其美多好，双赢。'

"小神医一听貌似急了赶紧说：'李教授，你不能夺人之爱呀！'

"赵老二说：'以后我们合作的机会多着呢，这次李教授正好解了我的燃眉之急，就这么定了吧！'

"李教授道：'小刘，跟我到家里取银行卡，去银行把钱转账给你好吗？'

"赵老二道：'好的，谢谢了李教授！'

"李教授把钱转到赵老二的账户上，赵老二小心翼翼地把牛黄交给李教授，看着李教授匆忙地向收购牛黄的地方去了，自己急忙叫了一辆出租车离开了现场。李教授兴奋地拿着牛黄赶到健康路，那个收购牛黄的人早就离开了。后来听说李教授还到小神医说的公司看了看，听说是人工牛黄，根本就不值钱，气得差点儿晕过去。经过就是这样。"

姚新建夸奖道："小神医讲自己的作案经过像讲故事一样流利，不愧是骗子高手呀！"

小神医羞愧难当："不敢不敢呀！还不是没有逃出您的手掌

心，成了阶下囚。"

姚新建正色道："这个案件的受害人李教授今天已经来了，让李教授进来和你见见面，互相辨认一下。"

李教授被请进来，颤悠悠地走过去哆嗦着手要打小神医，被民警拉住："打人是违法的，老教授息怒。"

李教授怒气冲天地用手指着小神医："你还是人吗？是畜生，我一生的积蓄呀！都让你骗走了，还钱，还我钱！就是你这个坏蛋，还装什么专家，可恶。"

廉忠诚劝慰道："老人家，你跟民警去吧！配合好民警的工作，就是对自己负责，争取早日追回你的钱。"老教授无奈，很不情愿地离开了审讯室。

廉忠诚对杨朴实吩咐道："下一个受害人不能这样见面了，分离见面辨认。"

杨朴实说："好的，我安排一下。"

廉忠诚道："小神医，继续吧！"

小神医又开始叙述起来："丢钱包骗人的事是这样的：2010年夏天，小神医和魏丽霞在二七路闲逛，看到一女子从银行出来，就通知赵老二在女子前面把钱包掉在地上继续向前走，魏丽霞先发现钱包，就对已经走过去的女子说：'小姐，你钱包掉了。'

"女子回头说：'我没有掉钱包。'说完就继续向前走。这时小神医就从后边捡起地上的钱包，打开看到里边有五百元现金和一张面值一万欧元的外币。魏丽霞叫住那名女子提出把欧元平分，小神医看那名女子已经动心了，就对她俩说：'你们想分这一万欧元外币，我是没有钱找给你们，你们有钱没有？拿出来让我看看，如果可以你们把我的三分之一给我就行了，其余的你们看着分。你们把身上的钱拿出来让我看看吧。'

"她俩就把包里的钱和银行卡拿出来让小神医看，小神医让她们写下银行卡密码，然后一起到银行查了卡里的存款。魏丽霞银行卡里的钱不够，就说回公司去取钱。小神医拿着捡来的钱包，把随身携带的挎包递给女子，让她们两个人把银行卡、现金、手机、身份证全部锁在挎包里，由女子保管，然后小神医以再次检查为名，把包拿过来看看。这时魏丽霞与女子商量分成的事，用身子挡住了女子的视线，小神医趁机把包里东西换了出来，把包重新锁好交给女子，说东西都在包里，让女子在这里等我们把钱拿来，咱们分了钱就可以了。小神医和魏丽霞走了，再也没有回来，拿着女子的银行卡把她卡里的五千元全部取出来消费了。经过就是这样。"

廉忠诚问："你知道那个女孩儿叫什么名字吗？"

小神医道："我从她的身份证看到她叫冯凯丽。"

廉忠诚道："她你也敢骗，她是靳省长的保姆。我们已经接到了她的报案。还有没有类似的诈骗？"

小神医道："另外一个骗了三千元，方法和这个差不多。"

廉忠诚道："装公安骗取老人存款十六万元是怎么回事？讲讲让我们欣赏一下你的智商。"

小神医惨然一笑："反正我已经是阶下囚了，那件事是我非常成功的骗人勾当，栽在你们手里也不亏，献丑了。"

姚新建拉长了声音："别客气了，你说吧！"

小神医道："今年夏天魏丽霞在居民小区捡到一个电话记录本，我们查了一下，大约有一百六十个号码。我和赵老二商量怎样利用这些号码弄点儿钱花，我想了一个好办法，以社会婚姻调查为名，询问电话的主人，看他们对外界的认识水平、警惕性如何。经过筛选，有一半的人不配合调查，有一半的人认为应该配合调查，我们在配合的人群里，再次分析，把年轻人、警惕性高的人、防范心理强的人去掉，还有四十人左右。换一个电话号码给这些人发信息：'我们是人民银行的工作人员，您的银行卡与国际贩毒组织账户有关，资金已经不安全了，建议立即转移到公安机关指定的安全账户上，否则资金将失去安全保障。'仅有二十多个人回信息询问情况，有的提出质疑，有的说要报警。其中有一位老人,就是我们骗成功的那位老人,害怕攒了一辈子的钱被盗走,就联系我们要求转到安全账户上,我们给他提供了一个账户号码,他很顺利地就把十六万元转过来,就这么简单。"

廉忠诚问道:"老人怎么会相信你们提供的账号是安全账号呢?"

小神医道:"我们三个人唱一台戏,他能不上当吗?我用一个电话号码冒充社科院的,对社会婚姻进行调查,一般人不会想到是骗局。老人刚开始有很多疑问,但我告诉他公安局和人民银行的电话,他就按照我给的固定电话号码打过去。公安局这边是魏丽霞接的电话,魏丽霞非常客气地对老人说:'这里是龙海市公安局,请问您有什么需要帮忙的?'老人听后觉得只有公安局值班人员才会这样专业,就没有再问下去。接着老人拨通了我提供的人民银行的电话,赵老二也提供了上乘的服务。老人一颗悬着的心彻底放下了,于是就轻易地把银行卡上的十六万元转到我们的账号上。这个钱来得也算不容易,一百六十个人中只有一个人上当,概率很低。不过要不是赵老二案件穿帮了,想抓住我们确实很难,我们和当事人也没有见面,钱骗到手我们就把电话号码换了,那两个固定电话是我们租来的,银行卡是用捡来的身份证办理的。"

廉忠诚道:"能成功就说明你们几个有聪明之处,不过把这些聪明才智用到生产经营方面,一定会有更大的收获。你们现在走的道路越成功,广大人民群众就会有更大的损失。"

小神医道:"我知道错了。"

姚新建从桌子上的一大摞材料中拿出几份材料对廉忠诚说:"这几份材料和小神医说的案件是一起的,先放起来,一会儿把材料做好再交给你过目。"

廉忠诚道:"还有几个案件没有人认领吗?小神医,你到底想得怎么样了?"

小神医苦笑着说:"这回真的没有了,如果你发现我隐瞒了案件，可以枪毙我。"

廉忠诚道："我相信你，想起来再说也不晚，都算你自首。你也可以揭发别人的犯罪案件，如果落实了，可以减轻你的罪行。"

小神医道："我不知道别人的犯罪行为。"

姚新建道："小神医，你们三个合伙作案这么多起，分的钱那么多，都干啥了？存起来多少？赃款赃物主动退还给受害人，在量刑方面也会减刑的。"

小神医再次低下头不语。廉忠诚问道："想对策呢？还是算账呢？"

小神医抬起头无奈地说："我们这种人从来不存钱，有多少花多少。"

姚新建道："那么多钱都干啥用了？"

小神医道："去高档场所消费了，我们钱用完了就再去骗钱，实际社会上的人就是我们的银行，啥时候想用钱了就想法儿'取'一点儿。"

廉忠诚道："这次完蛋了，要想人不知除非己莫为。上天是公平的，法律也是公平的。"说完回头对民警说，"你们先问着，我去收集材料，总结一下战果。"

姚新建做完小神医的笔录就到廉忠诚的办公室汇报。廉忠诚正在和杨朴实查看赵老二和小神医的刑拘手续。

杨朴实道："手续已经审批完毕，时间不早了，我们把人送到看守所吧！"

姚新建道："这么短时间内能有这么大的战果，相当不错。廉组长，这是突审小神医的笔录，你过过目吧。"

廉忠诚接过笔录说："好！我看看，这些案件还需要落实，晚一些时间再送人，我们把案件捋一捋，通知李卫国把赵老二的笔录拿过来，我们碰个头。"

李卫国兴冲冲地把笔录递给廉忠诚道："我慢了一些，这个赵老二，又臭又硬，全靠小神医的交代，否则，他那个样子不好承认先前的犯罪行为。不过他把和小神医、魏丽霞的作案经过全部交代了。"

廉忠诚道："各队发现的案件，各自负责落实，案件起诉前落实完毕，另外魏丽霞的抓捕也迫在眉睫。"

李卫国道："我带人明天去吧！已经落实了魏丽霞的现实情况，现在外地打工，正好在我的老家附近，顺便还可以看看我的女朋友，一举两得。"

廉忠诚拉住李卫国的手说："自告奋勇很好！今天工作不要太晚了，好好休息一晚上，把这里的案件交给我和小王查证，祝你们胜利归来。"

李卫国道："借你吉言，绝不辜负领导和同志们的期望，安全把人带回来。"

廉忠诚翻看着笔录说："小神医和赵老二交代的案件中有我们负责的五起案件，其他带破案件三起，合计涉案金额七十二万八千元。"

廉忠诚翻到赵老二的笔录时问道："赵老二情况怎么样？"

李卫国道："赵老二真狡猾，据他交代有三起案件小神医是主谋，赵老二对假招工、合同诈骗案件一点儿也没有提及。"

廉忠诚道："先把这些已知的案件做扎实，其他的案件不能落实的先放下，以后再说。杨队长负责办理手续，把这个案件延长一个月侦查期限，便于调查清楚。我们还有四起案件没有着落，大家多沟通，分头行动！杨队长，送人的事你辛苦一趟吧。"

廉忠诚参加张宝民的汇报会议，一组长刘宝、二组长牛清华已经把战果表递交上去了。刘宝见到廉忠诚，兴奋地说："老廉哥，我们带破了你们三组的一起假合同假招工案件。"

廉忠诚道："太好了，我还为这个案件发愁呢！正好我也带破几起案件，看看是不是你的案件？"

刘宝看了看名称道:"不是我们的案件,好像也没有牛清华的案件。"

廉忠诚和刘宝到办公室,刘宝打开一本卷宗对廉忠诚说:"廉老兄,你先看着,我去安排一下就过来。"

廉忠诚接过笔录道:"你忙吧,我先看看情况。"

廉忠诚一边看着卷宗一边慢慢地细品着嫌疑人春某作案的经过:2006年8月,春某和钟某在新闻里看到一家大企业落户本市,需要招收大量员工,就想到怎样利用这次机会发点儿小财。他们以为这家企业招工、签订劳务合同为名,承诺高工资,收取当事人中介费。二人选择了一个繁华地段,用一张假身份证租了一间房子,也不敢到工商局办理相关证件,没有成立正规的人才中介公司就直接开业了,只是找人做了几面锦旗挂在墙上充充门面。第二天就有人看到广告主动来应聘,春某和钟某以介绍费、服装费、先期培训费等名义,收取每个当事人三千八百元,不到一个月时间就收了一百三十人的费用。先期应聘的人,急于参加工作,经常来公司询问上班日期,春某和钟某三番五次地推托,客户开始怀疑公司的真实性,并开始毁约讨要费用,要求查看公司营业执照。二人害怕夜长梦多事情败露,就趁晚上无人之际把公司物品转让后逃走了。

廉忠诚看到这正要离开,刘宝回来道:"廉老兄,把这案件并案的材料交给我们吧!"

廉忠诚道:"作案经过和受害人小丹的比较吻合,我叫人马上把材料拿过来。听说这个小丹是朱铜的女朋友。"

刘宝道:"朱铜有老婆孩子了,离了吗?怎么又找了一个小丹,怎么回事?"

廉忠诚道:"朱铜夫妻感情不好,经常吵架,三天一小打,五天一大打。朱铜想离婚,妻子不同意,没有办法就这么挂着,走着说着吧!不过家庭的不幸没有压倒朱铜,这回朱铜在工作上时来运转了,提个副所长估计没问题。"

刘宝说："你们三组的成绩最好，这次快调整干部了，从上而下地调整，您不去活动活动？"

廉忠诚道："无论谁干工作都希望组织认可肯定，提升职务是最好的认可方式。我也食人间烟火，知道'人往高处走，水往低处流'的道理，不过我不会做违背我做人原则的事情。"

刘宝摇头道："在办案方面你是小诸葛，百折不挠，必胜心十足，但是涉及个人利益时却避让三分，让人不可理解。"

廉忠诚道："办案是职责所在，人民安危所系；升官是领导好恶，不可逆转。"

刘宝道："相信老天是公平的，早晚大家会找齐的。"

廉忠诚道："最后的结果是一样的，无论官大官小，无论钱多钱少，都是一把灰而已。从哪儿来回哪儿去，在历史的长河里，我们只不过是一个匆匆过客，一粒尘埃罢了，又何必在意那些身外之事呢！"

刘宝道："有道理，相信老天自有公道。"

廉忠诚说："我们党像生机勃勃的大海一样，有自我调节和清洁的功能，迟早会清除那些垃圾和糟粕。"正说着，姚新建拿着材料进来打断了两个人的对话。

姚新建道："刘组长，这是你要的受害人小丹的材料，合作办案真好，我们不用费劲抓人了。"

廉忠诚和姚新建走出刘宝办公室，姚新建迫不及待地说："廉组长，我在110指挥中心接警记录上，发现了一个自称《人民日报》记者的敲诈案件，最近三个月又有多次报警，不过目前没有一起侦破的案件。今天有两名人民日报社的记者郝欣和胡周在分局采访，他们称：'分局的办公大楼在征地和建设时被潜规则了，他们要在《人民日报》上报道。'分局领导正头疼呢！"

廉忠诚道："他们是否被潜规则了，我们也无从查起，有关部门会调查他们是否违法，我最关心的是这两个记者，他们是否和我们的假记者案件有关系？"

姚新建道:"你真是三句话不离本行,向你汇报这个情况,不是解决某个领导的头疼问题,而是我已经把近三个月《人民日报》的文章查了一遍,没见到郝欣和胡周发表的文章。你可以想想,作为记者,三个月不发表文章,他的领导会满意吗?是不是有点儿那个了。"姚新建说着伸了个小拇指向下指了指。

廉忠诚道:"就像我们三个月没有成绩,领导早就恼火了,他们现在就像没事人一样,说明他们不存在领导和被领导的关系,就不存在像我们一样的担心了,你要证明的就是这一点吧!"

姚新建道:"对了,我看他们分明就是假记者,真记者不敢这样为所欲为。"

廉忠诚道:"姚队长,你看上去高大粗犷,真没想到你有时能像张飞绣花一样心细如毫,你真敢想。"

姚新建道:"这年头儿,冒充大的头衔比冒充小的更容易成功,因为有些为官者害怕上边的检查,又不敢核实真伪,这样就自然为骗子提供了空间。"

廉忠诚哈哈大笑道:"我们现在开车去分局直接分辨真伪,也做回如来佛看看真假美猴王。"

门卫把廉忠诚和姚新建带到副政委办公室门口道:"杨政委,有人找您!"说着把廉忠诚和姚新建让进办公室转身离开。

杨荷花从办公室桌子后边走出来,见到廉忠诚和姚新建惊讶地问:"廉忠诚,你怎么亲自来了?"

廉忠诚与杨荷花握了握手笑着说:"您有困难了,我们帮您解决问题来了,不欢迎吗?"

杨荷花感激地说:"救兵来了,高兴还来不及呢!二位请坐。"

外面有人端着两杯开水进来放在茶几上,转身小心地把门带上。

廉忠诚心里有点儿尴尬、惊讶,还有说不出的滋味,转念一想笑着说:"杨政委,几年不见,您进步这么快!转眼就成政委了。"

杨荷花道："哪里！哪里！准确说是刚上任不久的副政委，听领导说让专案组的人过来调查记者的事，没想到会是您，见到您真的很高兴。"

廉忠诚单刀直入地问："那两个记者在哪里？什么情况？我现在就想见见他们。"

杨荷花道："情况是这样的：文字记者叫郝欣，摄像记者叫胡周，摄像记者不爱说话，看到有问题的事就用摄像机录下来，郝欣就让有问题的单位领导看这些录像，进行交涉。大部分领导都不想让自己单位出问题，特别是一些小问题被媒体曝光后会无限放大，引起不必要的麻烦，就想着怎样才能'熄火'，使大事化小小事化了，把这些问题消灭在萌芽状态之中，这就正中两名记者的下怀，破财消灾吧！虽然基层不高兴，但是心里也平衡，谁让自己的问题被媒体抓住了呢！"

廉忠诚道："您的猜测可能是真的，不过还要找到揭穿他们真面目的方法，撕下他们伪装的外衣，让其原形毕露。"

杨荷花担心地说："记者是监督我们的人，一定要小心，不可轻易说出口，小心应对。"

廉忠诚信心十足地说："我把记者当朋友，在各大媒体都有我的记者朋友，我对他们很友好，他们当然对我也很友好。不过假记者也不会逃过我的眼睛，我接触的记者多了，自然也就能够辨别出真假记者，拭目以待吧！"

杨荷花谨慎道："他们在会议室等结果呢，切记谨言慎行。"

廉忠诚信心满满地说："我有分寸，没有金刚钻不揽瓷器活，现在去会会他们。"

杨荷花带着廉忠诚和姚新建走进会议室，看到两名记者正回放在分局录制的问题录像。他们见杨政委领着人进来，以为是来谈判的，心想钱很快就会到手。郝欣站起来傲慢地说："杨政委，你们的问题也不大，按照你的要求删掉录像，我们也得向上级请示后才敢这么做。"

杨荷花没有接他的话,用手指着廉忠诚和姚新建:"他们两个是反诈骗专案组的同志,这位是组长廉忠诚,那位是队长姚新建。"

两个记者先是一愣,郝欣斯文地摇了摇手中的扇子反客为主道:"您好,廉警官!您好,姚警官!幸会幸会,请坐吧。"

廉忠诚和姚新建坐到会议室主席台位置,廉忠诚拿出警官证道:"看看这是我的警官证,你们是哪个单位的记者?"

姚新建拿着廉忠诚的警官证和自己的警官证走到记者面前道:"看清楚了!"

郝记者笑道:"看清楚了,在公安分局谁敢冒充警察,不必再看了。"

姚新建严肃地说:"请出示你们的记者证。"

郝记者走过来泰然自若地说:"我们是人民日报社的记者,这是我的记者证,胡记者的证件今天忘带过来了。"

胡记者看到形势不对就说:"如果想看我的证件,我现在就到住处拿过来。"

廉忠诚认真看着郝欣的记者证,也没有看出个所以然就说:"郝记者,你的身份证呢?"

郝记者不耐烦地递过身份证道:"请过目,这是本人的身份证,如假包换。嘿!你这人真麻烦,我还没有见过检查我身份证的民警。"

廉忠诚慢条斯理地问:"你在哪个部门上班?"

郝记者流利地回答:"我在新闻采编部上班,有什么问题吗?对我们用这样的态度。"

廉忠诚道:"你是怎样和你单位联系的?"

郝记者有些紧张地说:"当然是电话联系比较多。"

廉忠诚突然问道:"你们单位办公电话是多少?"

二人支支吾吾了半天,也没报出电话来。廉忠诚当着面给人民日报社办公室打了电话,对方表示:查无二人!

见廉忠诚真的向人民日报社办公室核实身份，郝记者张了张嘴惊恐得无言以对。廉忠诚用力地在桌子上一拍，震得桌子上水杯也掉到地上，大喊一声："蹲下，好大胆子，敢到这里诈骗？"

郝欣吓得扔了扇子，和胡周慌忙蹲在地上。郝欣抬头看着廉忠诚竖起大拇指道："您真棒，您是怎么识破我俩假记者身份的？在这之前没有一个人敢对我们这样说话。"

廉忠诚道："连自己单位办公室电话都不知道的记者，能是真记者吗？演技也太差啦！"

廉忠诚对姚新建说："配合分局民警把他们带到专案组询问。"

姚新建道："好的，我们带着两个假记者回专案组。"

杨荷花道："嘿！忠诚，你这点还是没变，还是直脾气。我想知道你是怎么想到这个问题的。"

廉忠诚道："来之前我给陈校长打电话请教过，陈校长说：'你问得越细，他就会越快露出马脚。'我想起了办公室电话，这个笨蛋，连电话号码也不知道。即便是他说出来了，我也得向人民日报社核实是否有这个人。"

杨荷花感激地说："祝贺你的成功！也代表分局谢谢你的帮助，给我们解围了。"

廉忠诚客气道："不客气了，分内的工作。几年不见，你连升三级，很让人羡慕啊！"

杨荷花自信地笑道："人各有所长，术业有专攻，我在官道上有自己独到的见解，就像你破案一样游刃有余。"

廉忠诚回到专案组单独审问假记者郝欣："郝欣，哪来的记者证？胆子好大啊。"

郝欣道："我以前是人民日报社的记者，因为敲诈勒索他人钱财，被单位开除了，就利用以前的记者证挣点儿钱花，没想到在你辖区这个过期的记者证被发现了，就有人报警了。我全招了，只要你敢处理我，你们的领导机关也有人上当受骗，我也会拉他们做垫背的。我觉着当记者真好,走到哪儿都有人接待,阿谀奉承的、送钱的、送礼物的,生怕自己的那点儿事情败露影响了前程,使我经常得手。我已经被开除了,所以才敢肆无忌惮!那些真正的记者也不敢这样做,因为他们有铁饭碗,有荣誉感,会进步。我就不同了,没有顾虑,大不了再被处理一次,反正也会有人跟着受罪。"

廉忠诚道:"话多,胡说八道,谁违法犯罪处理谁,决不含糊,这不是你考虑的范围,还想拉个垫背的,真是异想天开,想多了。"

郝欣阴险地笑道:"他们给我送的钱物来路不正,都靠歪门邪道弄来的,即便是我这次死了也有人陪着。"

廉忠诚道:"你老实交代你的问题!还把这当成护身符了,在这不管用。"

廉忠诚和姚新建做好笔录,接到了张宝民的通知,郝欣在外辖区有更大的案件,按照大案吸收小案的原则,移交其他公安机关处理,再者办理本单位案件有回避的可能性。

廉忠诚道:"我知道他们的意思,该案涉及的受害人中涉及某个领导,不过那也得先刑拘再移交,不存在回避的情况发生。"

廉忠诚顶着领导压力把假记者送进了看守所,这下可捅了马蜂窝,相当于把领导被骗的事实公布于众了。

张宝民道:"廉忠诚呀!你哪儿都好,就这一点不好,非要坚持原则。这样办可以,那样办也可以,你非要得罪领导图个啥?人常说:宁可得罪十个部下,也不可得罪一个领导。在单位,领导决定你的官运,不是部下。你可好,放着维护领导的事情不做,却非要做得罪领导的坏事,我真不知道你是怎么想的!"

廉忠诚道:"这样办没有后顾之忧,永远也不怕倒查,否则把柄落在假记者手中,把我们也变成他们的同盟军,后果不堪设想呀!"

张宝民关心地说:"按规定你做得对,不过今年你提职的事估计又要泡汤了,谁敢用你,一点儿也不宽容别人,按法律办事,连领导也不放过。"

廉忠诚道:"不用就趴着好了,不公正待遇对我来说已经习惯了!我不会为别人的错误买单,我只忠于党、忠于祖国、忠于人民、忠于法律,不忠于某个人。"

张宝民道:"老廉同志,你唱高调,别人不理解你,我理解你,有问题我们商量解决,别自己扛着。"

廉忠诚道:"矛盾在这里放着,该移交还是要移交的,不处理这些案件早晚会被揭发出来,还不如这样痛快,有什么事我老廉担着。"

张宝民道:"但愿不出啥问题。"

廉忠诚道:"这个案件就这样收尾吧!今天李队长从外地把魏丽霞带了回来,我们近些天把小神医的案件办结,让同志们休息几天,换换心情。"

张宝民道:"我也是这意思,同志们太辛苦了。"

李卫国兴冲冲地拿着材料过来道:"最新消息,魏丽霞的供述和小神医、赵老二的经过基本吻合,并且还承认了一起骗婚案件,她讲的细节和报案人的相近。我们任务基本上完成了,下一步会有新的任务吗?"

廉忠诚道:"工作越干越想干,张组长刚说了,给我们放假两天。"

张宝民道:"大家愿意出去玩两天吗?"

李卫国道:"我们缺睡眠呀!趁机会补补觉,好好睡一觉,养精蓄锐。"

案件连续地被侦破让廉忠诚沉浸在破获串案的喜悦中,然而一种无形的压力涌上心头。严打快结束了,自己有可能会回到原单位,他需要思考下一步自己的去处。

这时,朱铜兴冲冲地走过来说:"廉组长好!我的事已经顺利通过了，感谢大家抬举。现在也没有任务了，你在这里干什么呢？"

廉忠诚道："我有一个案子还没有结束，办完就休息。"

朱铜道："始终如一的精神可嘉，值得学习。"

廉忠诚道："别奉承了，下一步到哪高就呀？"

朱铜道："在希望派出所任副所长，以后请多关照。"

廉忠诚真诚地笑道："朱所长好！祝贺你高升呀！"

朱铜道："你老哥是过来人，多帮助。"

廉忠诚道："你太客气了，后生可畏！未来是属于你们年轻人的。"

正说话间，一个穿白大褂的男医生跑过来道："这里是反诈骗工作组吗？我找一下廉组长。"

廉忠诚道："我就是，您有什么需要帮助的吗？"

医生道："我刚才报警了，你们的民警说：'现在都到派出所报警了，今天休息。'因事情很紧急我就来找你了。"

廉忠诚道："你说吧！他们不管我管。"

朱铜道："现在也没有得分了，你干也白干，让他到派出所报警多省事。"

廉忠诚道："这里一天没有解散，我们就要为群众排忧解难，办理案件，我决不推诿扯皮。"

医生道："我听说这里的廉组长能办案，就慕名而来，希望能帮帮我。"

廉忠诚苦笑道："我就是你说的廉组长，这么半天了，你还没有说什么事呢！"

医生着急道："我从医已经二十五年了，没有见过在屁股上注射青霉素会烂屁股的事情。有个男子一星期前到我的诊所看病，我给他注射青霉素治疗疾病，前天男子过来让我看他的屁股，发现针孔周围红肿了一大片，他今天来让我检查，屁股上有一片铜钱大小的腐烂，并且腐肉已经被清除，露出里边的红肉伤口，我给他消炎治疗，他不愿意接受我的建议，反倒强烈要求我给他经济赔偿。我想这个事比较特别，就特殊事情特别对待，同意赔偿他，可是他张口就要五万元。我仔细一想，打针从来没有出现过这样的例子，我的老师、同学、战友也没有经历过，我觉得这里边肯定有蹊跷，怀疑他是故意敲诈我，才故意把屁股弄烂的，就来报警了。"

朱铜打断医生的话说："廉组长，你忙吧！再见。"

廉忠诚帮朱铜拿着东西送到车上道："兄弟不远送了，一路走好。"

廉忠诚送走朱铜后对医生说："这个问题我也是第一次遇到，从来没听说过注射青霉素会烂屁股。你先稳住嫌疑人，我查查再通知你。"

医生催促道："他们一共三个人，快一点儿行动，否则人就跑了。"

廉忠诚拿起电话通知姚新建、杨朴实带人到单位接受任务。廉忠诚道："现在大家都休息了，只有我们的案件还没有结束，又有新的案件发生了。按照首问负责制的规定，我们接受了群众的报警，就应该为群众挽回损失。有三个人在小诊所上演苦肉计，我刚才查询了110记录，没有发现相关的报警。我们三个人分头到案发诊所周围的小诊所进行摸排，发现类似情况及时报告。"

三人分头行动。姚新建首先发现一家诊所，一个值班的女医生告诉他，几天前有一个自称白丙的男子在这里打过青霉素，今天上午又来了，发现屁股打针处腐烂了，和她商量经济赔偿的事，她怕耽误营业，就赔偿给他一万五千元医药费。杨朴实在小区门口的诊所也发现了类似情况。他们俩分别向廉忠诚进行了汇报。

廉忠诚电话通知姚新建和杨朴实带领人员立即到报案的诊所抓捕嫌疑男子白丙，并请三个受害人到专案组确认诈骗嫌疑人。

白丙束手就擒，被带到反诈骗专案组，三个受害人也陆续来到专案组接受询问。

杨朴实请示道："廉组长，我负责制作材料，上报审批吧！"

廉忠诚道："好的，发挥你的长处，我和姚新建突审白丙，这个案件即使他不承认，有三个证人也同样追究他的法律责任，关键是另外两个同案犯，不能让他们逍遥法外。"

姚新建道："白丙是南方人，说话我们听不懂，问他问题，他只是摇头不回答。"

廉忠诚道："这明摆着是不配合工作，一起问。"

廉忠诚和姚新建一起走进审讯室，廉忠诚道："白丙，你叫什么名字？"

白丙摇头不语。

姚新建道："你小子在诊所说一口标准的普通话，怎么了？现在装听不懂了，老实点儿。"

白丙仍然摇摇头，默不作声。

廉忠诚道："姚队长，出来一下。"

姚新建跟着廉忠诚到办公室商量对策。姚新建："这骗子更狡猾，现在只抓住一个人，骗术并不高明，演的是苦肉计。他们应该有攻守同盟，想挖出另外两个同谋，他不说出实情，我们没有更好的办法。"

廉忠诚道："想攻破他，方法有的是，看用不用了，有点儿危险并且容易引起投诉，对付这种不见棺材不落泪的人，坚固的堡垒仍需猛炮轰呀！"

姚新建笑道："大炮打蚊子，大材小用了。我们也没必要承担那么大的风险。"

廉忠诚道："我只是打个比喻，我们这样……这样办，既没有风险，他又会在精神上承受不了，主动缴械投降！"

姚新建道："人称你是小诸葛，真有两把刷子，有点儿意思，听你的，让他就范。"

廉忠诚道:"我们两个分头行动,到现场看看,谁该干什么,不该干什么,不能有差错,也不能说错话,一定要把氛围营造出来。"

姚新建道:"这种事虽然没有做过,在电视里、书里都见过,没吃过猪肉还没见过猪跑吗?一定能做好。"

廉忠诚道:"一个小时准备时间够用吧?"

姚新建道:"足够用了,我们分头行动吧!"

廉忠诚和姚新建再次见面时,准备工作已经就绪,廉忠诚道:"可以开始了吧!"姚新建点点头,两个人走进审讯室。

廉忠诚看到小李也在做笔录,兴奋地说:"小李,你也来加班了,我和姚队长询问白丙,你做记录吧!"

小李道:"我已经准备好了,可以开始了。"

廉忠诚从白丙携带物品中拿出白丙的身份证说:"白丙,你叫什么名字?"

白丙瞪着大眼睛看着民警不回答。

小李道:"他不回答问题,我怎么记笔录?"

廉忠诚道:"记个'不语'就可以了,以后不回答的都记成'不语'。"

廉忠诚接着问:"性别、年龄、住址、经过……"

廉忠诚和姚新建一直问下去,白丙一句话也没有回答,小李记的笔录从头到尾回答的都是"不语"。

小李道:"领导,我从来没有记过这样的笔录,除了当事人的身份信息外,其他的都是'不语',真是笑死人了。"

姚新建命令道:"让他签字!"

小李把笔录拿到白丙面前:"你看有不对的地方或者有什么要说的,可以讲讲,我给你记上,签个字吧!"

白丙瞥了一眼,不说话也不签字,小李有点儿生气地把笔录拿到廉忠诚面前:"组长,你看这怎么办?"

廉忠诚道:"在笔录上注明情况,我和姚队长签名也是合法的，交给杨队长报批。如果每个嫌疑人都沉默不语，就可以逃避惩罚，那么法律就失去作用了。他也不是聋哑人，正常处理。"

小李拿着笔录和调取的医药发票、诊断证明等材料去找杨朴实上报审批，廉忠诚对姚新建道："我们地下室里两个小偷骨头可硬了，我们去欣赏一下兄弟们审问人怎么样？"

姚新建加重语气道："据说兄弟们问人不比戴笠逊色。"

廉忠诚咂咂嘴道："就是有点儿残忍，违背上级的规定。"

姚新建故意对着白丙说："什么上级的规定，不让打人骂人，不让刑讯逼供，看对谁了，像这样的货色，收拾收拾也无妨，受不了就承认了。"

廉忠诚附和道："可不是吗？有的人敬酒不吃吃罚酒，活该受罪。"

姚新建道："正好白丙不说话，不配合我们工作，把他带到地下室尝尝新研制的迷魂汤怎么样？"

廉忠诚自信地说："等他的刑拘手续批完了，再领他过去。"

姚新建神秘地说："我们那里比较隐秘，不能让外人知道，我去拿一个头套给白丙戴上，这样保险些。"

廉忠诚夸赞道："你又开始绣花了，心很细呀！想得很周到，成败在于细节，你去吧，我看着他。"

小李走进来高兴地说："廉组长，刑拘手续批下来了，这是刑拘证，你过目一下，让这个坏蛋签个字吧！"

廉忠诚点头道："好吧！你去让他签字。"

小李把刑拘证放在白丙面前的审讯椅上，拉长声音道："白丙先生，你因诈骗被刑事拘留了，这是拘留证，请签个字吧！我们要通知你的家人，告诉我们通知哪一位，否则我们将按照户籍地址通知你的家人。"

白丙大声说道："不会吧！我一个字也没说，你们就把我刑拘了，这也太不可思议了吧！"

廉忠诚以教育人的口气说："你们三个人共同作案，不止一个受害人,我们已经落实了三个受害人和其他证据,被骗金额达到四万元,这么多的证据、证人,不拘你拘谁去。"

白丙还嘴道:"我不认倒霉,你们冤枉我,小心我去告你们。"

廉忠诚威胁道:"就你坏,不老实交代同伙下落,一会儿让你尝尝迷魂汤的滋味,还告状,岂有此理。"

白丙生气地说:"我不签字,看你们能怎么样?"

姚新建拿着头套进来道:"你不签,我们签,注明情况也是合法的,一样把你送到看守所。"

廉忠诚用缓和的语气道:"白丙不配合我们工作,刑拘后二次笔录也无法进行,我去地下室看看小偷交代了没有,给他一次机会,如果没效果再把他带去过堂。"

姚新建和小李表示赞同,廉忠诚去办公楼的六楼把人员和工具准备好,等待姚新建和小李的到来。姚新建和小李又审问了一会儿,白丙拒不交代同伙下落。姚新建用头套把白丙头部套住,打开审讯椅,把白丙双手打上背扣,带着白丙在院子里转来转去,又带到楼里,一会儿上楼一会儿下楼。过了一个多小时,姚新建和小李终于把大汗淋漓的白丙带到六楼办公室门口,从门缝里传来廉忠诚愤怒的训斥声:"车子是不是你偷的?"

只听"小偷"疼得咬牙道:"干部,疼死我了,真不是我偷的。"

廉忠诚恶狠狠地说:"不是你偷的车子,工具怎么在你身上,干什么用的?"

"小偷"强忍着疼痛怯懦地说:"这些工具是修自行车用的。"

廉忠诚用棍子在床上狠狠地敲了一下道:"凌晨三点钟,你修哪门子自行车?给他加一块砖。"只听到"小偷"的惨叫声:"妈呀!疼死我了!"

姚新建在门外听到小四川鬼哭一般的喊叫声,心里窃喜:这小子把戏演得跟真的一样,不信白丙不招供。他抬手敲敲门道:"廉组长,我是姚新建,我们把白丙带到地下室了。快开门!"

廉忠诚打开门让他们进来，重新把门锁好，然后说："让白丙先蹲在地上，把他捆好，下一个轮到审问他。"

姚新建和小李打开白丙的手铐，用绳子把他捆好等待审问。廉忠诚继续审问那个"小偷"："你承认不承认？"

"小偷"痛苦地说："真不是我偷的。"

廉忠诚用棍子在床上连敲了几下："你非得逼我出手，小李，把迷魂汤拿过来，让他尝尝。"

小李把迷魂汤往"小偷"嘴里轻轻地喷了一下，"小偷"大叫："妈呀！呸呸呸呸！"

小李咬牙切齿地说："再不说实话，往你鼻子里灌汤。"

"小偷"边往外吐东西边说："我服了，我服了，我说，这是啥东西？真是让人生不如死呀！"

廉忠诚哈哈笑道："把他带走吧！还是软包蛋，迷魂汤刚用上，过了一招就投降了。姚新建，把白丙带过来。"

姚新建和小李押着白丙走过来，感到白丙的双腿颤颤悠悠的，不听使唤，小李提议道："廉组长，让白丙先尝尝迷魂汤的味道怎么样？"

廉忠诚反问道："你觉得呢？"

小李拿过喷剂道："刚才味道散发在空气中，我现在还没有缓过来劲呢，眼睛还在流泪呀！他可好，眼睛盖着呢！不过他的鼻子应该闻到味道了，这样先让他的嘴感觉一下，看他的适应程度再决定给他嘴里喷多少。"

廉忠诚问道："白丙还是不配合吗？自身难保了，还想一个人扛着三个人的罪恶，猪鼻子里插葱装象呢！最后给你一个立功的机会，想感受一下十几种审问工具的威力吗？"

白丙浑身哆嗦了一下，小李道："别啰唆了，他不听。"说着不顾白丙的躲避，强行分开头套把白丙的嘴露出来。白丙边躲边说："我现在说了还算立功吗？"

廉忠诚肯定道："还算立功，不过最后定论不在我这儿，主动交代比被动交代处理轻得多,你说吧!那两个人是谁?住在哪里?"

白丙诉苦道:"他们两个都比我厉害,经常欺负我,你们看到了受罪的是我,可给我分钱最少,他们每人分一万五千元,我分了一万元,我还保他们干什么?我交代,白甲、白乙两人住在翰林洗浴中心,我带你们去找人。"

姚新建拍了拍小四川的肩膀,竖起大拇指微笑着点了点头。小四川笑着也点点头竖起大拇指,等待廉忠诚的下一步指示。廉忠诚果断地命令道:"走,上警车。"

姚新建和小李把白丙的头套重新戴好在楼内绕来绕去,才把白丙带到警车上,和廉忠诚一起去翰林洗浴中心抓捕白甲、白乙。

白丙用钥匙打开洗浴中心的房门,看到白乙正在整理物品准备逃走。小李冲上去将白乙按倒在地上铐上背铐道:"警察,跟我们去一趟公安局。"

白乙很配合地说:"看到白丙我就知道你们是警察,这下完了。"

廉忠诚问道:"白甲在哪里?"

白乙道:"白甲早上就离开龙海市去广州了。"

廉忠诚道:"你们作案用的工具放哪了?"

白丙道:"白甲提供的工具,白乙给我打的针,里边是稀硫酸,白乙用完的工具从这个窗户扔下去了。"说着白丙趴在窗户边用手指着说,"你看二楼平台的针管和药瓶子还在呢!"

姚新建急忙拉住白丙的衣服道:"过来蹲下。"又对小李道,"看好他,注意安全。"他用相机固定好证据,把这些证据提取后,大家带着白乙和白丙回到单位。白乙看到大势已去,全部交代了作案的过程,承认在医生注射的针孔处二次注射稀硫酸,故意造成白丙屁股溃烂,以此敲诈多家诊所。他们主要选择那些没有营业执照的黑诊所,这些诊所被敲诈了也不敢报警,一般都会乖乖就范进行经济赔偿，息事宁人。

　　杨朴实办理了白丙、白乙的刑拘手续，回到专案组。廉忠诚正在接受龙海市媒体采访，《大江报》、《龙海晚报》、《龙海商报》、省市电视台记者云集于此，一时间"烂屁股阴谋"传遍了街头巷尾，不几日中央电视台新农村频道专题采访此案，制作"烂屁股阴谋"专题片，把第一起用苦肉计实施诈骗的"烂屁股阴谋"传遍全国，遏制了该类诈骗案件的发生。

　　反诈骗工作组的任务快要结束了，领导对专案组人员也进行了调整：张宝民因领导有方，被任命为园区分局副局长；刘宝被任命为经纬派出所指导员；朱铜被任命为希望派出所副所长。牛清华和廉忠诚虽成绩不错，但还是名落孙山。不过张宝民没有忘记兄弟们的功劳，建议给牛清华和廉忠诚解决副主任科员的待遇。其他人员分别奖励，各自回到自己的工作岗位。

　　廉忠诚回到单位后，赵指导员已经成为希望派出所的所长，指导员的位置空缺着，好像正向他招手。

第六章　执法为民化真情

反诈骗工作组曲终人散,没有得到提拔的人哪里来回到哪里去。廉忠诚回到所里。赵石立已经接任所长一年有余,指导员的位置依然空缺着。

赵石立对廉忠诚说:"廉老兄,指导员的位置或许就是给你留的,你何不找领导表示一下你的决心,填补上去?你在部队也当过指导员,一定适合你,能够充分发挥你的特长。咱们兄弟做搭档,天生的一对。你去试一下吧,这种事不能让领导主动来找你谈话,其中的道理你应该明白。"

廉忠诚道:"人生就像下象棋一样,谋事在人成事在天,马走日象走田,各有各的走法,我是'車'的性格,走直路,是自己的跑不了,不是自己的抢不得,否则祸福两相依!"

赵石立道:"死心眼的人永远也占不到便宜,也得不到应该得到的东西!你就坚持吃亏是福的傻瓜理论吧。"

廉忠诚回到原来的办公室,看到赵石立今年对派出所班子成员的分工表，让自己分管接出警和基础工作。回想和赵石立的谈话，他心中产生了许多无奈，自己想进步，但是目前的各种关系达不到进步的要求。廉忠诚想到这就干脆把这件事放下，免得影响自己的心情，顺手在桌子上拿起去年的接警统计报表，最显眼的是辖区各类纠纷引起的打架案件，大致分为感情纠纷、债务纠纷、房屋纠纷、劳资纠纷、地域纠纷、合同纠纷、事故纠纷、管理纠纷、邻里纠纷、同行纠纷和偶然事件的纠纷。廉忠诚分析这些纠纷的种类、发生的原因以及处理的方法，怎样才能减少打架案件的发生呢？廉忠诚想到了核算打架的成本，让当事人事先知道打架付出的代价，就会使当事人产生巨大的心理压力，而不愿去违法，不敢违法，防患于未然，从而减少该类案件的发生。廉忠诚思考着这样的问题，开始了一天的工作。

突然，廉忠诚接到通知，南丰街五号院业主和保安因汽车办卡出入大门发生纠纷，导致双方互相殴打。廉忠诚带领民警火速赶到现场，现场一片混乱，一群穿白衬衣扎领带的物业管理人员，手拉着手挡在一辆白色捷达轿车的前面不让通过，另一方是轿车司机和家人在不停地谩骂对方，并企图冲过拉架群众的防线继续打人。地上坐着一位老人用手捂着头部，鲜血不停地从手缝里渗出来流在脸上，那痛苦的表情让人觉得无情和残忍。不远处门卫躺在血泊中，一名120大夫正在给这位伤者包扎伤口。

廉忠诚急忙冲下车，大声喊道："别打了，我们是警察，停止你们的违法行为，接受调查。"双方看到民警到来，听从指挥，停止了动作。这时，走过来好多群众，他们把廉忠诚和姚新建围在中间，七嘴八舌地诉说着打架的经过。

廉忠诚道："小姚，你去干自己的活儿吧，我来登记情况。"姚新建拿着相机去固定证据，走访群众。

廉忠诚大声道："父老乡亲们，请不要说话啦，谁报的警？"

司机说："我报的警，他们不让我出车，我是业主，不办卡就不让出车，这是什么道理？物业是为我们服务的，还是来强收业主费用的？你看还把老母亲的头打伤了。"

廉忠诚说："老兄，不要着急，我先登记你的基本情况。你母亲120医生会救治的，放心！"

廉忠诚登记过报警司机黄石仲的情况，把涉案双方当事人带上警车，又走访了现场证人了解情况。这时120救护车把两个伤者带到医院救治，其他当事人和姚新建一起到派出所接受询问。

廉忠诚说："黄石仲，讲讲今天的详细经过，对你有利没利的都要如实讲，隐瞒事实是要负法律责任的，你明白吗？"

黄石仲道："我明白，事情经过是这样的：今天早上我开车到大门口，门卫问我办卡了没有，我回答没有办卡，他要求我办卡才能通过门口，说这是物业的规定。我说我的汽车在院里停放有人把车的油漆给划坏了，你们也不管不问，就知道办卡收费，只收钱不尽义务。门卫称这是物业的规定，不见卡不放行，谁也不行。我着急去上班，一不小心脚就踩在油门上，汽车冲过去就把挡杆给撞弯了，我吓了一跳，赶紧下车查看。门卫走过来嘴里骂骂咧咧的，我俩就吵了起来，我气不过就给门卫脸上打了一拳，他也打我胸口一拳，我气恼了就拿起路边石头砸在他身上，他跑回门卫室拿着一个拖把来打我。这时我母亲过来拉架，正好挡在我前边，他就把我母亲的头打流血了，拖把棍也断了。我看到母亲的头流血了，跑着从汽车后备厢里拿出棒球棍，对着门卫的头就是一下，谁知道他那么不扛打，头上就流血了，接着就躺在地上装死。我感觉到事情的严重性，就拨打了110报警电话和120急救电话。物业的一群人拦住我们不让走，还想和我们打架。情况就是这样。"

廉忠诚点点头，看着物业任经理道："你对这样的经过有异议没有？"

任经理答道："基本上是这样的，一些小细节有出入。"

廉忠诚道："那好吧！我们的同志正在给其他在场的人员做笔录呢，你们双方尽快把医院的诊断证明和发票拿过来。按照法律规定与构建和谐社会化解矛盾的原则，可以给你们组织调解，你们尽快协商，那边也进行依法处理的准备。我们两条腿走路，一方面调解，一方面立案侦查依法处理，走程序依法追究嫌疑人的法律责任，你们愿意尽快调解吗？"

任经理说："我们物业愿意调解处理，不想把矛盾扩大，尽管我们的门卫受伤重一些。"

黄石仲道："我也愿意接受调解处理，大事化小，小事化了。"

廉忠诚道："那好！我从医生那里得到消息，双方都受伤不重，只是皮肉伤，骨头没事，门卫的伤口大约有十厘米左右，黄石仲母亲的伤口较小。请姚警官向大家介绍一下从医院了解的伤情，我们就可以先行调解，以最终的医院诊断为准。"

姚新建道："我了解的最新情况和你刚才说的基本上没有变化，我们可以开始调解了。"

廉忠诚道："为了构建和谐社会，化解各种矛盾，我先给大家核算一下打架的成本。

"第一，打架的直接成本，一至十五日的拘留，加上五百至一千元罚款，还有至少一百元的医药费。

"第二，打架的附加成本，包括心情沮丧低落郁闷、名誉形象受损、家人朋友担心、生意工作可能蒙受更大的损失。

"如果故意伤害构成刑事案件，那么成本更加高昂，三年以下至无期徒刑的牢狱之灾，以及数万元的经济赔偿。如果造成当事人死亡的，甚至会付出自己的生命。"

黄石仲问："你是怎么算出来的，有什么依据？"

姚新建接过话说："根据《中华人民共和国治安管理处罚法》第四十三条之规定：殴打他人的，或者故意伤害他人身体的，处五日以上十日以下拘留，并处两百元以上五百元以下罚款；情节较轻的，处五日以下拘留或者五百元以下罚款。

"有下列情况之一的，处十日以上十五日以下拘留，并处五百元以上一千元以下罚款：（一）结伙殴打、伤害他人的；（二）殴打、伤害残疾人、孕妇、不满十四周岁的人或者六十周岁以上的人的；（三）多次殴打、伤害他人或者一次殴打、伤害多人的。

"构成伤害的刑事案件，根据《中华人民共和国刑法》第二百三十四条，故意伤害他人身体的，处三年以下有期徒刑、拘役或者管制。

"犯前款罪，致人重伤的，处三年以上十年以下有期徒刑；致人死亡或者以特别残忍手段致人重伤造成严重残疾的，处十年以上有期徒刑、无期徒刑或者死刑。本法另有规定的，依照规定。

"你们听明白没有？"

任经理道："我们听明白了，感谢民警对我们进行普法教育，方便时给我们上一堂法制课怎么样？"

廉忠诚道："以后再说吧！先解决今天的事，再说上课的事吧！"

黄石仲听到手机铃声，打开信息看后对廉忠诚道："我收到信息，双方都在门口等着进来送诊断证明和发票呢！"

廉忠诚道："你们两个去把证明拿过来，调解时也好有个依据。"

过了一会儿黄石仲和任经理走了进来，两人把诊断证明和发票放在廉忠诚面前的桌子上。廉忠诚分别看过后把双方的证明、发票交换一下，让对方看个明白，然后道："你们看明白双方的伤情和费用没有？"

他俩答道："看明白了。"

任经理道："门卫的伤势很重，我们咨询过法医，十厘米伤口已经达到轻伤标准了，就是刑事案件，应该按照你刚才讲的刑事成本核算。如果达不到满意程度我们就不调解了，回去做法医鉴定，等伤情鉴定做出来再说，追究刑事责任的同时再追究他们的民事责任，这两个部分一个也少不了。"

黄石仲说："我们也受伤了，虽说够不上轻伤，轻微伤肯定够得上。如果要走到那一步，门卫被治安处罚拘留几天是免不了的。如果我母亲鉴定也是轻伤，那么大家都扯平了。我认为调解比较好。"

廉忠诚道："任经理，你也看到黄石仲的态度很诚恳，给他一次机会，他以后会更好地配合物业工作，交个朋友多好，何必多一个敌人，抬头不见低头见，多别扭。"

任经理道："他好几年都没有交过物业费了，总是以划车、丢东西等名义拒缴物业费。这次办停车卡，他想蒙混过关，还打伤门卫，岂有此理！"

黄石仲道："这次你们的伤情重，以前我存在侥幸心理，不交物业费，以后不会有这样的问题了，今天谈谈赔偿的问题吧！"

廉忠诚道："以前的旧账慢慢算，你们商量今天的事，我们要一个结果。原则是让受害方满意，让赔偿方经济上能承受了，既要考虑到符合受害方的实际情况，也要考虑到赔偿方的经济能力。"

黄石仲道："那是，不能让他们吃亏，也不能让我们感觉不公平，拿不出来么多钱，合理才行。"

廉忠诚道："任经理，你认为要多少钱门卫会满意。"

任经理道："送鉴定委托书时门卫传话过来，他刚开始不愿意调解，后来经过劝说，他勉强同意调解处理，认为调解也行，要十万元费用。"

廉忠诚刚想说话，黄石仲有点儿惊讶地说："你说啥？十万元赔偿金，把我打一顿算了，我想赔你也没那个能力呀！"

廉忠诚道："少安毋躁，你不能让人家要个数字吗？这是一个明确的表态，你给一个心理能承受的数字，双方好谈谈嘛。"

黄石仲恼怒地说："妈呀！吓死我了，干脆要一百万多好呀！这辈子就不用上班了，多好。"

任经理用手一拍桌子站了起来恼怒道："你啥态度，如果不想调解就公事公办吧！依法处理！"

廉忠诚温和地说:"你们在一个小区生活,何必伤了和气,不要急,静下心来慢慢谈。"

黄石仲无奈道:"我家的经济状况很差,这个汽车还是贷款买的,即使按照轻伤标准赔偿,我只给他出一万元医药费,其他的我不想出,也出不起。"

廉忠诚道:"在法院民事赔偿主要分为几个部分,医药费包括已经使用的部分和将来使用的部分,误工费按照龙海市平均工资计算乘以误工天数,营养费按照实际休养天数计算,还有来回的车费、护理费等费用,其他费用在这里就忽略不计了,你们双方计算一下,再来个换位思考,问题就解决了。"

黄石仲道:"我也不会计算,你算算告诉我们也可以呀!我听民警的。"

廉忠诚道:"我们处理打架案件遵循公开、公正、公平的原则。我给你们双方具体计算各自的费用,看看距离你们的心理价位多远。"

姚新建道:"你算我记录。"

廉忠诚拿起医药发票念着每张的价格,廉忠诚念完最后一张发票,向姚新建问道:"加在一起多少钱?"姚新建道:"黄石仲母亲一千五百元,门卫六千八百元。"廉忠诚道:"这样就好商量了,有一个赔偿的基础,要十万元确实太离谱,一万元也确实太少,我简单地估算一下门卫应得的赔偿金:一、医药费六千八百元;二、误工费按照龙海市的平均工资每天一百元计算标准,养伤一个月,应为三千元;三、营养费每天按照三十元计算,一个月应为九百元;四、护理费按照在医院十天计算,每天五十元,合计五百元;五、来回的车费按五百元计算。姚警官,合计多少钱?"

姚警官道:"按照四舍五入的方法,合计一万两千元。"

任经理不满地说:"这么少?你是不是有点儿偏向他?"

廉忠诚笑道:"此言差矣,不可信口开河,你的语言有攻击性,注意说话分寸,这个是民事部分。我认为任经理说的有道理,按照门卫轻伤的标准、黄石仲的母亲轻微伤计算,还有法律追究部分。对门卫的处罚是治安处罚,对黄石仲追究的是刑事责任,如果到法院判决有罪,黄石仲就成了犯罪分子,目前依然是嫌疑人,到那时性质就变了,黄石仲觉得刑事部分免受处罚应该再给对方多少钱?"

黄石仲的脸一会儿红一会儿白,心里七上八下地看着任经理,忐忑不安地说:"我也说不来,任经理,照顾点儿吧!"

任经理生气地说:"十万元,一点儿也不能少。"

廉忠诚道:"任经理,适当地下降标准,让对方也能承受了,否则你的数字也就是空中楼阁,得不到钱就是个数字而已,说句实话,门卫给你的底线是多少?"

任经理道:"我到外面给门卫打个电话,征求一下他的意见。"过了一会儿任经理从外面进来,伸出一只手,"最低五万。"

廉忠诚看着黄石仲道:"你再往上涨涨价钱。"

黄石仲转过脸看着任经理央求道:"两万元吧!多了我也没有钱给你。"

廉忠诚扭脸看着姚新建道:"这就可以了吗?行家一出手就知道有没有,我心里已经猜得差不多了。"

姚新建在纸上写了一个数字"三万五"拿给廉忠诚看,廉忠诚点点头道:"任经理,说说你的看法。"

任经理皱着眉为难地说:"这也太少了,怎么向门卫交代?"

廉忠诚道:"你们两个不用僵着了,我给你们两个说个价,希望你们能接受。"

任经理和黄石仲表示愿意听取廉忠诚的建议。

廉忠诚道:"五万减两万还剩三万,从中间分开每人让步一万五千元,也就是说黄石仲多拿一万五千元,门卫少得一万五千元,黄石仲赔偿三万五千元,行吗?你们双方觉得怎么样?"

黄石仲直摇头："我真的拿不出来那么多钱，我向朋友借钱才行，母亲的一千五百元医药费谁来付呀？"

任经理也直摇头："门卫会愿意吗？"

廉忠诚道："黄石仲母亲的医药费自付，免于对黄石仲的法律制裁，否则有牢狱之灾呀！双方可以联系当事人，二十分钟后我们再次碰头，确定调解结果，我去准备调解书，免得耽误你们的时间。"

过了一会儿廉忠诚拿着空白调解书过来，双方也来到廉忠诚的面前。

任经理道："能否拿四万元？"

黄石仲道："降到三万元吧！"

廉忠诚道："你两个别争了，亮底牌吧，原价对不？"

两个人都笑了，三万五成交。廉忠诚写好调解书，双方当事人在调解书上签名按手印，兑现现金，打好收条，双方握手言好，表示不再因为此事发生矛盾，也不再追究对方的其他责任。

廉忠诚忙乎了半天，中午饭也错过了，这时姚新建从外面进来递给廉忠诚一个烧饼："将就一下吧！食堂早就关门了。"廉忠诚刚咬一口烧饼，手机铃声就响了起来，值班室通知：有人在开明大厦建筑公司讨要工资发生打架，双方当事人在现场等待处理。

廉忠诚和姚新建发动警车赶到建筑公司，发现玻璃门也锁了起来。姚新建道："这么多人，地上、桌子上、凳子上坐的都是人，看样子这些农民工是来讨要自己血汗钱的。"

廉忠诚道："谁报的警？过来登记基本情况，我们是警察，把门打开，让我们进去处理。"一个工头儿模样的秃顶矮胖男子走过来，慢腾腾地打开锁："我就是报警人马伟欣，请进吧！这些民工都急着回家呢，公司不发工资，怎么让人回家过年呢？"

廉忠诚道："你让大家到大厅里，我和大家谈谈。"

马伟欣笑着说："你也看到了，大家情绪这么激动，刚才的几个民警全都被气走了,这不是一两天能解决了的问题。"

廉忠诚道:"让我试试好吗?能帮民工兄弟们办点儿事也是我的荣幸。小姚,打开执法记录仪。"

姚新建道:"好的!我站在对面记录你和大家的谈话。"

廉忠诚走到大厅中间,大声喊道:"民工兄弟们,你们辛苦了。我是派出所的民警,也是来自农村。我知道大家干了一年的活儿,年关就要到了,很理解大家的心情,全靠这些工资回家过年,养活一家老小呢!不过我来时警情通报说有一个民工把公司的经理打伤了,这可是违法行为,非常不可取。"

下边又是一片嘈杂声,廉忠诚道:"大家静一下,听我给大家讲讲处理方式:第一,要合理合法要账,不能做违法的事、过格的事、损人不利己的事;第二,做到有理、有节、有利;第三,我出警时,我们的同志已经通知了区劳动监察大队工作人员,他们很快就会给大家一个满意的答复。"

大厅里一片安静,廉忠诚用手指着身边的中年男子:"向大家介绍一个人,这位是办事处杨主任,专门来给我们调解纠纷的。"

杨主任举手向大家示意问好:"工人选两个代表和公司的正经理到会议室协商工资问题。"大家一片掌声。

廉忠诚摆了摆手:"兄弟们!我常向工人兄弟们讲的几句话会对大家的言行有所帮助,要工资有四种结果:第一,把工资要出来了,人违法被拘留了;第二,工资没要出来,人违法被拘留了;第三,工资没要出来,人回家了;第四,工资要出来了,人也回家了。大家希望哪一种结果?"

民工兄弟们异口同声地说:"第四种结果。"

"那就好,听我们的指挥和安排,现在每个人都行动起来,恢复这里的卫生和秩序。"

民工们起哄道:"明白,好的!"

廉忠诚对正经理道:"我们边谈边等劳动监察大队的人来处理,你们公司的财务人员抓紧准备资金,随时准备给工人发工资。"

正经理说:"我也很难呀!三角债,资金不到位,怎么办?"

廉忠诚道:"现在能动用的现金有多少?"

正经理道:"有工资的一半吧!"

廉忠诚道:"你先通知人员准备好,结算清了就发工资,我们这么做是为了防止发生群体性事件,也是为了农民工兄弟早日回家过年,也是给你们公司解围,理解吧!"

正经理道:"理解,也只有这样了,另一半工资再想办法。"

廉忠诚道:"现在民工的情绪已经稳定了,打架受伤的人在哪里?我看看伤得怎么样。"

正经理道:"受伤的人已经上医院了,打人的工头儿马伟欣还在这里呢!你看怎么办?"

廉忠诚道:"这个马伟欣交给我们处理,给我们点儿时间,好吧?"

姚新建道:"我已经把马伟欣的身份信息落实了,并和受伤的人联系过了,只是表皮伤,不严重。"

廉忠诚道:"公司先核算工资,马伟欣到办公室里边讲讲事情的经过。"

马伟欣道:"好吧!经过是这样的:我从老家带了五十多个乡亲到建筑公司打工,负责建筑工地的钢筋加固工作。当初承诺年底将工人的工资发放到位,可是再过几天就过春节了,公司不但不给工资,还说难听话。他们的禹副经理指着我的鼻子说没钱你能怎么样,你还能打我一顿,说着就往我身上撞,把我激怒了,我把这些天要钱的怨气全部撒在他身上,一脚把他踢翻在地上,骑在他的身上拳打脚踢。他们的人来拉架,也被民工兄弟推到一边。他在地上抱着头嘴里还在骂我,我就好好地揍了他一顿。事情就是这样,后来120把他拉走了。"

廉忠诚道:"你今天遇到我和姚警官了,如果让对方满意,我们就不追究你的法律责任了。"

姚新建道："你明白这个道理吧！意思是让你注意说话方式，向对方让步道歉。"

马伟欣道："只要把工资发了，让乡亲们回家过年，就是把我拘留了也心甘情愿！"

廉忠诚道："这是你的真心话吗？心情可以理解，话不可乱讲。"

马伟欣道："当然想回家过年了，就盼这几天呢！也请你们高抬贵手，调解处理也可以。"

廉忠诚道："听我们的安排，你就可以逢凶化吉了。"

这时劳动监察大队的工作人员已经监督公司将民工工资核算完毕。只是公司目前只能发放部分工资，其余的部分晚上才能拿过来。

廉忠诚道："晚上也可以，能做到吗？"

正经理道："也不一定做到，公司如果不能按时拿到资金，这些民工还会闹事。我们想发一半的工资让他们先走，其余的年后再发，否则我们不调解，要求将马伟欣依法拘留。"

廉忠诚道："这样做会激起民工的反感情绪，你们明年还怎么用工人呢？"

正经理道："每个工人都像他们这样拿不到工资就打人，还有什么规矩可言？"

廉忠诚道："你们没有兑现年前发工资的承诺，才会有这样的结果。"

正经理道："你想怎么处理？"

廉忠诚道："带回派出所固定证据，然后再做决定。"

姚新建同现场人员交接，与劳动监察大队、办事处工作人员告别，带着双方的有关人员回到派出所。廉忠诚接到郑局长的电话，说正经理是他的老同学，要求依法严惩打人者，问够条件吗。

廉忠诚答道："正在调查。"

廉忠诚和姚新建东奔西跑，把当事人请到派出所，笔录全部制作完毕，有点儿为难了。调解本身就是正确的，可是郑局长的电话打过来，让廉忠诚也有点儿为难了，拘留马伟欣也是应该的，不过这样自己不就成了一盏明亮的路灯了吗？先调解吧！廉忠诚组织人员调解，禹副经理愤愤地说："想调解拿一万元了事，否则我要求依法处理，要不以后怎么让我在这里上班呀？"

廉忠诚道："民工挣钱不容易，能不能让他少赔点儿钱，公司也给禹副经理点儿委屈金，你看怎么样？"

正经理道："那怎么能行？这不是纵容违法犯罪吗？"

廉忠诚有点儿恼了："你怎么说话的？现在是调解阶段，不可乱扣帽子。"

马伟欣也恼了："廉所长！我不想和他谈了，一万元别想了，我一年到头儿来才挣几个钱，为了兄弟们早日回家过年，也为了这一万元钱，我就住几天也赚了。再说了，这几天怎么也挣不了一万元呢！"

廉忠诚道："别急，双方要慎重考虑，你们以后还要合作，言多必失，注意态度。"

正经理道："马伟欣现在还没有认识到自己的错误，让我怎么谈下去？"

天已经黑了，有十几个民工来到派出所，听说要赔偿一万元钱，大家每人出了两百元，拿过来交给马伟欣。一个民工掉着眼泪说："马老兄，我们一起出来打工，你没少照顾我们。过年了，我们一起回去吧！你的家人盼望着你早日回去团聚呢！你也是为了大家的工资才打架的，钱大家出。"

马伟欣道："我不要这些钱，也不赔他一分钱，欺人太甚。你回去告诉我父母和爱人孩子，说我今年在工地加班，不回去过年了。"

工人道："回去吧！求你了。"

马伟欣道："不可这样，用大家的钱是要还的，心意我领了，感谢大家的好意。"

由于马伟欣的坚持，双方调解无望。在万般无奈的情况下，只好决定把马伟欣拘留十日。

廉忠诚和姚新建把马伟欣送到拘留所，心里却对马伟欣同情得直掉泪。正准备返回所里，值班室通报：在都市村庄村西口有人拿刀砍人。廉忠诚和姚新建打开警笛火速赶到村西口，村口依然霓虹灯闪烁，人来人往，地上一男子趴在血泊中，脑浆和鲜血流了一摊，血腥味儿被旁边的烧烤味儿所掩盖，有的行人没注意，差点儿踩上被砍男子。

姚新建拿着相机固定证据，廉忠诚用警戒带围起警戒区域，并向指挥室汇报：受害人受伤严重，好像没有了生命特征，请刑侦大队出警，并通知120到现场抢救伤员。

120医生检查受害人后说："头盖骨被砍碎了，已经没有了心跳和呼吸，失去了生命特征。"

刑侦大队民警赶到现场，开始走访群众。廉忠诚向报警人郑北越询问事情经过。郑北越道："今天晚上我和康明、大御等人在一起喝酒吃烧烤，我们有一段时间没见面了。大御不胜酒力，康明给大御敬酒时，大御坚决不喝，康明就认为大御看不起自己，别人敬的酒都喝了，不喝他敬的酒，这是不给面子。双方发生了争吵，康明个子大有力气，就把大御给打了一顿，大御抵挡不住康明的殴打就往外跑，康明紧追不舍。大御看到两人的距离越来越近，感觉逃不掉了，就转身跑向自己的出租屋，拿了一把菜刀，从楼上冲了下来。在酒精的作用下，大御看到正面追过来的康明分外眼红，向康明砍来，康明见势不妙掉头向村西口跑去。大御在后面猛追乱砍，康明慌乱中不小心被地上的东西绊了一下，差点儿摔倒，大御正好赶上来一刀砍在康明的背上，康明中刀后一个趔趄摔倒趴在地上。大御过来用脚踩住康明的背，用刀向康明头部猛砍十几刀，直到康明不动为止。大御扔下菜刀在一旁发呆，我正好冲过来把他拉到一边，赶紧拨打了110、120。

经过就是这样。请问警官,康明怎么样了?"

"康明由120的医生照顾,我问你,现在大御在哪里?"廉忠诚急切地问。

郑北越道:"他已经跑了,我也不知跑到哪里了,不过有他的电话。"

廉忠诚道:"这个事情的严重性你和他都很清楚,现在还在抢救康明,希望做好大御的工作,让他投案自首,争取宽大处理。现在他只有自己救自己了,别无他法,这么大的案件,跑是跑不了的。"

郑北越道:"我知道国家的政策,我上大学时学的就是法律专业,尽力让他投案自首。不过这可不是闹着玩的,说话要算数的,否则我就成了朋友的罪人,你知道吧!以后无法见他的家人了。"

廉忠诚道:"法律你懂,其余的我们去做,幸好碰见一个懂法的,自首的人一定让他充分享受自首的待遇。"

郑北越道:"我现在就打电话做工作让他自首,争取宽大处理。"

刑侦大队经过调查知道了作案人的基本情况,但是想抓住他还需要时间。廉忠诚和姚新建做了大量的思想工作,站在凶手的角度考虑问题,经过郑北越耐心的说服教育,大御终于向廉忠诚和姚新建投案自首。大好的消息传到刑侦大队,大家一片欢呼,好呀!在二十四小时内就破案了,派出所也开始办大案了。

廉忠诚做了笔录,把电子文档、笔录和嫌疑人大御一起移交刑侦大队处理。

按照平时的惯例,一起杀人案件的侦破,领导会有一个肯定的说法,最起码在大会上表扬民警的功绩,在公安网站上表彰有功人员,可这次有些例外,没有一个说话的人,好像什么事也没有发生。

姚新建道:"怎么有点儿特别,竟然没有人关注我们的工作。

廉所长，发挥一下你的特长吧！写一篇报道在公安网上自己表扬一下自己吧！没有娘的孩子，真可怜。"

廉忠诚道："我赞成你的建议，让广大民警分享侦破案件的经过就可以了。"

廉忠诚的文章在公安网上发表了，可是依然风平浪静，除了民警的评论外，没有一点儿领导的消息，廉忠诚和姚新建心中的希望彻底破灭了，就像路边的灯在该亮的时候却静静地熄灭了，没有一点儿声息。

廉忠诚也在对这个不寻常的结果感到纳闷。

分管刑侦的副局长刘金贵觉得廉忠诚抢了他的风头，分管治安的副局长乔阳也不认为这是他的光荣，就此放下了。廉忠诚思考着领导的想法，为自己怎么向部下解释而伤神。

姚新建急匆匆地闯进办公室，还没有坐下就说道："有个急事向你汇报。"

廉忠诚道："怎么了，这么着急？慢慢讲。"

姚新建道："上次我们接的担保公司案件你还记得吧！受伤的谢华伤情发生了变化。医生当时只看了谢华头部外表有点儿红肿，谢华也觉着伤得不重，要求回家疗养。昨天上午谢华突然晕倒，被120拉到医院，经检查颅内高压出血，急需开颅手术。经过医生的抢救，他已经脱离生命危险，现在重症监护室护理治疗。他妻子林倩倩拿着谢华的两块头盖骨在值班室等你呢！你看怎么办？"

廉忠诚亲切地说："不要慌，沉住气。请她到我办公室来，那里不是说话的地方。"

姚新建道："我把她领过来，见见你。"

过了一会儿，姚新建领着林倩倩走进廉忠诚的办公室，林倩倩见到廉忠诚好像见到了救星，双腿一软跪在廉忠诚面前哭着说："廉所长，求您了，救救我家谢华吧！"

廉忠诚和姚新建急忙把林倩倩扶起来道："大嫂，不敢这样，保护弱者是我们的职责,你放心,我们会给你一个满意的答复,你先讲一下发生了什么事。"

林倩倩止住哭声,用手擦擦脸上的泪珠道:"谢华去年向担保公司高息借了十万元现金,约定今年十月份还款,可是到期了,谢华的生意失败了,不仅没有赚到预期的利润,连本钱也搭了进去,无法按期还款。韦拓利经理多次带人到我家找谢华催要欠款,谢华没钱还款,房子也抵押给了银行,没法子就到外面躲债,没承想被他们抓住了。双方发生了口角,他们就用手打谢华,谢华也恼了,用手打他们,韦拓利就用橡皮棍在谢华的头上重重地打了一棍,谢华倒下了。当时上医院检查没有发现严重伤情,也没有异常感觉,感觉欠人家的钱不按时还款自觉有点儿理亏,我们就回家了,可没想到回家就昏迷不醒了,如果发现不及时谢华就没命了,呜、呜、呜、呜……"

廉忠诚安慰地问道:"大嫂别哭,你拿的塑料袋里装的是什么东西?"

林倩倩递过袋子道:"这是谢华做手术时取下来的头盖骨,你看这么大两块。"

廉忠诚拿着塑料袋认真地看了看说:"人的头盖骨里面是空的,像鸟的骨骼一样坚硬而轻便,构造之完美,应该能够承受强大的打击力,看样子对方下狠手了,否则不会伤得这么重,造成颅内出血的严重后果,一定尽快处理。依据以往的经验看,这个伤情应该构成重伤了,让姚警官给你开个法医鉴定委托书,尽快到法医鉴定中心进行伤情鉴定。你看怎么样?"

林倩倩道:"我也不知道该怎么办好,希望你们能尽快给我一个说法。"

姚新建递过开好的法医鉴定委托书道:"请大嫂放心!先做鉴定,我们会把韦拓利传唤过来先行拘留,等待鉴定结果再做进一步处理。"

林倩倩道:"做鉴定没问题,可是看病需要很多的医药费,能不能让他先交点儿钱?"

廉忠诚道:"我们做这项工作,能达到目的最好,如果达不到目的也不用怕,这个案子追究刑事责任的同时也追究他的民事责任,即使先期垫付的医疗费一样能追回来。"

林倩倩道:"那好吧!麻烦你们了!"

送走林倩倩,姚新建和李秀丽马不停蹄的传唤了韦拓利,将他送到拘留所治安拘留。

姚新建和李秀丽回到廉忠诚办公室,看到赵石立也在。廉忠诚对姚新建说:"消息真灵通呀!这么快,郑局长给赵所长打电话让调解该案件,我可有点儿为难。"

姚新建道:"谢华的头盖骨取下来两块,我问过法医,能够上重伤,你觉得调解合适吗?林倩倩会同意吗?"

赵石立道:"对方需要钱治疗养伤,正好调解处理,符合双方的需求,一举三得,多好呀!"

廉忠诚道:"这样不公平,不过在鉴定出来之前,当事人双方调解也可以,我们还是要给受害人开具法医委托书的,否则到时候双方没有谈成,我们就是不作为了,谁承担这个责任?"

赵石立道:"也是,不过领导的面子也不能放下。"

廉忠诚道:"我认为法律是第一位的,与你认为的正好相反,不过我们还是求同存异,也要照顾领导的面子,都过得去。如果双方调解了,受害人不要求公安机关处理,就不用把鉴定的领取凭证交给我们了;如果重伤鉴定出来,我们也不能硬扛着,按照规定可以移交刑侦大队处理。现在他们就可以提前介入这个案件,方便以后更好地处理。"

赵石立道:"这个方法很好,廉老兄也学会保护自己了。"

廉忠诚道:"非也!我只不过是按照规定移交而已,该自己担当的决不退缩,不该担当的决不当替死鬼。"

赵石立走到门口回头笑道:"就这性格,江山易改,禀性难移。先这样,我走了。"

廉忠诚目送赵石立离去，桌子上的电话响了起来，姚新建把电话递过来："廉所长，郝局长的电话。"

廉忠诚接通电话："局长有何指示？"

郝局长道："老兄呀！你处理的案件受害人谢华是我的朋友，你照顾一下，一定要依法处理！"

廉忠诚道："是，郝局长，一定依法处理，请局长放心，嫌疑人已经被我们治安拘留。"

郝局长道："辛苦了，注意安全！"

廉忠诚道："谢谢领导关心！"

廉忠诚挂了电话，姚新建笑着说："嘿！这次该你头疼了，看你怎么办？"

廉忠诚学着电影里包公的样子道："小姚，你看怎么办？"姚新建道："你心里早就有方向了，热办，对吧？"廉忠诚道："我也是这样想的，依法尽快处理。不能依偎在权势周围，否则就会违法的。"

姚新建道："我们不能像以前一样直截了当回绝对方的请求，得罪一圈人，让我们一起化解这个危机吧！别让我们蒙受无名的委屈。"

廉忠诚道："我们经常讲内方外圆，这回我们也滑头一回，把这个烫手的山芋扔给刑侦大队处理。"

姚新建道："好办法！这样不得罪人，两全其美。"

廉忠诚和姚新建拿着案卷和谢华的诊断证明与林倩倩一起到刑侦大队移交案件，刑侦大队民警看后表示等重伤鉴定出来再交接案件，不提前介入，同时也把调解作为一种结果等待。廉忠诚只好返回单位组织双方调解，通知担保公司的乔经理和林倩倩协调赔偿事宜。

林倩倩道："谢华的伤势很重，你们看着办吧！反正到法院也少不了赔钱。"

乔经理道："你们借公司的十万元钱，我们不要了，就当是医药费吧!"

林倩倩怒道:"说得好听,伤得这么重,差点儿要了命,现在虽说稳定了,没有性命之忧,不过在医院已经用了五万元的医药费了,以后还得看病,这样行吗?要不把你也打成这样,我给你十万元怎么样?"

乔经理说:"别冲动,慢慢商量。"

调解不欢而散,十五天很快就过去了,韦拓利从拘留所出来了,重伤鉴定还需要一定时间才能出结果。这期间韦拓利也在积极地协商,林倩倩认为赔钱太少,要求对方赔偿八十万元才可以调解。双方就这样僵持着,没有进展。

时间一天天地过去了,廉忠诚拿着重伤鉴定到刑侦大队移交案件,刑侦大队依然不想接收这样的案件。分管刑侦的副局长刘金贵表示,要不然你们双方联合办案吧!廉忠诚劝刘金贵道:"我们相处多年了,说句心里话,这样做有点儿违背了法律的立法原意,对我们不利呀!请您以大局为重,依法处理。"刘金贵坚定地说:"我也没有办法,只有这样才不会得罪靳局长。"廉忠诚也不敢违背刘金贵的指示,只好答应联合办案。他把案卷交给刑侦民警孙云龙后离去,孙云龙也知道双方当事人的背景,没有当即立案处理。刘宝大队长也是刘金贵亲自提拔的干部,他向刘金贵做了详细的汇报,并称按规定重伤是不允许调解的案件,请示怎么办。

刘金贵道:"这还不简单,你调解一下,让双方满意,不就解决了,民不告官不究。"大队长心领神会地走了。

孙云龙给廉忠诚打电话通知双方调解,廉忠诚把双方的联系方式告诉孙云龙说:"案卷上也有他们的联系方式,你们通知吧!如果在重伤鉴定出来之前我们会积极调解处理,现在重伤鉴定出来了,我们不想参与调解,如果参与了,没问题是幸运的,如果有问题就无法开脱了。"

孙云龙道:"老廉呀!你也真是死脑筋,这么多年你为什么原地不动，成不了领导，成为单位的'中流砥柱'，就是因为你办事过于认真，只会依法办事，为领导正面争光，不会为领导背地里解决困难，不会站在领导角度考虑问题、分析问题、解决问题。"

廉忠诚道："我的做法在个别领导那里确实给我带来负面影响，不过我吃得香、睡得着，手里权小、位低、钱少，可是心里踏实，岂不乐乎？"

孙云龙道："你不怕领导给你穿小鞋吗？"

廉忠诚道："大家都知道邪不压正，再说了，我们都是党的干部，不是谁的马前卒。忠于法律，敢于担当，就不会有后顾之忧，拉帮结派不会有好的结果。"

孙云龙说："你呀，顽固不化，算了吧！懒就懒吧，还唱什么高调！你看看周围的人都是用左手拿筷子的，就你用右手吃饭，你不觉得你是少数人吗？"

廉忠诚道："你只看到圈子里的人，兴趣相同，外面的世界很精彩，还是用右手拿筷子的人占多数，再见兄弟。"

没过几天，林倩倩拿着一面锦旗来到廉忠诚的办公室表示感谢，林倩倩感激地说："感谢廉所长和姚警官，我给你们送锦旗。正是因为你俩坚持公正处理，才使对方在谈判中满足了我的要求，最后他赔偿了我们五十万元，真的感谢你们的功德。"

廉忠诚道："能为您服务是我们的最大荣幸，您满意了就是我们两个的最大成就。"

廉忠诚送走了林倩倩，心里也是七上八下，深深地感到又一次得罪了郑常有和刘金贵，前途迷茫，就连姚新建也看了出来，本来可以让明亮的灯照耀一下自己。可转念一想，怎能为提一官半职做违心的事呢？

廉忠诚思考着这次的经验教训，心中很坦然。孙云龙来到廉忠诚面前说："廉所长！我在刑侦大队受他们的排挤，我也看到他们一些做法可能会有负面的后果，所以我想到派出所跟着你干治安怎么样？"廉忠诚高兴地说："好呀！我们正缺人呢！欢迎你的到来，不过治安工作相对刑侦工作复杂一些，你要有思想准备。"

孙云龙道："工作上再苦再累我不怕，就怕跟错了人，到头儿来被追责，后悔莫及。"

廉忠诚说："没问题，你来吧！把手续办理一下尽快来报到。"

然而，孙云龙做治安工作没多长时间就遇到了难题。他满脸愁容地走过来对廉忠诚说："廉所长，你给我出个主意吧！我当了五年民警了，从来没见过轻微伤花费两千元的医药费，竟然向对方索要五十二万元的赔偿金，也太狠了吧！简直就是卖孩子呀，是讹诈！把孩子的阴德也用掉了。"

廉忠诚道："小孙，不要急，慢慢把事情讲清楚，我听明白了，才能帮你出主意，想办法摆平这件事。"

孙云龙道："同学甲和同学乙以前因为争女朋友发生过纠纷，这次在篮球场上两个人碰撞在一起，互不相让，同学甲将同学乙的头打流血了，经过法医鉴定同学乙的伤情为轻微伤。我想给他们调解处理，赔偿一两万元就可以了。谁承想呀！同学乙的家长听说同学甲是学校篮球队的重点培养对象，父亲是个大企业家，经济状况非常好，就想借此机会狠狠地敲对方一笔。看着同学乙父母蛮不讲理的样子就来气，你看怎么办？"

廉忠诚道："你要做好两手准备，一是调解，二是依法处理。调解从医药费开始算起，争取公平公正地处理，不要偏离了公正的轨道。"

孙云龙道："处理人的材料我们已经准备好了，他俩还不满十七岁，又是第一次违法，双方都动手了，只是同学乙受伤相对严重一些，同学乙的父母想借此机会发点儿财，乘人之危，抓住同学甲在体育方面有前途的心理，才敢于开口要这么多。"

廉忠诚道："知道了原因就好办了，你先去做工作吧，需要时我就过去帮助你。"

不一会儿,调解室里传来同学乙母亲的吵闹声:"我就要五十万,少一分也不行,你孩子是国家队的准队员,是棵好苗子,你家经济好,欺负人不是吗?气恼了我就让我孩子和你孩子一起进拘留所,光脚的不怕穿鞋的,你看着办。"

同学甲的父母一个劲儿地说好话,让对方高抬贵手,不要为难孩子,因为孩子有了违法记录的话,进国家队就会受到影响,还会影响将来参加比赛。

廉忠诚忍不住从办公室走出来,手里拿着开水壶和一次性杯子,孙云龙接过来给每人倒了一杯水,介绍道:"这是我们所的廉所长。"

廉忠诚道:"经济赔偿是有原则的,不是无底线随意要价的自由市场,要与基本的伤情相符合,价格不能过高或过低,那样会显失公平,违背法律的立法原意。"

同学乙的父亲说道:"廉所长,你说什么?这分明是向着对方,不行就把这两个孩子都拘留了,你们也省事,不用调解了,让孩子们也有个教训。"

廉忠诚道:"可以呀!这个要求不过分,不过听起来你这个做父亲的挺狠心呀!为了钱不要孩子的政治生命,不为孩子前途着想吗?依法处理对我们来说很简单,孩子将来会因为这个事在政治生命中有一个污点,影响到孩子的进步,比如说将来孩子想考公务员、提干、参军、考大学,甚至影响到经营企业,你好好考虑这个严重后果。"

同学乙的父亲道:"我不管那么多,只认钱,谁让他的孩子把我的孩子打伤,不存在讲理不讲理,赔还是不赔他们定,我奉陪到底。"

孙云龙道:"好吧!我们已经在受理治安案件中,证据也已经取过了,只需要审批就可以实现你的目的,不要后悔啊!"

同学乙的父亲道:"我不后悔,你们办吧!"

同学甲的父亲道:"孙警官,等一会儿,我有话要说,这样吧,我也不亏待对方,无论如何也不能拘留孩子,这样两个孩子就没有污点了,我一口价给他十万怎么样?"

同学甲的父亲一张口承诺给十万元,吓了孙云龙一跳:"你确定?真有底气!"

同学乙的父亲抢过话头儿:"不行,太少了!不足以教训他的孩子,至少十五万元。"

同学甲的父亲道:"轻微伤你能要这么多钱,太过分了。"

同学乙的父亲道:"不行算了,我也没有强迫你,依法处理多好,也让我的孩子受受教育。"

同学甲的父亲道:"行,就这样吧!十五万元,我也穷不了,你也富不起来。民警同志,写调解书吧!有这工夫我的厂里又挣几个十五万元了。"

廉忠诚站起来道:"不可吹嘘,我们不同意这个结果,赞成依法处理,现在的结果有些显失公平,你出来一下,同学甲的父亲。"

廉忠诚和同学甲的父亲交流了看法。廉忠诚道:"一般情况下这样的伤赔偿一两万就可以了,十五万真成天文数字了,太少见了。"

同学甲的父亲道:"我知道他在敲诈我,可我为了儿子的前途也就认了,我打个电话再说吧!"

过了一会儿,一个战友给廉忠诚打电话道:"老廉,我知道你的性格,本不想给你打电话说这事,但想想还是说一下吧。我的老同学愿意赔偿对方十五万元赔偿金,按他的意思办吧,他家里不缺钱,他就这么一个儿子,就当他扶贫了,帮帮忙吧!"

廉忠诚道:"既然这样,也只好如此!老战友,你也让我当了一回明灯呀,好吧!只要双方同意达成协议,我们没意见。"

孙云龙写好调解书,同学乙的父母拿着十五万元,拉着木偶般的孩子,头也不回地走了。

孙云龙道:"很罕见,赔钱的还说情,并且赔偿费高得离谱。真是想不通,现在的有钱人就这么任性。"

时间过得真快,这天廉忠诚值班,孙云龙又一次遇到了大难题。

出警时,孙云龙遇到冯聚财的马仔开的凯丽洗浴中心发生打斗,请求廉忠诚支援。

正准备出发,主管场所的朱铜副所长急匆匆地走过来说:"廉所长,今天你带班吗?有人报警称凯丽洗浴中心有人打群架,初步了解是谢辉和董松伟两个老板,因洗浴中心利润分配不均,双方各自叫了五十多人,进行火拼。领导要求抓紧时间组织民警处理。"

赵石立、廉忠诚开着警车,打开警笛闪着警灯,风驰电掣般赶到现场,看到地上一片狼藉,嫌疑人已经逃之夭夭。孙云龙正在对现场进行勘查和证据固定。

经进一步了解,凯丽洗浴中心是住宿和洗浴多功能场所,第一年经营利润较少双方平分,今年利润猛增到两百万元,董松伟有点儿眼红,想依靠得天独厚的条件独吞胜利成果。

董松伟认为:一是工商局营业执照注册是董松伟的名字,他是该场所名义上的法人;二是辖区相关部门人员关系密切;三是主要是由他对场所进行经营管理。

董松伟改进经营方法,使场所有了今天的效益,比谢辉出力多,相反谢辉经常外出,根本没把心放在场所上,完全依靠董松伟经营来维持场所正常运转。时间一长,场所工作人员认为董松伟才是真正的老板,财务会计也对董松伟言听计从,不听谢辉劝告,这样矛盾更突出了。董松伟借机独揽大权,想把利润全部拿走。

谢辉本来是董松伟的姐夫,谢辉离婚后和小舅子之间的场所无法分开,双方在感情上随着谢辉离婚发生了剧烈变化。双方大打出手,谢辉气不过董松伟的所作所为,就用铁锤把董松伟的头部打流血了，董松伟用铁棒把谢辉腿打骨折，双方参加人员也不同程度受伤，住进了医院。

"赵所长，这是黑吃黑呀！本身这个场所就有营利性陪侍，涉嫌嫖娼卖淫，现在还因分赃不均大打出手，你看这里还有打架用的工具，地上还有鲜血呢，案情很复杂。"朱铜看着赵石立说。

"这场所的事好处理，放心吧！他们会自己和解的，不过我们要固定证据做好两手准备，把打架用的工具全部带走，现场嫌疑人员一并带回所里询问情况。"廉忠诚安排道。

"廉所长，场所二楼有暗间，里边发现'炮房'，你上去看看吧！还有特殊的'性趣'工具，有绳子、吊床、扣环。"孙云龙汇报道。

"事情一个一个来，别急！分清轻重缓急，不要胡子眉毛一把抓，你安排好，把这些人的笔录做好，再汇报。"廉忠诚道。

赵石立道："老廉，你把人带回去，交给朱铜他们处理就行了。"

廉忠诚道："好的，正好我还有其他案件处理。"廉忠诚交接工作后返回自己的工作岗位。

凌晨时分，电台传来孙云龙急促的喊话："廉所长，我们出警的现场需要增援，两个民警无法控制局面，酒吧门口有人打群架，有人受伤被120拉到医院去了，现在有两百多个体校学生在酒吧门口聚集，不听劝阻，向酒吧大门乱扔石块，酒吧里的黑衣人也越聚越多，尽快来人，否则局面难以控制，后果不堪设想。"

廉忠诚道："我们立即前往增援。"同时也通知了其他警组支援。廉忠诚和姚新建带着接警装备，检查好枪支和子弹驱车赶到现场。不良后果已经发生，突然从酒吧的侧门冲出五十多个黑衣男子，手持大刀向两百多名学生冲过来，学生看大事不妙，集体向学校方向狂奔，有一个跑得慢的学生被大刀砍伤背部，鲜血直流。

廉忠诚看到这种情况大喝一声："我们是警察，别打了，放下手中凶器，不然就开枪了。"混乱的场面中没有人注意警察的存在，廉忠诚立即向空中开了一枪，此时还有黑衣人拿着大刀追着学生乱砍。廉忠诚再次向空中开了一枪，黑衣人和学生听到枪声迅速四处散开了。

姚新建喊道："小孙，你怎么受伤了？你抓的黑衣人怎么了？"

孙云龙道："我阻止他们砍学生，这个黑衣人从我的眼前经过，我就抓住他，看他打红了眼，不过他没敢用刀砍我，只是给了我两拳头，把我的眼睛打肿了。"

廉忠诚走过来安慰道："小孙，我们会为你讨回公道的。"

说着把这个黑衣人带上警车。其他警组控制的人员全部带回所里处理。

经过询问，酒吧的报警人道："原因是体校的老师在酒吧跳舞时与一女子相撞，发生纠纷，保安上前协调，老师不听保安劝阻，与保安打架。老师用电话叫来两百多名学生向酒吧投掷石块，酒吧老板也不甘示弱，叫来五十多名保安手持大刀和学生开打。经过就是这样。"

孙云龙忍着伤痛带领其他民警把材料问完，准备审批材料。酒吧老板和学校的领导来了，双方已经达成协议，不要求公安机关处理，要求撤案。

姚新建道："孙警官被打伤了，这是妨碍公务，我们准备移交刑侦大队处理。这两个案件是关联的，怎么能撤案呢？"

老板道："对不起，赔点儿钱算了。"

廉忠诚道："赔钱了事是不合法的，我们要移交刑侦大队依法处理。"

老板道："我们给你一万五千元赔偿金，你看怎么样？"

廉忠诚道："我问问孙警官吧！"

孙云龙很生气，上班这么长时间没有人敢这样打民警，坚决不同意调解处理。

老板道："这钱你不要，我就花到别的地方，用在别人身上一样有效果。你不信看着办吧!"

廉忠诚处理好打架案件,刑侦大队也把黑衣人送到看守所,向检察院申请批准逮捕嫌疑人,最后等来的却是取保候审,后来案件走到了何方也没了下文。孙云龙的医药费也没有人负责,于是就到检察院询问案件进展情况,办案人不在单位,一个美女检察官陪着孙云龙做了半天的思想工作。五次寻找这个案件的下落也没有结果,时间匆匆地过去了两年。这个案件怎么处理,嫌疑人的去向,至今成为孙云龙的一块心病。

孙云龙的烦心事还没有结束,新的案件出现了。随着经济的发展,越来越多的家庭买了小汽车,如今一些小区出现汽车多位子少的现象。老旧小区本来就拥挤的地面增加了停车位,两家的汽车挨得很近,老孙头儿的汽车把老高头儿的汽车剐蹭了一道长长的印痕。老高头儿本来已经同意老孙头儿的赔偿,可是老高头儿的夫人郑枝不乐意了,本来两家平时就因停车发生过纠纷,出现了多次争地盘的大战,这回郑枝得理不让人发飙了,指着鼻子骂老孙头儿故意剐蹭汽车,孙夫人乔春忍无可忍也急红了眼。双方互相骂将起来,大打出手,郑枝、乔春脸上都挂了彩,有轻微的抓伤。郑枝找到堂哥郑常有局长,要求严肃处理乔春,乔春找到副局长乔阳要求拘留对方,双方闹得不可开交。

孙云龙本来认为这件事情很简单,经过几次调解没有成功,再这么一闹,两个局长参与进来,就不可小视了。孙云龙重新核定了现场证据,与处理交通事故的民警进行沟通,对在场的证人笔录重新核定,这样依法处理,双方就更不满意了。郑枝找不到孙云龙的办案漏洞,就无中生有,对孙警官说:"你不拘留对方,反而一个劲儿地说我的不对,肯定是对方找到你了,你收了人家的好处,当然不向着我了。"

孙云龙终于被激怒了,大声说:"你有什么证据?拿证据出来,没有证据,这叫诽谤警官,你明白吗?"郑枝心里很高兴,终于抓住了孙警官的把柄,正好想告他的状,机会来了,就到分局对郑常有说:"哥!你的民警不仅不听你的话,还态度不好,大声训斥我,我告他态度不好,要他们给我这个受害者一个说法。"

郑常有道:"这个好办!我通知办案民警孙云龙和他的领导参加明天局长接待会,届时政委、乔阳局长等机关相关人员参加。明天接待会上,我让民警向你当面道歉,你看怎么样?"

郑枝说:"这还差不多,还是常有哥好!"

接待会上,孙云龙、廉忠诚和赵石立在会议室坐下,郑局长带着分局领导班子和郑枝夫妇来到会议室,分别坐在自己的座位上。

郑常有宣布:"关于郑枝投诉孙云龙服务态度恶劣的信访接待会开始,首先由郑枝对孙云龙案件处理提出自己的看法。"

郑枝说:"我与邻居因汽车剐蹭发生打架,这事就不说了,主要反映民警孙云龙在处理该案件时态度恶劣,要求向我当面道歉。"

孙云龙急切地说:"局长好、郑枝好、大家好!我昨天值班一夜未合眼,今日参加这样的接待会有点儿亢奋,请谅解。我在处理郑枝案件中,我认为态度很好,没有错误,不过哪一点说话重了,声音大了,还请郑枝谅解,对你说一声对不起。"

郑枝站起来道:"你们听听,这叫啥态度?你没睡觉跟我有关系吗?声音这么大,还说态度好?我不接受。"

郑常有说:"你能不能声音小点儿?道歉声音太大了,不真诚。"

廉忠诚站起来道:"各位领导!就这么一点儿小事,为什么不通知我们所处理,还需要党委全体成员坐在这里接待,有点儿小题大做了,再说了,基层民警一夜未眠在这里参加接待会有点儿亢奋也是正常表现,换了别人也是一样的。"赵石立用手拉拉了廉忠诚示意不要说了,小声道:"别说了忠诚!冲撞领导了!"

廉忠诚坐下道:"希望郑枝原谅民警声音大的问题!"

郑局长再也沉不住气了，失去了往日的沉稳，用手在桌子上一拍道："廉忠诚，用你来教训我吗？"

廉忠诚道："我没那个意思！只是……"乔阳局长站起来劝道："廉忠诚不要说了，这事与你无关，双方的伤都差不多，对方在楼下等着协商呢！"接待会不欢而散。

经过调解，双方达成协议，履行了手续，各自离去。停放车位的问题仍然没解决，双方又发生了多次争吵。郑枝给孙云龙打电话说："你作为一个民警，这点儿小事都办不好，我还要去告你态度不好，另外再加一条不作为。"

孙云龙怒气冲天地向廉忠诚汇报："这不是狗仗人势吗？我已经与居委会民调人员联系过做双方的工作，但他们都不让步，停车位的问题物业也协调不了，不在我们的管辖范围，心有余力不足呀！"

廉忠诚也无法用语言排解孙云龙的烦恼，摆脱不了这个人情复杂的关系网。夜已经深了，听到门外野狗狂叫不止，廉忠诚不能入眠，完全失去睡意，于是顺手拿起钢笔在纸上一蹴而就：

遇犬有感

芸芸众生，万物生灵，大到宇宙空间，小到微观世界，各种生物时而像大海汹涌澎湃，时而像湖面平静如镜，时而像长江奔腾不息。作为主宰世界的人类，与谁共舞主宰沉浮，人到中年感触颇多，无从跳出世间轮回。

与蛇共舞方知蛇之柔软，与熊同行领略熊之强健，闻虎啸感知虎之威猛。观龙腾想象宇宙空间，取蝉蜕懂得虫飞之不易，梦鬼魅幻想鬼魅之形状，唯与疯狗共舞体验狂犬之毒害，一日疯狗咬终生厌犬吠。

洞察秋毫，先有纵狗之闲人，后有疯狗之能事，如高俅之流祸国殃民，或追求完美而放任，不以物喜，不以己愁，不以为然，携权贵胜者归，待后人评说。疯狗之过非犬牙之错，此乃纵狗人之念。

故，春闻风而喜，夏闻凉而适，秋闻果而收，冬闻雪而望，人随遇而安。不与人争，不屑犬吠。不记功过是非，感叹人犬之分明，百毒不侵，足矣。

孙云龙看过哈哈大笑道："廉所长有才敢为人先，不畏权贵化真情，谢谢！"这本来是一起小案子，却上升到了局长们的争斗。廉忠诚道："阿Q精神再次化解了我们心中的苦闷，我们的心理防护罩也该发挥作用了，笑看天下事，置身烦事外，喜乐心中留，我们内心无憾，受点儿委屈也认了。"

廉忠诚和孙云龙放下思想包袱，开始了新一轮的工作。

第七章　风雨坎坷写忠诚

姚新建着便装在大会堂门口执勤，和大家在议论这次分局的干部调整，正在兴头上，门口出现一个干部模样的人，干部问道："你们在执勤吗？我来了怎么不说话了？刚才还有说有笑呢！"

姚新建笑笑道："说着玩的，不小心被您听到了。"干部笑道："我也没什么事，只是路过这里，小伙子，谈谈你的看法。"姚新建道："真是的，逼着文明人骂人，工作干得再好也没用，向上动一动不容易啊……"

干部模样的中年人笑了笑："小伙子，你当了多长时间民警？现在有职务吗？"

姚新建道："力没少出，成绩也不错，到头儿来给人家做嫁妆，心里不平衡呀！竖着比，同期入警有关系的、会来事的，有的当了副所长、指导员、所长，还有的当了副局长。横着比，同期大学同学分在省委、市委、区委、办事处的，像我们这样没日没夜干工作的早就调为副科级了，这里庙小，神也小，位子少，有钱有势的还争不过来呢，哪能轮上穷苦百姓的孩子呢！"

干部道："是啊！长此以往寒门无人才呀！变革是一条出路。再见了，小兄弟。"说着干部从怀里掏出一张入场证，挥着手向大会堂走去。

廉忠诚在一边听着他俩对话，一直也没能插上嘴。等那个人走远了，廉忠诚道："小姚，你发牢骚的地方和对象都不对呀！你没有看到刚才那个人好像在电视里见过吗？有点儿眼熟，应该是个领导。"姚新建道："我一时心里愤恨，嘴不把门说了那么多真话，这下不知是祸是福。"

廉忠诚道："一个好干部不会因为下面有骂声而迁怒于骂人者，胸怀有多大就有多大的官运，这个人面相不凶，应该是个吉兆。"

姚新建道："安慰我吧？"

廉忠诚道："但愿这位是个好干部，不会传到我们领导耳朵里，相反你就惨了，你这相当于告了领导一状。"

姚新建道："往好的方面想，会有啥结果？"

廉忠诚道："你可能看过毛泽东主席在延安时的文献，两次雷击事件催生了大生产运动。毛主席听到百姓骂红军与民争粮使百姓吃不饱饭的汇报，当时有人主张严惩骂人者，毛主席之所以伟大，就是他始终胸怀人民，为人民着想。他不仅没有惩罚骂人的农民，还因此开展了实事求是的大调查。毛主席根据当时的现状采取了一系列的措施，为了解决粮食问题，开展了轰轰烈烈的大生产运动，自己动手丰衣足食。人民群众的负担缓解了，怨气也消解了。回想为什么有骂声，是有原因的，是我们人多粮食少，让延安人民受苦了，苦了我们的衣食父母，才有人说真话，采取了过激的方法骂人。"

姚新建道："这就是开展大生产运动的缘由！但愿我们党的光荣传统在这里发扬光大。"

廉忠诚称赞道："这件事彰显了共产党人的博大胸怀。"

一个多月过去了，廉忠诚和姚新建正在整理案卷，赵石立走过来道："你俩就知道拼命干活儿，听说没有？很快就要改变管理模式了，分局一分为五，变成五个分局了，建立三队一室管理模式。"

廉忠诚道："我也听梁正兴副局长说了，个人分到哪里是领导的事，领导在会上讲了，这次只是调整工作模式，不提拔干部。"

赵石立道："你呀，实心眼，那是为了减少别人去找领导说情，才这么讲的，有些话是领导的工作艺术，这点你也不明白？不信走着看吧！"

时光飞快地过去了，改革的文件发到了市局机关，市局领导早有准备，短时间内就拟定了分局领导班子名单，解散了原分局机关，成立了五个新分局机关。市局领导在分局会议上宣布了新分局的人员名单，这次把原来副科级干部的所长、指导员，提拔为正科级的大队长、教导员，原来的副所长提拔为中队长和指导员的副科级职务。廉忠诚有点儿纳闷，自己的副科级不是早就定了吗？怎么没有动静呢！经过向有关部门询问，原来那一次的调整副科级待遇，随着主管局长调动没有正式下达命令，就此已经画上句号不算数了，只好委屈了那一批的同志们。

廉忠诚想着自己干这么多年了，没有功劳也有苦劳，有心去找郑局长，可是转念一想，郑局长长期以来安排的私事中，没有一件办得让郑局长满意，能通过吗？还是等命运的安排吧！再考验郑局长一次。

这次改革受益的人颇多，廉忠诚也是其中一个，感谢组织的关照，在治安中队任中队长，姚新建为副中队长，赵石立任大队长，程燕燕任教导员，分局的郑局长也是官升一级由正科调整为副处级，许多民警也得到满意的安排。省里领导是好意，公安机关常年职位偏少，这次改革有利于民警的成长进步，调动广大民警的工作积极性,与同级别的兄弟单位拉近距离。但由于某些人的炒作,一些"灯边绿叶"找到了上升的空间,借势而上,称心如意,这有悖于领导改革的初心。

廉忠诚心里非常感激那位深明大义的领导,那位领导没有计较姚新建的莽撞,却由此展开了基层干部晋升的调查,开展了大规模的改革。尽管廉忠诚的部下因此成了自己的领导,不过自己没有求任何人也得到了晋升,满足吧!一定干好自己的工作,报答组织的知遇之恩。

廉忠诚带领着由八个民警成立的中队,迎接着来自三个派出所的出警压力,这样的组合使工作专一了,搞好接处警工作的同时,将严厉打击提到了重要的位置。

廉忠诚也重操旧业,把先前的线索提供人小四川等人召集来,查找"晕子"上线的违法线索,很快一个叫"将军"的人浮出了水面。"将军"常年和云南的国际贩毒分子联系,通过快递、人体运毒等方法向内地贩卖毒品,从中牟取高额利润。

廉忠诚高兴地问道:"小四川,你从哪里得到的线索,可靠吗?"

小四川操着浓重的四川口音道:"哥呀!我以前干啥子吗?你晓得!我以前因为挣点儿小钱被处理过。"

廉忠诚道:"我差点儿忘了,你曾经因贩毒被处理过!现在你干什么工作?"

小四川道:"我早就改邪归正了,我从来不吸那玩意儿。当时年龄小不懂法,在酒吧里听说人家低价进点儿摇头丸,转手就能挣个两百多元,我做了两次就被你们抓住处理了。"

廉忠诚道:"浪子回头金不换,仍是好兄弟。不过这次如果成功了,你的奖金不会少,不能亏待了线索源头的功臣。"

小四川道:"谢谢哥的信任!'将军'是很危险的人物,我知道他们接头的地点和时间,然后你们抓住他就行了。我不能参加你们的行动，如果他们知道是我捣的鬼，非杀了我不可。"

廉忠诚道："你只要把他们的联系方式告诉我就行了，我们想办法抓住购买毒品的人，然后再抓'将军'他们。即便他们知道了也没有机会去报复你，放心跟着我们干吧，我会保护你的人身安全。"

小四川道："说实话吧！买毒品的人就是亚洲龙娱乐会所孙勇辉的马仔胡油条，他想利用胡油条给他卖命，我才不干呢！上一次我被处理就是他们坑的我。"

廉忠诚道："这样吧，你把他们交易的时间地点、接头暗语告诉我就可以了。"

小四川道："这简单，我告诉你，胡油条你知道吧？被你处理过一次，应该有印象。"

廉忠诚道："这个家伙烧成灰我也认得，'将军'的情况你介绍一下，让我和姚警官听听。"

小四川道："其实我已经得到消息，他们明天下午一点在西郊路和中原路交叉口交易。'将军'开着一辆白色的面包车，'将军'大概四十岁左右，留一撮小胡子。到时候我们说：'老大让我们来取面粉。'他们会问：'什么面粉？'回答：'小麦面粉。'这就可以了。"

廉忠诚道："明白了，'将军'有几个人？有防身用的家伙没有？"

小四川道："这可说不好，你想他们收到三十多万的现金，没有点儿硬家伙能行吗？以最坏的打算对付他们，他们都特别凶狠。"

廉忠诚道："这次接头的有几个人？"

小四川道："送毒品的有两个人，是一男一女。"

廉忠诚道："姚队长，半个小时后把所有人员召集过来，我们开一个战前动员会，把我们的最大警力投入进去，争取最大的胜利，防止不测。"

半个小时之后，廉忠诚和姚新建一起给大家介绍案情，布置任务，共同研究抓捕方案。

廉忠诚分析了三方的力量对比，相对来说胡油条的力量较弱，他和小四川购买毒品，小四川已经成为我们可信任的人，胡油条认为在自己的地盘上，常年进行交易习以为常，放松了警惕，参与交易的人员较少，我们掌握的情况较详细。"将军"这一方，通报的是一男一女两个人，可能会有防身用的枪支和凶器。

这次组织的抓捕，最大警力十三人，抓捕方案是无论在哪个地方抓捕，都以不变应万变，分成五个抓捕小组，人员组成和分工是：

一组为诱捕组，由廉忠诚和小四川组成，负责代替胡油条和"将军"接头，同时负责现场的南边警戒，实施抓捕。

二组为机动组，由姚新建和一名协警组成，负责应付突发事件，随时增援最为危险的地方，保证抓捕成功。

三组为抓捕组，由李秀丽、王惠民和一名协警组成，负责嫌疑车辆和人员的北方警戒，实施抓捕。

四组为追踪组，由李卫国、孙云龙和一名协警组成，负责西面的安全，防止嫌疑人驾车逃走。

五组为抓捕组，由林建成、贾志超和两名协警组成，负责东面的安全，看管胡油条，抓捕嫌疑人，搜查车辆和人身。

各组到内勤领取手枪、手铐、警棍、辣椒水、警绳、防弹衣等装备。

首先由一组和五组抓捕胡油条。当天小四川得到胡油条的指令，在亚洲龙娱乐会所见面提款，准备与"将军"交易。小四川立即将地点提前告诉了廉忠诚，胡油条被在包间等候的民警抓获。廉忠诚和姚新建对胡油条进行了审问，控制了胡油条的手机。胡油条看大势已去，就积极配合民警的工作，按照民警的要求继续与"将军"联系，避免"将军"的怀疑，争取抓获"将军"等人立功赎罪。

抓捕在即,廉忠诚再次检查枪支和弹药,子弹上膛关好保险,把枪放在腋下的枪套中,检查大家的装备。

廉忠诚看着大家严肃地说:"大家准备好了没有?这次我们面对穷凶极恶的贩毒分子,一定要胆大心细,绝对不能出任何差错,否则就是致命的后果,各组检查装备。"

"一组完好!"

"二组完好!"

"三组完好!"

"四组完好!"

"五组完好!"

廉忠诚道:"按照预定计划出发。"

小四川小声道:"廉队长,'将军'的电话,嘘嘘……"然后接通电话,"要的,要的。"挂断电话对廉忠诚说,"廉队长,'将军'已经到达约定地点,正在那里转悠呢!咱们赶快过去,否则他会起疑心的。"

廉忠诚道:"嗯!明白,大家都在等我们行动呢!通知他们向现场靠近。"廉忠诚按照小四川的指引驾驶着汽车离开闹市区,道路前边出现一个废弃的工厂,围墙边上停放着一辆金杯车。廉忠诚和小四川提着装有现金的箱子向金杯车走去,走近汽车,看到车里空无一人,从车上面的尘土来看,这辆车在这里已经停放相当长一段时间了。廉忠诚围着车转了一圈,做了一个摇头的动作。这时小四川的电话响了起来,小四川按下电话免提,里边传来"将军"的声音:"把现金放在金杯车前边的树丛里,然后我告诉你货藏在哪里。"

廉忠诚向小四川眨了眨眼,小四川向廉忠诚点点头,对"将军"说:"那怎么行?万一不是真货,我怎么向老大交代?必须一手交钱一手交货。"

"将军"道:"你个锤子,好吧!现在到西四环和中原路交叉口东北角的银色面包车交接。"

廉忠诚和小四川开车向西四环进发，通知其他警组改变抓捕地点。廉忠诚放慢速度，用电台询问警组的位置。姚新建道："我已经进入指定位置。"十分钟后各警组回答已经到达指定位置。廉忠诚在电台中通知："按照方案行动。"

在面包车不远处廉忠诚停下车，提着钱箱子和小四川并肩向面包车走过去。廉忠诚走到司机的位置，顺着车窗看到一个留小胡子的男子正在打开车门，说道："您好！老大让我们来取面粉。"

司机道："什么面粉？"

廉忠诚道："小麦面粉。"

司机用怀疑的眼光打量着廉忠诚和小四川："胡油条怎么没来？"

小四川道："他临时有事，一会儿就过来了。"

司机看了看四周，没有其他人，警惕地问道："钱呢？"

廉忠诚把箱子往上提了提道："钱在箱子里，货呢？"

司机顺手从上衣口袋里掏出一小包白粉递给廉忠诚："这是样品，我们验过钱再让你们看货。"

廉忠诚道："你们真不守规矩，好吧！在我们的地盘上随便看吧！"说着把箱子放下，看到司机弯腰取箱子时，廉忠诚后退两步，从腋下把手枪拔出来打开保险，大声命令道："别动！警察，举起手来。"司机惊呆了，很自然地把手收回伸向腰间，然后慢慢地将双手从腰间移开举过头顶。这时民警快速向面包车移动，贾志超已经冲到汽车后方，准备对车辆和人员进行检查，发现南边开阔地一男青年向这里冲过来，男青年边跑边向廉忠诚开枪并大声喊道："'将军'快跑。"贾志超迅速将廉忠诚推到一边，子弹与廉忠诚擦肩而过，好悬哪！廉忠诚赶紧蹲下，姚新建也发现了这个突发情况，向男青年射击。男青年不顾一切地向廉忠诚冲过来，廉忠诚回手一枪正中男青年头部，男青年应枪倒地。司机看到自己布置的奇兵发挥了作用,从腰间掏出手枪向廉忠诚射击,贾志超一个侧踢将其手枪踢掉在地上。车里冲出一个女子,死死地抱住贾志超不放,将贾志超的手枪打落在地。司机从怀里拔出匕首向廉忠诚背后冲去,姚新建喊道:"小心背后!"廉忠诚感到背后急促的脚步声,转身的同时余光看到司机已经到了跟前,已来不及开枪射击,就用小臂去挡司机刺来的匕首,匕首将廉忠诚的右小臂刺伤,鲜血直流。姚新建和林建成等人及时赶到将司机抓获,小四川和贾志超将女子抓获,三组民警李秀丽、王惠民开始对车辆进行检查,但未发现毒品,对物品和人员检查发现"将军"身上还有一大包毒品。姚新建拿出急救包给廉忠诚包扎伤口,问道:"伤得重吗?"

廉忠诚道:"没事儿,只是皮外伤,不影响干活儿。"

姚新建道:"现在有两件事马上落实,一是通知120急救车抢救伤员,二是在现场周围拉起警戒带保护现场。"四组李卫国、孙云龙负责警戒,防止其他同伙袭击。廉忠诚向上级汇报战果。

廉忠诚打开电台道:"一号、一号,我是三号,听到请回答。"

电台里传来"一号"梁正兴副局长的声音:"我是一号,请讲。"

廉忠诚道:"猎鹰抓捕行动已结束,我方轻微伤一人,消耗子弹五发,抓获嫌疑人三人,其中重伤一人,缴获自制手枪两把,子弹十发,海洛因两百多克。请指示。"

梁正兴道:"控制嫌疑人,抢救伤员,保护现场,我通知上级部门和检察院人员到场,这也是对我们工作的肯定和保护,不要误解了。我马上就到。"

梁正兴带领着赵石立、刑侦大队的人员和检察院相关人员赶到现场,对现场进行勘查。

廉忠诚和民警检查了嫌疑人和现场的车辆,没有发现大量毒品。廉忠诚不解地问小四川:"情报有误吗?"

小四川道:"再找找看,问问那个'将军'不就知道了吗?"

廉忠诚道："一个重伤急需去医院抢救，另外两个沉默不语，那个司机就是'将军'吧？"

小四川道："应该是他，我在电话里和他联系过，听声音像是他，落实身份就清楚了，他肯定知道毒品藏在哪里。"

姚新建道："找毒品这方面我是门外汉，也没有检测仪器，劳驾你了小四川。"

廉忠诚道："三组留下配合工作，姚队长带领一组人员到医院看护同伙，其他警组一起把这两个嫌疑人带回大队审问。"

廉忠诚安排完工作带着疑惑地问道："小四川，我有点儿不解呀！目前就发现两百多克毒品，这么少的货物'将军'也不会亲自出马，带着保镖兴师动众，况且和货款也对不上呀！实在是让人难以理解，肯定有问题。"小四川道："哥呀！不会是怀疑我吧！我已经冲到第一线了，不顾生命安危和你们并肩作战，怎么会提供假情报？问题肯定出在'将军'他们身上。"

廉忠诚看到女民警李秀丽正在洗脸，水从毛巾力量最弱的地方被拧出来，想到这个案件中最弱的人可能就是藏匿毒品的地方，毒品会不会藏在最让人想不到的地方呢？

李秀丽道："中年妇女是他们三个中最弱的人，她有可能将毒品藏在身上或者知道毒品藏在哪里。不过我已经对她的人身和物品仔细地搜过了，没有发现可疑物品。"

廉忠诚道："你再想想她身上什么地方会藏匿毒品，呵呵！我明白了，有一个地方会藏，叫一个女同志和你一起，让她把衣服脱光，认真检查她的衣物和身体。我在警校学习时陈校长讲过一些贩毒分子为了钱冒着生命危险把毒品藏在自己的胃里、生殖器里，你用手摸摸她的肚子，看看有异常没有，让她做青蛙跳，或许就会水落石出。"

李秀丽道："这个好办，我们女同志可以做到，我和王红去检查中年妇女，一会儿向你汇报。"

李秀丽和女民警王红将中年妇女带到一间密闭的房间里，命令中年妇女道："老实点儿,把衣服脱光放在一边,做二十个青蛙跳。"

中年妇女脱光衣服笑着说："你们呀!这是干什么呢?我一个女人家怎么会贩毒,我只是想坐一次免费车,却让你们撞上了,真倒霉。用枪指着我就算了,还羞辱我,让我做青蛙跳,你们本地人欺负外地人,我不跳。"

李秀丽果断地说:"你不跳就不能证明你的清白,你没有选择,必须跳。"中年女子没有办法,只好做青蛙跳,李秀丽大声道,"把大腿叉开向前跳,你那是立定跳远。"李秀丽上前用脚伸进中年妇女两腿之间,用力地把她的双脚向外踢开,中年妇女双腿被迫叉开了。王红上前将中年妇女的双手十字交叉抱在头上,命令道:"身体再往下蹲成马步的状态,身体向前倾斜,向前跳跃,明白吗?做个青蛙跳还得教你吗?"中年妇女揣着明白装糊涂,现在不能继续再装下去了,只好用力地向前跳跃,做了一个标准的青蛙跳越动作,三个避孕套装的圆柱形东西,从阴道里一股脑滑落出来掉在地上。

李秀丽用手指着圆柱形的东西问中年妇女:"这是什么东西?"中年妇女无辜地低声道:"我也不知道,是别人让我带的东西。"女民警道:"向廉队长汇报吧!"

李秀丽用塑料袋把圆柱体的东西装起来,递给王红道:"好的,你去汇报。"然后命令中年妇女,"继续跳。"中年妇女又跳了两圈,气喘吁吁地说:"我告诉你吧,这次交易,就带了这么多东西,都被你们查到了,别折腾我了。"李秀丽:"你还没有老实交代,就这么点儿毒品能值三十多万元?"中年妇女道:"现在打击得比较严,市场交易价格上涨幅度大,高纯度的海洛因七百元左右一克呢!不信你算算就知道了。"李秀丽道:"这还差不多,算你老实。"李秀丽回头对刚进门的王红说,"让她穿好衣服,把这个狡猾的狐狸扣在审讯椅子上。"

廉忠诚走了进来,看到扣在椅子上的中年妇女,听了李秀丽的汇报，把圆柱体的东西照了相，重新对中年妇女进行审问，制作了第二次笔录。"这个东西我们也不能认定，必须到相关部门鉴定才能认定是否是毒品。"他拿起电话通知姚新建带上缴获的疑似毒品和手续到禁毒支队鉴定，结果不出所料，姚新建传来喜讯，这三个避孕套里装的是两百克海洛因，"将军"携带的海洛因重量是两百八十克。

廉忠诚道："姚队长，案件办理就交给你了，我去应付上面的调查，开枪可不是闹着玩的，和平时期必须说清楚，你把执法记录仪交给我吧！"

姚新建急切地说："那时候还没来得及打开执法记录仪呢！控制住嫌疑人才有机会打开记录仪。"

廉忠诚道："我知道了，情有可原，情况紧急嘛！我相信上级会公平认定的，这次我们可能立功了。"

廉忠诚和姚新建等参加抓捕的人员受到了上级大力表彰，郑常有在表彰大会上亲自给廉忠诚和姚新建他们戴上了大红花，梁正兴副局长颁发了立功奖章，中队民警也风光了一次。

事后，廉忠诚平静地想了想荣誉背后的经验教训，尤其是教训方面。这次抓捕贪功心切，安排得有点儿缺陷，这个失误可能是致命的，主观臆断嫌疑人不会增加，尽管增加了机动组，只安排了中原路的前后夹击，南边开阔地是一个极大的空缺，没有警力同时开展搜索控制，差点儿酿成恶果，参加民警有点儿少了，再有两个民警该有多完美。廉忠诚自嘲道："那不成诸葛亮了吗？"这次警戒也没有跟上，如果不是嫌疑人的自制手枪效果差，或许就不会站在领奖台上了，或许已经成为烈士了，又为警校的烈士墙上增添人名和事迹。如果让嫌疑人得逞了，队友们同样会成为攻击目标，后果不堪设想。廉忠诚想起了胡烈士与犯罪分子的搏斗，告诫自己要小心，总结经验教训以利再战。

这场硬仗是廉忠诚多年来最扬眉吐气的一次，虽受了伤，但大难不死必有后福。分局领导特意来看望廉忠诚的中队并带来慰问品，廉忠诚的伤口很快愈合了，打击违法犯罪的工作积极性空前高涨。

接警是治安中队的主要工作，每周进行一次严打讲评，廉忠诚的中队对严打工作非常积极，不放过来自接警的任何线索。

李卫国接到一起杀人案件警情，经过刑侦部门确认，是一起盗窃转化的杀人案件，本来已经移交到案件侦办大队处理，可是案件发生在本辖区，要动员全部民警参加排查，何况是接警的中队呢！每个同志都没日没夜地摸排线索，排查工作在有条不紊地进行着。

廉忠诚打开报警人的笔录认真地看着：

> 今日凌晨我在振兴路十六号院家中发现邻居家中着火了，赶紧报了119火警。消防官兵敲门无人应答，就把门撬开将火扑灭，屋里烧得一片乌黑，客厅里有一具被烧焦的男尸体，还有一个煤气罐在不远处冒着黑烟。幸好消防官兵扑灭余火，将煤气罐阀门关闭，给煤气罐浇水降温，好险呀！如果炸了，我是邻居，损失就大了，害怕呀！我就报110通知你们，希望尽快抓住坏人。

廉忠诚看过笔录和刑侦大队现场勘查结果比照，判断这应该是老贼惯犯所为，盗窃物品时被主人发现，把主人杀死再毁尸灭迹，放火造成火灾的假象，心比蛇蝎还毒。怎样才能够抓住犯罪嫌疑人呢？大家有点儿畏难情绪，此时指挥室传来通报，通报中显示许多有价值的信息。通报称其他地方也发生过类似的案件，还有幸存的三个受害人。

廉忠诚得知消息，产生了去见见证人的想法，了解更多信息或许会有新的发现，对案件的侦破有所帮助。

廉忠诚和姚新建驱车见到女受害人小娟，询问发案当天的情况，小娟诉说着那天的不幸遭遇："我是一个医院的护士，那天凌晨被尿憋醒了，迷迷糊糊听到翻动柜子发出的沙沙声音。借着微弱的月光，可以看到那是个陌生人的黑影，就条件反射地大声叫喊'有贼呀'。可惜当天我爱人出差没有在家，心里很害怕，但还是起床和那个贼进行搏斗。贼用刀捅在我的肚子上，我冲到客厅时就倒在地上了。我看到自己流了这么多血，又打不过他，就躺在客厅的地上装死，微睁着眼偷看贼的下一步行动。贼去厨房里拿点儿水果到客厅里吃完，走到我跟前用脚在我身上踢了两脚，看到没有动静，就返回厨房把煤气罐搬到客厅里，把屋子里的被子也拉过来，把厨房里的食用油倒在上面，打开煤气罐，用打火机点燃一些纸张，然后把纸张扔在被子上，再将门关上，悄悄地离去了。我看到他关上门，就使出全身的力气爬过去，关上煤气罐阀门，把火扑灭，将被子上的布撕下来包住伤口，又爬到电话前打了120和110，我就晕过去了。我醒来时发现自己在医院里，我的亲人们围着我问这问那。"

廉忠诚问道："你看清楚贼的面孔了吗？"

护士道："他是个男的，带着黑色的头套，天也很黑，我没有看清他的脸。"

廉忠诚告别护士，去访问类似盗窃案幸存者中的一对夫妻。丈夫还在养伤，妻子说："还是我说吧，让他歇歇。这个事我们已经向民警同志说过好多遍了，那天凌晨两点多，我想喝点儿水，发现有人影在我眼前晃动，我以为是丈夫起来解手呢，可是丈夫明明在我身边躺着。我就用力把丈夫推醒了，小声说'有贼'。这时那个贼已经向客厅门口跑去，丈夫起来追到门口，抓住那个贼不放，并大声喊叫：'抓贼呀！'贼急眼了，用刀子捅了我丈夫一刀，我丈夫把贼夹在门后边就是不松手。我也冲了出来，从厨房里拿了一个炒菜锅，对准贼的头狠狠砸了下去，我丈夫因受伤失血过多松开了手，贼从门后出来看了我一眼，丢下刀子就跑了。我向110报了警,民警迅速包围了这个家属院,也没有抓到那个丧尽天良的盗贼,在监控中看到一辆无牌的吉普车从街上开走了,目前民警仍在调查呢!"

廉忠诚和姚新建又问了几个问题,夫妻两个也没有更多的线索,就回到单位。又到了值班的时间,廉忠诚和姚新建想着眼前的严打任务,结合这个案件还在心里悬着。廉忠诚有点儿坐立不安,如果这个贼不能及时抓住,他还会去盗窃物品,伤害更多的无辜百姓,今天晚上看起来是一个不眠之夜了。廉忠诚想着这个案件的来龙去脉,就和姚新建开着警车在辖区巡逻,想碰碰运气。

廉忠诚和姚新建等一行四人在街上巡逻,电台里突然传来指令:"治安巡逻队,中山路家属院有一起盗窃未遂案件,贼从三楼掉下去了,指挥室通知你们马上增援。"

廉忠诚立即回复道:"明白。"急忙调转车头向发案的家属院狂奔而去。到达现场后姚新建下车走访群众,廉忠诚到当事人家中询问案情。

当事人是一个三十多岁的女子,叫姜丽丽,带着一个一岁左右的孩子,惊恐未定地向廉忠诚诉说着刚刚发生的一幕:"我刚离婚不久,心情烦躁,凌晨了还没有睡意,就在客厅里转悠,突然听到外面有声音,开始还以为是错觉呢!后来专心地走到窗前,隔着窗户玻璃确认外面确实有动静,并且距离越来越近,好像有人在向上攀爬。外面的月亮还挺亮呢,谁这么大胆子敢来偷东西?这着实吓了我一跳,后来一想别自己吓自己了,三楼这么高,人怎么可能爬上来呢!会不会是猫之类的动物呢?于是我就慢慢地把窗帘分开一条缝向外看。正好一双眼睛向屋里看,吓了我一跳,我慌乱中大声叫道:'妈呀!'便瘫坐在阳台上。只听到外面扑通一声响,传来男子'哎呀!哎呀!疼死我了'的惨叫声。我才想起来报警,过了一会儿你们就来了。"

姚新建带着人从外面进来道:"廉队长,我走访了周围的群众,门卫称十五分钟前,一个男子背着另一个腿部受伤的男子从门口经过,开着一辆没有牌照的吉普车顺着中山路向北跑了。"

廉忠诚立即站起来说:"追!"

廉忠诚和姚新建驾车向北追去,一路上没有发现吉普车的踪影。姚新建看到一个保安在门口吸烟,就停下车走过去递上一根烟,问道:"老兄,你看到有一辆无牌的吉普车经过吗?"

保安道:"我刚才看到有一辆吉普车从小巷往东走了,有无牌照我没有注意。"

姚新建感激道:"谢谢了老兄!"廉忠诚开着警车向东追击,道路既窄又有很多岔道,一时间失去了目标。姚新建无奈地说:"靠我们无法抓到他了,求援吧!"

廉忠诚打开电台向值班领导郝局长汇报案情:"发现'八一七'案件嫌疑车辆在中山路附近向东逃窜,请求支援。"

一时间警车风驰电掣般把这个区域围得水泄不通,民警开展了地毯式的搜查,铺天盖地的警察不留一个死角。天明时分电台通知嫌疑人已被抓获,全体人员撤岗。

廉忠诚和姚新建一觉睡到中午。深秋的中午,依然有很大的暖意,两人吃过午饭匆匆赶到刑侦大队了解案情,走进讯问室看到审讯椅上的犯罪嫌疑人。他左腿打着夹板,旁边还放着一个拐杖,看上去有三十岁左右,从瘦小身躯上看像是南方人。刘宝队长带着民警正在讯问嫌疑人。廉忠诚亲切地问道:"刘队长亲自审问呢?"刘宝兴奋地说:"大案要案,局长都亲自上阵了,我这个小官就更应该重视了。"廉忠诚笑笑道:"你问吧!不耽误你们讯问,随便看看了解一下情况。"刘宝客气地说:"请坐下旁听,我开始审问。"廉忠诚和姚新建坐在凳子上旁听刘宝审案。

刘宝看着受伤的嫌疑人问:"你叫什么名字?"

嫌疑人答道:"曲林玉。"

问:"性别?"

答:"男。"

问:"家住哪里?"

答:"云南××村。"

刘宝道:"讲一下这次盗窃未遂的经过。"

曲林玉慢慢地讲述最后一次盗窃失手被抓的经过:"昨天晚上十点多,我和魏先进开车从邻市出发经过龙海市,吃了点儿东西。等到深夜,魏先进在车上望风,我到事先踩好点儿的家属院偷点儿东西,我的目标是四楼。没想到经过三楼时,我听到三楼有点儿动静,里边没有开灯,听到里边有声音。我想凌晨两点多了,还会有人不睡觉,就小心翼翼地往里看,可谁知道里面有一双眼睛向外看。当我们的眼睛相遇时,里边发出了刺耳的惊叫声,我被这突如其来的惊叫声吓了一跳,赶紧换地方躲藏,但手没有抓紧,就从三楼摔了下来,幸好被空调架子挡了一下,掉到地面摔伤了左腿。魏先进在院外的吉普车里望风,发现我从楼上摔下来,就赶紧冲过来背起我向吉普车跑去。经过门口时门卫问我们怎么了,魏先进说不小心摔倒了,要到医院看伤。他把我放在汽车里开车走了。后来我俩在小诊所看伤时被民警抓住了。"

廉忠诚和姚新建听完曲林玉的供述,又和刘宝到讯问魏先进的房间。刘宝对魏先进说:"这次案件的经过我们已经清楚了,掌握了许多证据,你想抵赖也不中呀!"

魏先进叹气道:"唉!事已如此,我就老实交代。"

刘宝瞪了魏先进一眼:"你用类似方法做过多少案件?按时间顺序讲,否则后果自负。"

魏先进哀求道:"警官,我从昨天到现在还没有吃饭呢,给我点儿吃的我就交代。"

刘宝笑道:"这点儿小事!我到食堂打点儿饭来,犯罪了也是人,要吃饭,不能让你挨饿。"

魏先进不屑地说:"哎哟!你们那饭怎么吃?我要吃牛肉,要喝白酒。"

刘宝愠怒道:"看把你牛的,我们还吃不到牛肉呢!给你吃牛肉休想，不交代问题你过不了关，我们已经把现场的痕迹进行了鉴定，就是你干的，要不我们抽你的血干什么用。"

看到魏先进低头不语，廉忠诚打圆场道："就这点儿小事，好好和刘队长说话，不要把交代问题当成交换待遇的条件，很烦你把交代问题当成对我们的一种要挟。"

魏先进恳求道："嗯，算我的态度不好，求你们了。"

廉忠诚故意赞美道："你消费挺高的，平时去哪花钱享受？"

魏先进咽了一下口水道："吃点儿牛肉也算高消费呀！平时我们到亚洲龙娱乐会所消费，每次一人一万多元，那才算高消费呢。"

廉忠诚道："真是天大的差别呀！好的，不能让你的嘴受了委屈，包在我身上，你先交代吧！我现在去给你买牛肉和白酒。"

魏先进道："反正如此了，还不如当一个撑死鬼呢！我吃了再交代。"他把头一扭又不作声了。

过了一会儿，廉忠诚把牛肉和白酒拿到审讯室，放在审讯椅子的平板上说："把手抬起来，我把你的手铐打开，放心地吃吧！不够再给你买，只要配合工作老实交代你的问题就行。你做过案的现场我们都提取了脚印、指纹、血迹，并进行了 DNA 鉴定，目的就是为了进行比对。对你来说老实交代落个好态度，也有个好待遇，你好我好大家都好，这个道理你应该明白。"

魏先进边想边大口大口地吃着牛肉，喝着白酒。过了一会儿他放慢了吃肉的速度说："我想交代问题。"

刘宝不急不慢地说："不急，吃吧！吃好了再交代也不迟。"

魏先进喝了碗里的最后一口酒看着刘宝说："我吃完了，也想好了，可以说说了吗？"

刘宝道："可以，说吧！"

魏先进道："我和曲林玉从 2011 年开始在龙海市共作案十六起，其中有三起被人发现了，有两起当场把人打伤后放火把房子烧了，还有一男一女和我发生了打斗，我向那个男的捅了一刀，女的还把我的头打了一下，后来我就跑了。其他的都很顺手。"

刘宝道："你先将第一起案件经过详细讲一下，越细越好！我们不怕麻烦。"

魏先进慢慢地回忆那恶魔般的经历。

廉忠诚和姚新建认真听完每一起案件，回想那些案件的现场照片和笔录，逐一对照。姚新建道："就是他们两个行凶的，一个入室作案，一个在外面接应，只不过……"廉忠诚拉了一下姚新建的衣服示意到外面去说。

廉忠诚道："不可以向嫌疑人透露半点儿案件现场的情况，否则易出现问题。他说的时间、地点、盗窃的物品、室内环境、受害人的基本情况都基本吻合，你刚才是不是想说那个护士？"

姚新建道："是的，护士其实没有死，可他认为已经死了，护士也是有力的证人。"

这是典型的由入室盗窃转变成杀人的案件，想起来就觉得可怕。幸好这两个恶魔被抓住了，从重处罚他们，这两个坏蛋死有余辜。

该案侦破了龙海市的类似案件，也带破了外市的案件。这起流窜作案的大案成功告破，使大家欢欣鼓舞。姚新建道："年底又到总结成绩的时候了，市局规定按照成绩提职，对同志们论功行赏，抓住这两个坏蛋有我们的分数吗？"

廉忠诚道："我们没有参与处理案件，人家早就忘了，你还把最先发现的功劳往自己身上贴，谁管你呢？"

姚新建道："也是呀！不扯皮了。"

廉忠诚道："回队向赵大队长汇报现在的情况。"

赵石立听到汇报，觉得活儿没少干却没有成绩，说道："哥，你们辛苦了，年底靠分数说话呢！你与世无争，我可不行呀！想进步呢！"

廉忠诚道："官迷呀！我们的总体分数能行吗？"

赵石立道："年初的时候计划好了，按计划得分就可以成为先进,其实每个人能力都差不多,也不可能面面俱到,关键看会不会把短板补齐,能补就补呗!要不怎能出类拔萃,突出出来呢?"

廉忠诚道:"你不愧是官场老手,能干加巧干,先进非你莫属了,不过这些东西兴一时,兴不了一世,时间长了,纸里包不住火,败露了,不就前功尽弃,成为人生中的败笔吗?"

赵石立道:"不会的,一切都在掌握之中。"

廉忠诚道:"弄虚作假的事我不干,违法缺德的事我更不干,宁可落后挨批。"

赵石立道:"作为一个善良的人,没有人会感谢你的,良心多少钱一斤,用秤能称出来吗?"

廉忠诚道:"只要善良在心里,别人是能够感觉到的。我遇到过一起钓鱼执法,真的让人难过,我没有接这个案件,不知后来怎么处理了。"

赵石立道:"讲讲吧!让我也见识见识。"

廉忠诚道:"去年夏天我正在值班,老所长好心地告诉我,外单位抓了一个偷手机的嫌疑人,手机是刚买不到一个月的新手机,价值三千五百元。我听后兴奋极了,正在严打的关键时候,发愁无法完成当月的任务,恰好领导给了一个好线索。我带着民警赶到兄弟单位,看到值班室墙角处蹲着一个四十多岁的男子,他低着头,前边放着一个装满木工工具的背包。我问民警:'同志,是他偷的手机吗?'值班民警道:'是他偷的。'我笑着说:'谢谢啊!真是雪中送炭呀!'我想在这关键时刻,这么个好事为什么会轮到我的头上,也想问个究竟,于是我问蹲着的嫌疑人:'你为什么蹲在这里?'嫌疑男子道:'我偷手机被抓住了。'我又问道:'讲讲偷手机的经过。'

"嫌疑男子道:'经过是这样的:今天下午三点多,我和老乡在劳务市场等着干活儿,过来一个自称饭店老板的人,问我们是不是干木工活儿的,我说是,家庭、饭店的木工活儿我们都能干,于是我们商量好价格、见面地点、干活儿的标准,双方留了手机号码,各自骑车到约定的大院内。我和老乡一起到了大院内,已经四点多了,我给老板打了一个电话告诉他我们已经到了,让他过来安排我们干活儿,老板让我们在大院等他。等了一个多小时老板也没有过来,这时旁边的一辆面包车里传来手机的铃声,我一看汽车玻璃有一半没有升起来,就想着活儿干不成也没有关系,拿个手机回去也可以。老乡说他有事着急回去,我对老乡说:"面包车里有一部手机,等一会儿人都走了,咱俩把手机偷回去卖了,分点儿钱多好,没有干着活儿捡个手机也不错。"老乡不同意这么做就先走了,又等了一会儿人少了,我趁人不注意,走到面包车副驾驶的旁边把手伸进车里,把手机拿出来装进口袋里,向西走了不到一百米,就被失主抓住了。我错了,不该占小便宜,偷人家的东西。'"

赵石立道:"这样的嫌疑人你没有处理他,不是放纵违法犯罪吗?况且严打正在冲刺阶段。"

廉忠诚道:"这是典型的钓鱼执法,不能这样干!否则良心何在?法律何在?我不要这样的分数,也不办这样没有良心的案件。"

赵石立道:"你傻帽儿,人又不是你抓的,你不处理,正好胆子大的人把这个案件消化了,比你多得一分,关键时刻一分定乾坤,人家提职了,你却名落孙山,固步不前。"

廉忠诚道:"平安是福,但愿人人平安,老老实实过日子,依法办案,不投机取巧,这样社会就太平了。"

赵石立道:"哥呀!如果老老实实就会永远落后,不知道为自己创造条件,怎么会得高分?机会永远是为有准备的人而留的,不准备怎么会有机会?"

廉忠诚道:"顺其自然吧!我喜欢一步一个脚印,不过多考虑这些事情。"

转眼秋去冬来,道路两边行道树叶纷纷在寒风中飘落着,唯独路灯边的树叶嫩绿鲜艳，形成了以路灯为单位的片绿景象。到了晚上夜灯初上，看上去道路两边点点灯光片片绿，显得每盏灯边树叶绿意更浓。

冬天的温度越来越低，寒风夹带着雪花，送走了秋天的余温，冬天的空气格外寒冷，一夜之间大雪纷飞，清晨起来昨日五颜六色的缤纷大地，变得白雪皑皑，在阳光的照耀下一成不变的白色反射出耀眼的光芒。廉忠诚和战友们拿着铁锹、扫把清扫积雪，廉忠诚想活动活动身体，用力挥动扫把。赵石立拿着铁锹走过来道："哥，起这么早，雪快扫完了，有什么想法吗？那么卖力干吗？"

廉忠诚笑道："此言差矣，哥为取暖而已！"

廉忠诚来到门外，看到枯黄的树叶已经大部分落叶归根，进入下一个轮回，唯有路灯边的树叶还绿着，看上去密密麻麻的，上面落满了厚厚的积雪。树枝承受不住积雪的重量被压弯了腰，沉甸甸地低着头，在寒风中摇曳，有的树枝被压断挂在树上。那白色的雪和绿色的树叶在阳光照射下发出白绿混合的光，在白色的雪景下显得极不协调。

廉忠诚感叹道："多么不协调的法国梧桐树，这些灯边绿叶违背了自然规律，本应该落叶了，却在路灯的温室里又生长了两个多月，不仅没有让树木长得更大更强壮，反而被洁白的冬雪压垮了，连枝叶一起被风吹走，这叫枝叶归根。"

廉忠诚看到赵石立走过来，嘴里大声地吟诵道：

　　　　昨夜瑞雪压枝头
　　　　枯叶滑枝雪驻愁
　　　　可怜昔日灯边绿
　　　　低头哈腰枝叶羞

　　　　寒叶嫉妒枯中绿

灯光温暖越冬秋
　　春早发芽冬叶盛
　　畏惧寒雪自惊恐

　　积雪重压枝断裂
　　宁伤筋骨亦不休
　　感叹四季时令美
　　自然兴衰显公平

　　赵石立道："哥，有诗意，不过现实就是现实，适者生存，不要自作多情了。你疾恶如仇、善恶分明有何用？你知道别人怎么看你吗？"

　　廉忠诚道："我真想知道别人眼里的我，有则改之，无则加勉。"

　　赵石立道："老实，傻帽儿，这都是性格决定的，人常说性格决定人生，你的性格直爽、正义感太强，得罪人呢！"

　　廉忠诚道："我的缺点很多，情商较低，不知抬头向上看，只知道埋头苦干，我在以后工作中一定改正。随着年龄增长，阅历增加，我也渐渐明白了，个性已经被磨平了，但是公生明，廉生威，你可明白其中的道理？"

　　赵石立道："嗯！期待着你一起向上走。前天我和冯老板、靳富来副总队长、刘金贵局长一起吃饭时，得到小道消息，我可能会被提升为副局长，还是正科的位置，当上了官自然就有威望了，至于'明'嘛，让后人评价吧！当然，如果成功了，我就有权提拔你了，你这么多年的辛苦也算没白费。"

　　廉忠诚道："以前大好时光已经白白浪费了，如今年龄到此，心有余而力不足，不与人争。"

　　赵石立道："听这话让我心都凉了半截，你这个人怎么这样？让人看不懂，先前拼搏向上、积极进步，现在轮到你进步了，却消极对待自己的前途。"

廉忠诚道:"我不想站队,更不想与志不同道不合的人为伍,干好自己工作就是最大的幸福,谢谢你的美意。"

赵石立道:"莲出淤泥而不染,却长在淤泥中汲取营养,你自作清高苦自来,落伍已成定局。"

很快,又一轮干部调整开始了,想进步的同志都争先恐后涌向机关,各显神通,廉忠诚只是看在眼里却无意去竞争。

冬日的夜晚,廉忠诚走在城市的路灯下,欣赏着暖冬的行道树。春节的喜庆已经在大地上铺开,人们张贴着大红对联迎接春节的到来。路边迎春花的花苞结满了枝头,有的含苞待放,有的黄花已经张开笑脸,迎接春的到来。道路上的法桐呈现出金黄色的树叶,悬挂在树上随风摇曳,路灯边的少数绿叶依然嫩绿,像新发的树叶一样闪亮。

廉忠诚欣赏着灯边绿叶,想想赵石立,想想现在和将来,沉思着自己的明天,沉思着单位的明天。谁能改变这种不协调的现象呢!期待明天更美好吧!相信明天蓝蓝的天空上那颗鲜红的太阳会照耀着大地的每一个角落,是一个艳阳天。

这次调整中,虽然廉忠诚、姚新建、李卫国、杨朴实、贾志超等人做出了很大贡献,却没有得到肯定和重用。但是,他们没有气馁,只是轻轻地叹息一下便放下思想包袱轻装前进,这是公安民警的基本素质。他们一如既往地在治安防范第一线上努力工作着,为了人民幸福快乐的生活不辞劳苦,不怕危险,冲锋在前,排除万难,坚决完成上级交给的各项任务,为了人民的利益不怕流血牺牲。

廉忠诚一夜未眠,编写了歌词,让精通音律的李卫国谱曲,一首《母子情深》的歌曲诞生了,大家唱道:

我们是人民的儿子,迎着红旗走来,从警路上风雨坎坷,忠诚为民初心不改,面对凶险决不后退,这是儿子报答母亲的情怀,鱼水交融情深似海,母子深情彰显大爱。

公正为法律护航,利剑将犯罪扫平,团结构建和谐社会,服务人民风清气正,幸福安康奔向未来,这是祖国和人民的期待。

第八章 英雄本色惊天地

傍晚，夕阳余晖映红了半边天空，随着最后一抹晚霞的退去，天逐渐暗了下来。路灯照亮着城市的道路，树叶阴影下，牛愧鬼鬼祟祟地向民警的执勤点走去。

"砰、砰、砰"，几声枪响划破龙海市宁静的夜空，民警李卫国倒在血泊之中。闻声，执行排查任务的民警赶了过来，阴影下，牛愧持手枪向正在扑过来的民警贾志超射击，未作防备的贾志超应枪倒下，但他顽强地在地上向牛愧逃跑的方向爬着。另一名民警杨朴实听到枪声急忙冲过来，与牛愧展开肉搏，牛愧被打倒在地，杨朴实用手抓住牛愧的手枪，急于逃窜的牛愧挡不住杨朴实的攻势再次开枪，杨朴实应枪倒在牛愧身上。路过群众看到民警抓人急忙上前控制牛愧，丧心病狂的牛愧向群众随意开枪，打伤两名群众后一路向西逃窜而去。

廉忠诚接到110指令，立即赶到现场和民警会合，120医生已经将受伤的民警和群众送往医院治疗。廉忠诚根据群众提供的线索向西追击，此时龙海市公安局启动了一级抓捕预案，民警全副武装全城戒严，严查可疑人员。牛愧逃到都市村庄出租屋躲藏起来，躲避大街小巷民警的追捕。他知道自己手中枪支威力的大小，可是现在没有几颗子弹可用了，这支枪很快就会失去它的作用，他像困兽一样急得团团转。

与此同时，民警逐渐缩小了侦查范围，对牛愧藏匿的都市村庄展开了地毯式搜查。当民警排查到牛愧藏身的出租屋时，怎么叫门也没人应声。林建成把房东找来，将嫌疑人照片递给房东问道："大妈，屋里住的是这个人吗？"大妈仔细辨认了一下说道："屋里男子和照片上的人长得很像。"

林建成立即向指挥中心汇报了现场情况，并对出租屋进行严密监视。指挥部迅速派特警包围了这个院子，廉忠诚手持喇叭向屋内喊话，屋里依然没有一点儿动静。

姚新建攀爬到墙上准备冲上二楼的平台，廉忠诚一把拉住他说："你不要命了，这个平台正好在嫌疑人的射击范围内。别动，看我的。"此时出租屋内的牛愧已是惊弓之鸟，前门被封锁了，他已经知道了危险。他想从窗户逃走，他把子弹上膛，拿着手枪向外窥探。廉忠诚小心翼翼地登上梯子，感觉到出租屋内有动静，一只手持手枪，一只手把一个空酒瓶扔上平台。牛愧吓了一跳，以为有人进攻，条件反射地向酒瓶落地的地方开了一枪。廉忠诚的投石问路起了作用，发现了牛愧的藏身之地，也发现了牛愧依然有手枪作掩护。廉忠诚把作训帽取下来，用一根小棍子顶起来慢慢举过平台。牛愧害怕极了，向帽子开枪，帽子被击穿了一个窟窿冒着黑烟。廉忠诚确定了牛愧的准确位置，正要准备射击，指挥员命令道："释放催泪弹。"特警队员交替向前移动靠近，用枪向窗户射击，子弹击碎了玻璃，向屋里发射两枚催泪弹。屋里顿时烟雾缭绕，传来阵阵咳嗽声，牛愧在屋里再也无法待下去了，两眼被辣得直流泪。廉忠诚用扩音器喊道："放下武器，双手抱头走出来，争取宽大处理。"牛愧依然没有投降的意思，特警看到廉忠诚吸引牛愧的注意力，隐蔽占领出租屋的房门两侧，用工具撞开房门。在几名特警交替掩护下，一名特警翻身滚地突击进入房内，单腿跪地用枪指着牛愧脑袋大声喊道："别动！把手放在头上，否则就开枪了！"牛愧被这突如其来的特警吓得不知所措，急忙丢下手枪把手放在头上。其他特警也带着防毒面具冲进来，将牛愧双手戴上手铐，押解到警车上，带回单位讯问。刑警队员勘查现场，固定证据，开展了一系列的调查询问，落实案件情况。

廉忠诚感到这个案件太巧了，我们把口是为了执行排查一起抢劫案，怎么会出现牛愧枪击案呢？廉忠诚和林建成交流这起案件的经过，林建成回忆道："今天下午我和李卫国、贾志超、杨朴实四人，按照规定携带装备，到警亭门前十字路口执行盘查任务。白天没有发现可疑人员，天刚黑，发现一个形迹可疑的男子东张西望地从村庄出来。他看到把口民警时转身就走，此时我们也发现了他的可疑行为，不过这个男子和我们排查的人相差甚远，当时也没有把他想象成危险分子。李卫国和贾志超就走过去盘查该男子，该男子心怀鬼胎，急忙向西跑去，李卫国和贾志超紧追不舍，怎么也不会想到牛愧是一个非法持枪的嫌疑人，就发生了枪击案开始的一幕。

"不幸的是，李卫国和贾志超在医院经抢救无效死亡，多好的同志就这么牺牲了，杨朴实和两名群众也受了重伤。这起枪击案造成了严重的后果，想想都让人后怕。"

廉忠诚问道："为什么没有配枪？"林建成悲愤道："以前我们排查时都配枪，只是从龙海劳教所丢枪事件发生后，领导害怕枪支再次丢失，每次排查轻微犯罪案件时，只有领导才配备武器，一般情况下非领导职务民警不配备枪支。"廉忠诚道："这是谁的浑蛋逻辑，让我们民警用冷兵器去应对穷凶极恶的犯罪嫌疑人的枪支，造成这么大的人员伤亡。如果民警手中有枪，我们的英雄就不会牺牲，倒下的就是牛愧这个坏蛋。"

林建成惋惜道:"刀枪入库,马放南山,不是市局领导的意思,听人传说是上级为了避免枪支丢失,减少责任承担,才下达这样的命令,谁能预测到事情会这么巧合?"

民警对辖区都市村庄发生的抢劫案件进行排查,犯罪嫌疑人使用的是刀,民警配备的是警棍、手铐、催泪弹等工具,抓捕这类犯罪嫌疑人足够用了,没有想到会遇上牛愧这样的亡命徒,发生了意想不到的结果。

廉忠诚赶到刑侦大队,向刘宝队长询问牛愧枪击案件的来龙去脉。

刘宝道:"经过反复的讯问和实地调查了解,大致情况是这样的:牛愧原本因盗窃在龙海劳教所执行劳教,期满后在劳教所办理出所手续。他走出劳教所深深地呼吸着外面自由的空气,正兴奋着,他一时想去大便,就走进了附近的厕所。完事后他突然看到厕所墙上挂着一把五四式手枪,凭他当过兵的眼力,这不是一般的玩具手枪。他打开枪套一看吓了一跳,里边果真是一支五四式手枪,弹匣中还压满了子弹,于是他连忙走出厕所,看看周围没有人来找枪,就脱下上衣把枪包裹好,快速离开厕所,心里窃喜:以后有枪做后盾,腰杆子也会硬起来,做什么事也有胆子了。

"他到都市村庄租了一间房子住下来,把枪藏在卫生间天花板里,准备找机会抢劫财物使用。牛愧是个好逸恶劳的人,身上的钱快用完了,他没有一技之长,失去挣钱的门路,只好重操旧业寻找目标实施抢劫。他利用当兵时练过手枪射击的特长,把手枪卸开擦拭了一遍,子弹上膛关上保险,把枪装在裤兜里,把退伍时在部队私自带回来的手枪子弹藏在身上,以便发生意外时使用。当他走出都市村庄转过弯时,发现警亭路口有四个民警把口执勤,心里慌乱极了,转身就走。此时民警也发现了他的可疑行为,走过来盘查牛愧,就发生了不幸。"

廉忠诚感叹道:"可惜两位兄弟就这么走了!"姚新建含泪

道:"廉队长,我们先去医院看看受伤的战友杨朴实和群众吧!"刘宝惋惜道:"忠诚,你们先去看看吧!我要把案件办好,才能对得起牺牲的战友和受伤群众。"

廉忠诚、姚新建、李秀丽、林建成等人购买了一些慰问品和鲜花来到杨朴实病房,病房里已经摆满了鲜花和各种各样的滋补用品。刚刚从重症监护室转到病房的杨朴实醒过来了,看见廉忠诚第一句话就问:"忠诚,嫌疑人抓住了没有?"廉忠诚看到杨朴实不顾虚弱的身体仍在关注案情,轻轻拍了一下杨朴实笑道:"放心吧兄弟!犯罪分子已经被我们抓到了,狐狸再狡猾也逃不过人民群众雪亮的眼睛,也逃避不了民警的追捕。"

杨朴实艰难地一笑:"感谢你们在百忙之中来看望我!"杨朴实的爱人接过话头儿说道:"朴实呀!真是不幸中的万幸,大难不死必有后福!少说话,安心养伤吧!"杨朴实强提精神道:"难得同志们有机会在一起说说话,我能坚持。"

廉忠诚心疼道:"朴实,伤得怎么样?不要紧吧?"

杨朴实笑道:"幸好这一枪打偏了!我的脾脏受伤了,医生已经给我做了部分摘除手术,不用担心,这只是皮肉伤,很快就会愈合的。出院了我们还是战友,一起工作。"

廉忠诚勉强地笑道:"祝愿你早日康复归队,我们仍然并肩战斗。"

廉忠诚告别了杨朴实,同李秀丽、姚新建、林建成一起看望了受伤的群众,群众严惩犯罪嫌疑人牛愧的呼声高涨。廉忠诚听到了群众正义的呐喊,感到了身后强大的后盾。民警为人民生命财产的安全奋不顾身,人民群众为了挽救民警的生命而不惜牺牲自己的精神深深感动着在场的每一个人。

烈士家属安置在医院附近的宾馆里,廉忠诚、李秀丽、姚新建、林建成来到宾馆。李卫国七十多岁的母亲在其妻子的搀扶下,颤悠悠地站起来,白发人送黑发人,无论谁都受不了,老母亲哭得死去活来。廉忠诚伤心道:"老妈妈!我们是李卫国的战友。"老妈妈泣不成声地说:"卫国是我们家的顶梁柱,是他们兄弟中的骄傲,是孩子们学习的榜样,如今他就这么走了,剩下我们老的老小的小,以后日子可怎么过呀!"廉忠诚将李秀丽递过来的纸巾递给老妈妈安慰道:"李卫国是为人民而死的,死得光荣,死得伟大。老妈妈,从今往后我们就是您的儿子、女儿,我们会完成卫国没有完成的孝道,来孝敬您老人家。"

一边流泪说着,廉忠诚、李秀丽、姚新建、林建成真的跪倒在地道:"请老妈妈认下您的这几个孩子吧!我们会完成卫国未完成的事业。"老妈妈忍住泪,拉起他几位说:"孩子们快起来!地下凉,男儿膝下有黄金。"说着用颤抖的手扶住廉忠诚,在场的人泪如雨下。

李卫国的孩子撕心裂肺地哭喊"我要爸爸,我要爸爸",并用小手不停地打着身边的妈妈。作为烈士的妻子,她强忍着失去丈夫的悲痛,一只手扶着妈妈,一只手抚摸着幼子脸上的泪水,以泪洗面,无言以对。

廉忠诚再也无法忍受心中的悲伤,想起日夜并肩战斗的往事伤心极了,用手捂着脸呜呜地哭了起来。林建成、李秀丽、姚新建也哭着说:"廉哥!我们不哭,要坚强,我们化悲痛为力量,为烈士报仇,为人民清除邪恶。"

廉忠诚伤心至极,他甚至连去看望贾志超家属的勇气也没有了。那种失去战友的伤痛在折磨着他的每一根神经,针扎一样的疼痛令他难以忍受,让他不能自已。这种致命的错误,给民警和家属带来了巨大的痛苦,这种痛苦无论用什么方法也无法弥补,也无法挽回逝者的生命。

追悼会在公安局礼堂进行,局领导亲致悼词,追认二人为烈士,并号召全体民警向他们学习。几日后,烈士的葬礼在哀乐声中开始了,承载烈士灵柩的汽车缓缓驶出大院,街道两边站满了为烈士送行的群众,人们肃穆站立着、哭泣着,街道居委会大妈手持花圈,泪流满面,身后群众痛哭流涕,打着标语"人民好警察李卫国贾志超慢走""人民的忠诚卫士走好"。

刚刚还晴朗的天空,在人们悲痛的哭喊声中阴沉起来,下起了小雨,也许感动了苍天,苍天也为英雄的离去而哭泣。人们也不顾及雨水洒落淋湿了衣服,站立着目送灵车远去。民警们唱着李卫国谱写的歌曲《母子情深》,雄壮悲愤的歌声惊天地泣鬼神。战友们泪流满面。昔日中华路今日成了送行街。两位英雄为了人民的生命财产安全,义无反顾地冲上去抓捕犯罪分子,不惜牺牲年轻的生命,用鲜血捍卫着法律的尊严,用生命铸就忠诚的誓言。正如追悼会上所言:"两位英雄是全体民警的骄傲,是学习的榜样。他们留下的英雄事迹,永远激励着全体民警奋勇前进,激励着辖区群众、激励着并肩奋斗的战友,鼓舞着人们同违法犯罪作斗争的斗志。"

廉忠诚回想起李卫国、贾志超光荣而短暂的一生,历历在目。他们对待群众如春天般的温暖,不分穷富、不计报酬、不辞劳苦、夜以继日地工作,为人民服务长年奋斗在第一线,调解各种矛盾纠纷,打击违法犯罪,从警以来,处理了五百多起案件,打击违法人员六百多人,他们的一生无疑是平凡中的伟大,人民永远不会忘记他们的功德。

一位大嫂冲出人群,放下手中的花篮哭泣道:"恩人慢走,让我再看您一眼。"说着泪流满面地向灵车扑过去。

廉忠诚急忙上前悲痛地劝道:"大嫂节哀顺变,我知道李卫国和贾志超帮了您许多忙,他们是您的恩人,我也知道失去恩人的滋味。"大嫂抽泣道:"李卫国和贾志超在我最困难时出手相救,我丈夫因给邻居帮忙电焊时被电击身亡,是他们为我家聘请律师打赢官司,是他们在我家最困难时,拿工资为我的孩子交了学费。"大嫂哽咽着说不下去了。

廉忠诚把大嫂拉起来道:"大嫂,今天不是感恩的时候,让英雄一路走好吧!"

悲痛的烈士家属已经无力哭泣,李卫国的儿子一声声"我要爸爸，我要爸爸"的嘶哑呼声催人泪下。送行群众在灵车后边跟随着，哭喊着他们的名字。万人瞩目下，灵车慢慢远去，离开了他们曾经生活过战斗过的地方，向着他们的归宿走了，化作一缕青烟，铭刻在烈士纪念墙上，永远活在人民心中，浩气长存。

送走李卫国、贾志超后，大家仍然无法从战友逝去的悲痛中走出来。李秀丽伤心地哭泣道："廉哥！我问你，把口盘查为什么不带枪，我们的枪哪去了？"

廉忠诚被突如其来的问话惊呆了，过了一会儿说道："枪，为什么没有配枪？从龙海劳教所丢枪开始，上级就把我们的枪保管起来了，用枪要经过层层审批才可以使用，领导认为这次行动没有用枪的必要。"

姚新建道："他娘的！怎么会遇到十恶不赦的家伙，不配枪是致命的错误。"

廉忠诚道："再好的武功在火器面前都是零蛋，任何冷兵器在火枪面前都将会荡然无存，何况面对持枪歹徒的我们，用血肉之躯与子弹抗衡岂有不败之理。"

姚新建道："枪是要随时使用的，必要的训练也是提高战斗力的有效途径，现在射击课也上得少了，相关的培训也少了，让人想不通。"

廉忠诚道："我要向上级汇报改变这种被动挨打的现状，让同志们用血肉之躯捍卫法律尊严，保护人民生命财产的安全，如果罪恶的子弹向我们射击，谁来保护我们的安全？谁来维护我们的权益？如果我们自己的安全也保障不了，牺牲了自己，又能怎么保护群众的安全呢？"

姚新建道："赤手空拳面对歹徒，牺牲在所难免，但经过训练，练就一身过硬本领，配备相应装备，就会战胜邪恶赢得胜利，减少和避免无谓的牺牲。"

廉忠诚道："我们宁愿平时多流汗，不愿战时多流血；宁愿听到同志们训练的喊杀声，不愿听到家属失去亲人的痛哭声。"

致命错误的反思,给廉忠诚和战友们上了一堂实战课,两位亲爱的战友为此付出了宝贵的生命。

逝者已去脚步无,精神长存永不休。开展向英雄学习活动,在各单位进行着。杨朴实康复出院了,参加抓捕牛愧行动的战友们,英勇善战的、不怕危险的、直接抓捕牛愧的战友,在不同程度上受到了上级表彰。杨朴实回到了原来的工作岗位,荣立个人三等功。金副局长线上的人因为参加这次抓捕,坐了顺风车得到提拔。龙海劳教所的司桂大队长,因部下丢枪受到牵连,被迫调离公安机关,到省计生委上班,没有降级,反而晋升了一级职务。一个舍命捍卫法律的英雄没有提为干部,却把司桂带病提拔重用,是何道理?

杨朴实找到廉忠诚道:"廉队长,这样的结果太不公平了,我因为抓捕犯罪嫌疑人牛愧受伤,不顾生命危险冲在前边,幸好子弹打偏了,击中了我的脾脏,否则我也和两位同志一样成为烈士,就不会和领导谈条件了。"

廉忠诚道:"也是呀!为了捍卫法律连命都不要的人,对党、对国家、对人民无限忠诚的人,冒着生命危险抓捕犯罪嫌疑人,幸存下来了没有得到重用,那些动动嘴、跑跑腿的干部,借着这个机会顺杆往上爬,把上级规定提拔有功人员的名额全用完了,没有考虑我们受重伤的英雄杨朴实的感受。"

姚新建道:"朴实老兄,你有点儿委屈了,这件事您不能就此偃旗息鼓,一定要讨个说法,哪里有不公平,哪里就有正义的呐喊。"

廉忠诚道:"我先逐级汇报这件事,向大队长、局长反映情况,看看领导怎么决策吧!你再忍耐一段时间。"

杨朴实道:"好吧!听人劝吃饱饭,自己和两位烈士相比,已经是幸运的了,不过看着不公平待遇,心中怒火燃烧呀!"

廉忠诚以书面形式向上级汇报杨朴实的思想状况,反映杨朴实在抓捕牛愧案件中的作用,着重提到杨朴实应该享受的待遇,建议有关部门和领导给杨朴实一个合理答复,安慰杨朴实受伤的心,莫让英雄流血再流泪的悲剧发生。

几天后,赵石立来到办公室说道:"杨朴实,上级领导连夜召开了关于补充你为我队副队长的会议,这下你该满意了吧!"

杨朴实道:"我满意了,不过您不是在骗我吧!"

廉忠诚顽皮地笑道:"此处无戏言,这是真的,明天你就可以走马上任了。"

杨朴实道:"既然领导这么重视,我会像先前一样努力工作,报答组织的知遇之恩。"

姚新建道:"你为人民生命财产安全用鲜血染红了大地,两位烈士献出了年轻宝贵的生命。你知道那个丢枪的单位领导司桂吗?他因部下丢枪,被清除公安队伍,到省计生委上班没降级反而升了一级,可恶至极!天理何在!人与人的差别怎么就那么大呢?"

杨朴实道:"其中的道理我不清楚,但是这种现象让人难以理解。"

廉忠诚道:"靳副省长是司桂的亲戚,你想想,树大根粗,背靠大树好乘凉,这个事就大事化小小事化了。如果换了我们早就被依法处理了,更不用说提职的事了,简直就是天方夜谭。"

李秀丽不满地说:"英雄的血不会白流,人民的泪也不会白流,灯边绿叶更不会常青,只是时候不到,时候到了灯和灯边绿叶就会荡然无存,回归自然!"

廉忠诚道:"不是常青树,单靠灯光的照耀是不会常青的,上天自有安排。"

杨朴实走马上任了,对工作一丝不苟埋头苦干,对待群众像先前一样热情。

尽管丢枪的民警被开除公职,而他的直接上司司桂却安然无恙。因为靳副省长对公安工作的干涉,使得他外甥司桂逃脱了惩罚,反而晋升一级职务,造成恶劣影响。

李秀丽说:"我相信生活对我们每一个人都是公平的。"

杨朴实道:"那不见得,因为灯永远是灯,不会因为你的不满停止利益输送,它仍然发出光和热,照亮灯边的绿叶,为灯边绿叶生长提供合适的温度,用廉老兄的话说这是人工创造的巧合而已。如果人们没有创造路灯,没有修整道路,没有栽种行道树,就没有廉老兄精美的比喻了。"

正义和非正义的斗争是一个长期存在的课题,生活会让我们有更多的体会。

牛愧案件顺利地进行着。牛愧被送到看守所,看守所的民警像看护宝贝一样守护着牛愧,生怕牛愧在审判之前出现问题,影响对他的审判。就这个十恶不赦的牛愧,依然有外界的人员来为他送钱送物,为他说情。

牛愧的家人没有感到罪恶深重,聘请律师为他的罪恶开脱,妄想减轻他的罪刑。然而法律是公正的,龙海法院判处牛愧死刑立即执行,牛愧表示不上诉,那些为牛愧辩护的律师在证据面前无言以对。法律的审判使牛愧在正义的枪声中结束了罪恶的生命,为烈士和受伤的英雄们报了仇。

烈士走了,英雄还在,他们的英雄事迹永远活在人民心中。

分局干部再次调整已经拉开了帷幕,赵石立等人晋升职务的消息已经从侧面得到了证实。

姚新建鼓励大家说:"不可灰心丧气,瞎子摸象知其一不知全貌呀!还有大多数兢兢业业全心全意为人民服务的好干部,他们夜以继日奋斗在工作岗位上,才有我们平安幸福的生活环境。不可用说客之流以偏概全,否定众人的功劳,相信我们会走出困境迎来光明。"

廉忠诚坚定地说:"同志们,我们担负着打击违法犯罪、保护人民、服务群众、维护国家安全和社会稳定的重任,要忠诚履行我们的职责和使命,牢固树立以人民为中心的发展思想。做一天民警,就站好一班岗,我们坚决不能出现倦怠推诿的情况。"

这期间连续接到了几起警情。

新的案情出现了,警情就是命令。姚新建了解到一起新型赌博警情,急需处理,就带领民警来到了现场。

民警们从现场了解到,近年来随着科技的进步,违法犯罪分子躲避打击也有了新的变化。赌博场所采取了物防、技防、人防的安保措施,达到了人与高科技的有机结合,用此来对抗公安机关的有效打击,及时发现民警的行踪。在电梯间安装新型升降门卡系统,消防通道里重新安装加大加厚的双层铁门,门口安装多方位的监控探头,在楼内可监控到周围一切人员的活动,使楼中真正成为一块"飞地",在这块真空地带开设赌场,就可以阻挡公安机关的查处,降低违法成本和风险。

廉忠诚听了姚新建的汇报,感觉到了赌场防范之严密和背后人情关系的复杂。这家赌场位于龙海市中华路写字楼内,举报人当晚输掉了十万元人民币,痛不欲生,参赌的人中也是有赢有输。姚新建和民警及时赶到现场,发现被举报的赌场是设在三楼的茶社,晚上电梯必须刷卡才能启动,消防通道大门被锁死无法通行,对这个赌场真是无路进攻也无路可退。两个被封死的通道有监控探头覆盖,望风者通过监控平台对赌场内外情况一览无余。姚新建用电话向廉忠诚汇报现场情况,廉忠诚下令立即撤回警力,不打无准备之仗。对这种防范设施较好的堡垒,需要用相应的方法来破解,攻克它,征服它,才能使违法犯罪组织者认罪服法。

廉忠诚换上便装带着小四川进行了实地侦查,果真像民警汇报的一样,场所防范严密,民警无路进入赌场。参赌人员是由赌场熟人带路刷卡从电梯进入场内,否则就不能进入赌场,更不用说查处赌博行为了。赌场的设立者过于狡猾,怎么进入赌场成了廉忠诚的一道难题。姚新建问道:"我们如何破解这个难题?"廉忠诚谦虚道:"向小四川请教破解的办法吧!"小四川笑道:

"我去想办法。"廉忠诚道:"让我们听听你的办法?"小四川道:"让我混进去,取得他们的信任,不就可以了吗?"廉忠诚道:"这样危险都在你一个人身上了,我们在外边等候,你做内应打开后门,或者先想法儿让我们乘电梯进入赌场,来个里应外合将他们一网打尽。"

小四川道:"当然可以了,尽管放心!我有保护自己的能力。"

廉忠诚道:"我有很多进入赌场的办法,大家认为哪一种更好一些?一是小四川说的打进赌场内部。二是找电梯安装公司或物业管理人员,把我们送上三楼,来个突然袭击。三是断他们的电,让他们失去电源供应,等他们派人下来维修,不用担心电梯的电源,那和日常用电是两路线,这样我们就可以在下边守株待兔,把他们派来维修线路的人员抓获,用他的电梯升降卡进入三楼赌场,一切尽在掌控中。我认为后两种进入方法更简单有效,不过我们不了解赌场内部情况,贸然进攻会给抓捕带来不便。大家分析一下各种方法的优缺点,谁有更好的方法也可以提出来。"

姚新建道:"让小四川进入赌场卧底的方法虽然有风险,但是我们会掌握更多内部信息,我觉得会更好一些。"

廉忠诚道:"秀丽,你怎么看?"

李秀丽道:"小四川冒一次险吧!注意安全最好。"

廉忠诚道:"辛苦了!小四川,你要保护好自己,注意安全,不要暴露了,明白吗?有情况及时联系我们。"

姚新建调侃道:"保护好自己!可别光荣了!你的漂亮老婆还得我照顾。"

小四川道:"去你的吧,还是哥呢!不害臊吗?我身边有喜欢赌博的朋友,想办法让他把我给带进去,安全不是问题。"

胡油条在上次被抓后,小四川主动找到胡油条的弟弟,称自己是在被警方控制下迫不得已才将与胡油条的见面地点告诉了警方。胡油条的弟弟有些事还要找小四川帮忙,也就暂时原谅了小四川。

小四川通过胡油条的弟弟顺利进入三楼赌场。小四川初来乍到，赌徒们对他防范心理较重，大家平时用现金赌博，今天看到有新人进入赌场，就改用筹码代替现金结账，防止发生意外。

胡油条的弟弟邀请道："老弟你来了，也玩两把过过瘾怎么样？"

小四川客气道："今天没有带那么多钱，你先玩着，一会儿我去取点儿钱，我们玩个痛快。"

赌徒们慢慢放松了对小四川的警惕，大家玩得正在兴头上。胡油条的弟弟的钱输完了骂道："他妈的，老子今天手气这么差，要不你借我点儿钱先用用，等老子把钱捞回来还你好吗？"

小四川道："行呀！不过我要先把钱取过来才可以。"

胡油条的弟弟道："走，我和你一起取钱！"

小四川和胡油条的弟弟一起乘电梯下到一楼，被等候在那里的民警逮个正着。廉忠诚拿出警官证命令道："你们两个别动！我们是警察，跟我们上去一趟。"

胡油条的弟弟道："这是刷卡电梯，我没有卡怎么上去？"

姚新建把警官证在他俩面前晃晃命令道："你们看看警官证，老实点儿，现在依法对你们进行人身检查，把手举过头顶趴在墙上。"

胡油条的弟弟不情愿地趴在墙上，叉开双腿配合民警的搜查。姚新建摸到胡油条的弟弟裤子兜里的卡道："这是什么？"说着把卡掏出来。

胡油条的弟弟看着电梯卡无奈地说："是电梯卡，可以刷卡上去，我配合你们上去吧，能不能把我输的钱要回来？"

姚新建道："想得美，跟着走吧！别出声，明白吗？看你的表现了。"

一群人乘电梯来到三楼走廊，廉忠诚对姚新建道："你把一楼六个同志带上来，我们在这里等你们，大家到齐了再行动。"

不一会儿姚新建带着几个同志来了，廉忠诚小声命令道：

"根据这里房间的位置分工负责,两个民警负责查处一个房间,开始行动。"民警急速而有序地向目标奔去,四个房间内人们正玩得高兴,被突如其来的警察惊得目瞪口呆,个个像木头人似的惊魂未定,等回过神来就想向外冲。廉忠诚大声喝道:"站住,还想跑吗?老老实实配合民警检查。"说着举起手中的辣椒喷雾器警告道,"再跑喷你!"

有两个房间的赌博人员束手就擒,对赌博行为供认不讳;另外两个房间内的人员使用筹码代替现金,不承认赌博。廉忠诚道:"先固定证据,把每个人身边的筹码查清楚做好记录,再把人带走。"

姚新建道:"廉队长,这个人自称是场所的靳经理,怎么处理?"

廉忠诚道:"把他带走审问,把吧台服务员和账本一起带走。"

这次大获全胜,满载而归。两桌不承认赌博的嫌疑人员,在廉忠诚打开录音后,他们听到自己赌博用筹码算账结钱的对话声,全部低下了高昂着的头,集体招供。这次打击赌博的行动顺利进行。然而使廉忠诚头疼的是接到了乔阳的电话,通知廉忠诚马上到他办公室汇报查处情况,临走时廉忠诚交代民警要及时制作笔录,加快上报材料和审批案件的速度,抓紧处理。

廉忠诚走进乔阳办公室敬礼道:"请问局长有何指示?"乔阳道:"听说你刚才查处了一个茶社,你知道那是谁开的场子吗?那是靳富来的侄子开的场子,你不看看是谁的场子就出手打击。那么严密的地方,你也能抓住他们,方法得当值得表扬,不过这个面子也得给呀!不然无法向上级交代呀!"

廉忠诚道:"我明白内方外圆这个道理,回去就传达落实您的指示!"

廉忠诚离开乔阳办公室心想,这次按照乔局长的指示来办理案件,年底乔局长也许帮自己解决一个职级待遇问题,不过对不起同志们的辛勤劳动,违背法律的公正性,后果很严重。于是廉忠诚向带班的郝副局长汇报案件情况，说明了乔阳的无理要求。郝副局长道："依法处理，这个乔阳实在是太过分了，什么事都想插手说情。现在任务又这么紧，依法办吧！"

廉忠诚要的就是这么一句话，他回到单位和姚新建一起用最快的速度上报了案件材料，郝副局长做了审批。姚新建道："廉队长，郝副局长已经把这二十二个嫌疑人手续全部审批通过。"

廉忠诚道："我是既高兴又担忧呀！高兴的是这个月任务全部完成了，担忧的是违背了乔阳的命令，他是否会报复我们。"姚新建道："天要下雨娘要嫁人，随他去吧！"

廉忠诚和民警把二十二个嫌疑人送往拘留，在路上廉忠诚接到乔阳的电话，电话里传来乔阳醉酒后气急败坏的辱骂声："廉忠诚，你怎么老是跟我作对，我这个局长管不了你了吗？把他们拘留了你就高兴了吗？"

廉忠诚从参加工作以来，从来没有被领导骂过，他真想在电话里回骂乔阳几句，但是小不忍则乱大谋，还是忍忍吧。

廉忠诚强忍怒火把嫌疑人送到拘留所，心里窝了一肚子火回到单位，来到郝副局长办公室诉苦道："这个乔阳实在让人难以忍受，我要找他理论，问问他是不是他妈生的，想骂谁就骂谁，大不了老子不干了，我还没有见过依法办案挨领导骂的事情，想不通呀！"

郝副局长安慰道："乔阳酒喝多了心里不高兴，骂了一圈的人，现在还有几个民警在他办公室里大吵大闹呢！周队长多年积累的待遇问题今天终于爆发了，周队长向乔阳汇报情况，两人因此拍起了桌子。乔阳感觉自己很没面子，就把手中的手机摔在地上，想用这个办法镇住周队长。周队长再也无法忍受了，把多年的委屈一股脑发泄在乔阳身上，一弯腰把乔阳的办公桌掀翻了，被讨说法的民警拦住离开了。这样的局长还有什么威信和脸面可言，你又何必去添乱呢？善有善报恶有恶报，骑驴看唱本走着瞧吧！"

廉忠诚本想在案件办理告一段落时,让大家劳逸结合休息一天,但是警情不饶人,一男子报案称被酒托女诈骗了一万元现金。警情就是命令,廉忠诚和姚新建迅速整装出发了。

现代化的城市里,解决了温饱问题的人们有了许多剩余时间,一些无聊的男人抱着一种不良的心态,开始在网上搜寻刺激。正好一些想利用网络工具进行诈骗的人,也开始在网络上以团购网站为载体,发起诈骗广告。他们在网上寻找键盘手、酒托女子和好色的猎物,一时间在城市的大街小巷小型酒吧盛行,酒托诈骗案件高发。受骗的人中,大部分人为了自己名誉不受损失,忍气吞声,哑巴吃黄连有苦难言,自认倒霉,但也有一些人认为喝了两瓶红酒、吃了一小盘水果,竟敢索要高额费用,简直是天价消费,岂有此理,就向公安局报案寻求帮助,以挽回自己的经济损失。

报案人李某平时喜欢网上团购礼品,发现一则广告称有美女陪酒服务,于是就抱着试一试的想法,与网上的电话联系,对方很快就做出答复,愿意在中华路和文艺路交叉口见面。看到这样的信息,李某兴奋极了,他晚上闲来无事,正好有一个女子陪着共度良宵,免得孤独无聊,也好排遣一下寂寞。他按时赶到约会地点,拨打了网上预留的电话,一个浓妆艳抹的年轻妹子走过来搭讪道:"先生,你约我吗?"李某含蓄道:"是的,出差了,晚上没事可干,找你聊聊天。"女子抛了个媚眼微笑道:"正好我也没有什么事!一起走走吧!我们聊聊天!"李某笑道:"这地方我不熟悉,你看去哪儿比较好玩?"女子顺手向前边一指道:"这附近有一个新开的酒吧,我们去坐坐好吗"李某暧昧地斜睨了女子一眼道:"好吧,听你安排!"女子温柔道:"走吧!我们享受一下现代都市的服务,总比在大街上好一些,怎么方便怎么来吧!"

其实李某看到女子如此婀娜多姿,早就春心荡漾,那种暧昧的心已经被牢牢地套住了。女子一看李某色色的眼神,就知道被骗目标已经上钩了。她拉着李某的手到了小巷里的酒吧,向服务员问道:"有包间吗?"服务员道:"有包间,不过先交钱后消费,至少五千元押金,多退少补,走时结账。"李某道:"那就先交五千元吧!"李某为了自己的面子,不能在女子面前丢脸,很大方地说:"刷卡行吗?"服务员道:"当然可以了!"李某为了尽快和女子到包间聊天,不假思索地用银行卡预交了五千元,二人进入昏暗的包间。

服务员道:"二位要点儿什么?这是酒水和果类、饮料的单子,喜欢啥尽管点吧!"李某爽快地说:"有什么好吃好喝的上一些来。"服务员毕恭毕敬地说:"好的!有红酒、水果拼盘、花生、腰果,你们看要哪些?"女子放下手机插嘴道:"每种上一些,我们尝尝味道。"

不一会儿服务员端着盘子过来,把两瓶红酒和四个果盘放在桌子上:"请慢用!"服务员转身离开房间,顺手把门关上。李某倒满两杯红酒递给女子一杯道:"妹子真漂亮!认识你很高兴!杯中酒干了吧!"李某伸手在女子的腰上摸了一下,女子一点儿反应也没有,笑吟吟地只顾端起酒杯迎上去和李某碰杯,两人一饮而尽。

两个陌生人有点儿相见恨晚的感觉,拿起话筒选了一首《糊涂的爱》唱了一曲,李某向女子身边挪了挪,坐得更近了一些,顺便抱了抱女子道:"来,让我抱一抱行吗?"女子侧身靠在李某身上撒娇道:"可以呀!"此时女子的电话响了,女子拿起电话道:"帅哥!我来了一个电话,一个姐妹叫我呢!我出去接个电话就过来。"

女子说着推开李某接通电话向外面走去,李某等了一会儿不见女子回来,觉得有点儿奇怪,就到服务台询问情况。服务员道:"我也不知道她去哪儿了,我也不认识她。"李某不满地说:"她为什么会和你那么熟悉?"

服务员道:"怎么会呢!女子是你带进来的,你们都是顾客呀!"李某想去外面找那个女子,服务员上前拦住道:"先生,请把账结了吧!"李某道:"多少钱?"服务员道:"正好一万元整。"李某惊讶道:"不会吧!怎么这么贵?你这不是黑店吗?"服务员道:"你没有看到这个明码标价的牌子吗?红酒三千元一瓶,果盘五百元一盘。"李某生气道:"是物价局定的吗?定价的数字那么小,谁能看得到,我才不认呢。"

这时,一个彪形大汉走过来瞪眼道:"怎么回事?泡妞挺大方,结账时却小气了,不是想赖账吧?"说着抓住李某的衣服,"掏钱!没商量。"李某被大汉吓了一跳,害怕因此挨打,就乖乖地把账结了。李某走出酒吧越想越生气,感觉自己被人骗了,白白挨宰了一万元钱,就向110报警了。

廉忠诚和姚新建了解了案件的来龙去脉,分析案发的特定条件,然后制订破案的方法和步骤。他们叫来了小四川道:"你认为这个案件怎么侦破?"小四川道:"哥呀!算你找对人了,我先前挣的几个钱也是被他们骗了。这些天我下了很大的功夫,成功打进他们内部,已经成为他们的键盘手了。其实李某上网时联系的键盘手,全是男人操作和他聊天,谈好条件双方要求见面时,键盘手把男子的电话传给女子,女子再通过电话的形式联系被骗男子,这样就可以把李某这些心怀鬼胎的人钓出来,骗到他们事先准备的酒吧里实施诈骗。"

廉忠诚道:"他们是怎样分赃的你知道吗?"小四川道:"这个问题很简单!在网上的支付宝里按照约定分成,人就不用见面了。"姚新建道:"他们分成的比例是多少?"小四川道:"一般是酒托女子百分之二十五,键盘手百分之三十五,酒吧老板百分之四十。"

廉忠诚道:"网络遍布全国各地,人员分散不好抓捕,键盘手不在发案地,可能在全国的任何地方,甚至藏匿国外,怎么才能抓捕他们?"小四川道:"抓捕不到键盘手,也有足够证据证明他们的犯罪事实,处理酒托诈骗犯罪团伙没有问题。"

廉忠诚道："我们坚决打击酒托犯罪,按照你的方法实施抓捕。"

小四川道："要的,听我的只能成功,不能失败。"

姚新建道："廉队长!你知道这个小酒吧老板是谁吗?他是冯聚财的同乡,有人在暗地里保护他们经营,否则他敢开张营业吗?"

廉忠诚道："那又能怎么样?谁违法了处理谁!这是法治社会,我们要牢记宗旨、忠诚履责、勇于担当、不怕流血牺牲。不管他们的靠山是谁,身旁那盏灯光有多亮,任何保护在这里都无济于事,照样处理他们。坚决打赢这一仗,为人民利益而战,围绕群众反映强烈的问题,开展打击整治行动。坚决把犯罪分子的嚣张气焰打下去,维护人民群众的合法权益,当好人民群众的保护神,为平安建设做贡献,促进社会强大正能量的形成。"

姚新建道："据我所知,乔阳局长、赵石立局长,还有我们的几个民警,和酒吧的老板在一起吃过饭,你看怎么办?"

廉忠诚态度坚决地说："事已至此,我们小组已经得罪了权贵,那么就一拼到底,坚决不与他们同流合污,一个字,打!"

姚新建笑道："要的就是这句话,我和同志们吃了定心丸,只要你能顶住,开始抓捕行动。"

廉忠诚和同志们在小四川的帮助下,穿便装在酒吧附近蹲点守候,抓获了正在门口望风的保安和充当打手的大汉,把受害人和酒托女子、老板等涉案人员带到公安机关审讯。在各种证据面前,犯罪分子只好认罪服法,受到了法律应有的惩罚。这实现了网上犯罪线下破案、抓捕、依法处理的一条龙办案,严厉打击了利用酒托女实施诈骗的犯罪行为。

廉忠诚和同志们又立新功。这个案件还没有结束,指挥中心就发来紧急指令:科幻公司门口有人群闹事,要求紧急增援处置。在出警路上,廉忠诚询问科幻公司群体性事件的原因,心里想着解决问题的办法。

廉忠诚了解到科幻金融咨询有限公司在经营过程中，动用了后备资金，违规经营，造成大量资金不能及时回收，一些到了期限的资金不能及时兑现给客户。随着时间的推移，这样的客户越来越多，涉及的金额越来越大，急需兑换现金的客户逐步开始失去耐心。在公司内部聚集了两百多人，或坐或卧或站，公司已经无法开门营业，空气中散发着难闻的烟味、臭味，满地的垃圾随处可见。人们的情绪难以控制，这样的日子已经持续了五天，昨天执勤的带班领导赵石立在现场指挥也束手无策。

廉忠诚接到指令，科幻公司门口有两百多人上街游行示威，大喊着到省政府上访。廉忠诚火速赶到现场，一群中老年人手持白布黑字的条幅，上面写着："向科幻金融讨还血汗钱！"人群向着省政府前进。一女子手持扩音器大声喊道"科幻金融"，大家应道"还钱"，女子喊道"还钱"，大家应道"科幻金融"，一应一和，此起彼伏，队伍浩浩荡荡向东行进。爱看热闹的市民也参加其中，一时间参加游行的人已经达到三百多人。

廉忠诚跳下汽车，迅速赶到赵石立面前道："赵局，我们要劝导群众不能到省政府上访，更不能到大街上游行，否则会造成社会混乱。"赵石立道："我们有什么法子？已经五天了，解决不了问题，拦不住呀！不用管他们，跟着就行了，走出我们辖区就有人管了。"

廉忠诚道："这个方法不妥，让我来引导大家走上正确的维权道路。"廉忠诚说着一边冲到队伍前边，对着打横幅的大哥大姐喊道，"两位哥姐，你们先停下来，我有话要说。"

大哥大姐看到民警出面制止游行，立即停了下来，队伍也跟着停下了，刚才有组织的口号声仍然高低起伏、抑扬顿挫。廉忠诚走上路边的台阶大声喊道："各位父老乡亲、兄弟姐妹们！我叫廉忠诚，是治安中队长，希望大家静一静，听我说几句好吗？"队伍开始静下来，一个光头男子起哄道："队长怎么了？为什么不让我们维权，你们能解决经济问题吗？你能惩罚非法集资吗？"

廉忠诚喊道:"大家静一下,我初次接触大家,虽然不知道其中的原委,但是我知道其中维权的道理,要钱有理,欠债还钱,天经地义。"下边起哄的光头哥也停止了吵闹,人们静静地瞪大眼睛听廉忠诚讲话。

廉忠诚继续说:"要钱讨说法的事我处理过N次了,虽然不敢说有足够的经验,但是从我经历的事件中,处理这种事要做到有理、有利、有节,才能达到目的而自己不受损失。我经常向人们讲讨债有几种结果,或许大家没有听说过,我讲一下大家听听,看对大家是否有所帮助。"这时一个大姐把扩音器递过来道:"廉警官的嗓子都哑了,大家静一静,请廉警官使用扩音器讲话。"廉忠诚接过扩音器道:"谢谢大姐!群体性事件中一般的结果:一是把钱要了回来,队伍中人员没有违法犯罪,带着钱回家满意而归,为上策;二是把钱要了回来,队伍中有人因违法犯罪被公安机关依法处理了,为中策;三是钱没要回来,人却被处理了,为下策。各位要哪一种结果?"大家异口同声地喊道:"我们要第一种!"

廉忠诚道:"每一个遵纪守法的好公民都是选择第一种结果!那么想实现第一种结果,就要有方法步骤来满足相应的条件。现在我们的行为就是一种违法行为,应该受到法律制裁的行为。如果我们被拘留了,谁最高兴?"大家七嘴八舌地乱喊道:"科幻公司最高兴。"廉忠诚道:"我们坚决不能上他们的当,因为要钱而上街游行触犯法律锒铛入狱,成全他们。大家说是不是?"大家道:"是!"廉忠诚道:"办事处的领导和科幻公司的经理来了没有?"李书记道:"忠诚同志!我和公司的丁经理来了。"李书记和丁经理在人群中举起手向廉忠诚示意。

廉忠诚道:"我们该怎么办呢?最好是选代表与公司谈判,把我们的诉求告诉科幻公司,让他们解决我们的诉求。现在办事处的李书记、科幻公司的丁经理和我们一起回公司谈判,协商退款事宜。"一部分人跟着廉忠诚转身向公司走去,一部分人在光头哥的极力拦截下停了下来,光头哥鼓动大家继续游行示威,给科幻公司施加压力。

廉忠诚道:"难道你们不相信民警吗?人民警察来自于人民,服务于人民,我也是从农村长大的孩子,知道大家的疾苦,相信我能帮助大家解决困难,请大家跟我回公司,不要在这里耽误时间了。"

大姐问道:"廉警官,你吃饭了吗?我们还饿着肚子呢!"

廉忠诚道:"平时你们怎么解决吃饭问题呢?"

大姐道:"科幻公司丁经理每天给我们准备饭菜,今天我们情绪激动,和他们闹了点儿矛盾,他们就没给准备饭菜。"

廉忠诚道:"科幻公司丁经理过来一下,你能否安排大家吃饭?"

丁经理道:"能安排,但是不希望他们闹事。我现在就解决吃饭的问题。"说着给快递公司打电话安排送饭。

丁经理当着大家的面安排饭菜。看到有饭有菜,大家一个个地离开光头哥围着廉忠诚。光头哥失去了人场觉得没有兴趣,也围了过来道:"盒饭有啥吃的,提高标准还差不多!"

廉忠诚道:"我们是来维权的,不是上饭店享受的,有饭吃就不错了,要分清主次矛盾,我们是来要账的,大家说是吗?"大家齐声回答道:"是,我们是来要账的,有吃的就行。"

一行人跟着廉忠诚回到科幻公司,丁经理安排大家吃饭喝水,并按照廉忠诚的要求与代表进行谈判。

廉忠诚带着代表们在会议室椅子上坐下,说道:"请安静!我强调一下纪律!俗话说:一人说话众人听,众人说话乱哄哄。想发言的话请先举手,等待允许了再发言,其他的人用心记就行了。发现讲述的内容与事实不符合的,轮到你发言了再讲出来纠正偏差。"大家发出一阵议论声,廉忠诚继续道,"大家静静,听我把话讲完,问到谁再发言好吧!哪个团队涉及的人员最多、钱数最多?请代表举手发言。"

送扩音器的大姐道:"我的团队人最多,被骗的钱也多。"廉忠诚道:"大姐你先讲吧!"大姐道:"我带的团队有八十多人,每人给科幻公司集资三万到二十万不等,公司承诺上市后给每人分配原始股份,可是现在对分配方式进行了改革,取消了原来分配股份的待遇。我们找经理维权讨说法,也没有一个结果,经理说没有解决这个问题的权力。经过多次协商也没有结果,已经五天了,竟然没有一个说法,我们才有了今天的无奈之举。要求他们兑现承诺。"

廉忠诚道:"我们坐下来慢慢把事情的来龙去脉搞清楚,把解决问题的方法找出来,把关键的人物找出来,通过办事处和相关部门解决问题,大家要相信基层干部解决问题的能力。"

大姐道:"廉警官,你能管得了科幻公司吗?听说他们的后台很硬,这是靳省长内弟开的公司,恐怕你也无能为力呀!"廉忠诚道:"无论是谁的公司都要遵纪守法,都不能凌驾于法律之上。虽然我的管辖范围有限,也许会超出我的权力和范围,但是我可以给大家想出解决问题的办法,既合情又合法。"光头哥举手道:"廉警官讲讲,让我们听听呗!我们需要您的指导。"

廉忠诚道:"好的!刚才大家是把简单的事情复杂化了,现在我们把复杂的事情简单化,也就是说:一是通过双方协商;二是到工商部门要求解决问题;三是到刑侦、经侦部门报案,看是否达到立案标准;四是到法院起诉对方,要求民事赔偿;五是无路可走时,才去信访局上访。只要是通过法律途径能够解决的问题,就不能以身试法做违法的事情,做一些让亲者痛仇者快、得不偿失的事情。"廉忠诚话音刚落,十几个代表举手要求发言。

廉忠诚道:"不急,按顺序一个一个发言。"光头哥挥着手道:"廉警官说的好,我们听您的指挥,在这件事上您是设身处地为我们着想的民警,我们拥护您。"大家七嘴八舌道:"拥护廉警官,听廉警官的安排。"

廉忠诚道:"让我把这堆乱毛线梳理清楚。丁经理,请拿出你们的真诚来为大家解决诉求。"

丁经理道:"我们正在按照廉警官的要求,统计大家的诉求逐一解决,能在本地解决的就地消化,需要总公司解决的,我们去公司驻地解决,也可以让公司派人来这里解决,希望大家能够相互理解,给公司一些时间来解决问题。"

经过大家的共同努力,双方协商派二十个代表到科幻公司总部谈判,解决退款问题,其他成员离开公司在龙海市等待消息,不允许在科幻公司内部打地铺住宿。大部分人吃过晚饭离开了公司,有五个老人颤颤悠悠地走过来,一个大妈哀求道:"廉警官!我们连回家的路费都没有了,也没有住宿的费用,就让我们再住一晚上好吗?明天我孩子来接我们回家。"廉忠诚关心道:"大妈,今天必须离开公司,您的困难我会解决的,你们放心在这里等着吧!"

廉忠诚说着到里屋和丁经理一起拿了五份盒饭交给大妈:"大妈!你们先吃着,不够了让经理给你们拿。"大妈道:"谢谢您廉警官,我们等您的消息。"廉忠诚回头小声对丁经理道:"丁经理,今天要清场,不能再有人住在公司不走,这样给你们公司带来不必要的负担,也给社会治安带来不必要的麻烦。他们几个人的住宿问题你考虑解决一下。"丁经理苦笑道:"廉警官,这个我向领导汇报才行,今天听你的安排给他们解决吃饭问题,总经理已经很不满意了,再给他们解决住宿,恐怕有点儿困难了。"

廉忠诚道:"你想过没有,如果这些老人在你们公司出点儿事,比如受伤了、晕倒了、生病了,公司能开脱了责任吗?不用说太多,故意损毁财物、自伤自残了,能负得起责任吗?"丁经理道:"是这个理,不能因小失大。好的,我安排,请放心!"廉忠诚道:"安排好了,你们双方给我回信息,明白吗?"双方答道:"明白了,回信息。"

廉忠诚看望明天去总公司谈判的代表时问道:"大家有什么困

难吗？"大姐道："我和两位姐妹出门时忘记带身份证了，麻烦您给想个办法，没有身份证出门真不方便。这些天我们一直住在公司，没有用上身份证，现在才想起来它的重要性。"廉忠诚道："我一会儿到单位给你们开身份证明，带着路上用方便些。"大姐道："真心感谢廉警官帮忙，一会儿我们一起去您单位。"有十几个人想不通，不愿意离开公司，担心公司失去压力后不解决问题，带头的大爷说："代表去谈判，我们在公司做声援多好！"

廉忠诚道："你们想过没有，以前你们是人多势众，一呼百应，现在是人去楼空，偌大的公司就你们十几个人在这里，如果公司丢了东西谁负责？如果出了问题谁负责？你们想过没有？"大爷道："也是，我们人少在这里住很不安全，还是听廉警官的安排撤离吧！"就这样，经过廉忠诚多方做工作，两百多人的队伍走出了他们占领了五天的阵地，心甘情愿地走出了公司，让公司正常营业，此次游行上访告一段落。

赵石立目睹廉忠诚处理群体性事件的全部过程，深感不如，悻悻地说："老廉，你是怎么成功处理别人不敢管的事情呢？"

廉忠诚道："其实很简单，心怀人民群众，处处为人民群众着想，人民群众就会想着你、念着你、拥护你。首先要和群众拉近关系，我们是鱼水关系，只要站在人民群众的角度考虑问题，设身处地地为群众着想，真心实意地帮助群众解决实际困难，帮大家走出困境，群众就是我们的贴心人，就会一呼百应。您说是吗？"

赵石立道："你的理论水平也不错呀！不只是做得好，也能说得出，给你点赞。"

廉忠诚自信地说："那当然了，说不出口就不能和群众沟通，就没有办法解决问题。这些群众就是人民中的一员，是国家的主人，人民警察是人民利益的捍卫者。我们来源于人民，根植于人民，对人民要忠诚，维护人民的利益义不容辞，要全心全意为人民服务，保障人民群众的合法权益和生命财产的安全。只有这样，人民才会拥戴我们，支持我们，问题就迎刃而解了。"

赵石立道："嗯，有道理！真的没看出来，这方面你挺有才的！其他方面也有心得吧！"

廉忠诚继续道："再者就是，合理利用群众中的领导者，这些人在群众中有一定的威信，得到他们的支持，就会得到大多数群众的理解和帮助。您认为是这样吗，赵局长？"

赵石立打心眼里佩服廉忠诚高超的工作艺术："高呀，老廉！真的没看出来！我要向领导汇报给你请功。"

话虽这么说，赵石立心中还是有点儿嫉妒，暗道："这样的部下有点儿功高盖主，我也要小心应对才是。"

准备去外地的代表们给廉忠诚发来信息，要求在公安局备案，害怕遇到不测。廉忠诚把前去谈判的人员名单带回单位备案，代表们才放心地去总公司谈判。

廉忠诚每天都通过手机联系代表，掌握他们行动的轨迹和谈判的结果，其间代表们经历了许多坎坷。七天的时间很快就过去了，通过努力双方达成了协议，代表们顺利返回了龙海市驻地，带回了许多好消息。一百三十五人的问题得到了解决，其余六十五人的问题存在不同原因，没有和公司达成协议，这些人就重新在分公司聚集起来准备上访。

廉忠诚耐心地对维权群众说："我们的问题是特殊问题，和已经解决的问题不一样，那么特殊问题就要特殊对待，重新和公司对接协调。如果想尽快解决问题，要回自己的血汗钱，就必须求同存异，先解决双方有共同点的问题，有分歧的部分先放下慢慢解决，这样就可以解决掉部分问题，让一部分人先离开，同时双方相互让步才能达成共识。"

通过廉忠诚做工作使一部分人满意地离开了公司，但是仍有二十八人的问题没有解决，这些人的要求太高，超出了公司的承受能力，公司不能满足他们的要求。这些群众就站成人墙堵住门口，不让顾客出入，与公司员工发生了激烈的争执，双方大打出手。民警赶到后将双方当事人带至公安机关，按照法律程序依法将违法人员进行治安拘留，平息了事态。双方又重新回到了法治轨道，坐下来谈判解决。

经过刑侦、经侦部门审查发现，这个案件不在公安机关管辖范围，建议到法院诉讼解决经济纠纷问题。廉忠诚给维权群众提供了法律援助中心申律师的电话和办公地址，二十八位维权群众分别书写了诉讼文书，把科幻公司告上了法庭。廉忠诚对办案的法官说："法庭是群众最后的希望，真心希望能够有一个理想的结果。"法官道："在法院诉讼不像你们公安局办案，时间短、速度快。我们办理案件有规定的程序，需要一个漫长的过程，需要大家耐心等待法院的裁决。请相信法院的公平判决。"

两百多人的游行上访事件，就这样被廉忠诚和他的战友们化解了。没过几天，廉忠诚在值班室里接到电话，指挥室通知廉忠诚马上赶到市局门口，有一百多人在市局门口要求见到廉忠诚。廉忠诚心里七上八下的，心想：怎么还会有人去市局上访？脑子里过滤了队里近期办理的所有案件，没有发现可能引起上访的事情，但他还是抓紧时间驱车到市局门口看个究竟。

廉忠诚下了汽车来到群众中间，看到是科幻公司维权的群众，心里踏实多了，敬礼道："父老乡亲们、兄弟姐妹们，大家好！"群众呼声一片："我们的包青天来了。"

市局民警道："你们的问题已经解决了，怎么还来上访？"光头哥对市局民警道："同志，我们这次不是来上访的，我们是来感谢廉忠诚和他的同志们，为我们解决了多年的棘手问题，我们是来给廉忠诚和同志们送锦旗的。以廉忠诚为代表的人民警察为人民办事，他们是人民的好警察，是我们的贴心人。"说着打开锦旗，揭开牌匾上的绒布，上面写着'人民公安情系人民'，'人民的好警察廉忠诚'。

大姐道："请廉警官代表民警接受牌匾、锦旗。"说着几个人郑重地把牌匾、锦旗交给廉忠诚和同志们，并向民警鞠躬行礼，"真诚感谢你们的帮助。"民警受宠若惊，激动地接过牌匾、锦旗，纷纷还礼。

市局的同志笑道："大姐，谢谢你们的肯定，不过这是市局机关，应该把牌匾和锦旗送到廉忠诚所在单位才对，送错地方了，您看廉忠诚也跑了过来。"

光头哥道："我们没有送错地方，就是要让廉忠诚的领导知道，廉忠诚是一个爱民模范，他和民警不怕吃苦、不怕得罪权贵的敬业精神值得大家学习。"

廉忠诚道："感谢各位父老乡亲、兄弟姐妹的赞扬，我们只是做了民警应该做的事情，尽职尽责罢了。为了这点儿小事麻烦大家到市局来送锦旗、牌匾，我给大家敬礼了！"说着他向大家敬了一个标准的军礼。

群众喊道："向廉警官致敬！向人民警察致敬！"

廉忠诚举手大声喊道："向父老乡亲致敬！向兄弟姐妹们致敬！向人民群众致敬！"他侧过身去对同志们说，"同志们听口令：敬礼！"同来的五个民警立正举手敬礼。围观群众用手机拍照，记下了这感人的一幕。廉忠诚道："礼毕！"民警们整齐地将手放下成立正姿势。

大姐、光头哥感激地提醒道："廉老弟！您为我们做了这么多的好事，科幻公司按照法律规定向我们做了应有的赔偿，经济上受到了很大的损失，您和同志们可要注意安全！"

廉忠诚感动地拉着大姐和光头哥的手说："感谢哥、姐对我们工作的肯定，我们会注意自己的安全，我们一定尽心尽责保护人民生命财产安全，请大家放心，请大家回去吧！"

不知是谁起了个头儿，大家唱着《学习雷锋好榜样》离开了市局门口，向着自己的希望走去，向着平安幸福的家走去。

廉忠诚看着平安祥和的街道，望着群众离去的背影，心里的幸福感油然而生，这就是我们民警期盼的安定团结的祥和环境。

廉忠诚的一系列行动，使冯靳集团在短期内受到了巨大的经济损失。乔阳作为冯靳集团的一员，如今已经从公安机关调任邻市的副市长，他投资的企业受损最为严重，乔阳气得七窍生烟，加之周队长给了他一个重重的打击，乔阳开始设计让廉忠诚和姚新建付出代价，以解心头之恨。

乔阳与孙勇辉、胡油条的弟弟密谋：在一个新建的工地报警，称发现有人贩卖毒品。相信廉忠诚和姚新建听到消息会及时赶到现场，前来处理。在他们的必经之路上利用现有的复杂条件，把路边的大土坑伪装起来，用树枝堵住其他前进的道路，设法让廉忠诚和姚新建掉进坑里，让他们付出血的代价，杀杀他们的锐气。

廉忠诚和姚新建接到报警后驱车赶到现场，发现一个黑影从旁边的弯道向工地深处跑去。姚新建道："有情况，快追！"说着跳下警车向黑影追去，他看到弯道尽头和眼前的直道交叉处有灯光，路灯穿透树叶的光亮在微风中晃动，就不假思索地沿着直道追击，想走捷径在路灯处将黑影抓获。廉忠诚和民警紧随姚新建其后，只听姚新建"哎呀"一声，掉进路边的大土坑里。廉忠诚急忙用手电筒照过去，看到前边的道路被一个大土坑拦住，还有一些树枝遮挡在道路上。廉忠诚拨开树枝寻找姚新建，发现姚新建在土坑里双手捂着自己的腿不停地呻吟着："疼死我了！廉队长别管我，快追！别让嫌疑人跑了！"廉忠诚用手电筒向工地照了照，哪儿还有嫌疑人的踪影，就和民警下到坑里小心地把姚新建拉了出来。姚新建的小腿流血了，两人架着姚新建坐上警车向医院疾驰而去。

经过医生检查，姚新建的小腿和脚踝多处骨折，三个月内不能上班。因为少了得力助手，廉忠诚打击犯罪的脚步慢了下来。他也从中吸取了教训，不能打无准备之仗。对这突如其来的贩毒线索，从开始报警到黑影逃跑展开了调查，他开始怀疑报警人的动机和目的。那个神秘的报警电话也停机了，打电话不能接通，发信息也石沉大海，一点儿回音也没有。廉忠诚和同志们查看了现场的痕迹，发现只有一个人的足迹，向另一个出口逃跑了，显然嫌疑人对这里的环境非常熟悉。

廉忠诚惊叹道："我们中招了，这是故意给民警设的圈套，让我们往坑里跳呢！多么可怕，提醒同志们，一定要注意安全，同时秘密开展对策划者的调查和追踪。"

第九章　冯靳集团终覆灭

赵石立当上了副局长，很是扬扬得意。朱铜也接任了赵石立的职务，朱铜的手下也提升为中队长等职务，成为大队的骨干力量。廉忠诚像绊脚石一样止步不前，以前的部下慢慢适应了新的角色。民警们议论纷纷：这个廉忠诚和姚新建怎么搞的，事没少干，力没少出，却老是趴着原地不动？这着实出乎人们的意料。

廉忠诚和姚新建却很平静，他们似乎看到一双大手正在空中挥舞，向着窃取荣誉、官位和经济利益的人们拍来。近一段时间来自不同方向和阶层的人们，不断打电话询问赵石立的近况。

赵石立当了副局长之后，四面八方的兄弟前来祝贺。孙勇辉听说赵石立提为副局长，第一时间前来祝贺，他从包里拿出一个盒子放在赵石立的办公桌上道："赵局长，祝贺您荣升为副局长，冯老板让我来看看您，今晚在亚洲龙会所为您庆贺，请您赏光，到时刘金贵局长也参加宴会。"

赵石立拿起盒子递过去道："我一定去，不过盒子你拿走。"

孙勇辉用手推着盒子道:"这是冯老板从国外回来给您带的茶叶,您尝尝就知道了,上等的好茶叶。"

赵石立道:"这样的,你拿去喝吧!"

孙勇辉道:"那怎么能行?冯老板特意给您准备的,我怎么敢拿呢!请收下吧!"孙勇辉说着就往外走把门关上。

赵石立打开盒子,里边除了一小盒包装精致的茶叶外,还有一个沉甸甸的信封,打开信封里边有一沓钱,用手掂掂足有一万元。赵石立笑了笑,自语道:"当官真好,恭敬不如从命,受人尊敬,还有人送钱,这种感觉就是妙!"

赵石立拿起桌子上的办公电话拨通了廉忠诚的手机:"老廉,今天晚上我有一个应酬,你辛苦一下带好班,我已经和你们的队长说过了,有事打电话给我。"

廉忠诚道:"咱俩多少年关系了,没问题,放心去吧!"

赵石立来到约定的亚洲龙娱乐会所总统包间,孙勇辉、朱铜、马名、林建成、刘金贵、冯聚财、金卜换已经在喝茶。赵石立不好意思地说:"各位领导,我来晚了,抱歉!"

金卜换笑道:"小赵,你没有迟到,是我们早来了一会儿,迎接省厅治安总队靳总队长的到来。"赵石立深感歉意地笑了笑,在孙勇辉旁边坐下来说:"金局长好!"

一会儿外面传来一阵寒暄,服务员打开房门弯腰做了个请的姿势,靳富来副总队长和郑常有局长、乔阳副市长一行三人从外面进来,大家起立鼓掌迎接靳富来的到来。掌声过后,互相寒暄了几句,冯聚财伸手请靳富来坐在圆桌的中间位置,服务员开始小心翼翼地上菜,冯聚财示意孙勇辉给大家倒酒,让服务员出去,自己人说话方便些。

冯聚财站起来对大家说:"非常感谢省厅的靳总队长,市局的金卜换副局长、刘金贵副局长,分局的郑常有局长,邻市的乔阳副市长,还有各位兄弟的到来,亚洲龙娱乐会所能有今天的成就,全仰仗着兄弟们的帮忙,我先喝为敬,然后我们共同碰一个开场酒，靳总队长您看行吗？"

靳富来微微点点头表示赞同。

冯聚财一饮而尽，又倒上一杯酒道："兄弟们举起手中的杯子，我们共同干一杯酒。"

赵石立看到如此豪华的饭店和美味佳肴，心想有权真好，真是享受呀！鱼翅、燕窝等山珍海味，和那茅台酒特有的酱香混合在空气中，让人陶醉。

赵石立悄悄地问："这一桌酒菜大概需要多少钱？"

孙勇辉不以为然道："提钱多外气。"他顺手伸出两个指头。

赵石立道："多少钱？两千？"

孙勇辉摇摇头道："您再猜？"

赵石立道："两万！"

孙勇辉满意地点点头："差不多吧！"

赵石立着实吓了一跳，心想冯老板真是大气呀！要不生意会做这么大！冯老板在哪儿都能吃得开，有能量。不过这个场子不在自己的辖区，为啥请自己过来？或许冯老板有新的投资意向，商人太精明了，想到这对孙勇辉说："冯老板开办的亚洲龙娱乐会所需要多少钱？"

孙勇辉骄傲地说："一个多亿吧！"

赵石立惊讶道："这么多钱，资金太雄厚了吧！这才是龙海市娱乐界的航母！"

孙勇辉道："那是，这也是三个人投资的场子，一个人能量达不到。你知道这个行业吃的是关系饭，没有关系根本就开不成。"

赵石立说："人多力量大，一个人不只是资金短缺，关系也会短缺，有些事不好协调。"

孙勇辉道："当然了，这三个人都是龙海市最有实力的老板，三人结合投资就是如虎添翼呀！"

赵石立自觉不如地说："我还是第一次来这里呢！"

孙勇辉老练地说："我给您介绍一下'航母'的结构和经营

范围,一层是饭店、洗浴中心,饭后我带你们一起去洗个澡,再上二楼唱歌,三楼是宾馆。费用我全包了,一条龙服务,人生所需要的一切应有尽有!"

酒足饭饱,孙勇辉带着赵石立、朱铜、马名、林建成一起去洗澡,洗浴中心装修豪华得让人舍不得使用。洗过澡后,孙勇辉、赵石立等人在包间落座。包间看上去足有五十多平方米,装修得像宫殿一样高贵,真皮沙发柔软舒适,茶几上各种酒和美食水果琳琅满目,扑鼻的香味和美丽的色泽让人垂涎欲滴,光亮的玉石地板清晰可见人影,像镜子一般明亮,辉煌的墙壁给人一种无比享受的自豪感,正中央墙壁上悬挂着一幅《蒙娜丽莎》的半身油画,与房顶上垂直而下的水晶吊灯相互辉映,放眼望去,蒙娜丽莎神秘的微笑让人感到舒畅温柔捉摸不定,眼神随着角度的不同而旋转。

赵石立倒了一杯啤酒和大家边喝边划拳行令。

喝着喝着,赵石立醉酒了,吐在地上,示意大家就此离开,否则将不知明天怎么继续,大家心照不宣地离开了会所。

过了几天,孙勇辉来到赵石立的办公室说道:"赵局长,冯老板计划在您辖区开一个洗浴中心,他相中了魏都路的四层办公楼,现在单位已经搬走了,只剩下一座空楼房。今天冯老板让我向您请示一下,如果同意我们的方案,就和单位签合同了。"

赵石立问道:"冯老板计划怎样开洗浴中心?"

孙勇辉道:"冯老板说了,如果您感兴趣,可以给您百分之十的干股,投资也可以,总量不能超过百分之三十,因为冯老板和另外的合作伙伴股份要占百分之七十,老板要控股才行,这方面我想您应该明白。"

赵石立深思了一会儿道:"这件事我还不能表态,让我考虑清楚再做决定。"

孙勇辉小心地说:"老板不会让您吃亏的,这个道理您懂得。"

赵石立道:"我明白了,冯老板的心意我领了,你先回去吧!"

赵石立送走孙勇辉,忽然想起廉忠诚一些保守的做法,这让赵石立犹豫不决、忐忑不安。于是,他决定找廉忠诚唠唠嗑,就驱车来到廉忠诚的办公室打招呼道:"廉老兄好清闲呢!"

廉忠诚急忙起身倒上一杯茶水递过去道:"赵局长,哪有你自在呀!还来取笑我,中队是实战在第一线的单位,没日没夜地出警处理案事件。忙里偷闲也难得,哪有领导清闲。"

赵石立道:"你不知道呀!每个人在自己的岗位上都是一样的,各有所长,各有其短,各有利弊,各有难处呀!这不来找老兄商量个事。"

廉忠诚受宠若惊道:"赵局长客气了,找我商量啥事?"

赵石立道:"刚才孙勇辉来了,想在我们辖区开一个洗浴中心,给队里交一些赞助费,可以解决一些困难了,同时也想让我入股经营。"

廉忠诚反对道:"赵局长,这个事我不管不问,不是我的管辖范围,不发表意见,我只对您个人说说自己的看法。您不要管这些烂事,现在的形势您也看到了,让他们按正常手续审批!国家历来是小乱小治,大乱大治。目前这些场所生意不错,将来一定不会有好的结果,因为大家都知道,开这样的场所,国家是明令禁止的,没有强大的后台支持,光靠经济投入是不够的,场所开不成还会血本无归,我想您比我明白得多!"

赵石立叹息道:"那是,不过我也无法阻止这些事情的发生,有句话说得好,不能改变现状就学着适应吧!"

廉忠诚正色道:"人要有底线意识,否则就会占小便宜吃大亏,得不偿失,丧失自己的前途。"

赵石立和气地说:"要不我来找你干吗?就是想让哥出个好主意。"

廉忠诚忠告道:"国家已经三令五申,要求民警不可参与违规经营,您想顶风而上吗?程燕燕的丈夫已经把涉嫌违法的企业全部转行,把所有的钱全部退了出来,可谓是明智之举,不可步了他人的后尘,落个偷驴不成当个拔橛的,白白地当了替罪羊,被抓了承担法律责任。"

赵石立笑着说:"哥,听君一席话,胜读十年书呀!"

廉忠诚道:"滥施权,灾祸至。三思而后行,不买后悔药。"

赵石立心事重重地回到自己的卧室,躺在床上久久不能入睡,一颗矛盾的心让他来回思考着如何是好。一边是党纪国法,一边是经济利益,他粗略算了一下,用自己的房子贷款五十万元,入股经营洗浴中心,一年后就会收回成本,以后就是常年收益了,自己又掌管着治安管理大权,官有了,商也有了,神不知鬼不觉就成了富翁,何乐而不为?机不可失,时不再来,风险和利益同在,风险越大利益就越多,赌一把!干!

赵石立思想斗争了很长时间终于想通了,把廉忠诚的忠告抛到了一边,于是他拨通了孙勇辉的电话:"喂,孙经理吗?明天你来找我一趟,这事可以做,把相关的手续一并拿来,我让主管的副队长给你审批一下。"

第二天,孙勇辉办完审批手续,向赵石立汇报道:"赵局长,冯老板一定会兑现自己的承诺,他能有现在的成就,是他多年来讲义气的结果,走到哪儿都是说到做到,与人分享利益,共享成果,所以才有今天庞大的人际关系。"

赵石立道:"我早就听说了,冯老板义气是出了名的,如雷贯耳呀!要不然怎么会有那么多朋友相助呢!"

孙勇辉道:"朋友多了路好走,才能赚到最大的利润,让利益最大化。"

赵石立点点头道:"小声点儿,隔墙有耳,别让人听到了。"

孙勇辉离开后去消防大队办理消防证。孙勇辉以前曾经给冯聚财办理了N个场所手续,轻车熟路,一帆风顺,不到一个星期手续就全部办理成功,得到冯聚财充分肯定。

"新秀丽人洗浴中心"在一阵鞭炮声中开业了,生意兴隆,客人络绎不绝,孙勇辉每月按时到赵石立办公室送来投资分红的月利。赵石立收到分红那个兴奋呀,真金白银呢!一个月的红利是一年工资的 N 倍,高兴之余是莫名的担心,明明不允许新秀丽人洗浴中心有黄赌毒现象,可是自己又不掌握经营权,也只好睁一只眼闭一只眼。这样的日子对赵石立来说也是快乐并痛苦着。

赵石立对廉忠诚说:"廉老兄,你现在连一辆汽车也没有,人家都笑话你太老实,靠工资奖金过日子清贫呢!我给你找一个生意做做吧!"

廉忠诚道:"我宁可过这样的清贫日子,也不要提心吊胆睡不着觉的富贵荣华。"

赵石立道:"路遥知马力,日久见人心。哥,你让人敬佩,硬气!"

随着时间的推移,新的省公安厅长张祖国上任了。张祖国有个习惯,喜欢到辖区微服私访,听取群众的呼声,发现群众对亚洲龙娱乐会所的违法行为反映强烈,于是就安排仲基伟副厅长负责调查处理,自己也亲自出访掌握第一手材料。张祖国是一个中年男子,从基层一直干到现在的位置,常年的经验告诉他不管到哪里都要入乡随俗,微服私访时他穿着普通老百姓喜欢穿的衣服。他上任的第一个周日就忙里偷闲,带着办公室的武超峰在路边随手拦了一辆出租车。出租车司机笑着问:"两位老板去哪里?"

张祖国笑着和蔼地反问道:"龙海市哪里好玩?"

出租车司机看着这位老板一脸的正气,心想这老板不像不三不四的人,于是就说:"老板,您想玩什么?龙海市好玩的地方多着哩,有山有水,有物有景,北有大河、西有高山,东有新区、南有景观,看您想看啥啦。"

张祖国道:"哪里花钱最多就去哪。"

出租车司机道:"这好办!我送你们去亚洲龙娱乐会所,那里消费最高。"

张祖国笑呵呵道:"走,我们边走边聊。"

出租车司机边开车边说道:"那里是龙海市消费最高的地方,最能烧钱,你们去一次估计需要两万元左右花费,一听在外面卖两元的罐装啤酒,在那里卖两百元一瓶,是外面的一百倍,就这样宰客,客人还是络绎不绝地去消费,愿意挨宰,吸引能力相当强大。"

张祖国道:"谢谢您了师傅,每天能来这里送客多少次?"

出租车司机道:"不瞒您说,每天都有一两次往这里送人,大部分是外地人或者是商人。"

说话间亚洲龙娱乐会所已经在眼前了,武超峰付了车费后和张祖国一起下了出租车。在停车场里转了一圈,张祖国把汽车牌号一一记下来,又看看娱乐会所的霓虹灯和来来往往的花男绿女,又叫了一辆出租车离去。

武超峰不解地问:"为什么不进去看看?"

张祖国道:"观外围之繁华,知内部之精髓,走吧!回去说。"

次日上午,主管治安的仲基伟副厅长和治安总队的纪晓明总队长一起向张祖国汇报工作。仲基伟道:"您安排调查亚洲龙娱乐会所一事,我和纪队长经过调查,可以肯定地说,这是我省最大的涉黄涉毒涉赌的场所。"

张祖国道:"你们是怎样得出这个结论的?"

仲基伟道:"我们调查了管辖地的公安机关,确认了情况的真实性,了解了市局和群众反映的情况,通过民警卧底侦查,证明情况的可靠性。请领导放心!"

张祖国道:"尽快摸清内部情况,包括经营人、参与人、客流量、从业人员等情况,做出正确分析研判,写份详细的抓捕方案给我。"

仲基伟和纪晓明道:"是,厅长。"

离开张祖国办公室,纪晓明对仲基伟说:"以前我们组织过几次抓捕行动,都没有成功。这次张厅长亲自出马,看样子像动真格的,我尽快拿个行动方案给您,然后再汇报。"

抓捕方案很快就得到了张祖国的通过,具体时间由仲基伟安排。

仲基伟按照方案要求,吸取了以前抓捕的经验教训,避开本地公安机关的参与,学习外地公安先进经验,采取异地用警的方法秘密行动,这样会提高抓捕的成功率。

仲基伟道:"纪总队长,通知明天上午参加行动的处级以上干部参加会议,我们布置抓捕任务。"

纪晓明道:"好的,我来安排通知。"

会议人员如约而至,仲基伟在会议上通报了亚洲龙娱乐会所的有关情况,纪晓明安排布置了抓捕时间和警力部署、抓捕方式等工作,把邻市的警力于次日十二时前在出发地点集合完毕,集结待命准备行动。时间飞快地过去了,仲基伟一声令下:"行动开始。"各路人马一起杀向亚洲龙娱乐会所,将其团团围住,包围了那里所有的出口。按照分工一些民警冲进会所里边,出人意料的是,会所灯光像以前一样闪烁,里边却空无一人。

仲基伟听到汇报,一拳擂在桌子上怒道:"这么机密的安排,参战民警事先都不知道来干什么,怎么会走漏风声?内奸一定出在我们处级以上干部中间。"

仲基伟在电台里喊道:"总队二号,我是一号,收队。"

电台响起纪晓明的回话:"收到,收到,立即收队。"

这次公安厅组织大规模扫黄行动无功而返,动用了邻市五百名警力和工作人员,费时费力没有成功。张祖国听到汇报笑道:"乱到了极点,内部也该抓抓了,否则不能治乱,反而更乱。这样也好,给我们打掉保护伞提供了有力的证据,塞翁失马,焉知非福。你们两个同时开展行动,尽快掌握内奸的情况,再次寻找战机将扫黄行动进行到底,彻底打掉亚洲龙娱乐会所这个毒瘤,还龙海市人民一个清新的生活环境。"

仲基伟和纪晓明站起来道："是，坚决执行命令，肃清内奸，打掉毒瘤。"

两人走出张祖国办公室长长地出了一口气，仲基伟伸伸胳膊道："这是斗争呀！要有方法有步骤地让内奸原形毕露，否则永无宁日。"纪晓明道："这样……这样……您看怎么样？"

仲基伟听了笑道："高见！没看出来呀！一届儒生竟然能想出这样的计谋，依您之见，安排行动。"

经过缜密的侦查，靳富来、金卜换和冯聚财有密切联系，真相大白了。仲基伟再次秘密布置了抓捕亚洲龙娱乐会所的扫黄行动，同时也布置了抓捕内奸和保护伞的行动，两张网同时展开，纪晓明负责扫黄行动，仲基伟负责抓捕保护伞行动，总指挥由张祖国亲自担任。

亚洲龙娱乐会所的经理孙勇辉怎么也没有想到，一个多月过去了，上次的惊恐还没有完全消散，如今一点儿风声也没有，怎么会有大批荷枪实弹的民警包围了会所，并有许多民警蜂拥而至冲进会所的每个角落，不到半个小时，控制了场所里的所有人。孙勇辉耍了小聪明，上交一部手机，这是他这么多年来从事场所经营的经验，身上要藏一个非常小的手机，防止意外时手足无措。他悄悄地给冯聚财老板发了条信息，通知冯聚财场所已经被民警查封，人员被控制。随后孙勇辉的第二部手机被收缴，除了打扫卫生的其他人员全部被带走。这次行动注意了保密工作，闪电般的速度，豹子般的敏捷，雄鹰般的准确，饿虎般的勇猛，大获全胜。

冯聚财得到消息后像往常一样把关系人的电话调出来，逐个发信息通知场子被查的消息，让受益人各显神通，疏通关系共渡难关，想通过关系化解这次危机。冯聚财的合伙人蔡耀旺到邻市公安局找到冷俊杰局长道："靳副总队长让我来找您，想让您帮个忙，把人放了，不然场子就完了。"

冷俊杰义正词严地说："你和场子什么关系？"

蔡耀旺满不在乎地说："这个场子我也有投资，说白了吧，我也是老板之一。"

冷俊杰冷笑道："这就好办了，我正找你呢！你不请自到。"蔡耀旺还没有说话，冷俊杰对办公室外边喊道，"曹辉科长，把蔡耀旺带走单独讯问。"曹辉和民警走进来拉着蔡耀旺的胳膊向讯问室走去，此时蔡耀旺才明白这次被抓面临着巨大的危险，场所或许有灭顶之灾，自己也没有回天之力了，悔之晚矣。

仲基伟根据冯聚财和蔡耀旺的电话记录，分析着场所关系网中的人员，感到抓捕压力突然增大。他正在调动警力时，靳富来沮丧地走进办公室道："仲厅长，您是我的老领导了，这个场子的冯老板是我同乡，平时没少照顾我，我从入警到现在与他关系相处得都很好，您高抬贵手放了他们吧！"

仲基伟看着昔日的老部下黯然伤心道："你已经是副总队长了，你缺什么？少什么？也不看看现在是什么环境，上级三令五申地强调不让插手场所经营，你还敢冒天下之大不韪，做违法的事，顶风违纪，我看你是一个不仁不义、胆大妄为的家伙，上次行动是你透露的消息吧？"

靳富来沮丧地说："是我透露的消息，真的没有办法帮他吗？"

仲基伟耻笑道："你自身都难保了，还保人家，这不是笑话吗？对不起了，法律面前人人平等，等着你的将是正义的审判。"说着对门口喊道，"来人，把他带下去交纪委审查。"

在门口早就准备好的纪检干部走进来道："靳总队长，对不起了，跟我们走一趟吧！我们是省纪委的，看看我们的工作证件，我叫严高管，请吧！跟我们的民警一起到纪委接受审查。"

靳富来低下了头，他从来没有想到会栽在自己老领导手里，把自己的前途也断送了。

仲基伟带领一班人顺藤摸瓜，计划把冯聚财案件的保护伞人员抓捕归案，刘金贵、金卜换、郑常有、乔阳、赵石立等人都在抓捕之列。

郑常有接到冯聚财的电话道："冯老板！往常说话四平八稳的，今天怎么语速这么快！怎么回事？"

冯聚财无奈地说："郑老弟！你不知道呀！我的亚洲龙娱乐会所被查封了，所有的工作人员都被带走了，我能不急吗？给您打电话求救呢，如果能帮我解燃眉之急，我将感激不尽。"

郑常有听到冯聚财的电话心里七上八下忐忑不安。他平日里工作认真细心，心胸坦荡，但自从认识了尚丹丹，心里就种下了病根，难以自制，整日像如履薄冰，如坐针毡，不能自已，生怕出现问题连累自己，如今担心的事情终于发生了，怎么办呢？

郑常有道："我的官小，地位低微，怎么能在省厅说上话呢？我也无能为力呀！不过我可以试试给邻市的冷俊杰局长打电话，他是我的老乡，看看能否想想办法，您等着我的电话，或许有一线生机。"

冯聚财挂了电话像热锅上的蚂蚁一样，在屋里踱来踱去，等待着郑常有的消息。十分钟过去了，二十分钟过去了，仍然没有郑常有的消息。冯聚财正在着急时，他的电话响了，电话是刘金贵打来的，接通后刘金贵道："冯哥！我们的亚洲龙娱乐会所被查封了，这可怎么办？"冯聚财道："我正在多方想办法补救呢！我们的合伙人蔡耀旺已经到邻市活动去了，看看能否放人，从轻处理场子和人员，像从前一样把这些事情摆平了，大事化小，小事化了。"

刘金贵道："这个场子可是我们一辈子的积蓄呀！我也找找人，大家有人的出人，有钱的出钱，各尽所能吧！"

冯聚财放下电话，点燃一支烟慢慢地吸着，郑常有的电话打了过来："我向冷局长了解了情况，他也没有办法解决这件事情，不敢放人，这是省厅下达的任务，异地用警的目的就是防止办人情案。我现在已经是泥菩萨过河自身难保了，有力用不上呢！您还是另想他法吧！"

冯聚财失望到了极点，这么多年的关系积累，已经把龙海市的政法、公安、检察院、法院、消防、工商等关系疏通了，几乎每个系统中都有自己的朋友，这次为什么解决不了这个问题呢？他百思不得其解，陷入了茫然的思索之中。冯聚财想到了靳富来，于是就拨打他的电话，里边传来一阵阵的忙音，他的心彻底凉了。

赵石立接到上级的指示，配合邻市公安局抓捕亚洲龙娱乐会所的嫌疑人，心中有一种不祥的预感。他预感到这次公安厅的扫黄打非行动非同往常，或许会拔出萝卜带出泥。打掉冯聚财的亚洲龙娱乐会所后，会清算他在龙海市的其他场子，如果清查到新秀丽人洗浴中心时，那就大祸临头了，被处理就在所难免了。

赵石立走进办公室把工作安排妥当，想了几个应对的办法：一是将新秀丽人洗浴中心的股份撤股或转让，这样就和自己没有关系了；二是更换人名，这样也不会查到自己的头上；三是如果败露只有放弃工作向外出逃，抓紧时间做好最坏打算，办理出国手续，准备好资金。

靳富来被抓的消息传到了冯聚财、刘金贵、赵石立的耳朵里，三个人惶惶不可终日。冯聚财到处找人却没有效果，感觉到了问题的严重性，好像看到了末日的到来，就向在美国的妻子打电话，说很快到美国与其团聚。

赵石立的出国手续办好了，他急于出国，就向妻子告别，向朋友告别。这时仲基伟和纪晓明已经查到了赵石立的出国信息，一张大网正向他撒来。严高管查明赵石立目前还照常到单位上班，就在其准备出国的前一天，在单位会议室门口传唤了正要外出的赵石立，并在其随身携带的提包内找到了他的护照和飞机票，一个精心策划的出逃计划破灭了。

赵石立知道这次凶多吉少，参与新秀丽人洗浴中心经营的情况，已经被纪委掌握了，孙勇辉把他出卖了。建立在经济利益之上的朋友，到了这个时候大难来临各自飞，谁还顾得了那么多的情谊，只有保全自己了。赵石立在大量的证据面前放弃了抵抗，如实供述了他参与新秀丽人洗浴中心经营的经过，以及经常到亚洲龙娱乐会所消费并为其提供保护的事实，还检举揭发了冯聚财、金卜换、刘金贵等人的违法犯罪行为。

这些年来刘金贵用金钱疏通了各种关系，又利用关系提升自己的职务，再用职务换取金钱，春风得意马蹄疾，从民警到市局副局长，一路走来没有遇到多少困难，也积累了许多资金和人脉。他的大老婆和母亲住在一起，名义上虽然离婚了，实际上也经常以看望孩子和母亲为名与前妻团聚。他现在的妻子原来是他的部下，两人相见恨晚，情投意合，走到了一起，现在有一个五岁的女儿，办理了结婚登记。刘金贵对来之不易的金钱、地位、娇妻恋恋不舍。当职务升到人生的顶峰，生意做到了极致时，人生至此足矣，不过物极必反，升得越高摔得越狠。怎样解决目前的困境，像泰山一样把他压得喘不过气来。不久刘金贵失踪的消息不胫而走，单位里出现了多个刘金贵去向的传闻。

刘金贵带着众多的遗憾离开了他发迹的龙海市，以往他经常是车接车送，到哪里都是前呼后拥，阿谀奉承，如今自己孤身一人潜逃到南方，又不敢到大宾馆居住，他清楚地知道宾馆是一个美丽的陷阱，宾馆是会把自己送到监狱的。他昼伏夜出不敢在大街上走动，害怕别人发现了自己的行踪，他真想找一个地方好好吃上一顿饱饭，睡上一个安稳觉，但这些对现在的他来说是多么奢侈的梦想。转到小巷里发现有一个出租房广告，便拨通了电话，对方用浓重的闽南语与刘金贵艰难地沟通着，刘金贵说："你说的地方我找不到，派个车过来接我过去吧！租金没问题，我有的是钱，绝不亏待你。"

对方听到了这样的请求，觉得这个人有点儿特别，身边的大宾馆和郊区的小出租房哪个更方便、更合适？放着方便找麻烦，猜想连这点儿生活常识也不懂的人一定有隐情，或许是一个违法犯罪人员呢！就向110报了警，民警迅速赶到约定地点，把刘金贵带到当地公安局。经过落实查明刘金贵是龙海市公安局副局长,已经被网上追逃,如今是名副其实的逃犯。落毛的凤凰不如鸡,民警连夜通知了上网单位邻市公安局,冷俊杰派人将刘金贵带回邻市受审。

朱铜为自己加入冯靳集团却没有得到多少好处就出现问题而懊恼,想退出又没有更好的办法。他在亚洲龙娱乐会所承包了美容美发化妆间,那里的"公主""小姐"都是他的座上客,经过化妆间加工,由丑女变美女或者美上加美锦上添花。他的收入每天都在五千元左右,一年多的时间里获得利润两百多万元,如果这样下去千万富翁不在话下。可是现在这一切结束了,断了财路不说,还有面临被打击的危险,他打开后备厢突然想起今天是周末,要回家看望妻子。后备厢里装着给二奶小丹的孩子准备的奶瓶、奶粉、衣裳和童车,今天要送过去,不能放在车上,否则被原配发现了,那还了得。于是朱铜连夜开车到小丹家门口,他摸摸衣服兜发现来时匆忙忘记带钥匙了,就用手敲门,听见里边有一阵的响动,小丹慌里慌张地问:"谁呀?这么晚了还敲门?"朱铜道:"开门,小丹,我是朱铜。"小丹道:"别急,我穿上衣服马上开门。"过了一会儿小丹边系扣子边打开门说:"怎么不打个招呼就来了?"她顺手接过朱铜递过来的奶粉和衣物。朱铜把童车推进屋里说:"我给孩子买的新奶瓶和童车,你用着方便些,今天让我给孩子冲点儿奶粉喝吧!"朱铜说着把奶粉倒进奶瓶中,把开水壶打开往奶瓶里倒了些开水,又往奶瓶里倒了些凉开水,用手摸摸说:"温度不凉不热正好,让我给孩子喂点儿奶吧!"

小丹不满地说:"孩子才满三个月,刚睡着,让他睡一会儿吧!"朱铜坚持道:"我不经常来,时间长了孩子就不认识我了。"说着抱起孩子摇晃着,"我把他逗醒吧!"孩子在晃动中睁开眼睛好奇地看着朱铜,朱铜道:"这孩子像我,单眼皮、杏仁眼、大脸盘,真可爱。"

朱铜拿过奶瓶给孩子喂奶，这时他听到窗户外边有响动，就抱着孩子向窗户走去，被小丹拦住道："那边冷，别冻着孩子。"

朱铜转身向床边走去，只听到外边扑通一声，一个重物重重地从窗外摔到楼下，朱铜和小丹吓了一跳。朱铜打开窗帘借着微弱的路灯亮光向下看去，发现一个男子摔在花坛里。朱铜查看了空调外机上的脚印，对小丹道："怎么回事？这个人是不是从咱的空调外机上摔下去的？"小丹低下头害怕地说："是的。"朱铜怒道："这么晚了他怎么会在咱的空调外机上？"

小丹看到要气炸了的朱铜战战兢兢地说："他在咱屋里，听到你来了，没地方藏身，就只好站在空调外机上躲藏，没想到他会摔下去。你今天不是回原配家吗？怎么来这儿也不打个招呼？"

朱铜终于爆发了，把孩子重重地放在床上，也不顾孩子哇哇的哭声，抬手在小丹脸上狠狠地打了一巴掌骂道："你这个婊子，我每月给你一万元生活费，还不够用吗？去偷汉子你对得起我吗？那个人从四楼摔下去还能活吗？那人虽然可恶，但是人命关天呀！还不赶快报120抢救伤员！"小丹拨打了120急救电话。两个人冲到楼下，120救护车也赶了过来。医生检查了坠楼者的心脏和脑电波，已经没有了生命特征，地上的血已经凝固成深红色。

小丹哭了，朱铜也哭了，不是因为对死者的哀悼，而是因为自己的命运将因此发生重大改变。不知谁向110报了警，廉忠诚和孙云龙接到报警也赶到了现场，进行现场勘查，查明了坠楼者的身份信息。令人深感意外的是，这个坠楼者是司桂。他为什么会出现在小丹的空调外机上？廉忠诚和孙云龙传讯了小丹和朱铜。

据小丹和朱铜交代，事情经过是这样的：早在朱铜当民警时，他经常给龙海劳教所输送劳教人员。为了给正常地送人减少麻烦，朱铜没少请司桂吃饭，时间久了两人成了好朋友，朱铜也经常带着小丹参加宴请，小丹和司桂也慢慢地熟悉起来，小丹因让司桂帮忙找工作，单独接触的机会增多了，司桂借机填补了小丹的空虚。司桂掌握了朱铜的生活和工作规律，经常在朱铜回原配家的空当里到小丹住处小聚。这次朱铜晚上不请自到，突然回来看望孩子，给小丹和司桂来了个措手不及。司桂深知朋友妻不可欺的道理，害怕自己与小丹的事情败露，他知道朱铜的暴脾气会与自己拼命，就急中生智，慌慌张张躲藏在窗外的空调外机上，并交代小丹想办法让朱铜尽快离开。谁知道朱铜对孩子那么迷恋，竟然将熟睡的孩子晃醒喂奶，在房间内多留了一会儿，司桂在空调外机上寒冷难耐待不住了，一时没有站稳，一不小心就掉了下去摔在花坛里。

孙云龙看了看尸体道："廉队长，这个人是以前劳教所收赞助费的那个队长吧！他是把劳教人员送回派出所的司桂吧？他后来因犯错误被调离公安机关，带病提拔为计生委的干部，真是多行不义必自毙。"

廉忠诚道："我认得他，也恨过他，还得为他服务，送他最后一程，你给他开火化证明吧。不要带情绪工作，他的家属要接待好，免得节外生枝。"

孙云龙问："小丹和朱铜怎么办？"

廉忠诚道："只有依法处理了。"

最终，小丹和朱铜因涉嫌重婚罪被刑事拘留，小丹因哺乳未满周岁的婴儿未被执行刑事拘留，朱铜被送到看守所审，同时还面临着参与经营亚洲龙娱乐会所违法犯罪的审判。

身为邻市副市长的乔阳，看到龙海市娱乐场所地震式的毁灭非常吃惊。他从民警到分局副局长，再到邻市副市长，得益于知恩图报，对恩师靳副省长提出的要求言听计从。他知道冯靳集团的后台是靳副省长，当得知严高管带领民警抓人时，用电话通知了靳副省长，这时的靳副省长也无可奈何，只能眼睁睁地看着手下一个个被抓获受审。

此时靳副省长也在烦恼之中。自从冯聚财把老乡冯凯丽介绍给靳副省长做保姆以来，靳副省长家里就没有安生过。不久冯凯丽怀孕了，整天嚷着要和靳副省长结婚，把原配也气得回了娘家，扬言如果达不到目的就向省长汇报这件事。

冯凯丽认为靳副省长夫人才貌双全，自己其貌不扬，又没有才能，只有和靳副省长结婚才能稳固自己的地位，才能保住这来之不易的荣华富贵，于是就经常去单位闹事。

冯凯丽的举动太没有节制了，远远超出了靳副省长的忍耐程度。本来日常工作很顺利，被冯凯丽这么一闹，靳副省长的心情一落千丈，加之近日来亚洲龙娱乐会所被查封，手下被抓捕的消息接踵而至，已经使他焦头烂额了。冯凯丽不但不帮忙还越闹越凶，使他骑虎难下的感觉越来越强烈。他认为再不采取果断措施，自己就会像亚洲龙娱乐会所一样消失在反腐的大环境中。

他突然冒出一个想法，如果铤而走险拼一次，让冯凯丽永远地闭上嘴，悄悄地消失了，也许会有一线生机。他在不理智的瞬间产生了彻底摆脱冯凯丽纠缠的想法，于是他召唤了自己最得力的学生乔阳，把自己的烦心事和想法告诉了乔阳，想让乔阳想办法把冯凯丽除掉，以绝后患。

接到恩师的授意，乔阳有过犹豫，但他还是回到邻市召集宰牛的乔氏两兄弟。乔氏两兄弟以前因犯罪在乔阳的帮助下被取保候审，自然对乔阳感恩戴德，加上他俩正为做生意缺钱而发愁，此时乔阳给重金雇凶杀人，两兄弟欣然接受了乔阳的安排，每人领了两万元现金离去。乔阳承诺事情办完后，每人再领取两万元奖金。

经过靳副省长的指点，乔氏两兄弟掌握了冯凯丽的行踪。冯凯丽在一个外出散步的傍晚被乔氏两兄弟绑架，捆绑后用抹布塞住嘴巴，把手脚捆结实了，运往邻市的大水库。到地方后，两兄弟停下车，每人喝了半斤白酒御寒，然后将冯凯丽绑上石头扔进水中淹死……

乔阳接到大乔的电话非常高兴，急忙向恩师汇报冯凯丽已经解决的消息。靳副省长长期以来的麻烦解决了，但他没有一丝的高兴,反而害怕起来,担心冯凯丽家人的追问,担心同事的关心问候,担心法律的严惩。这个问题更加困扰着他,让他难以入眠。他自作聪明地想到了公安局,向公安局报警称小保姆失踪了,把难题交给公安局处理。

公安局接到报警后,当然要为省长大人考虑,积极破案为省长负责。经过一个月的奋战,郝局长带领着廉忠诚、姚新建、马名、林建成,通过各种手段发现了一个不敢说的情况——在郝局长掌握的线索中,有几条线索关联到靳副省长本人。

随着案件的进展,嫌疑人慢慢地浮出了水面,乔氏两兄弟、乔阳副市长、靳副省长先后被民警带走。经审问,四人合谋杀害冯凯丽的事实水落石出,最后被判处死刑立即执行。在正义的枪声中,四名犯罪分子倒在河滩前的土坑里,永远闭上了罪恶的眼睛。乔阳那句"士为知己者死"的豪言壮语,让他这个没有底线的感恩之人付出了生命的代价。

冯聚财逃到了美国,想着离开祖国的怀抱,就会万事大吉了,再大的错误用美国的法律也无法追究,中国警察鞭长莫及也奈何不得。但他没有想到,中国和世界各国成立了跨境追逃组织,他也成了国际警察的追捕对象。在美国他语言不通,寸步难行,终日郁闷,惶惶不可终日,实在难以生存下去,生不如死的感觉油然而生。生活在极易被国际警察抓捕的环境中,与其被抓捕,还不如回国投案自首,接受惩罚,减轻自己的罪过。经过反复的思想斗争,他终于想明白了,与其在逃跑中担惊受怕,还不如自首安心接受法律的制裁。于是他几番周折回到祖国,向龙海市纪委供述了自己的违法事实。

林建成、马名完成侦查任务回到单位,郝局长给予了极大的肯定。两人冒着生命危险深入虎穴摸清了亚洲龙娱乐会所的内部情况,为抓捕行动提供了有力的依据,并同廉忠诚一起里应外合,拨开了亚洲龙娱乐会所的神秘面纱。

分局的郝局长和张宝民副局长也亲临前线指挥,分局的梁正兴、忠义副局长带领民警肃清着每个角落里的违法嫌疑人，把这场省厅组织的扫黄打非行动进行到底。在全体公安民警的共同努力下，冯靳集团的所有违法场所被彻底清除，龙海市恢复了公平竞争的商业氛围。

金卜换当了多年的市局副局长，凭他以往的经验，断定亚洲龙娱乐会所的查处会牵连到自己。他急忙召集有关行贿人员进行串供，以防止纪委的突击检查。

严高管一行人掌握了金卜换的一些犯罪事实，在一家高档洗浴中心将其控制，带回纪委审讯。金卜换早有思想准备，对纪委的审问对答如流。一时间，严高管对金卜换所说的话真假难辨，落实真伪需要一定的时间，就想借调廉忠诚和姚新建，于是通知两人来办公室报到，了解金卜换的性格特点、爱好，以及违法犯罪情况、违法证据。

廉忠诚道："严主任，我们对他的违法事实知道得甚少，他为别人职务晋升收取贿赂的事，我们也是道听途说，至于和亚洲龙娱乐会所的关系就知道得更少了，级别差得太远了，生活圈子也不一样。"

严高管道："我从场所和举报的线索中掌握了一些金卜换的犯罪证据，但是还没有完整的证据链，难道就这样便宜了金卜换吗？"廉忠诚道："我有一个不成熟的主意，您看可否一试？顺其自然让他高高兴兴地走，让他感觉到我们拿他没有办法，暗地里派马名继续卧底调取他的犯罪证据，或许是一个好办法，您看如何？他会每天到工作单位照常上班，不会有逃跑的风险。"

严高管道："可以试试，告诉金卜换他的违法事实不清，可以回单位正常上班。"

金卜换走出纪委大门时心情开阔了许多，为自己提前做好准备而庆幸。金卜换感叹道："人在官场走，很难不挨刀。哈哈！我是幸运儿。"

反侦查能力比较强的金卜换认为纪委拿他没有办法，他在私人会所召集了他的同盟军和亚洲龙娱乐会所的漏网人员,一起吃饭想借此机会给兄弟们加加油,进一步加固攻守同盟,更好地对付纪委审查。

金卜换看到大家把酒杯倒满了,就自信地说:"看到了吧!只要我们团结对外,口径一致,纪委也拿我们没有办法。你看赵石立给我的二十万元现金,别看他进去了,他不说、我不说就万事大吉了,朱铜送我的字画、手表我早就藏好了,亚洲龙娱乐会所来往的经济账目我也销毁了,拿咱还有什么办法呢?"

马名站了起来道:"金局长,我拿你有办法,你刚才说的话,我都录了下来。"金卜换举起的酒杯被惊吓得掉在地下,惊怒道:"你是个叛徒,我对你那么好,为什么背叛我?"

马名笑了笑道:"金局长原来也是金玉其外,败絮其中。"说着对外边风趣地喊道,"严主任现身吧,金局长不打自招了。"

严高管迈着四方步不紧不慢地走进来问道:"这么隐蔽的地方好兴致啊!没想到哥们儿换个房间你就招了,欲擒故纵这招难道你忘了吗?看来人在胜利面前会忘乎所以的,连你这个侦查高手也这么不小心,骄傲轻敌害死人呢!走吧,金局长,还有什么要交代的回去说吧!"

金卜换此时才明白,严高管不是一个一般的工作人员,他满脑子想的是怎样征服这个干了多年的刑侦老手。金卜换把自己的反侦查能力估计得太高了,小看了严高管。他倒满杯中酒一饮而尽叹道:"唉!多少官场较量,为谁辛苦为谁忙,昔日挥霍甘露狂,今朝失落愁断肠,一招不慎失荆州,满盘皆输尽凄凉。"

严高管道:"走吧!别感慨了,一招不慎全盘皆输。"又对林建成和马名道,"把他们全部带走,回去一并审问。"

随着案件的进展,冯聚财在龙海市开设的场子被一网打尽,投资人和保护伞一起浮出了水面,嫌疑人大部分被抓获归案。

亚洲龙娱乐会所被查封,涉案人员被抓获,这个"娱乐航母"轰然倒塌了。这次公安厅组织的大规模扫黄行动,有力地清扫了龙海市的娱乐场所，树立了风清气正的生活场景。

"娱乐航母"被查封的消息，就像原子弹爆炸一样传遍了大街小巷。树倒猢狲散，亚洲龙娱乐会所没有了当年的霸气，那个豪华奢侈的建筑物虽然矗立在那里，却是那么沉寂无聊，没有一点儿生机，只有那豪华的装饰还向人们展示着当年繁华中的灯红酒绿。广场上那颗灯下的杨树，在将要开春的季节里，也没有经受住这突如其来的压顶大雪，树枝连枝带叶地被压垮，从高高的树冠上栽了下来。幸存的绿叶在寒风摧枯拉朽般的威力下，失去了往日的活力，迅速脱水干枯，形成绿色树叶的木乃伊。灯边绿叶的生命戛然而止，高高地挂在空中，与正常枯萎的树叶在寒风中来回地舞动，大面积的黄叶包裹着星点绿叶发出哗啦哗啦的声音。

第十章 利剑惊醒梦中人

时光如梭,物换星移,一晃十几年过去了,廉忠诚依然坚守在基层的岗位上,像大多数默默奉献的民警一样工作着。他又一次接到去警校培训的通知,他深深地知道这次培训也许是他从警以来最后一次培训了,因为他的年龄已经到了可以不参加培训的界限。

廉忠诚收拾行装向警校进发,走进警校才发现,大院的一草一木都变了模样,先前道路两边的那些法桐小树苗,如今已经长成参天大树,树边的路灯年久失修变得油漆脱落,显得暗淡失色。夜晚来临,路灯亮了,散发出微弱的光芒,不像先前新安装时光亮照人,有的路灯因风吹雨淋已经损坏,尽管环卫工人把那些遮挡了光亮的枝叶修剪整齐,也无法让灯明亮如初。

王全友副校长在培训欢迎会上说:"陈法学校长今年面临退休,他已经把自己积攒的五万元现金捐给学校,作为维修路灯的专项资金,让那些年久失修的路灯重新亮起来。陈校长为了充分发挥自己的余热还说：'编筐编篓在于收口，收好口最关键。'他决定在退休前给大家上好最后一堂课，给他多年的教师梦画上一个圆满的句号。"

经过公安厅扫黄打非，一些涉案的官员被处理，有些位置被空了出来，廉忠诚也荣升为代理教导员。这次来警校培训，廉忠诚被推举为中队长，担任大队值班，带着整齐的队伍走进礼堂，等待陈法学校长给大家上大课。

廉忠诚像先前一样整理好队伍，看了一眼陈法学和蔼的面孔，向大家喊口令道："立正！"然后他转过身向陈法学校长敬礼道，"报告陈校长，全校上课学员应到三百五十人，实到三百五十人，是否上课请指示？"

陈法学缓缓地还了一个标准的军礼道："请坐下，开始上课。"廉忠诚转过身对大家道："坐下。"全体学员齐刷刷地坐在椅子上。

廉忠诚回到座位上，和大家一起倾听陈法学讲反腐教育课。陈法学有点儿伤感地说："今天是我退休前给大家上的最后一堂课，也是告别课。看到在座同学们有今天的成就，我非常欣慰，可是我们中间也有少部分人在前进的道路上，没有被敌人的子弹打中，却被糖衣裹着的炮弹击倒，倒在金钱、美女、权力、荣誉的炮弹下。人生的道路各有不同，中国有句古话叫'三年清知府，十万雪花银'。当今是新社会，是社会主义社会，是法治社会，切不可把封建思想搬过来，不可失去对法律的敬畏之心，做一些违背法律的坏事。虽然社会上存在着老乡、同学、战友、同事、亲人等各种各样的关系，但是这些关系都应该在法律规定的范围之内发展，否则就会造成严重后果，一失足成千古恨。今天为了配合反腐教育课，我们特意请来省纪委的严高管主任到学校讲课。同时也请来了一些曾经在公安机关、娱乐场所等工作过的因犯罪而被判刑的代表现身说法，让大家从他们的经历中吸取教训。唐太宗李世民在吊唁直言敢谏的魏征时曾经说过：'夫以铜为镜，可以正衣冠；以史为镜，可以知兴替；以人为镜，可以明得失.'从这些反面人物的鲜活事例中来对照自己、警示自己，从而牢固树立为人民服务的思想，做到立警为公、执法为民、反腐倡廉、克服人情关系、严格执法、努力工作，正确行使手中的职权，始终把人民群众的冷暖放在第一位。下面欢迎纪委严主任讲话。"

严高管精神抖擞地走上台向大家鞠了一躬道："今天应学校领导的邀请，我代表省纪委向大家汇报近年来的反腐工作。我省在各个领域取得了反腐倡廉的重大成果，按照习近平总书记'打老虎、拍苍蝇'的要求，纪委工作人员夜以继日地忙碌着，在全省各个领域认真排查，核实群众举报的线索，先后查处了多种犯罪，其中贪污、受贿、渎职犯罪行为较为突出。今天应学校方面要求，重点讲今年轰动全省的亚洲龙娱乐会所涉嫌黄赌毒案件。该案件抓获涉案人员五百多人，其中涉及法院、消防、公安和地方政府等保护伞人员众多。这些数字多么触目惊心，我们在座的同志要引以为戒。下面由龙海市公安局原副局长金卜换做悔过发言。"

金卜换早已失去以前的精气神，蔫蔫地走上台来，鞠躬示意，看上去已经成为一名老者了。他用手轻轻地敲了敲话筒道：

"大家好！我再也不能用同志们的称呼了，因为我现在已经是一个罪人，是龙海市公安局的笑柄，是一个耻辱。我今天也放下面子，只要能换来大家的觉醒，也是我最后为曾经热爱过的公安事业做一点儿微不足道的贡献。

"我出生在一个贫困的家庭，从小对富足的物质生活充满着向往。我考上了大学，就向往着过上好日子。通过奋斗我做到了，这一天真的来了，我又觉得丰衣足食不过如此。我从民警到副所长、所长、局长、副区长，一直到龙海市公安局副局长，一路走来，我自认为自己掌握了升迁的精髓，那就是胆子大敢收钱敢送礼，为自己的仕途铺平道路。收钱无非就是辖区的场所和内部的干部提升、民警调动、单位建设等，从中牟利，通过这些工作，我也交了一些朋友。

"我最大的错误就是在辖区场所方面的保护上，认为他们开办场所交点儿经费是应该的，收了钱自然就开绿灯照顾他们的生意，这部分场所的生意就会兴隆，反之就会遭受打击而经济受损。这样形成行贿场所灯边绿现象，不行贿场所灯外枯黄现象。好比路边的路灯一样，深秋季节你会看到灯边的小片绿现象，就是灯光能够照射到的少数片片绿叶，照不到的大部分树叶就会自然枯黄。

"久而久之形成了利益链条，其实亚洲龙娱乐会所关系到部分参与民警的切身利益。我作为一名领导，犯了如此严重的错误，应该受到法律的制裁。我愿意改过自新，接受大家的监督，希望大家能够清醒地认识到法律是双刃剑，既砍向我们的执法对象，又砍向违法的执法人员，也就是说没有任何人能够逾越法律监督的鸿沟。且行且珍惜来之不易的工作吧！完毕。"

严高管道："金卜换刚才的悔过演讲，深刻地揭示了当今一些干部的麻木不仁、贪财贪色，利用人民赋予的权力，搞钱权交易，应该受到法律的严惩，也给我们敲响了警钟。金卜换是典型的路灯，在城市的道路上行走，就像在人生的道路上行走一样，金卜换照亮了许许多多的灯边绿叶，让许多应该枯黄的树叶继续生长，在职场上就是让那些不成熟的、不具备领导素质的人走上领导岗位，这叫德不配位。绿叶也就是暂时的，即便是当了官也要摔下来。

"下面由亚洲龙娱乐会所的老板冯聚财上台做悔过演讲，讲讲他是怎样做到官商勾结，他这个绿叶怎样充分利用明灯生长的，在商业进程中躲避寒冷夜晚继续生长发展壮大的，怎样拉拢腐蚀民警，让广大民警知道如何防御糖衣炮弹！"

冯聚财站起来在两名法警的看护下走上讲台，深鞠一躬道："我取了不义之财，虽然有亿万身家，却无机会享受拥有金钱的快乐,失去自由的我,还没有当农民种地的时候幸福呢!

"我后悔自己走错了路。改革开放初期,我通过各种关系,挣了不少钱,我也看到有关系的好处,就投其所好,喜欢钱的送钱,看中物的给物,喜欢美女的就投怀送抱。一般情况下要放长线钓大鱼,对长期交往的朋友一定要讲义气,分享成果,多让利,多奉献。对一些临时利用的人,根据情况区别对待,谁管理恭维谁,过期不候。十多年下来我在龙海市可以呼风唤雨了,我感觉朋友的官做到多大,我就能把生意做到多大,我把哪里当官的工作做通了,就可以把商机带到哪里!一路下来我就是以钱开道,用权、用物、用色,甚至怂恿部下用毒品腐蚀拉拢一些单位的干部。尽管这些单位中大多数人公正无私,但是总有见利忘义的人,我把一些利益分配给他们,他们就是娱乐会所的一员了,形成了既得利益集团。

"我最大的失误就是在娱乐会所成立之初,把经营理念定位在违法犯罪的基础之上,所以走得越远,挣的钱越多,自己的罪孽就越深重。场所被公安厅查处后,我意识到了这个问题的严重性,想方设法逃避惩罚,逃到了国外,想着到了国外就会过上安稳日子。后来听说国家成立了国外追逃组织,对投案自首人员从轻处理,我就响应祖国的号召,向公安机关投案自首,认罪服法,请求宽大处理,重新过日子。希望祖国和人民给我一次改过自新的机会。"冯聚财再次深深地弯腰鞠躬,被警察押下讲台。

严高管道:"现在服法改过还不晚,还能看到回头是岸的希望。冯聚财的悔过演讲给我们在座的同志们敲响了警钟。我们要胸怀人民,一切以为人民服务为出发点,不计个人得失,人民是不会忘记我们的,这样就不会出现冯聚财之流,把违法犯罪的场所做大做强。下面由市局原副局长刘金贵发表悔过演讲。

刘金贵一米八多的大个子,平时昂首挺胸显得高大威严,现在弯腰驼背地低着头走上讲台,向大家行礼道:"我叫刘金贵,曾经是龙海市公安局副局长,因为参与亚洲龙娱乐会所的经营,对有关人员行贿，接受部下和相关场所的贿赂，被移交司法部门处理。我做了许多违法犯罪的事情，分析原因，是我在入警之初就没有树立为人民服务的思想，没有树立立警为公、执法为民的思想，只是想着进入人民警察队伍是自己努力的结果，能够实现自己成为像胡雪岩一样的红顶商人的梦想，让财富从零开始，从无到有，一点一滴地积累起来，成倍地向上翻番，完成财富的大积累。同时让财富帮助我提升官职，再用手中的权力帮助积累更多的财富。我的入警动机不纯，为人民服务的目标不明确，只为自己着想，造成今天的不良后果，这是因为我没有跟上时代的步伐，改造好自己的世界观。我入警后利用自己手中的权力，对自己的商业公司给予了特殊的照顾，既当运动员又当裁判员，学习了胡雪岩的为人处世、左右逢源、上下打通关系，特别是我和冯聚财、蔡耀旺合作开办亚洲龙娱乐会所时，动用了所有的关系，为亚洲龙娱乐会所保驾护航。我作为会所股东之一，得到了许多经济利益。为此我也付出了巨大代价。

"我明知亚洲龙娱乐会所有违法犯罪行为，我不但没有阻止、举报、协助查处违法行为，反而纵容、支持保护这些违法行为的存在和发展，甚至参与经营这些违法场所，利用手中的权力在这些违法行为中牟利。这些行为与一个人民警察的要求相距甚远，最后走上违法犯罪的不归之路，受到了法律的严惩。我现在充分地认识到自己所犯错误的严重性，愿意改过自新，接受法律的制裁和人民的监督教育。我要用血的教训来警醒在座的同学们，吸取我的教训，遵守法律，努力工作，全心全意地为人民服务，不要做我这样既官又商不伦不类的人。"

刘金贵有气无力地走下了讲台，再也没了昔日的神采。身边人身边事，昔日的大能人呼风唤雨无所不能，从民警一步步升到副局长的位置，商业帝国也从小到大发展起来。不过刘金贵为得到这些成果也付出了极大的代价，以至于连享受这些成果的机会也没有。

廉忠诚和程燕燕等同学们无不为刘金贵的现在而惋惜，刘金贵有车有房不缺吃穿，现如今成了阶下囚，以后的日子将是举步维艰，昔日的风光与今日的落魄相比真是天壤之别，正如灯边绿着的树叶，被一场洁白的瑞雪压弯了腰、折断了枝，随风而去，被大自然洗涤而去。

廉忠诚思考着刘金贵的点点滴滴。他就像一个普通绿叶的嫩芽，开始在正常的阳光下生长，夜晚依偎在灯光的怀抱中，昼夜不停地生长，迅速成为一个大枝叶，生长旺盛。当他成长到能够帮助别人的时候，自己又成为一盏明亮的路灯，接受灯光照射的同时，同样自己也发光发热照耀着他身边的绿叶，实现了自己既是绿叶又是明灯的愿望。惋惜之余思之，行贿受贿兼有，岂有不倒之理。

这时，严高管道："下面由分局原局长郑常有做悔过演讲。"

郑常有也苍老了许多。他走上台前拿起话筒大声道："我是郑常有，犯罪前是龙海分局的局长。我家境富足，家有贤妻良母，孩子聪明伶俐，没有一点儿后顾之忧。我从警的目的就是想证明我的能力，在公安战线上我侦破了几个大案要案，在我的组织下打掉龙海市最大的黑社会组织，将涉黑涉恶人员一网打尽，追缴汽车一百多辆，破获命案五起，法院对这些违法犯罪人员从重从快判决，大街小巷又恢复了往日的宁静。在我任局长期间，社会大局稳定，人民安居乐业。在用人方面，我注重培养有创新、有作为、敢于担当的基层民警；在服务群众方面，以民为本，让群众满意，做了大量有益社会的工作。

"然而随着职务的升迁，我当上了局长，是分局的一把手。权力集中到我的手里，大搞一言堂，权力就失去监督。我通过靳富来认识了冯聚财，接受了他为我安排的尚丹丹，使我骑虎难下不能自已，从此走进了生活的沼泽地，陷入了泥潭，成为冯靳集团的保护伞，处处为他们服务，决定一些事情的出发点是以是否对冯靳集团有利为标准，是否影响自己的前途命运来衡量，逐步把以法律为准绳的标准放弃。这样的处事方针用人导向，使我让一些不符合条件别有用心的人走上了领导岗位。他们当官的动机不纯，只是为了升官发财绞尽脑汁争取分数，我也是睁一只眼闭一只眼。只要是冯靳集团一条线上的人，能为冯靳集团开办的企业服务，我就会安排容易得到成绩的工作给他们，让他们轻松得分，提前晋升职务。

"我作为反面教材的一部分，也代表了当前的一些不良现象，在这里向大家表示歉意，向那些曾经积极上进、成绩显著、德才兼备，没有被提拔重用的同事们致以诚恳的道歉，请原谅我耽误了你们的大好前程和逝去的青春。

"我通过打拼成为一个正面的打黑英雄，从人人敬仰到今天成为阶下囚，这个演变过程，或许大家已经熟知，权力欲望无限增大，党性原则性下降，自律性减弱，法律意识淡薄，路线意识固化，抱着侥幸心理继续向前走，就像盲人骑瞎马闯入悬崖边，岂有不坠崖之理。

"总之，不学人短，不入歧途，就不易陷入沼泽难以自拔，就会减少被人利用的机会。作为人民警察，我们应该胸怀祖国和人民，大公无私天宽地阔，为民服务求发展。"

听着曾经的领导悔恨莫及的演讲，廉忠诚的思绪在空中飘着……法律无情，伸手必被捉，他感慨万端。这时只听到严高管大声地宣布道："下面由龙海分局原副局长赵石立做悔过演讲。"

话音刚落，赵石立手拿着演讲稿快步走上台前，习惯性地向大家敬礼，勉强挤出一丝笑容道："大家好！我叫赵石立，曾经是分局副局长。在我的人生旅程中，我是一个主动要求进步的人，有时也投机取巧，取得一些成绩，自以为所做的事情能够蒙混过关。随着时间的推移，做事情越来越多，出现的问题层出不穷，我也想尽了一切办法——摆平，可是这次没有想到会被依法处理，把我刑事拘留、逮捕、判刑。在这期间我爱人也在社会上做了大量的工作，就连纪委工作组的人也打通了关系，想通过送礼减轻或免除对我的处罚，结果连纪委的工作人员也受到了牵连，被判刑处理。我也感觉到自己罪孽深重，作为一名国家公职人员，应该全心全意为人民服务。我错了，坚决改过自新重新做人，拥护反腐倡廉的政策……"

严高管道："赵石立讲完了，我们也看到了队伍管理存在的问题，所有的官员都有可能成为一盏明亮的路灯，去照耀灯边的绿叶。正如赵石立讲的情况，本来纪委工作人员去调查赵石立案件，却被赵石立爱人用糖衣炮弹击倒，收受了赵石立爱人的贿赂，为其开脱罪行。赵石立的爱人也不示弱，她感觉到纪委的人对赵石立没有多大帮助，也没有给赵石立减刑或者不予追究，拿了钱又不办事，就向上级部门举报。当然了，暂且不去考虑其出发点是否正确，而是要看到我们纪委工作人员中的意志薄弱者跳进人家设好的圈套。这些意志不坚定的人认为赵石立是自己人，不会出现问题，到头来上级纪委对办理该案的纪委工作人员依法追究了刑事责任。这些人不但没有帮赵石立解决问题，反而因受贿构成犯罪，和赵石立一起走向不归路。从这件事上大家应该充分认识到中央反腐的决心，无论什么样的身份，只要违法犯罪都会受到法律制裁，因此我们要自珍自爱，自觉做一个遵纪守法的合法公民，争当优秀的人民警察。"

严高管痛心疾首地讲完，停顿了一下继续说："下面由亚洲龙娱乐会所原经理孙勇辉做悔过演讲，将孙勇辉押上讲台。"两名民警答道："是。"

孙勇辉在两名民警押解下战战兢兢地走上讲台，双手颤颤悠悠地打开手里的讲演稿，结结巴巴地念道："我叫孙勇辉，以前在亚洲龙娱乐会所当经理，是冯聚财老板的外甥，为冯聚财企业发展壮大做了许多违法犯罪的勾当，特别是开办亚洲龙娱乐会所期间，我在冯聚财的授意下，用金钱、美女、毒品贿赂有关人员，对有管辖权的官员投其所好，一次又一次地为冯聚财的企业办事，长期经营涉黄、涉毒、涉赌场所。我犯下了不可饶恕的错误,我就像各位领导提到的灯边绿叶,亚洲龙娱乐会所就是灯边树枝,有这么多的官员保护,才会有垄断有长期暴利,才会造成今天被依法严惩的恶果,许多官员也和亚洲龙娱乐会所人员一起被送到人民的审判台,得到了应有的惩罚。我是罪有应得,可他们有点儿太不值得了,一失足成千古恨,丧失了前途,毁掉了命运。大家不要忘记我和他们的沉痛教训,谢谢大家!"

严高管用深沉的语气说:"刚才几位反面人物作了悔过演讲,金卜换、刘金贵、赵石立、郑常有既是明灯又是绿叶:做灯时照亮身边的绿叶,吸收着来自绿叶的营养;做绿叶时接受灯光照顾,为灯输送着暧昧的贡品。冯聚财是绿叶,享受身边多盏灯光的照耀,当然能够发展壮大,躲避打击度过寒冷的冬夜,这些事实让我们看到了害群之马的严重性。虽然这些违法犯罪者是我们当中的极少数,但是在社会上造成了极坏的影响,影响了我们党和政府的公信力,影响了广大人民对法律的信任度。我们今天的学习,起到了警示的作用,防微杜渐,防患于未然,遵纪守法,争当一名为人民服务的先进模范,做廉洁奉献永不腐蚀的人民公仆。下面欢迎陈校长讲话。"

掌声过后,陈法学站起身来道:"同学们!我曾记得警校成立之初,接收的第一批学员,我们第一堂反腐课的场面,同学们走进反腐工作室,看到那么多违法犯罪的例子,教育了广大学员。如今那里又增添了一些鲜活的事例,增加了一些熟悉的面孔,以上人员的现身说法,感人至深、悔恨至深。我们作为新一代的人民警察,应时刻警惕灯红酒绿,警惕灯边绿叶,把握底线,永远忠于党、忠于祖国、忠于人民、忠于法律。我们是人民的保护者,不是哪一个人的马前卒,决不能为了蝇头小利忘记了人民赋予的神圣职责,永远听党指挥,和人民站在一起,坚决同违法犯罪做斗争,彻底消灭黑吃黑、白吃黑、黑吃白、白吃白的现象,决不允许这些不良现象的存在,让老百姓能够轻松办理各种事项,再也不用找人求人说情办事,制定一个适合人民生存发展的办事机制,实行人民监督,坚决拥护党中央反腐的英明决策。

"广大民警要认真学习习近平总书记的讲话,向日夜奋战在公安战线上的英雄模范学习,牢记习总书记提出的'对党忠诚、服务人民、执法公正、纪律严明'的十六字方针。

"金色盾牌,热血铸就。人民公安用鲜血和生命捍卫了国家和人民的利益,铸就了坚强的共和国之盾。面对生死考验和群众危难,他们爱憎分明、疾恶如仇,迎难而上、勇往直前,以血肉之躯保护了人民群众的生命安全,充分体现了人民公安大无畏的英雄主义气概和不畏艰险、不怕牺牲的人民警察风范。截至2017年2月,全国公安民警因公牺牲2105人。其中,执行勤务牺牲651人,抢险救灾牺牲139人,同违法犯罪嫌疑人搏斗牺牲122人。公安英雄用鲜血和生命证明,他们对得起头顶上的国徽,他们在生死一刻所表现出来的无私、无畏和果敢,感动中国。

"在这个英雄辈出的年代里,我们要学习英雄们的先进事迹,摒弃灯边绿叶的干扰,以英雄模范为榜样,时刻牢记自身的职责使命,做一个为人民服务的先进模范人物,做一个优秀的共产党员,做一个优秀的人民警察。

"刚才我们通过学习,也看到了公安队伍存在的问题。虽然反面人物是极少数的害群之马,但是要做到在法律面前人人平等,除了严厉打击违法犯罪的老虎、苍蝇以外,更应该提高广大干部的思想觉悟,从血的教训中惊醒,时刻提醒自己自觉遵纪守法,不敢违法,不愿违法。"

会场上响起了热烈的掌声,反腐教育课结束了。

廉忠诚对陈法学说:"校长!您是我们的恩师,良师益友,在平时工作中,遇到难题就不厌其烦地给您打电话寻求帮助,没少麻烦您。您马上就退休了,这次培训的民警中有几个第一批的学员,想请您一起吃个饭,您看安排在什么时候合适?"

陈法学道:"吃饭就不用破费了,食堂的饭菜很不错,饭后请同学们在学校里转转，让我向这里的一草一木、向长眠在这里的英雄们说声再见！"

陈法学说着用手擦去流在眼角的泪水。这里有他长眠在此的战友，他的战友为了保护人民生命财产的安全，献出了年轻的生命；这里有他兢兢业业工作过的讲台；这里有他精心培育的新一代人民警察，他们正在为人民的安康幸福而拼搏战斗。

廉忠诚看到陈法学伤感的泪水，赶紧笑着说："校长，我来培训前就听说您今年要退休了。我把当年参加军训比赛的人员名单写了下来，还有照片，您看看还能想起来几个同学？"

陈法学接过照片和名单笑笑道："还没有看出来，你这么细心！嗯！既熟悉又陌生的面孔，把这次参加培训的学员叫来一起走走吧！我们叙叙目前的变化和未来的想法。"

廉忠诚道："好的！我通知他们饭后在中央广场等我们。"

廉忠诚和陈法学走出食堂，一起来到中央广场的大灯下。张宝民、程燕燕、李秀丽、王惠民、姚新建、林建成、马名、王红、孙云龙等仰慕陈法学的一群人迎上来，分别和陈法学握手问好，然后簇拥着陈法学向亮着灯光的校园大道走去。

王惠民道："陈校长，我也是您的学生，您还记得我吗？我是第三批的学员。"

陈法学道："记得您来培训过多次，省厅仲副厅长是您的战友吧！他时常提起您，他说在部队您是他的排长，他曾经是您带过的新兵。他询问过您的情况，现在你们联系得多吗？"

王惠民道："领导工作忙，没有联系过。"

陈法学道："我们的广大民警就像王惠民一样，默默无闻地工作着，无私地奉献着，不计个人得失，不计名利和待遇，从不向组织提要求，不利用关系去搞特权，捞取职务、权力、待遇和荣誉。只要党和人民需要，他们指向哪里就冲向哪里！那些为了一己私利的少数害群之马，将被历史淘汰，永远钉在历史的耻辱柱上，作为后人的反面教材。"

王惠民道:"陈校长过奖了,我和先进的基层民警相比相差甚远,这次作为市局先进民警到警校学习,也是组织对我的认可,我也面临着退休呢!应该向您和先进基层民警学习,向英雄模范学习。"

陈法学道:"我在学校看到了有关你的先进事迹材料,不必过于谦虚,你的为人处世、工作成绩和奉献精神值得我们学习,有关系不去利用,一心一意地扑在工作上,几十年如一日地在基层工作,为辖区的稳定做出了巨大的贡献,在分局层面上,你们的梁正兴副局长把你的材料汇报上去了,应该会有对你的表彰决定,这是实事求是的结果。"

王惠民道:"感谢领导的重视和肯定。"

张宝民道:"陈校长,您这么多年一直在这个岗位上工作,几十年如一日的精神难能可贵,退休了也有说法吧!"

陈法学道:"大多数民警都是如此重复着昨天的劳动,干好自己的本职工作,组织是不会忘记的。我谁也没有找,这不临退休了上级给我们这一批人下达了提升为处级的命令,工资又涨了一级,感谢组织的关怀,不用找任何人,一切都顺其自然,这就是官场的正能量、正风气。"

听到陈法学校长的一番话,廉忠诚觉得自己的思想太狭隘了,有些想法和老校长的胸怀相比微不足道,和英雄模范相比相差甚远。想到这廉忠诚道:"陈校长,我和燕燕、宝民、秀丽这次也没有找人,组织考察任命,顺其自然地晋升,新风正气已经在基层兴起。"

张宝民道:"感谢组织的用人导向,使用宁可得罪人也不违心办案、敢于以法律为准绳的基层民警。"

程燕燕道:"正因为广大基层民警,能够各司其职、公正执法,才能够形成公平正义的社会风气。"

陈法学走到光亮的路灯下用手指着照片,询问着每一个人的情况。他指到杨荷花的照片道:"这个小姑娘当政委时来警校培训过,后来就没有她的消息了。"

程燕燕道:"您说荷花姐呀!她可是大能人,听说现在已经到首都高就了。"

陈法学惊讶道:"人才呀!具体干什么工作?"

张宝民说:"听去找她的人说,她不愿意让人们知道她的现在和过去。我也极力寻找她的信息,也一无所获。或许她依然过着自己想要的生活。"

李秀丽笑道:"好羡慕荷花姐呀!能到首都就业,真有本事。"

陈法学笑了笑道:"人生没什么好羡慕的,走好自己的路就行了,正如这路边的路灯和行道树一样,不管是否接受路灯的照耀,也不管是否形成灯边绿现象,到头儿来都要经受季节的洗礼。无论正常枯黄的树叶还是灯边绿着的树叶,都要落叶归根,只不过灯边绿叶多生长了一段时间而已,总体上大自然还是公平的。你们看,经过修整的树和路灯多么和谐,路灯边的树枝已经被修剪得整整齐齐,灯光再也不会被树叶遮挡形成黑影,影响路人的行走,也不会形成灯边绿的温室效应,产生灯边绿的不良现象。不过春天的到来还会有新的枝叶蔓延生长,我们还要采取有效措施,防止类似事情的发生,彻底根除灯边绿的滋生。"

姚新建接过话题道:"若想仕途平坦、青春永驻,就要植根于人民群众的沃土之中,毫不利己专门利人,才能汲取营养茁壮成长,从中获得常青的基因。还要有战胜严寒酷暑的斗志,更要有为人民利益鞠躬尽瘁死而后已的精神,才能受到人民的拥戴,成为常青树,摈弃灯边绿叶而四季常青。"

廉忠诚深情地说:"仕途路上荆棘坎坷,我愿成为人们的垫脚石,哪怕粉身碎骨也在所不惜。只有这些德才兼备的公仆造福一方百姓,才是中国共产党全心全意为人民服务宗旨的体现,也是人民的期盼,是实现中国梦的重要组成部分……"

大家你一言我一语的欢笑声荡漾在路灯下,他们的背影消失在遥远的道路上。

后 记

张建芳

我是一个农村孩子,生在新中国,长在红旗下,种过地、拉过车、当过兵。从小就梦想有一天能穿上警服,如今,我为加入人民警察队伍而感到荣耀和满足,我深爱着这身警服,深爱着这份职业。

我从部队转业后,面临着从军人到人民警察的转变。从正面的红色教育到接触大量的社会阴暗面,使我思想上有了很大的落差,但随着工作的深入,我了解了真实的警察世界。民警的工作平淡而自然,琐碎而充实,每天接警处理案事件,服务群众,从中也看到了正直善良的同事们勇于创新的工作思路,以及坚决依法办案的决心。我在繁忙的工作之余,满怀激情地进行创作,用心中的情,用眼中的美,用手中的笔,书写民警的艰辛与不易、力量与荣耀。

现实生活中出现了许多公安英雄人物,他们为人民服务饱含真情,对犯罪分子正气如虹。他们疾恶如仇、刚直不阿的英雄事迹感染着我，让我看到了英雄模范的另一种境界，感受到了另一种情怀，领略到了一种平凡中的伟大。

说起英雄，《辞海》中说英雄是杰出的人物，三国时期的曹操说英雄要有包容宇宙之机，吞吐天地之胸。我认为英雄要有为了真理敢于同强大势力作斗争的勇气，为人民利益不畏艰险、锲而不舍、甘于奉献、不怕流血牺牲的大无畏精神。英雄是为崇高理想而奋斗终生的人，是明知不可为而为之的勇士，只有这样才能凸显出英雄的本色。《利剑》中的主人公廉忠诚是基层民警正义的化身，是敢于同违法犯罪做斗争的英雄人物，他的睿智勇敢是广大民警集体智慧的结晶。

从警意味着什么？是服从命令，是前赴后继，是奉献牺牲，是血与火的历练、生与死的考验，是荣与辱的洗礼。作为民警，宁可牺牲宝贵的生命，也不能丢掉法律的尊严。在紧张而有序的生活中，民警肩负着打击违法犯罪保护人民的神圣职责。有好友问我，假如你遇到危险会怎么办？我坚定地回答："只要祖国需要，一声令下，我虽已年过半百，也会义不容辞，勇往直前，不忘初心，牢记使命，不怕流血牺牲，为人民利益而战。"广大民警忠于职守、秉公执法的职业道德，克己奉公、锐意进取的优秀品质，这些都是值得学习的，都是值得书写的。

关于本书的书名，酝酿了很久，最终确定为《利剑》。书中表述了两把利剑，一把是以廉忠诚为代表的人民警察用法律惩罚违法犯罪保护人民的正义之剑，一把是悬在权力执行者头上的监督之剑，这两把利剑是实现社会公平正义的有力保障。

我第一次写小说，没有写作经验，在写作技巧和文学功底上有很大欠缺，但通过写作使我在岁月流逝中思想得到了升华，让我感恩身边所有的人和事，是他们给了我创作的灵感和信心。

由于我的能力有限，我在主观上对客观事物的认识有一定局限性和片面性，在小说的思想艺术方面难免会出现缺陷与不足，但我衷心地希望读者能够在字里行间感受到风雨坎坷中的一心忠诚和激荡满怀的真挚情感。

2017 年 8 月 8 日于郑州